MAXI
Annales 2022

Sujets & corrigés

3e

- **Mathématiques**
  Carole Feugère
  Gilles Mora

- **Français**
  Thomas Bouhours

- **Physique-Chimie - SVT - Technologie**
  Nicolas Coppens
  Olivier Doerler
  Sébastien Guivarc'h
  Laurent Lafond
  Arnaud Lopin

- **Histoire-Géographie**
  Enseignement moral et civique
  Laure Genet
  Grégoire Pralon

Nathan

PRÉSENTATION

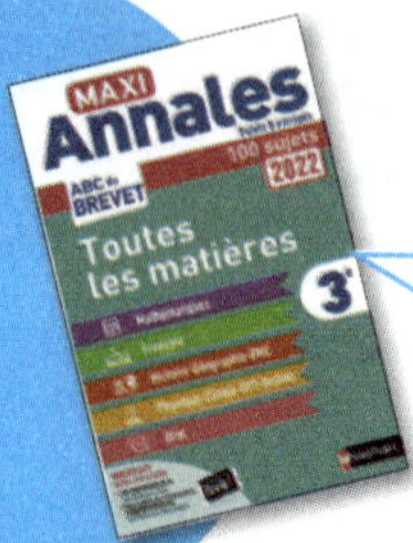

Ces ***Maxi Annales ABC du Brevet*** ont été conçues pour vous aider à préparer efficacement le ***Brevet 2022*** dans toutes les matières. Vous y trouverez les nouveaux sujets 2021 : celui de **France métropolitaine** et ceux des **centres étrangers** (Polynésie, Amérique du Nord...). Les corrigés sont rédigés par nos auteurs et conformes aux programmes du collège en vigueur à la rentrée 2021. Vous pourrez ainsi vous entraîner sur des sujets conformes dans les conditions réelles de l'épreuve : c'est **la clé du succès**.

Les nouvelles épreuves du Brevet

→ **En juin 2022**, l'examen du Brevet est constitué de :
– 4 épreuves écrites : Mathématiques, Physique-Chimie – SVT – Technologie, Français et Histoire-Géographie – Enseignement moral et civique;
– 1 épreuve orale.

→ Nous proposons dans ce titre des sujets pour préparer les **épreuves écrites** dans les 4 matières et **5 sujets pour préparer l'oral.**

Un entraînement sur tout le programme

→ **Des sujets** sur toutes les matières du Brevet.

→ Les **sujets** sont **classés selon les notions et les thèmes** du programme.

→ **Les Infos-Brevet** : des dossiers complets dans chaque matière qui rassemblent des informations et des conseils pratiques pour bien aborder les nouvelles épreuves.

S'exercer pour le jour J

→ Chaque exercice est accompagné d'un **barème détaillé** et d'une **estimation du temps** imparti pour le résoudre.

→ **Des sujets complets** vous permettent de vous tester en conditions réelles.

Et en plus, une offre numérique innovante

→ **Gratuitement** avec ce livre, **un abonnement au site abcbrevet.com** vous est offert. Vous y trouverez des exercices et des fiches de révisions, ainsi que des sujets d'annales.

→ Grâce à l'**application gratuite Nathan Live**, flashez les pages de votre ouvrage pour avoir accès à des exercices de révisions interactifs en direct et des audios pour les dictées.

COMMENT FAIRE ? C'EST FACILE !

1. Téléchargez l'application gratuite **Nathan live** disponible dans tous les stores sur votre smartphone ou votre tablette (Appstore, GooglePlay, Windows Store).
2. Ouvrez l'application. Flashez les pages de vos annales où ce logo apparaît en plaçant votre appareil au-dessus de la page.
3. Consultez les ressources !

(!) L'application nécessite une connexion Internet

En flashant cette page

▸ Des exercices interactifs sur tous les thèmes du programme.

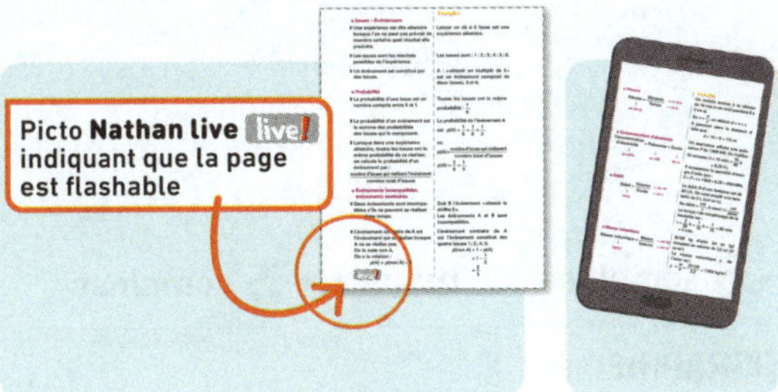

Des ressources supplémentaires en flashant la couverture.

Crédits photos :

p. 118 : GAMMA RAPHO/Robert Doisneau ; **p. 129** : AKGImages / Pirozzi ; **p. 139** : DR ; **p. 149** : DR ; **p. 161** : Aruku hito / « L'homme qui marche », Jirô Taniguchi / PAPIER, 1992-2015. Avec l'accord de Furari Co., Ltd./ Bureau des Copyrights Français, Tokyo ; **p. 170** : 7e art / André Paulve Production/Photo ; **p. 180** : Historial de la Grande Guerre ; **p. 191** : AFP ; **p. 203** : CAMINITO S.A.S. Literary Agency © Joaquin S. Lavado (Quino) ; **p. 234** : Shutterstock / Johannes Strom ; **p. 240** : Shutterstock / IB Photography ; **p. 252 haut** : MNHN ; **p. 252 bas** : Olivier Bernard, INRIA et Jean-Paul Cadoret, IFREMER ; **p. 265** : iStock / Julia Jeskova Photography ; **p. 311** : © R. Hesse, Bundesarchiv, 1961 ; **p. 329** : © Jura Tourisme ; **p. 347** : © Ville de Floirac - Tous droits réservés ; **p. 361** : Fotofolia / aakutczenko ; **p. 368** : QUEHEN Pascal / Graphic Soul ; **p. 382** : AKG-Images / Erich Lessing, Otto Dix © Adagp, Paris 2016.

Couverture : Jean-Marc Denglos et Clémentine Largant
Cartes : AFDEC - Légende Cartographie
Schémas : COREDOC
Coordination éditoriale : Marie-Pierre Lowys, Maria Tasso
Fabrication : Laurence Monaï
Mise en page : IGS
Conception graphique intérieur : Julie Lannes

Nathan 2021 - 92, avenue de France - 75013 Paris - ISBN 978-2-09-157270-3

Mon planning de révisions,

Ce planning propose une sélection de sujets variés dans toutes les matières pour vous aider à organiser vos révisions. N'hésitez pas à le personnaliser suivant vos objectifs !

BREVET – 6 semaines

Lun	GÉOGRAPHIE n° 8 EXERCICE 1 Aménager le territoire
Mar	
Mer	FRANÇAIS n° 1 SUJET COMPLET Se chercher, se construire
Jeu	
Ven	MATHÉMATIQUES n° 3 SUJET COMPLET
Sam	
Dim	HISTOIRE n° 1 EXERCICE 2 La Première Guerre mondiale

BREVET – 5 semaines

Lun	
Mar	EMC n° 12 EXERCICE 3 La citoyenneté française
Mer	
Jeu	FRANÇAIS n° 7 SUJET COMPLET Agir sur le monde
Ven	
Sam	PHYSIQUE-CHIMIE n° 3 EXERCICE Le mouvement, les forces, l'énergie...
Dim	

BREVET – 4 semaines

Lun	SVT n° 10 EXERCICE L'organisation et l'évolution du monde..
Mar	
Mer	TECHNOLOGIE n° 13 EXERCICE L'informatique, la structure...
Jeu	
Ven	
Sam	FRANÇAIS n° 3 SUJET COMPLET Vivre en société
Dim	ÉPREUVE ORALE n° 1 EPI

6 semaines avant le BREVET !

BREVET – 3 semaines

Lun	**MATHÉMATIQUES** n° 1 SUJET COMPLET
Mar	
Mer	**FRANÇAIS** n° 8 SUJET COMPLET Agir sur le monde
Jeu	**EMC** n° 13 EXERCICE 3 Les valeurs de la République
Ven	
Sam	
Dim	**GÉOGRAPHIE** n° 11 EXERCICE 2 La France et l'Union européenne

BREVET – 2 semaines

Lun	
Mar	**PHYSIQUE-CHIMIE** n° 1 EXERCICE La constitution et les états de la matière…
Mer	**HISTOIRE** n° 6 EXERCICE 2 La Ve République
Jeu	
Ven	
Sam	**FRANÇAIS** n° 6 SUJET COMPLET Regarder le monde
Dim	**MATHÉMATIQUES** n° 5 SUJET COMPLET

BREVET – 1 semaine

Lun	**ÉPREUVE ORALE** n° 4 PARCOURS
Mar	
Mer	**SVT** n° 7 EXERCICE La Terre, la biodiversité, l'environnement et l'action humaine
Jeu	
Ven	**TECHNOLOGIE** n° 12 EXERCICE Le design, la structure…
Sam	
Dim	

SOMMAIRE

Comment obtenir le Brevet ?

Comment obtenir le Brevet ?

Le DNB (Diplôme National du Brevet)

- Le Brevet permet d'**évaluer les compétences** acquises par l'élève à l'issue du collège et du **cycle 4**.
- Le DNB s'obtient par les notes :

– du **contrôle continu** qui représente **400 points** :

  - l'évaluation des huit composantes du socle commun de compétences, de connaissances et de culture entre désormais dans le calcul des points pour l'obtention du Brevet.
  - la maîtrise de chacune des huit composantes du socle commun est évaluée lors du dernier conseil de classe de 3ᵉ.

– de **l'examen final** qui représente **400 points** :

  - 4 épreuves écrites : 300 points.
  - 1 épreuve orale : 100 points.

- Pour être déclaré admis au diplôme national du Brevet, il faut cumuler un total de **400 points** sur un total de **800** (soit 10 sur 20).
- Des **mentions sont attribuées** selon le barème suivant :

– mention assez bien pour un total de points au moins égal à 480 sur 800.
– mention bien pour un total de points au moins égal à 560 sur 800.
– mention très bien pour un total au moins égal à 640 sur 800.

Qu'est-ce qui change avec les aménagements du Brevet ?

- Un système de notation revu.
- 4 épreuves écrites.
- L'histoire des arts à l'épreuve orale.

Les 4 épreuves écrites

Mathématiques	Français	Sciences	Histoire-Géo-EMC
100 points	100 points	50 points	50 points
2 heures	3 heures	1 heure	2 heures

L'épreuve orale

- D'une durée de 15 minutes, l'épreuve orale évalue votre capacité à exposer un projet et est notée sur 100 points.
- Vous devez présenter un projet, de votre choix, que vous avez étudié lors des EPI (Enseignements pratiques interdisciplinaires), d'un parcours éducatif (Avenir, Citoyen, Éducation culturelle et artistique) ou en histoire des arts.
- L'oral se déroule en deux temps :

– présentation du projet (5 min) ;
– questions du jury (10 min).

- Vous pouvez présenter le projet seul ou en groupe de 2 ou 3.

Infographie

Le contrôle continu

Évaluation des **huit composantes du socle commun** de connaissances, de compétences et de culture tout au long de l'année scolaire.

→ 400 points

L'épreuve orale

dès avril – fin juin

Présentation d'un projet mené en histoire des arts ou dans le cadre d'un EPI ou de l'un des parcours éducatifs (Avenir, Citoyen, Éducation culturelle et artistique). L'exposé est suivi d'un entretien.

→ oral individuel : 100 points (15 min)
ou
→ oral collectif : 100 points (25 min)

L'épreuve de Français

Travail sur un texte littéraire
Dictée
Rédaction

→ 100 points (3 h)

L'épreuve de Mathématiques

Exercices, dont certains assortis de tableaux ou de schémas, et un exercice d'informatique.

→ 100 points (2 h)

L'épreuve d'Histoire, Géographie et EMC

Analyse et compréhension de documents.

→ 50 points (2 h)

L'épreuve de Sciences

- Physique-Chimie
- SVT
- Technologie

→ 50 points (1 h)

début juillet

Publication des résultats du Brevet

Diplôme et mentions

Admission au diplôme national du Brevet :
400 points sur 800 (soit 10 sur 20)

- **Mention assez bien** plus de 480 points
- **Mention bien** plus de 560 points
- **Mention très bien** plus de 640 points

septembre octobre

Cérémonie républicaine de remise des diplômes du Brevet

MATHÉMATIQUES

SOMMAIRE

L'épreuve de Maths expliquée

Comment s'organise l'épreuve ?

- **Durée** : 2 heures.
- **Notation** : sur 100 points.
- Un ou plusieurs exercices portent sur une thématique commune (par exemple la sécurité routière).
- Les exercices peuvent prendre différentes formes : exercices à prise d'initiative, questionnaire à choix multiples...
- Ils peuvent s'appuyer sur des situations issues de la vie courante ou d'autres disciplines.

Top chrono !

Pour vous organiser efficacement, prévoyez environ :

- **5 minutes pour lire attentivement le sujet**. Cela vous permet de cibler les exercices avec lesquels vous êtes le plus à l'aise et de commencer par ceux-là ;
- **10 à 30 minutes par exercice**, selon sa longueur. Surveillez attentivement le temps qu'il vous reste. Ne vous éternisez pas sur une question ;
- **5 minutes pour vous relire** en fin d'épreuve : mettez en évidence les résultats, effacez les ratures, vérifiez l'orthographe...

Quel matériel pour cette épreuve ?

- **Le kit du bon géomètre** : compas, règle, équerre et rapporteur.
- **Votre calculatrice** (avec les piles chargées) : indispensable et irremplaçable !
- **Attention** : « *L'utilisation des téléphones portables et, plus largement, de tout appareil permettant des échanges ou la consultation d'informations, est interdite* » et ce, dans tous les examens. Aussi vous n'avez pas le droit d'utiliser votre téléphone pour effectuer des calculs ou pour consulter l'heure. Vous devrez veiller à le ranger éteint (pas même en veille ou en mode silencieux) dans votre sac, lui-même déposé à l'entrée ou au fond de la salle d'examen.

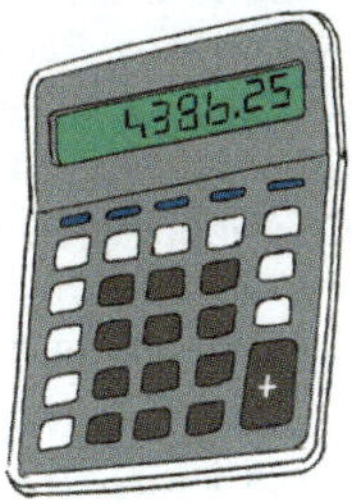

La méthode pour le Brevet

De l'organisation

Comment aborder votre sujet

- **Prenez le temps de lire l'intégralité du sujet** avant de vous lancer. Ainsi, vous prenez connaissance des thèmes abordés et réfléchissez aux exercices par lesquels vous débuterez.
- **Commencez** par les exercices avec lesquels vous êtes le plus à l'aise. En effet, vous pouvez traiter les exercices dans l'ordre de votre choix.
- **Gérez correctement votre temps**. Prévoyez de garder un peu de temps pour la relecture.

Au brouillon

- **Utilisez les feuilles de brouillon** pour faire certains **calculs**, tracer les **figures** ou les **constructions** de manière à apprécier la place nécessaire à la réalisation sur la copie.
- **Pour les QCM**, faites les calculs intégralement sur votre brouillon pour vous assurer de la bonne réponse. Pas de précipitation !

En bref

Commencez par les exercices que vous préférez, vous prendrez confiance en vous au début de l'épreuve et gagnerez tout de suite des points !

De la rigueur et de la cohérence

- **Énoncez clairement les théorèmes utilisés** sans négliger de vérifier les hypothèses. Par exemple, pour faire de la trigonométrie, assurez-vous de travailler dans un triangle rectangle; pour utiliser le théorème de Thalès, vous devez avoir des droites parallèles.
- **En géométrie**, complétez les mesures données par l'énoncé sur la figure si elle est fournie dans le sujet ou bien dessinez-en une sur votre brouillon. Cela vous aidera dans votre réflexion.
- **Essayez de traiter les questions les unes après les autres** dans un même exercice. Si toutefois vous séchez sur une question, passez à la suite (en laissant un peu de place, quitte à y revenir plus tard éventuellement) en considérant le résultat comme démontré.

Astuce

Parfois, le résultat d'une question peut apparaître plus loin dans l'exercice (d'où encore l'intérêt de lire avec attention l'énoncé en entier).

- **Soyez cohérent dans vos réponses.**

→ Si l'on vous demande de montrer qu'un triangle est rectangle, c'est qu'il l'est ! Ne concluez pas qu'il n'est pas rectangle. Si tel est le cas, c'est qu'il y a une erreur quelque part... (si elle n'est pas dans l'énoncé, où est-elle d'après vous ?)

→ De même dans un QCM, si vos calculs ne mènent à aucune des réponses proposées, vous devez chercher votre erreur...

→ Si en calculant le prix d'un pain au chocolat par exemple, vous trouvez 256 €, interrogez-vous.

En bref

Les mathématiques sont une discipline scientifique qui requiert de la rigueur. Aussi, pensez à expliquer le plus clairement possible vos raisonnements.

Toutes les réponses doivent être justifiées, sauf si une indication contraire est donnée.

Pour chaque question, si le travail n'est pas terminé, laissez tout de même une trace de la recherche. Elle sera prise en compte dans les notations

Du soin

- **Faites attention à l'orthographe.** Un théorème de *Phythagore* ou un théorème de *Talès* ne sont pas les bienvenus ! On leur préfère de très loin *Pythagore* et *Thalès*.

- **Évitez les ratures** qui nuisent à la lisibilité ou les « pâtés » de blanc correcteur.
- **Évitez le « je »** ou le **« nous »** dans la rédaction.
- **Soulignez ou encadrez vos résultats.** Et vérifiez par la même occasion que ce que vous avez mis en évidence répond bien à la question posée dans le sujet.
- **Notez bien les numéros des questions** quand vous traitez un exercice.

En bref

Les enseignants qui corrigent vos copies sont sensibles aux efforts faits pour rendre une copie soignée et agréable à lire. Prenez alors votre plus belle écriture et rendez un travail propre !

Le programme de Maths

Finalités et objectifs

Au collège, les mathématiques contribuent à entraîner les élèves à la pratique d'une démarche scientifique. L'objectif est de développer les capacités d'expérimentation et de raisonnement, d'imagination et d'analyse critique. La mise en œuvre du programme doit permettre de développer les six compétences majeures de l'activité mathématique : **chercher**, **modéliser**, **représenter**, **raisonner**, **calculer**, **communiquer**.

Partie 1 : Nombres et calculs

Attendus de fin de cycle :

- Utiliser les nombres pour comparer, calculer et résoudre des problèmes.
- Comprendre et utiliser les notions de divisibilité et de nombres premiers.
- Utiliser le calcul littéral.

Thèmes	Connaissances
Arithmétique	• Diviseurs, multiples. • Notions de nombres premiers. • Décomposition en produit de facteurs premiers. • Fractions irréductibles.
Écritures littérales	• Établir et utiliser une expression littérale. • Double distributivité. • Égalités remarquables. • Utiliser un calcul littéral pour prouver un résultat général, pour valider ou réfuter une conjecture.
Équations et inéquations du premier degré	• Résoudre une équation. • Propriétés des inégalités. • Résoudre une inéquation. • Résoudre des problèmes se ramenant au premier degré.

Partie 2 : Organisation et gestion de données, fonctions

Attendus de fin de cycle :

- Interpréter, représenter et traiter des données.
- Comprendre et utiliser des notions élémentaires de probabilités.
- Résoudre des problèmes de proportionnalité.
- Comprendre et utiliser la notion de fonction.

Thèmes	Connaissances
Notion de fonction	• Modéliser des phénomènes continus par une fonction. • Déterminer l'image d'un nombre. • Déterminer un antécédent d'un nombre.

Fonctions linéaires, fonctions affines	• Représenter une fonction linéaire ou une fonction affine. • Déterminer une fonction linéaire ou affine. • Fonctions linéaires et proportionnalité. • Résoudre un problème en utilisant une fonction linéaire ou affine.
Statistiques	• Moyenne, médiane, étendue. • Interpréter des caractéristiques de position ou de dispersion d'une série statistique.
Probabilités	• Notions de probabilités. • Calculer des probabilités dans un contexte simple.

Partie 3 : Grandeurs et mesures

Attendus de fin de cycle :

- Calculer avec des grandeurs mesurables ; exprimer les résultats dans les unités adaptées.
- Comprendre l'effet de quelques transformations sur des grandeurs géométriques.

Thèmes	Connaissances
Aires et volumes	• Calculer des aires et des volumes. • Étudier l'effet d'un agrandissement-réduction.
Grandeurs composées	• Étudier des grandeurs produits ou quotients (vitesse, débit, concentration, masse volumique...). • Changements d'unités.

Partie 4 : Espace et géométrie

Attendus de fin de cycle :

- Représenter l'espace.
- Utiliser les notions de géométrie plane pour démontrer.

Thèmes	Connaissances
Le théorème de Thalès	• Utiliser le théorème de Thalès pour calculer une longueur. • Réciproque du théorème de Thalès. • Homothéties. • Triangles semblables.
Trigonométrie	• Cosinus, sinus, tangente d'un angle aigu. • Calculer une longueur dans un triangle rectangle ou un angle.
Géométrie dans l'espace	• Se repérer dans l'espace. • Sections de solides.

Partie 5 : Algorithmique et programmation

Attendus de fin de cycle :

- Écrire, mettre au point et exécuter un programme simple.

Thèmes	Connaissances
Algorithmique et programmation	• Utilisation d'un nouveau type de variables. • Étude d'un algorithme. • Utilisation des boucles, des instructions conditionnelles.

Sujet 1

100 pts — 2 heures

France métropolitaine, juin 2021

Exercice 1

20 min **20 pts**

Cette feuille de calcul présente les températures moyennes mensuelles à Tours en 2019.

	A	B	C	D	E	F	G	H	I	J	K	L	M	N
1	Mois	J	F	M	A	M	J	J	A	S	O	N	D	Moyenne sur l'année
2	Température en °C	4,4	7,8	9,6	11,2	13,4	19,4	22,6	20,5	17,9	14,4	8,2	7,8	

1 D'après le tableau ci-dessus, quelle a été la température moyenne à Tours en novembre 2019 ? **2 pts**

2 Déterminer l'étendue de cette série. **3 pts**

3 Quelle formule doit-on saisir en cellule N2 pour calculer la température moyenne annuelle ? **4 pts**

4 Vérifier que la température moyenne annuelle est 13,1 °C. **4 pts**

5 La température moyenne annuelle à Tours en 2009 était de 11,9 °C.

Le pourcentage d'augmentation entre 2009 et 2019, arrondi à l'unité, est-il de 7 %, 10 % ou 13 % ? Justifier la réponse. **7 pts**

Exercice 2

30 min **20 pts**

Le Futuroscope est un parc de loisirs situé dans la Vienne. L'année 2019 a enregistré 1,9 million de visiteurs.

1 Combien aurait-il fallu de visiteurs en plus en 2019 pour atteindre 2 millions de visiteurs ? **2 pts**

2 L'affirmation « Il y a eu environ 5 200 visiteurs par jour en 2019 » est-elle vraie ? Justifier la réponse. **4 pts**

3 Un professeur organise une sortie pédagogique au Futuroscope pour ses élèves de troisième. Il veut répartir les 126 garçons et les 90 filles par groupes. Il souhaite que chaque groupe comporte le même nombre de filles et le même nombre de garçons.

a. Décomposer en produits de facteurs premiers les nombres 126 et 90. **3 pts**

b. Trouver tous les entiers qui divisent à la fois les nombres 126 et 90. **3 pts**

c. En déduire le plus grand nombre de groupes que le professeur pourra constituer. Combien de filles et de garçons y aura-t-il alors dans chaque groupe ? **3 pts**

4 Deux élèves de troisième, Marie et Adrien, se souviennent avoir vu en mathématiques que les hauteurs inaccessibles pouvaient être déterminées avec l'ombre. Ils souhaitent calculer la hauteur de la Gyrotour du Futuroscope.
Marie se place comme indiqué sur la figure ci-dessous, de telle sorte que son ombre coïncide avec celle de la tour. Après avoir effectué plusieurs mesures, Adrien effectue le schéma ci-dessous (*le schéma n'est pas à l'échelle*), sur lequel les points A, E et B, ainsi que les points A, D et C sont alignés.
Calculer la hauteur BC de la Gyrotour. **5 pts**

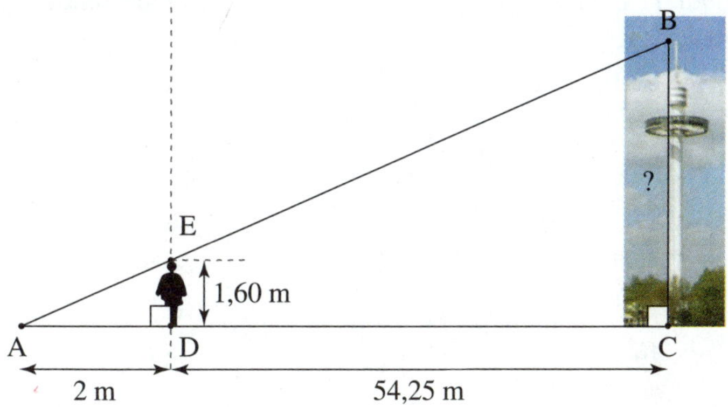

Exercice 3

20 min **20 pts**

Cet exercice est un questionnaire à choix multiples (QCM).
Aucune justification n'est demandée.
Pour chaque question, trois réponses (A, B et C) sont proposées.
Une seule réponse est exacte.

Partie A

Une urne contient 7 jetons verts, 4 jetons rouges, 3 jetons bleus et 2 jetons jaunes. Les jetons sont indiscernables au toucher. On pioche un jeton au hasard dans cette urne.

4 pts par réponse

Question	Réponse A	Réponse B	Réponse C
1 À quel événement correspond une probabilité de $\frac{7}{16}$?	Obtenir un jeton de couleur rouge ou jaune	Obtenir un jeton qui n'est pas vert	Obtenir un jeton vert
2 Quelle est la probabilité de ne pas tirer un jeton bleu ?	$\frac{13}{16}$	$\frac{3}{16}$	$\frac{3}{4}$

Partie B

On considère la figure suivante, composée de vingt motifs numérotés de 1 à 20, dans laquelle :

- $\widehat{AOB} = 36°$;
- le motif 11 est l'image du motif 1 par l'homothétie de centre O et de rapport 2.

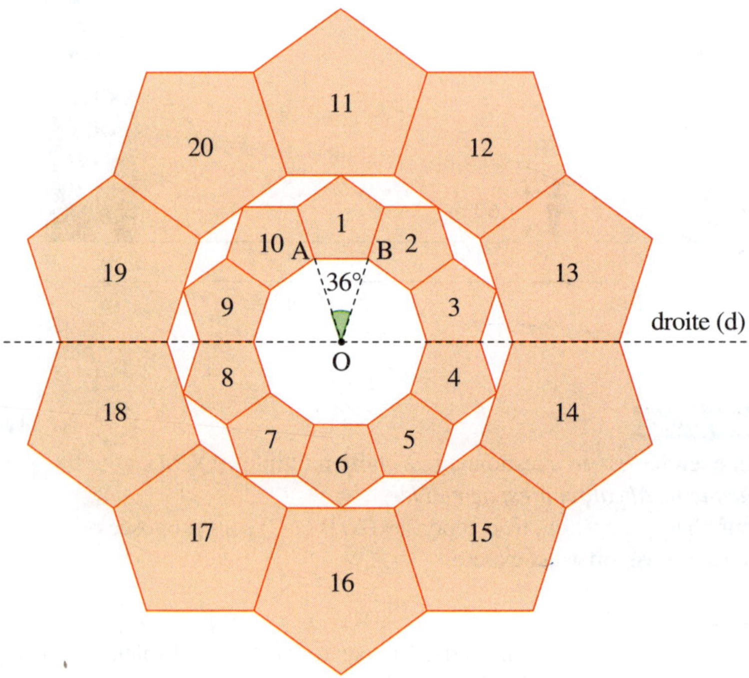

4 pts par réponse

Question	Réponse A	Réponse B	Réponse C
1 Quelle est l'image du motif 20 par la symétrie d'axe la droite (d) ?	Le motif 17	Le motif 15	Le motif 12
2 Par quelle rotation le motif 3 est-il l'image du motif 1 ?	Une rotation de centre O et d'angle 36°	Une rotation de centre O et d'angle 72°	Une rotation de centre O et d'angle 90°
3 L'aire du motif 11 est égale :	au double de l'aire du motif 1	à 4 fois l'aire du motif 1	à la moitié de l'aire du motif 1

Exercice 4

25 min **20 pts**

Voici un programme de calcul :

- Choisir un nombre.
- Prendre le carré du nombre de départ.
- Ajouter le triple du nombre de départ.
- Soustraire 10 au résultat.

1 Vérifier que si on choisit 4 comme nombre de départ, on obtient 18. **2 pts**

2 Appliquer ce programme de calcul au nombre – 3. **3 pts**

3 Vous trouverez ci-dessous un script, écrit avec Scratch.

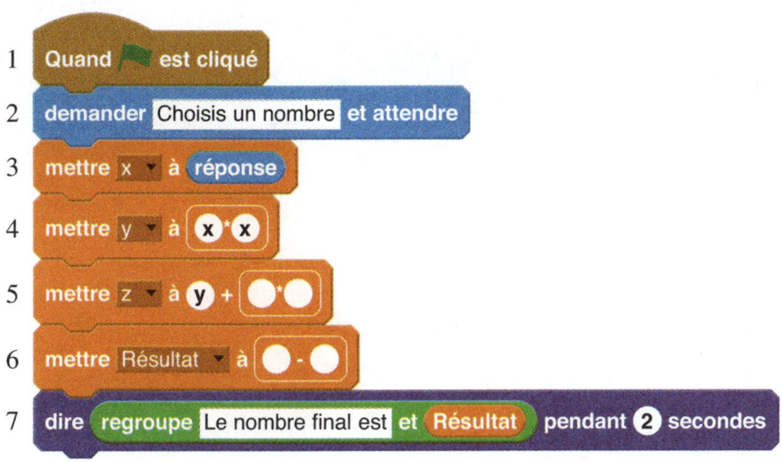

Compléter les lignes 5 et 6 pour que ce script corresponde au programme de calcul. **4 pts**

4 On veut déterminer le nombre à choisir au départ pour obtenir zéro comme résultat.

a. On appelle x le nombre de départ. Exprimer en fonction de x le résultat final. **4 pts**

b. Vérifier que ce résultat peut aussi s'écrire sous la forme $(x + 5)(x - 2)$. **4 pts**

c. Quel(s) nombre(s) doit-on choisir au départ pour obtenir le nombre 0 à l'arrivée ? **3 pts**

Exercice 5

25 min **20 pts**

La production annuelle de déchets par Français était de 5,2 tonnes par habitant en 2007. Entre 2007 et 2017, elle a diminué de 6,5 %.

1 De combien de tonnes la production annuelle de déchets par Français en 2017 a-t-elle diminué par rapport à l'année 2007 ? **4 pts**

2 Pour continuer à diminuer leur production de déchets, de nombreuses familles utilisent désormais un composteur.

Une de ces familles a choisi le modèle ci-dessous, composé d'un pavé droit et d'un prisme droit (*la figure du composteur n'est pas à l'échelle*). Le descriptif indique qu'il a une contenance d'environ 0,5 m^3. On souhaite vérifier cette information.

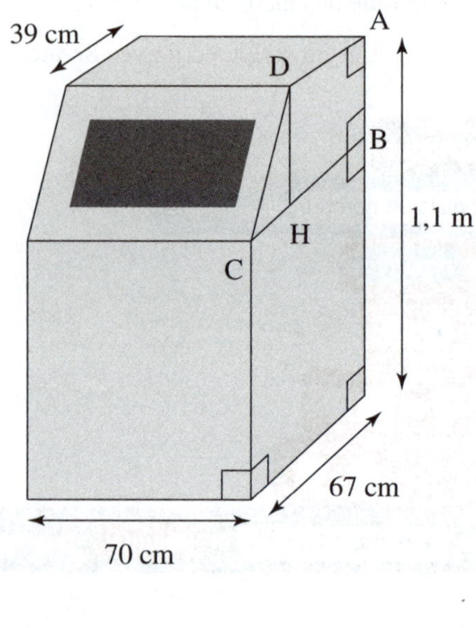

Trapèze ABCD

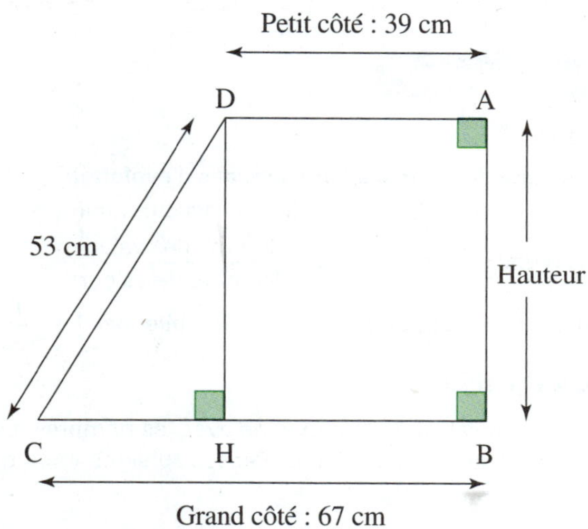

a. Dans le trapèze ABCD, calculer la longueur CH. **2 pts**

b. Montrer que la longueur DH est égale à 45 cm. **4 pts**

c. Vérifier que l'aire du trapèze ABCD est de 2 385 cm². **5 pts**

d. Calculer le volume du composteur.

L'affirmation « il a une contenance d'environ 0,5 m³ » est-elle vraie ? Justifier. **5 pts**

Rappels :

- Aire d'un trapèze = $\dfrac{(\text{Petit côté} + \text{Grand côté}) \times \text{Hauteur}}{2}$
- Volume d'un prisme droit = Aire de la base × Hauteur
- Volume d'un pavé droit = Longueur × Largeur × Hauteur

Sujet 1 Corrigé

Les clés pour réussir

Exercice 1

Révisez **Les statistiques et les pourcentages d'évolution**

- Étendue d'une série = Valeur maximale – Valeur minimale.
- Moyenne d'une série de valeurs = $\dfrac{\text{Somme des valeurs}}{\text{Nombre de valeurs}}$.
- Augmenter un nombre de t %, c'est le multiplier par $1 + \dfrac{t}{100}$.

Les difficultés du sujet

3 Réfléchissez au calcul de la moyenne avec les nombres, puis remplacez-les par les noms des cellules. Pensez au signe « = » devant la formule utilisée.

5 La température moyenne en 2009 est 11,9 °C. Testez chaque pourcentage d'évolution proposé (une augmentation de 7 %, 10 % et 13 %), puis comparez le résultat obtenu à 13,1 °C.

Exercice 2

Révisez **Le calcul numérique, l'arithmétique et la géométrie dans le plan**

- Un nombre entier naturel est premier s'il admet exactement deux diviseurs : 1 et lui-même.
- Tout entier naturel (non premier) se décompose en produit de facteurs premiers.
- Deux droites perpendiculaires à une même troisième droite sont parallèles entre elles.
- Si (MN) // (BC), d'après le théorème de Thalès :

$$\frac{AM}{AB} = \frac{AN}{AC} = \frac{MN}{BC}$$

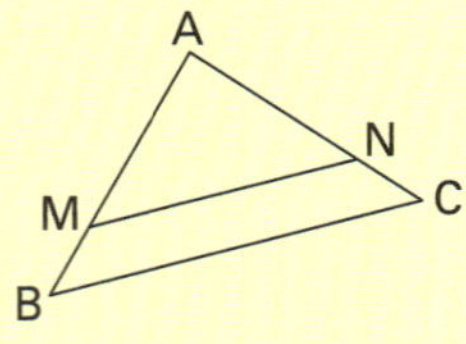

Les difficultés du sujet

2 Un calcul de moyenne vous permettra de prendre position. Mais lisez soigneusement l'affirmation. C'est vrai ou faux, selon votre argumentation.

3 b. On trouve les six diviseurs communs à 126 et 90 en effectuant tous les produits des facteurs premiers communs à ces deux nombres.

c. Dans la liste établie en **3 b.**, prenez le plus grand nombre pour déterminer le nombre de groupes.

4 Vous devez commencer par justifier que (DE) et (BC) sont parallèles avant d'utiliser le théorème de Thalès.

Exercice 3

Révisez **Les probabilités et les transformations du plan**

- En situation d'équiprobabilité, une probabilité p se calcule avec la formule :

$$p = \frac{\text{Nombre d'issues favorables}}{\text{Nombre d'issues possibles}}$$

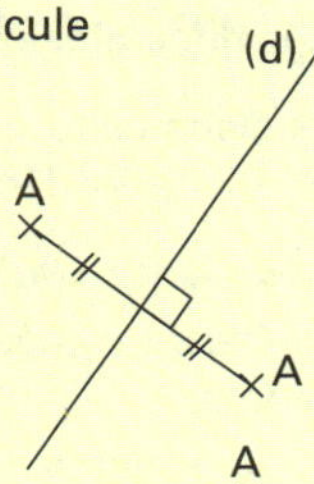

- **La symétrie axiale**

Le symétrique d'un point A par rapport à une droite (d) est le point A′ tel que (d) soit la médiatrice du segment [AA′].

- **La rotation**

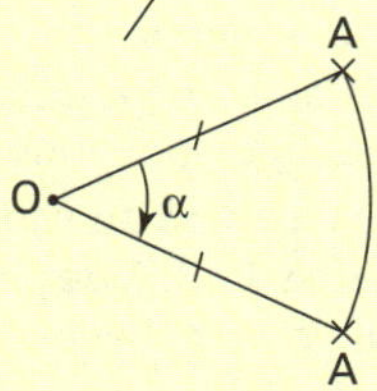

Le point A′ est l'image du point A par la rotation de centre O et d'angle α dans le sens direct.

- Une homothétie de rapport k ($k > 0$) multiplie les longueurs par k et les aires par k^2.

Les difficultés du sujet

2 Comptez par exemple le nombre de jetons qui ne sont pas bleus et déduisez-en la probabilité cherchée.

4 Vous pouvez par exemple construire les images des points A et B (qui appartiennent au motif 1) par chaque rotation proposée. La rotation cherchée est celle pour laquelle les deux points images sont situés sur le motif 3.

Exercice 4

Révisez **Le calcul littéral**

Une équation produit nul est une équation du type $\underbrace{A \times B}_{\text{produit}} = \underbrace{0}_{\text{nul}}$.

Les solutions de ce type d'équation sont les solutions de chacune des équations $A = 0$ et $B = 0$.

Les difficultés du sujet

2 Le carré d'un nombre négatif est un nombre positif.

3 Le script Scratch retranscrit le programme de calcul. Il utilise 4 variables : x, y, z et *Résultat*. Faites le lien entre ces variables et les étapes du programme.

4 b. Développez le résultat proposé en utilisant la double distributivité. Vous devez obtenir le même résultat que dans la question **a.**
c. Il s'agit de résoudre une équation. Utilisez la question précédente.

Exercice 5

Révisez **Les pourcentages et la géométrie**

Prendre t % d'une quantité revient à la multiplier par $\frac{t}{100}$.

Les difficultés du sujet

1 Dans cette question, il n'est pas demandé de donner la production annuelle de déchets en 2017.

2 a. Aidez-vous de la figure.
b. C'est un théorème connu de géométrie utilisé dans un triangle rectangle.
c. Vous avez le choix entre l'utilisation de la formule donnée dans les rappels ou bien la décomposition du trapèze en un rectangle et un triangle rectangle dont vous connaissez les mesures.
d. Le composteur est composé de deux solides : un pavé droit et un prisme droit. Aidez-vous, si besoin, des formules rappelées pour calculer leur volume. Pensez à conclure en comparant le résultat obtenu à 0,5 m^3.

Exercice 1

1 Lecture de données

En novembre 2019, la température moyenne à Tours a été de **8,2 °C**.

2 Étendue de la série

La série des températures s'étend de 4,4 °C (en janvier) à 22,6 °C (en juillet).
22,6 – 4,4 = 18,2.
L'étendue de cette série est 18,2 °C.

Remarque

Il y a 18,2 °C d'écart entre le mois le plus chaud et le mois le plus froid.

3 Formule dans un tableur et moyenne

La température moyenne annuelle se calcule comme la somme des températures mensuelles (de la cellule B2 à M2) divisée par le nombre de mois (12).
Ainsi, la cellule N2 contient la formule :
=MOYENNE(B2:M2) ou **=SOMME(B2:M2)/12**
ou **=(B2+C2+D2+E2+F2+G2+H2+I2+J2+K2+L2+M2)/12**

Remarque

Il y a plusieurs réponses possibles.

4 Calcul de moyenne

La température moyenne annuelle T à Tours en 2019 est :

$$T = \frac{4{,}4 + 7{,}8 + 9{,}6 + 11{,}2 + 13{,}4 + 19{,}4 + 22{,}6 + 20{,}5 + 17{,}9 + 14{,}4 + 8{,}2 + 7{,}8}{12}$$

$$T = \frac{157{,}2}{12}$$

$T = 13{,}1$ °C.

C'est bien le résultat annoncé.

Gagnez des points !

Moyenne annuelle = Somme des températures ÷ 12

5 Pourcentage d'augmentation de la température entre 2009 et 2019

La température moyenne annuelle à Tours est passée de 11,9 °C à 13,1 °C.

$$11{,}9 \times \left(1 + \frac{7}{100}\right) \simeq 12{,}7$$

$$11{,}9 \times \left(1 + \frac{10}{100}\right) \simeq 13{,}1$$

$$11{,}9 \times \left(1 + \frac{13}{100}\right) \simeq 13{,}4$$

Rappel

Le nombre $1 + \frac{7}{100} = 1{,}07$

est aussi appelé coefficient multiplicateur et noté CM.

Le pourcentage d'augmentation entre 2009 et 2019 est donc de 10 %.

Autre méthode

La température est passée de 11,9 °C à 13,1 °C.
Elle a augmenté de $13{,}1 - 11{,}9 = 1{,}2$ °C.
Par rapport à une température initiale de 11,9 °C, cela représente une évolution de $\frac{1{,}2}{11{,}9} \simeq 0{,}1$.

$0{,}1 = \frac{10}{100} = 10$ %.

Cela correspond alors à une augmentation de 10 %.

Exercice 2

1 Visiteurs manquants pour atteindre le seuil de 2 millions

$2\,000\,000 - 1\,900\,000 = 100\,000$

Il aurait fallu 100 000 visiteurs de plus en 2019 pour atteindre 2 millions de visiteurs.

Pensez-y !

1 million = 10^6 = 1 000 000

Autre méthode

Si on effectue le calcul en millions :
$2 - 1{,}9 = 0{,}1$.
Il a manqué 0,1 million de visiteurs, soit 100 000 visiteurs, pour atteindre la barre des 2 millions.

2 Étude d'une affirmation

On s'intéresse au nombre quotidien de visiteurs du Futuroscope.

- L'année 2019 a enregistré 1,9 million, soit 1 900 000 visiteurs, sur une période de 365 jours. Si l'on calcule la moyenne du nombre de visiteurs correspondante :

$\frac{1\,900\,000}{365} \simeq 5\,205$ (résultat arrondi).

Ainsi, l'affirmation selon laquelle « il y a eu environ 5 200 visiteurs par jour en 2019 » est vraie en moyenne.

> **Piège à éviter**
> Il faut préciser « en moyenne » pour que l'affirmation soit vraie.

- En revanche, sans la notion de valeur moyenne, cette affirmation est fausse. En effet, il est inexact de dire que le parc a réalisé environ 5 200 entrées quotidiennes durant l'année 2019. **Le nombre réel d'entrées est fluctuant chaque jour et n'est pas exactement de 5 205 par jour.**

> **Gagnez des points !**
> L'affirmation est vraie ou fausse selon vos arguments.

3 a. Décomposition en produit de facteurs premiers

126	2
63	3
21	3
7	7
	1

126 $= 2 \times 3 \times 3 \times 7 = \mathbf{2 \times 3^2 \times 7}$

> **Pensez-y !**
> Un nombre est divisible par 3 si la somme des chiffres qui le composent est un multiple de 3.

90	2
45	3
15	3
5	5
	1

90 $= 2 \times 3 \times 3 \times 5 = \mathbf{2 \times 3^2 \times 5}$

b. Recherche de diviseurs communs

$126 = \underline{2} \times \underline{3} \times \underline{3} \times 7$ $\quad 90 = \underline{2} \times \underline{3} \times \underline{3} \times 5$

Les diviseurs communs à ces deux nombres sont tous les produits de 1, 2, 3 et 3 :

1 ; 2 ; 3 ; $2 \times 3 = 6$; $3 \times 3 = 9$; $2 \times 3 \times 3 = 18$.

126 et 90 ont 6 diviseurs communs : 1 ; 2 ; 3 ; 6 ; 9 ; 18.

> **Piège à éviter**
> Dans la liste des diviseurs communs, n'oubliez pas 1 !

c. Nombre et répartition des groupes

- Le plus grand nombre de groupes répartissant les 126 garçons et 90 filles correspond alors au diviseur commun le plus grand des nombres 126 et 90. D'après la question **1 b.**, c'est 18.

Le professeur pourra constituer 18 groupes.

> **Remarque**
> 18 est appelé PGCD (plus grand commun diviseur) des nombres 126 et 90.

- $\frac{126}{18} = 7$ et $\frac{90}{18} = 5$.

Chaque groupe d'élèves sera composé de 7 garçons et 5 filles.

4 Calcul de la hauteur de la Gyrotour

- Les droites (DE) et (CB) sont toutes deux perpendiculaires à la droite (CD). Ainsi, (DE) et (CB) sont parallèles.
- Les points A, E, B et les points A, D, C sont alignés dans le même ordre.

Piège à éviter

Il faut justifier que (DE) // (CB), car ce n'est pas une donnée de l'énoncé.

- (DE) et (CB) étant parallèles, on applique le théorème de Thalès :

$$\frac{AE}{AB} = \frac{AD}{AC} = \frac{DE}{BC}$$

$$\frac{AE}{AB} = \boxed{\frac{2}{2+54{,}25} = \frac{1{,}60}{BC}}$$

Gagnez des points !

Comme A, D et C sont alignés, AD + DC = AC.

De l'égalité encadrée, on déduit par produit en croix :

$2 \times BC = 56{,}25 \times 1{,}60$

$BC = \frac{56{,}25 \times 1{,}60}{2}$

$BC = 45$

La Gyrotour mesure 45 m de haut.

Exercice 3

Partie A

1 Événement correspondant à une probabilité donnée

On cherche l'événement associé à une probabilité de $\frac{7}{16}$.

L'urne contient 7 jetons verts pour un total de :

$7 + 4 + 3 + 2 = 16$ jetons.

Le quotient $\frac{7}{16}$ correspond donc à $\frac{\text{Nombre de jetons verts}}{\text{Nombre total de jetons}}$.

C'est la probabilité d'obtenir un jeton vert.

Réponse C

Autre méthode

On calcule la probabilité de chaque événement proposé.

- La probabilité d'obtenir un jeton rouge ou jaune est :

$p_1 = \frac{4+2}{7+4+3+2} = \frac{6}{16} \neq \frac{7}{16}$.

● La probabilité d'obtenir un jeton qui n'est pas vert est :

$p_2 = \frac{4+3+2}{16} = \frac{9}{16} \neq \frac{7}{16}$.

● La probabilité d'obtenir un jeton vert est $p_3 = \frac{7}{16}$. C'est la probabilité proposée.

2 Calcul d'une probabilité

L'urne compte 3 jetons bleus parmi 16 jetons au total.
Il y a 16 – 3 = 13 jetons qui ne sont pas bleus.
La probabilité de ne pas tirer un jeton bleu vaut alors : $\frac{13}{16}$.

Réponse A

Méthode

Comptez les jetons « non bleus » et déduisez-en la probabilité cherchée.

Autres méthodes

● La probabilité de tirer un jeton bleu est : $\frac{3}{16}$.
La probabilité de ne pas tirer un jeton bleu est l'événement contraire du précédent :

$1 - \frac{3}{16} = \frac{16}{16} - \frac{3}{16} = \frac{13}{16}$.

● La probabilité de ne pas tirer un jeton bleu est aussi la probabilité de tirer un jeton vert, rouge ou jaune, soit :

$\frac{7}{16} + \frac{4}{16} + \frac{2}{16} = \frac{13}{16}$.

C'est la probabilité proposée.

Partie B

1 Image par une symétrie axiale

L'image du motif 20 par la symétrie d'axe la droite (d) est le motif 17 (voir couleur bleue).

Réponse A

2 Caractérisation d'une rotation

Le motif 3 est l'image du motif 1 par la rotation de centre O et d'angle $\widehat{AOC} = 2 \times 36° = 72°$ (voir couleur rouge).

Réponse B

Pensez-y !

Sans précision, la rotation s'opère dans le sens direct (sens des aiguilles d'une montre).

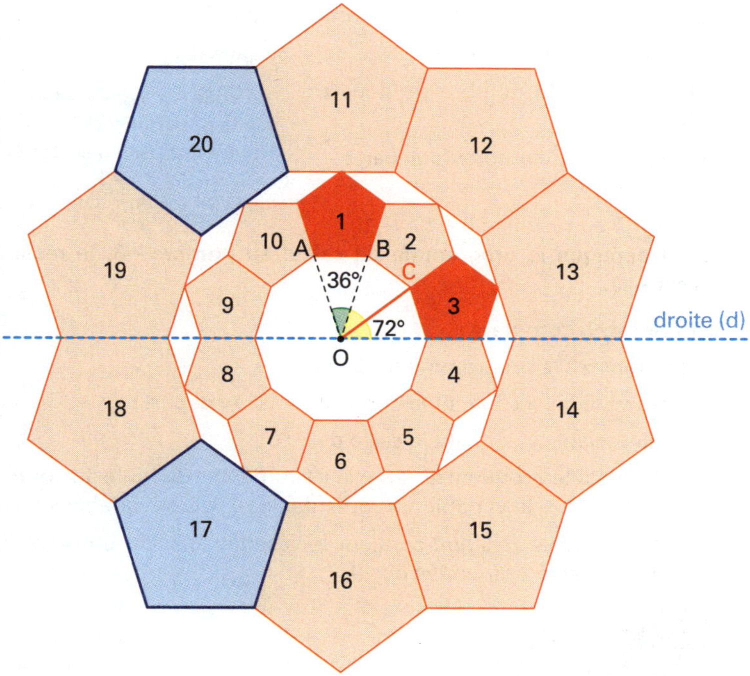

3 Aire d'un motif

Le motif 11 est l'image du motif 1 par l'homothétie de centre O et de rapport 2.

Les longueurs du motif 11 sont donc le double de celles du motif 1.

L'aire du motif 11 s'obtient donc comme l'aire du motif 1 multipliée par $2^2 = 2 \times 2 = 4$.

Réponse B

Remarque

Le motif 11 est un agrandissement du motif 1 de coefficient 2.

Exercice 4

1 Calcul d'une valeur avec le programme de calcul

- Le nombre choisi est 4.
- Prendre le carré du nombre de départ : $4^2 = 16$.
- Ajouter le triple du nombre de départ : $16 + 3 \times 4 = 28$.
- Soustraire 10 au résultat : $28 - 10 = 18$.

Le résultat obtenu est bien 18.

2 Calcul d'une valeur avec le programme de calcul

- Le nombre choisi est -3.
- Prendre le carré du nombre de départ : $(-3)^2 = 9$.
- Ajouter le triple du nombre de départ : $9 + 3 \times (-3) = 0$.
- Soustraire 10 au résultat : $0 - 10 = -10$.

Quand on applique le programme de calcul au nombre -3, le résultat obtenu est -10.

Pensez-y !

Si vous écrivez -3^2 (donc sans parenthèses), vous ne mettez pas -3 au carré.
$-3^2 = -3 \times 3 = -9$
et $(-3)^2 = (-3) \times (-3) = 9$.

3 Script Scratch complété

Le script retranscrit le programme de calcul :

- Ligne 3 : la variable x contient le nombre choisi au départ ;
- Ligne 4 : la variable y contient le carré de x ;
- Ligne 5 : la variable z contient la variable y augmentée du triple du nombre de départ, c'est-à-dire la variable y augmentée de 3 fois la variable x ;
- Ligne 6 : la variable *Résultat* contient le résultat final du programme, c'est-à-dire la variable z diminuée de 10.

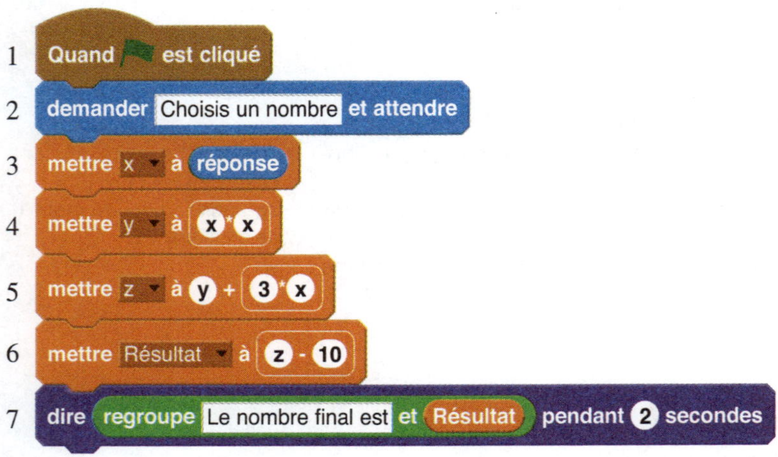

4 a. Résultat du programme avec x

- Le nombre choisi est x.
- Prendre le carré du nombre de départ : x^2.
- Ajouter le triple du nombre de départ : $x^2 + 3 \times x = x^2 + 3x$.
- Soustraire 10 au résultat : $x^2 + 3x - 10$.

Le résultat obtenu en fonction de x est : $x^2 + 3x - 10$.

Remarque

Cette écriture est une forme développée (somme de trois termes).

b. Autre écriture du résultat

En développant l'expression donnée, on obtient :

$(x+5)(x-2) = x \times x - 2 \times x + 5 \times x - 5 \times 2$
$= x^2 - 2x + 5x - 10$
$= x^2 + 3x - 10$

On reconnaît l'expression obtenue en **4 a.**

Quel que soit le nombre x choisi au départ, on obtient au final comme résultat : $(x+5)(x-2)$.

Remarque

Cette écriture est une forme factorisée (produit de deux facteurs).

c. Nombres à choisir pour obtenir 0

On cherche les nombres x qui vérifient :

$x^2 + 3x - 10 = 0$

soit : $\underbrace{(x+5)(x-2)}_{\text{produit}} = \underbrace{0}_{\text{nul}}$

$x + 5 = 0$ ou $x - 2 = 0$

$x = -5$ ou $x = 2$

On peut choisir -5 ou 2 pour obtenir le nombre 0 à l'arrivée.

Pensez-y !

L'équation $x^2 + 3x - 10 = 0$ est une équation qu'on ne sait pas résoudre en troisième. C'est pourquoi on utilise la forme factorisée. On dit que les équations $x^2 + 3x - 10 = 0$ et $(x+5)(x-2) = 0$ sont équivalentes.

Exercice 5

1 Nombres de tonnes de déchets en moins entre 2007 et 2017

Entre 2007 et 2017, la production annuelle de déchets a diminué de 6,5 %.
Elle était de 5,2 tonnes en 2007.
Elle a donc baissé de 6,5 % de 5,2 tonnes entre 2007 et 2017.

6,5 % de 5,2 $= \frac{6,5}{100} \times 5,2$
$= 0,065 \times 5,2$
$= 0,338.$

La production de déchets annuelle a baissé de 0,338 tonne, soit 338 kg entre 2007 et 2017.

Gagnez des points !

Même si la conversion de 0,338 tonne en kilogrammes n'est pas demandée, vous pouvez l'écrire dans la conclusion.

2 a. Calcul de la longueur CH

D'après la figure, on a :
CH = Grand côté – Petit côté
CH = 67 – 39
CH = 28
La longueur CH est égale à 28 cm.

b. Calcul de la longueur DH

Le triangle CHD est rectangle en H. D'après le théorème de Pythagore, on a :

$CD^2 = CH^2 + DH^2$
$53^2 = 28^2 + DH^2$

$2\,809 = 784 + DH^2$
$DH^2 = 2\,809 - 784$
$DH = 2\,025$
$DH = \sqrt{2\,025}$ (car $DH > 0$)
$BD = 45$

La longueur BD est bien égale à 45 cm.

L'astuce du prof

Il est hors de question de trouver une valeur autre que 45. L'énoncé est clair.

c. Calcul de l'aire du trapèze

On utilise la formule de l'aire du trapèze donnée dans l'énoncé :

$$\text{Aire du trapèze} = \frac{(\text{Petit côté} + \text{Grand côté}) \times \text{Hauteur}}{2}$$
$$= \frac{(AD + BC) \times DH}{2}$$
$$= \frac{(39 + 67) \times 45}{2}$$
$$= \frac{4\,770}{2}$$
$$= 2\,385.$$

L'aire du trapèze est donc égale à 2 385 cm².

Autre méthode

Le trapèze est composé d'un rectangle et d'un triangle rectangle. On calcule son aire en effectuant la somme des aires de ces deux figures :

- $\text{Aire}_{\text{rectangle ABHD}} = AD \times DH = 39 \times 45 = 1\,755.$
- $\text{Aire}_{\text{triangle CHD}} = \frac{CH \times DH}{2} = \frac{28 \times 45}{2} = 630.$
- $\text{Aire}_{\text{trapèze ABHD}} = \text{Aire}_{\text{rectangle ABHD}} + \text{Aire}_{\text{triangle CHD}} = 1\,755 + 630 = 2\,385 \text{ cm}^2.$

L'aire du trapèze ABHD est bien 2 385 cm².

d. Volume du composteur

Le composteur est composé d'un pavé droit et d'un prisme droit. Son volume est donc la somme des volumes de ces deux solides.

Remarque

La hauteur du pavé est donnée par la différence de la hauteur du composteur (1,1 m = 110 cm) avec la hauteur du prisme (45 cm).

- $\text{Volume du pavé droit} = \text{Longueur} \times \text{Largeur} \times \text{Hauteur}$
$$= \underbrace{70}_{\text{Longueur}} \times \underbrace{67}_{\text{Largeur}} \times \underbrace{(110 - 45)}_{\text{Hauteur}}$$
$$= 304\,850$$

Le volume du pavé droit est 304 850 cm³.

- Volume du prisme droit = Aire de la base × Hauteur
  = Aire du trapèze × DH
  = 2 385 × 70
  = 166 950

Le volume du prisme droit est 166 950 cm³.

- Le volume du composteur est donc : 304 850 + 166 950 = **471 800 cm³**.

471 800 cm³ = 471,800 dm³ = 0,471800 m³.
Ce résultat est assez proche de 0,5 m³.
On peut considérer que l'affirmation est vraie.

Pensez-y !

La hauteur du prisme n'est pas la hauteur du trapèze.

Remarque

0,5 – 0,4718 = 0,0282.
La différence est de 0,0282 m³, soit 28,2 litres.

Sujet 2

100 pts — 2 heures

Amérique du Nord, juin 2021

Exercice 1

30 min **26 pts**

Pour chacune des six affirmations suivantes, indiquer si elle est vraie ou fausse.

On rappelle que ***chaque réponse doit être justifiée****.*

1 On considère la fonction f définie par $f(x) = 3x - 7$.

Affirmation n° 1 : « L'image par f du nombre -1 est 2. » **3 pts**

2 On considère l'expression $E = (x - 5)(x + 1)$.

Affirmation n° 2 : « L'expression E a pour forme développée et réduite $x^2 - 4x - 5$. » **3 pts**

3 n est un nombre entier positif.

Affirmation n° 3 : « Lorsque n est égal à 5, le nombre $2^n + 1$ est un nombre premier. » **4 pts**

4 On a lancé 15 fois un dé à six faces numérotées de 1 à 6 et on a noté les fréquences d'apparition dans le tableau ci-dessous :

Numéro de la face apparente	1	2	3	4	5	6
Fréquence d'apparition	$\frac{3}{15}$	$\frac{4}{15}$	$\frac{5}{15}$	$\frac{2}{15}$	$\frac{1}{15}$	…

Affirmation n° 4 : « La fréquence d'apparition du 6 est 0. » **4 pts**

5 On considère un triangle RAS rectangle en S.

Le côté [AS] mesure 80 cm et l'angle $\widehat{ARS}$ mesure 26°.

Affirmation n° 5 : « Le segment [RS] mesure environ 164 cm. » **6 pts**

6 Un rectangle ABCD a pour longueur 160 cm et pour largeur 95 cm.

Affirmation n° 6 : « Les diagonales de ce rectangle mesurent exactement 186 cm. » **6 pts**

Exercice 2

30 min **21 pts**

Une athlète a réalisé un triathlon d'une longueur totale de 12,9 kilomètres. Les trois épreuves se déroulent dans l'ordre suivant :

Épreuve ①	Épreuve ②	Épreuve ③
Natation Distance = 400 m	Cyclisme	Course à pied Distance = 2,5 km

Entre deux épreuves, l'athlète doit effectuer sur place un changement d'équipement.

Le graphique ci-dessous représente la distance parcourue par l'athlète (exprimée en kilomètres), en fonction du temps de parcours de l'athlète (exprimé en minutes) pendant son triathlon.

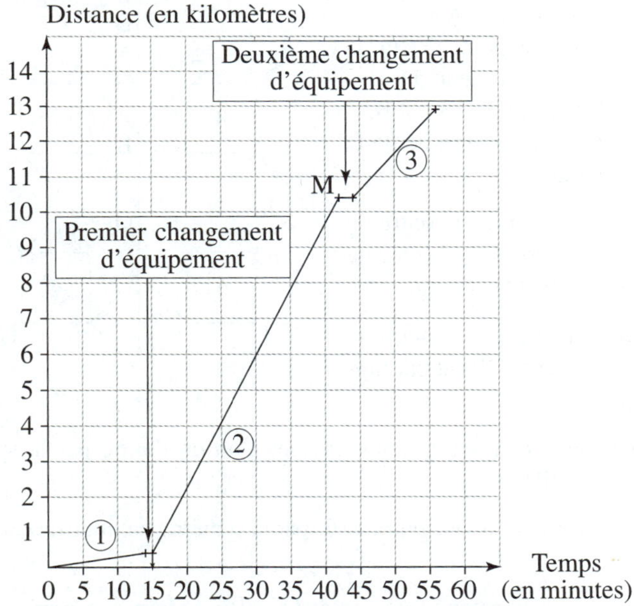

Le point M a pour abscisse 42 et pour ordonnée 10,4.

À l'aide du tableau ou par lecture du graphique ci-dessus (avec la précision qu'il permet), répondre aux questions suivantes, en justifiant.

1 Au bout de combien de temps l'athlète s'est-elle arrêtée pour effectuer son premier changement d'équipement ? **2 pts**

2 Quelle est la longueur, exprimée en kilomètres, du parcours de l'épreuve de cyclisme ? **2,5 pts**

3 En combien de temps l'athlète a-t-elle effectué l'épreuve de course à pied ? **2,5 pts**

4 Parmi les trois épreuves, pendant laquelle l'athlète a-t-elle été la moins rapide ? **9 pts**

5 On considère que les changements d'équipement entre les épreuves font partie du triathlon.
La vitesse moyenne de l'athlète sur l'ensemble du triathlon est-elle supérieure à 14 km/h ? **5 pts**

Exercice 3

15 min **16 pts**

Dans cet exercice, aucune justification n'est demandée.

On a construit un carré ABCD.
On a construit le point O sur la droite (DB), à l'extérieur du segment [DB] et tel que : OB = AB.
Le point H est le symétrique de D par rapport à O.

On a obtenu la figure ci-contre en utilisant plusieurs fois la même rotation de centre O et d'angle 45°.

La figure obtenue est symétrique par rapport à l'axe (DB) et par rapport au point O.

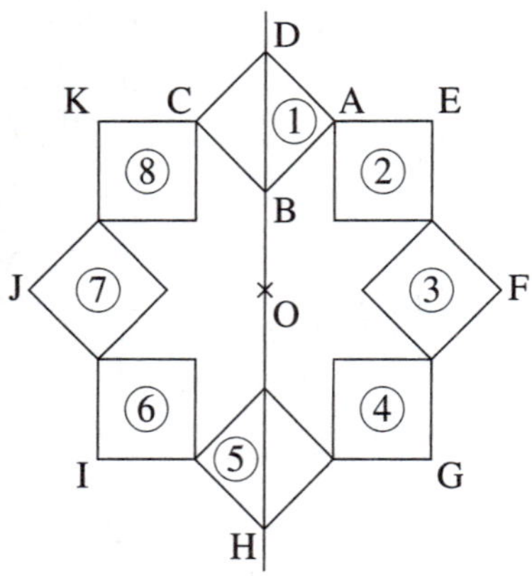

1 Donner deux carrés différents, images l'un de l'autre par la symétrie axiale d'axe (DB). **4 pts**

2 Le carré ③ est-il l'image du carré ⑧ par la symétrie centrale de centre O ? **2 pts**

3 On considère la rotation de centre O qui transforme le carré ① en le carré ②. Quelle est l'image du carré ⑧ par cette rotation ? **4 pts**

4 On considère la rotation de centre O qui transforme le carré ② en le carré ⑤. Préciser l'image du segment [EF] par cette rotation. **6 pts**

Exercice 4

20 min 16 pts

Dans cet exercice, aucune justification n'est demandée.

On dispose d'un tableau carré ci-contre partagé en neuf cases blanches de mêmes dimensions qui constituent un motif.

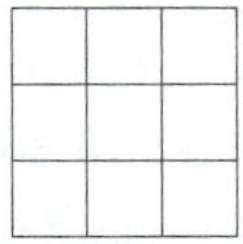

Quatre instructions A, B, C et E permettent de changer l'aspect de certaines cases. Ainsi :

Instruction	Descriptif	Effet de l'instruction
A	La case centrale du motif est noircie.	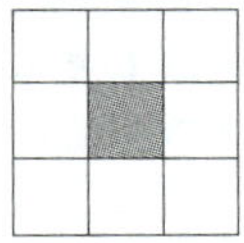
B	Dans le motif, la case en bas à gauche et la case en haut à droite sont noircies.	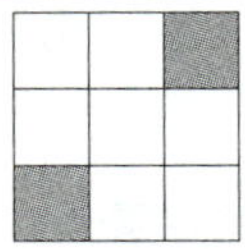
C	Dans le motif, la case médiane à gauche et la case médiane à droite sont noircies.	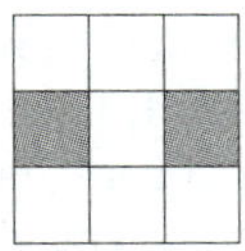
E	Les couleurs du motif sont inversées : les cases blanches deviennent noires et les cases noires deviennent blanches.	Inverser les couleurs

Remarque :
Si une case du motif est déjà noire et si une instruction demande de la noircir, alors cette case ne change pas de couleur et reste noire à la suite de cette instruction.

Exemples :
À partir d'un motif dont toutes les cases sont blanches :

– la suite d'instructions A C permet d'obtenir le motif suivant

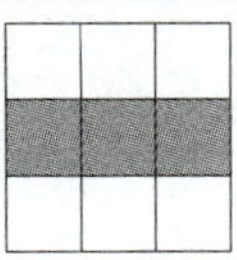

– la suite d'instructions A C E permet d'obtenir le motif suivant

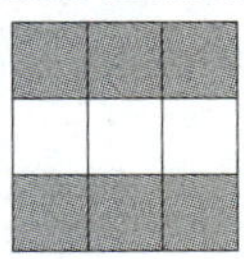

Pour chacune des questions suivantes, on dispose au départ d'un motif dont toutes les cases sont blanches.

1 Représenter le motif obtenu avec la suite d'instructions A B. **2 pts**

2 Parmi les quatre propositions suivantes, deux propositions permettent d'obtenir le motif ci-dessous. Lesquelles ?

Proposition n° 1 : A B C

Proposition n° 2 : C E

Proposition n° 3 : B C E C

Proposition n° 4 : C A E A

8 pts

3 Donner une suite d'instructions qui permet d'obtenir le motif ci-contre.

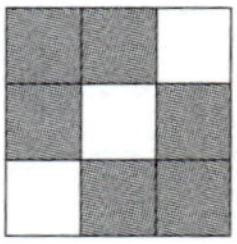

6 pts

Exercice 5

25 min **21 pts**

On souhaite rénover une salle de bain qui a la forme d'un parallélépipède rectangle. Il faut coller du papier peint sur les quatre murs. On n'en colle pas sur la porte, ni sur la fenêtre.
Voici un schéma de la salle de bain :

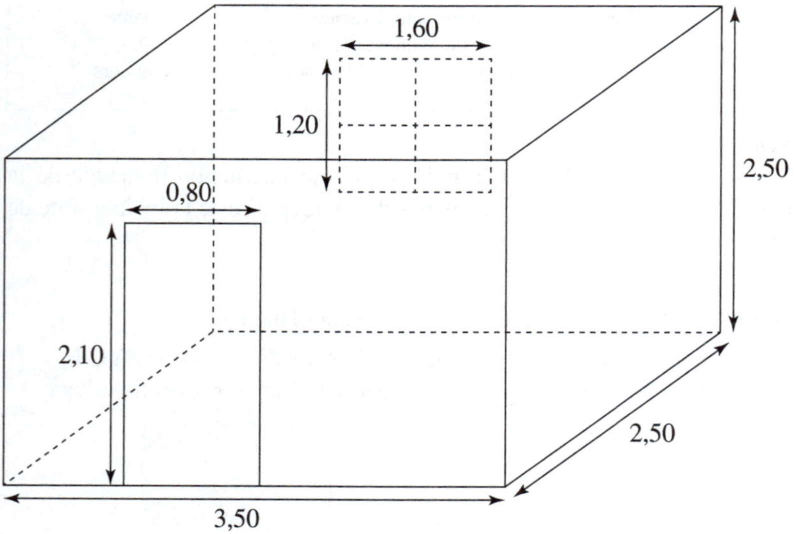

Les dimensions sont exprimées en mètres.

On dispose des informations suivantes :

Prix du papier peint : – le papier peint est vendu au rouleau entier ; – un rouleau coûte 16,95 € ; – un rouleau permet de recouvrir 5,3 m^2. *Conseil du vendeur :* Prévoir un rouleau de papier peint en plus afin de compenser les pertes liées aux découpes.	**Prix de la colle** : – la colle est vendue au pot entier ; – un pot a une masse de 0,2 kg ; – un pot coûte 5,70 €. *Conseil du vendeur :* Compter un pot de colle pour 4 rouleaux de papier peint.

1 Montrer que la surface à recouvrir de papier peint est de 26,4 m^2. **5 pts**

2 Calculer le prix, en euros, d'un mètre carré de papier peint. Arrondir au centime d'euro. **3 pts**

3 Si on suit les conseils du vendeur, combien coûtera la rénovation de la salle de bain ? **7 pts**

4 Le jour de l'achat, une remise de 8 % est accordée.
Quel est le prix à payer après remise ? Arrondir au centime d'euro. **6 pts**

Sujet 2 Corrigé

Les clés pour réussir

Exercice 1

Révisez **Les fonctions, le calcul littéral, l'arithmétique, les statistiques et la géométrie**

- Le développement de $(a + b)(c + d)$ est $ac + ad + bc + bd$.
- Un nombre premier est un nombre admettant pour seuls diviseurs 1 et lui-même.
- Dans un triangle rectangle :

$$\cos \widehat{x} = \frac{\text{Côté adjacent à } \widehat{x}}{\text{Hypoténuse}} \qquad \sin \widehat{x} = \frac{\text{Côté opposé à } \widehat{x}}{\text{Hypoténuse}}$$

$$\tan \widehat{x} = \frac{\text{Côté opposé à } \widehat{x}}{\text{Côté adjacent à } \widehat{x}}$$

Les difficultés du sujet

1 Pour calculer une image par une fonction, on remplace x par la valeur du nombre dont on cherche l'image.

2 Pour développer, faites attention au signe de chacun des facteurs.

3 Écrivez la décomposition en produit de facteurs premiers du nombre obtenu.

4 Quand on lance un dé, on ne peut obtenir que 1, 2, 3, 4, 5 ou 6.

5 Réalisez une figure à main levée.

6 Dans un rectangle, il y a des angles droits et donc des triangles rectangles.

Exercice 2

Révisez **La lecture graphique et la vitesse**

- Vitesse moyenne $= \dfrac{\text{Distance parcourue}}{\text{Temps de parcours}}$.

Les difficultés du sujet

4 Calculez la vitesse moyenne de l'athlète dans chacune des trois disciplines en convertissant les distances en kilomètres et les temps en heures (1 minute $= \dfrac{1}{60}$ heure).

Exercice 3

Révisez Les transformations du plan

- L'image d'un carré par une symétrie axiale, une symétrie centrale ou une rotation reste un carré.
- Dans une symétrie centrale, un point, son image et le centre de la symétrie centrale sont alignés.
- Par une rotation, l'image d'un segment est un segment.

Les difficultés du sujet

3 Déterminez l'angle de la rotation qui transforme le carré ① en le carré ②.

4 Après avoir trouvé l'angle de la rotation qui transforme le carré ② en le carré ⑤, déterminez l'image du point E, puis celle du point F par cette rotation. Les deux images obtenues sont les extrémités du segment cherché.

Exercice 4

Révisez La programmation

Les difficultés du sujet

2 Pour chacune des propositions, faites le croquis du motif obtenu en plusieurs étapes pour les propositions n° 3 et n° 4 notamment.

3 La réponse n'est pas unique.
Aidez-vous de motifs intermédiaires pour obtenir d'abord le motif inverse de celui cherché.

Exercice 5

Révisez Le calcul numérique, les grandeurs composées et les pourcentages

- Aire d'un rectangle = Longueur × Largeur.
- Appliquer une remise de t %, c'est multiplier le prix initial par $1 - \frac{t}{100}$.

Les difficultés du sujet

3 Le coût de la rénovation se décompose en deux dépenses : le papier peint (ne pas oublier le conseil du vendeur) et la colle.

4 Diminuer un prix de 8 %, c'est multiplier ce prix par 0,92.

Exercice 1

1 Calcul d'une image

L'image de -1 par la fonction f est donnée par $f(-1)$.

$f(-1) = 3 \times (-1) - 7$

$f(-1) = -3 - 7$

$f(-1) = -10$

L'image de -1 par f est -10.

L'affirmation est donc fausse.

> **Pensez-y !**
> Ne confondez pas image avec antécédent. Ici, -1 est un antécédent de -10.

2 Développement d'une expression

$E = (x - 5)(x + 1)$

$E = x \times x + x \times 1 - 5 \times x - 5 \times 1$

$E = x^2 + x - 5x - 5$

$E = x^2 - 4x - 5$

L'affirmation est vraie.

3 Nombre premier

Lorsque $n = 5$, $2^n + 1$ prend la valeur $2^5 + 1 = 33$.
33 n'est pas un nombre premier car $33 = 3 \times 11$.

L'affirmation est fausse.

> **Remarque**
> 33 a quatre diviseurs : 1, 3, 11 et 33.

4 Calcul d'une fréquence

La somme des fréquences d'apparition doit être égale à 1. On en déduit que la fréquence d'apparition du 6 est donnée par :

$$1 - \left(\frac{3}{15} + \frac{4}{15} + \frac{5}{15} + \frac{2}{15} + \frac{1}{15}\right) = 1 - \frac{15}{15} = 0$$

L'affirmation est vraie.

> **Remarque**
> Ne soyez pas surpris par cette fréquence nulle.
> En effet, il est tout à fait possible de ne pas obtenir de 6 sur 15 lancers. De plus, le dé est peut-être truqué.

5 Longueur d'un segment

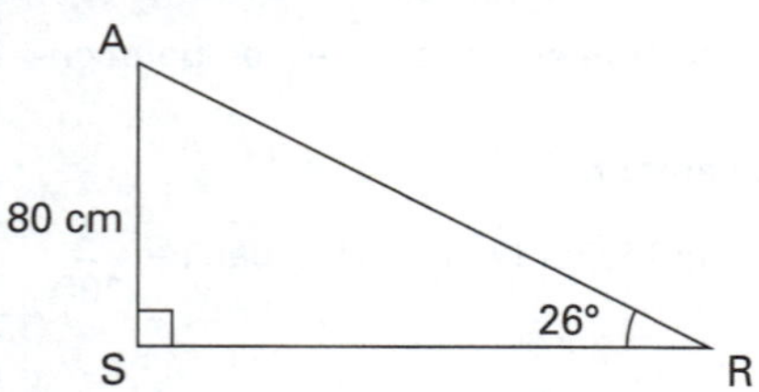

> **L'astuce du prof**
> Pour ce type d'énoncé, faites une figure.

Dans le triangle ARS rectangle en S, on a :

$$\tan \widehat{ARS} = \frac{\text{Côté opposé à } \widehat{ARS}}{\text{Côté adjacent à } \widehat{ARS}}$$

$$\tan(26°) = \frac{AS}{RS}$$

$\tan(26°) = \dfrac{80}{RS}$

$RS \times \tan(26°) = 80$ (Égalité des produits en croix.)

$RS = \dfrac{80}{\tan(26°)}$

$RS \simeq 164$

Le segment [RS] mesure environ 164 cm.

L'affirmation est vraie.

6 Calcul de la longueur des diagonales d'un rectangle

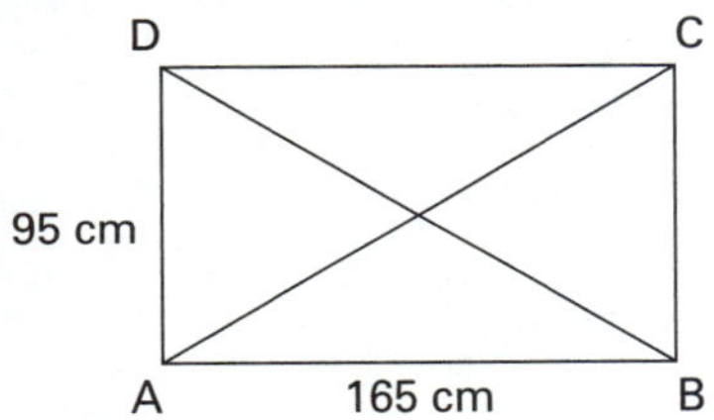

Remarque

Dans un rectangle, les diagonales ont la même mesure.

Puisque ABCD est un rectangle, le triangle ABD est rectangle en A.
D'après le théorème de Pythagore, on a :

$BD^2 = AB^2 + AD^2$

$BD^2 = 165^2 + 95^2$

$BD^2 = 36\,250$

$BD = \sqrt{36\,250}$

$BD \simeq 190$ (résultat arrondi au cm près)

Les diagonales du rectangle ne mesurent donc pas exactement 186 cm.

L'affirmation est fausse.

Exercice 2

1 Détermination graphique du premier temps d'arrêt

L'athlète s'est arrêtée pour effectuer son premier changement d'équipement **après 14 minutes de natation** (voir pointillés bleus sur la figure ci-après).

L'astuce du prof

Tracez des pointillés pour faciliter vos lectures graphiques.

2 Longueur de l'épreuve de cyclisme

L'épreuve de triathlon est longue de 12,9 km, dont 400 m (soit 0,4 km) de natation et 2,5 km de course à pied.

$12{,}9 - 0{,}4 - 2{,}5 = 10.$

L'épreuve de cyclisme est longue de 10 km.

Autre méthode : par lecture graphique

L'épreuve ② commence au kilomètre 0,4 et s'achève au kilomètre 10,4 (voir pointillés rouges). Elle est donc longue de 10,4 – 0,4 = 10 km.

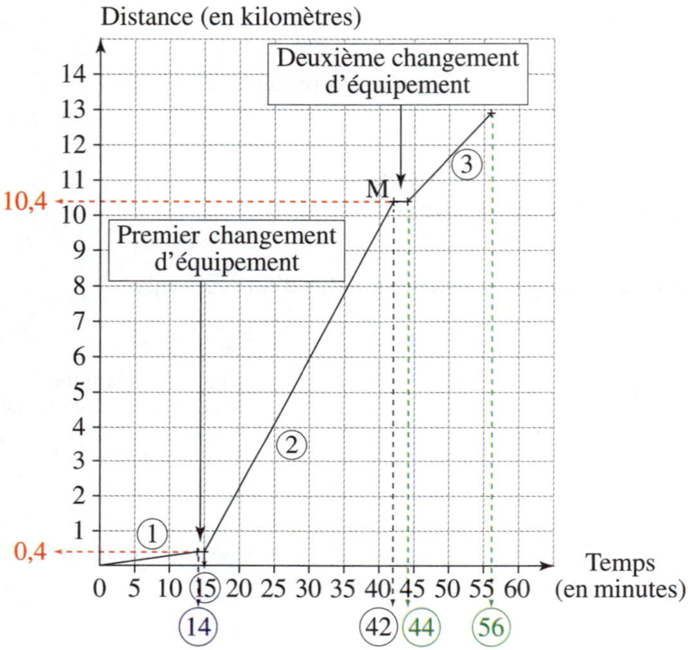

3 Durée de l'épreuve de course à pied

L'épreuve de course à pied est la troisième épreuve : elle commence à l'instant $t = 44$ min et s'achève à $t = 56$ min (voir pointillés verts).

L'épreuve de course à pied a donc duré 56 – 44 = 12 minutes.

4 Épreuve pendant laquelle l'athlète a été la moins rapide

Il s'agit de comparer la vitesse de l'athlète sur chacune des trois disciplines.

- **Sur l'épreuve de natation**

L'athlète a parcouru 400 m = 0,4 km en un temps $t = 14 \text{ min} = \frac{14}{60}$ h.

> **Rappel**
> 1 000 m = 1 km
> 100 m = 0,1 km

Sa vitesse moyenne v_1 sur l'épreuve est :

$$v_1 = \frac{0{,}4}{\frac{14}{60}}$$

$v_1 \simeq 1{,}7$ km/h.

- **Sur l'épreuve de cyclisme**

L'athlète a parcouru 10 km (question 2) entre les instants $t = 15$ min et $t = 42$ min (voir pointillés noirs), donc en :

$$42 - 15 = 27 \text{ min} = \frac{27}{60} \text{ h.}$$

> **Gagnez des points !**
> $1 \text{ min} = \frac{1}{60}$ h
> donc $27 \text{ min} = \frac{27}{60}$ h.

Sa vitesse moyenne v_2 sur l'épreuve est :

$$v_2 = \frac{10}{\frac{27}{60}}$$

$v_2 \simeq 22{,}2$ km/h.

- **Sur l'épreuve de course à pied**

L'athlète a parcouru 2,5 km en 12 min = $\frac{12}{60}$ h (question **3**).

Sa vitesse moyenne v_3 sur l'épreuve est :

$$v_3 = \frac{2{,}5}{\frac{12}{60}}$$

$v_3 = 12{,}5$ km/h.

- **Comparaison des vitesses**

$v_1 < v_3 < v_2$.

L'athlète est la moins rapide sur l'épreuve de natation.

Pensez-y !
Ne perdez pas de vue la question qui est de comparer les vitesses.

Remarque
Ce résultat est cohérent car on nage moins vite qu'on ne court à pied, et on est plus rapide à vélo qu'à pied.

Autre méthode

Graphiquement, la vitesse de l'athlète sur chaque discipline correspond à la pente de la droite associée.
La droite ayant la pente la plus petite est celle associée à la natation.
La droite ayant la pente la plus importante est celle associée au cyclisme.

5 Vitesse moyenne sur l'épreuve de triathlon

L'épreuve complète de triathlon est réalisée en 56 min = $\frac{56}{60}$ h pour une longueur totale de 12,9 km.
La vitesse moyenne v sur l'épreuve est :

$$v = \frac{12{,}9}{\frac{56}{60}}$$

$v \simeq 13{,}8$ km/h.
$v < 14$ km/h.
En conclusion, la vitesse moyenne de l'athlète sur l'ensemble du triathlon n'est pas supérieure à 14 km/h.

Pensez-y !
Comparez votre résultat avec 14.

Exercice 3

1 Image d'un carré par une symétrie axiale

Sont images l'un de l'autre par la symétrie axiale d'axe (DB) : les carrés ② et ⑧, les carrés ③ et ⑦, et les carrés ④ et ⑥.

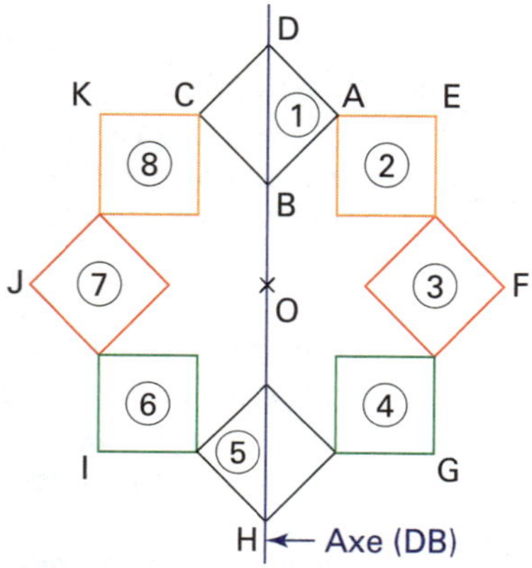

Remarque

L' image du carré ① est lui-même par cette symétrie. On dit qu'il est invariant. Il en est de même pour le carré ⑤.

2 Image d'un carré par une symétrie centrale

Le carré ③ n'est pas l'image du carré ⑧ par la symétrie centrale de centre O. Par exemple, les sommets de ces deux carrés ne sont pas alignés avec O.

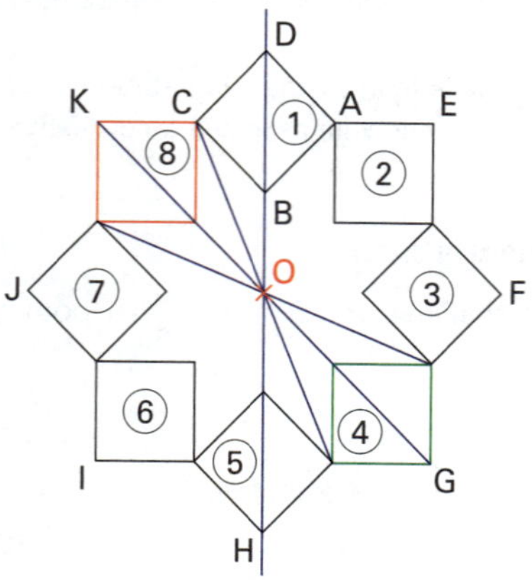

Gagnez des points !

L'image du carré ⑧ par cette symétrie est le carré ④.

3 Image d'un carré par une rotation

La rotation de centre O qui transforme le carré ① en le carré ② a pour angle 45° (dans le sens des aiguilles d'une montre). Elle transforme le carré ⑧ en le carré ①.

4 Image d'un segment par une rotation

La rotation de centre O qui transforme le carré ② en le carré ⑤ transforme le point E en H, et le point F en I.
L'image du segment [EF] par cette rotation est donc le segment [HI].

> **Remarque**
> Cette rotation a pour angle : $3 \times 45° = 135°$.

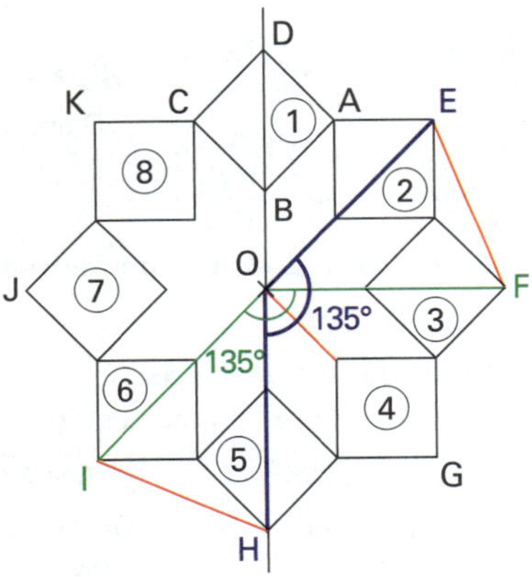

Exercice 4

1 Motif obtenu avec la suite d'instructions A B

D'abord, la case centrale du motif est noircie. Ensuite, la case en bas à gauche et la case en haut à droite sont noircies.
On obtient le motif :

2 Détermination de séries d'instructions

- **Proposition n° 1** : A B C

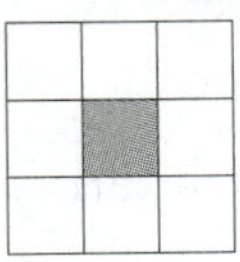

A

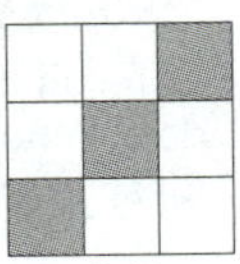

A B

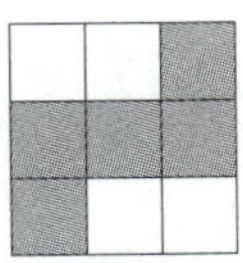

A B C

> **Gagnez des points !**
> Construisez le motif étape par étape.

- **Proposition n° 2** : C E

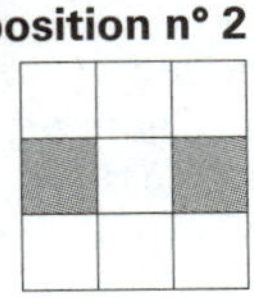

C

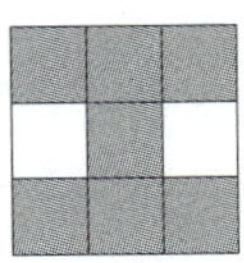

C E

- **Proposition n° 3 :** B C E C

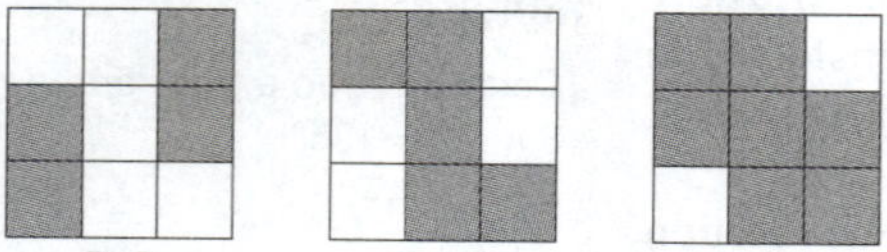

B C — B C E — B C E C

- **Proposition n° 4 :** C A E A

C A — C A E — C A E A

L'astuce du prof
D'après l'énoncé, deux propositions conviennent.

En conclusion, les propositions n° 2 et n° 4 permettent d'obtenir le motif cherché.

3 Suite d'instructions pour un motif donné

Le motif proposé s'obtient par exemple avec la suite d'instructions A B E.

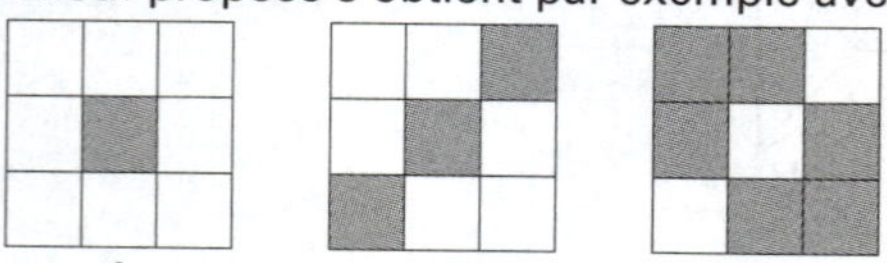

A — A B — A B E

Remarque
On obtient le même motif avec les instructions B A E.

Exercice 5

1 Surface à tapisser

La surface S à tapisser de papier peint est composée de la surface des quatre murs moins les surfaces des ouvertures.

$$S = \underbrace{\underbrace{3{,}5 \times 2{,}5}_{\text{face avant}} \times 2}_{\text{face avant et arrière}} + \underbrace{\underbrace{2{,}5 \times 2{,}5}_{\text{côté droit}} \times 2}_{\text{côtés droit et gauche}} - \underbrace{2{,}1 \times 0{,}8}_{\text{porte}} - \underbrace{1{,}2 \times 1{,}60}_{\text{fenêtre}}$$

$S = 17{,}5 + 12{,}5 - 1{,}68 - 1{,}92$

$S = 26{,}4$.

La surface à recouvrir de papier peint est de 26,4 m².

L'astuce du prof
Le résultat est donné dans l'énoncé.
C'est un atout précieux.

2 Prix d'un mètre carré de papier peint

Un rouleau de papier peint recouvre 5,3 m² pour un prix de 16,95 €.

$\frac{16{,}95}{5{,}3} \simeq 3{,}20$.

Un mètre carré de papier peint coûte environ 3,20 €.

Pensez-y !
Arrondir un prix au centime d'euro près, c'est arrondir à deux décimales.

3 Coût de la rénovation de la salle de bain

Les coûts pour la rénovation de la salle de bain sont répartis entre le papier peint et la colle à papier peint.

- **Le papier peint**

Un rouleau permet de recouvrir 5,3 m^2. On souhaite recouvrir 26,4 m^2.

$\frac{26,4}{5,3} \simeq 4,98$.

Cinq rouleaux de papier sont nécessaires pour recouvrir les murs.
Le vendeur conseille d'en acheter un de plus pour compenser les pertes liées aux découpes. Il faut donc acheter 6 rouleaux de papier peint :
$6 \times 16,95 = 101,7$.
Le coût en papier peint s'élève à 101,70 €.

- **La colle à papier peint**

On compte un pot de colle pour 4 rouleaux de papier peint.
Deux pots de colle sont donc nécessaires :
$2 \times 5,70 = 11,4$.
Le coût en colle s'élève à 11,40 €.

- **Total**

On obtient donc au total :
$101,7 + 11,4 = 113,10$.
La rénovation de la salle de bain coûtera 113,10 €.

4 Calcul du prix de la rénovation avec remise

Appliquer une baisse de 8 %, c'est multiplier le prix initial par $1 - \frac{8}{100} = 0,92$.

$113,10 \times 0,92 = 104,052$.

Après remise, le prix à payer sera de 104,05 € (résultat arrondi au centime d'euro près).

Gagnez des points !

Le nombre $1 - \frac{8}{100}$ est appelé coefficient multiplicateur et noté CM.

Autre méthode

8 % de 113,10 correspond à 9,048.
Le montant de la remise est de 9,05 €.
$113,10 - 9,05 = 104,05$.
La rénovation coûte finalement 104,05 €.

24/04

Sujet 3

100 pts — 2 heures

France métropolitaine, septembre 2020

Exercice 1

16/20

20 min — 20 pts

Cet exercice est un questionnaire à choix multiples (QCM).
Pour chaque question, une seule des trois réponses proposées est exacte.
Indiquer le numéro de la question et recopier, sans justifier, la réponse choisie.

4 pts par question

Questions	Réponse A	Réponse B	Réponse C
1 On donne la série de nombres suivante : 10 ; 6 ; 2 ; 14 ; 25 ; 12 ; 22. La médiane est :	12	13	14
2 Un sac opaque contient 50 billes bleues, 45 rouges, 45 vertes et 60 jaunes. Les billes sont indiscernables au toucher. On tire une bille au hasard dans ce sac. La probabilité que cette bille soit jaune est :	60	0,3	$\frac{1}{60}$
3 La décomposition en facteurs premiers de 2 020 est :	$2 \times 10 \times 101$	$5 \times 5 \times 101$	$2 \times 2 \times 5 \times 101$
4 La formule qui permet de calculer le volume d'une boule de rayon R est :	$2\pi R$	πR^2	$\frac{4}{3}\pi R^3$
5 Une homothétie de centre A et de rapport -2 est une transformation qui :	agrandit les longueurs	réduit les longueurs	conserve les longueurs

Exercice 2 20/20

25 min **20 pts**

On considère le programme de calcul suivant :

- Choisir un nombre.
- Ajouter 7 à ce nombre.
- Soustraire 7 au nombre choisi au départ.
- Multiplier les deux résultats précédents.
- Ajouter 50.

1 Montrer que si le nombre choisi au départ est 2, alors le résultat obtenu est 5. 2/2 pts

2 Quel est le résultat obtenu avec ce programme si le nombre choisi au départ est – 10 ? 3/3 pts

3 Un élève s'aperçoit qu'en calculant le double de 2 et en ajoutant 1, il obtient 5, le même résultat que celui qu'il a obtenu à la question **1**.
Il pense alors que le programme de calcul revient à calculer le double du nombre de départ et à ajouter 1.
A-t-il raison ? 5/5 pts

4 Si x désigne le nombre choisi au départ, montrer que le résultat du programme de calcul est $x^2 + 1$. 5/5 pts

5 Quel(s) nombre(s) doit-on choisir au départ du programme de calcul pour obtenir 17 comme résultat ? 5/5 pts

Exercice 3 16/23

30 min **23 pts**

Une entreprise fabrique des portiques pour installer des balançoires sur des aires de jeux (voir doc. 1 et doc. 2 ci-après).

1 Déterminer la hauteur AH du portique, arrondie au centimètre près. 1/4 pts

2 Les barres de maintien doivent être fixées à 165 cm du sommet (AN = 165 cm). Montrer que la longueur MN de chaque barre de maintien est d'environ 140 cm. 5/5 pts

3 Montrer que le coût minimal d'un tel portique équipé de balançoires s'élève à 196,98 €. 5/5 pts

4 L'entreprise veut vendre ce portique équipé 20 % plus cher que son coût minimal. Déterminer ce prix de vente arrondi au centime près. 5/5 pts

5 Pour des raisons de sécurité, l'angle $\widehat{BAC}$ doit être compris entre 45° et 55°. Ce portique respecte-t-il cette condition ? 0/4 pts

Doc. 1 **Croquis d'un portique**

Vue d'ensemble

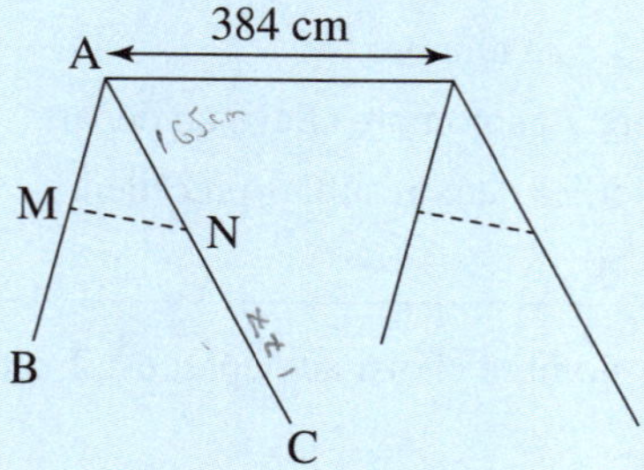

Vue de côté

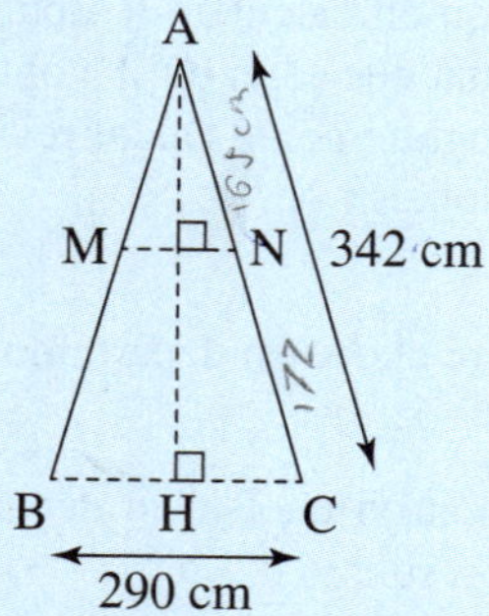

—— : poutres en bois de diamètre 100 mm
- - - - - : barres de maintien latérales en bois

ABC est un triangle isocèle en A.
H est le milieu de [BC].
(MN) est parallèle à (BC).

Doc. 2 **Coût du matériel**

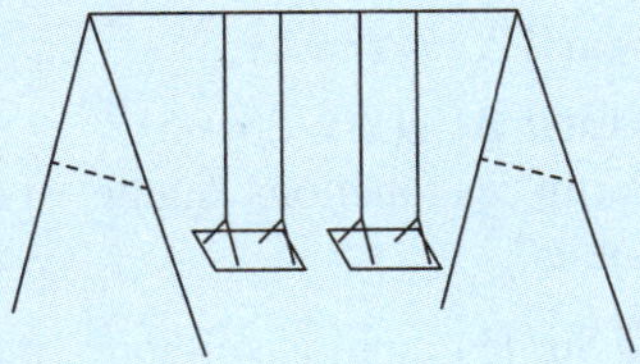

Poutres en bois de diamètre 100 mm :
– longueur 4 m : 12,99 € l'unité ;
– longueur 3,5 m : 11,75 € l'unité ;
– longueur 3 m : 10,25 € l'unité.

Barres de maintien latérales en bois :
– longueur 3 m : 6,99 € l'unité ;
– longueur 2 m : 4,75 € l'unité ;
– longueur 1,5 m : 3,89 € l'unité.

Ensemble des fixations nécessaires pour un portique : 80 €.

Ensemble de deux balançoires pour un portique : 50 €.

Exercice 4

25 min **23 pts**

Une association propose diverses activités pour occuper les enfants pendant les vacances scolaires.
Plusieurs tarifs sont proposés :

- **tarif A** : 8 € par demi-journée ;
- **tarif B** : une adhésion de 30 € donnant droit à un tarif préférentiel de 5 € par demi-journée.

Un fichier sur tableur a été préparé pour calculer le coût à payer en fonction du nombre de demi-journées d'activités pour chacun des tarifs proposés :

	A	B	C	D	E	F
1	Nombre de demi-journées	1	2	3	4	5
2	Tarif A	8	16	24	32	40
3	Tarif B	35	40	45	50	55

Les questions **1**, **2**, **4** et **5** ne nécessitent pas de justification.

1 Compléter le tableau ci-avant. 3 /**3 pts**

2 Retrouver, parmi les réponses suivantes, la formule qui a été saisie dans la cellule B3 avant de l'étirer vers la droite :

Réponse A	Réponse B	Réponse C	Réponse D	Réponse E
=8*B1	=30*B1+5	=5*B1+30*B1	=30+5*B1	=35

4/**4 pts**

3 On considère les fonctions f et g qui donnent les tarifs à payer en fonction du nombre x de demi-journées d'activités :

- **tarif A** : $f(x) = 8x$;
- **tarif B** : $g(x) = 30 + 5x$.

Parmi ces fonctions, quelle est celle qui traduit une situation de proportionnalité ?

3 pts

4 Sur le graphique ci-après, on a représenté la fonction g. Représenter sur ce même graphique la fonction f.

4 pts

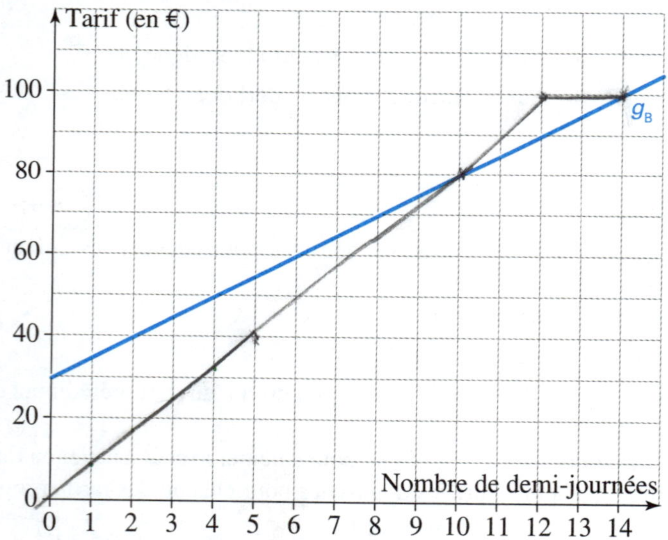

5 Déterminer le nombre de demi-journées d'activités pour lequel le tarif A est égal au tarif B.

4 pts

6 Avec un budget de 100 €, déterminer le nombre maximal de demi-journées auxquelles on peut participer.
Décrire la méthode choisie.

5 pts

Exercice 5

20 min **14 pts**

On cherche à dessiner une éolienne avec le logiciel Scratch ; elle est formée de 3 pales qui tournent autour d'un axe central.

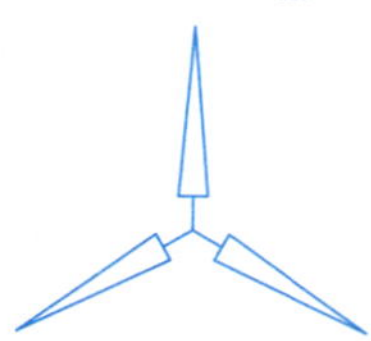

Éolienne modélisée par Scratch

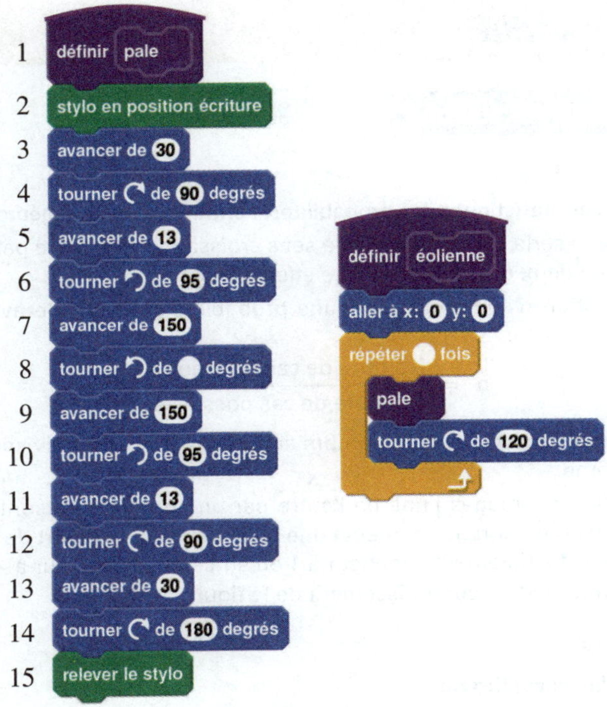

1 La figure ci-dessous représente une pale d'éolienne.

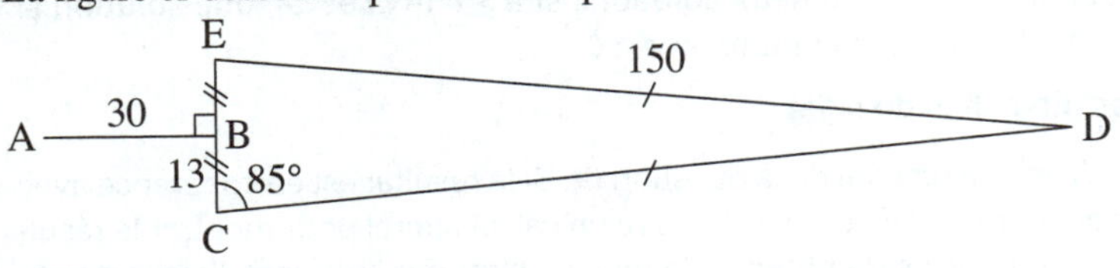

DEC est un triangle isocèle en D ; B est le milieu de [EC] ; [AB] est perpendiculaire à [EC] ; $\widehat{ECD} = 85°$.

a. Montrer que l'angle $\widehat{CDE}$ mesure 10°. **5 pts**

b. Le script « pale » ci-avant permet de tracer une pale de l'éolienne avec le logiciel Scratch. Pourquoi la valeur indiquée dans le bloc de la ligne n° 6 est-elle 95 ? **3 pts**

c. Dans ce même script « pale », par quelle valeur doit-on compléter le bloc situé à la ligne n° 8 ? **3 pts**

2 Le script « éolienne » ci-avant permet de tracer l'éolienne avec le logiciel Scratch.
Par quelle valeur doit-on compléter la boucle « répéter » ? **3 pts**

Sujet 3 Corrigé

Les clés pour réussir

Exercice 1

Révisez Les statistiques, les probabilités, l'arithmétique et la géométrie

- Dans une série ordonnée dans le sens croissant, la médiane partage la série en deux groupes de même effectif.
- En situation d'équiprobabilité, une probabilité p se calcule avec la formule :

$$p = \frac{\text{Nombre de cas favorables}}{\text{Nombre de cas possibles}}$$

- Un nombre premier est un nombre admettant pour seuls diviseurs 1 et lui-même.
- Deux figures images l'une de l'autre par une homothétie sont une réduction ou un agrandissement l'une de l'autre. Si le rapport de l'homothétie est strictement supérieur à 1 ou strictement inférieur à -1, la figure image est un agrandissement de la figure de départ.

Exercice 2

Révisez Le calcul littéral

- Pour tous nombres a et b, $(a + b)(a - b) = a^2 - b^2$.
- L'équation $x^2 = a$ a deux solutions si $a > 0$ ($-\sqrt{a}$ et $\sqrt{a}$), une solution si $a = 0$ (0) et aucune solution si $a < 0$.

Les difficultés du sujet

3 Utilisez le résultat de la question **2**. Si le résultat est en cohérence avec ce qu'affirme l'élève, il faudra faire un calcul littéral pour montrer le résultat pour tous les nombres. Si le résultat n'est pas cohérent, l'élève a tort.

4 Utilisez l'égalité remarquable pour développer et obtenir le résultat attendu.

5 Pour résoudre cette équation, isolez x^2 dans le membre de gauche.

Exercice 3

Révisez La géométrie dans le plan (Pythagore, Thalès, trigonométrie)

- Dans un triangle rectangle :

$$\cos \widehat{x} = \frac{\text{Côté adjacent à } \widehat{x}}{\text{Hypoténuse}} \qquad \sin \widehat{x} = \frac{\text{Côté opposé à } \widehat{x}}{\text{Hypoténuse}}$$

$$\tan \widehat{x} = \frac{\text{Côté opposé à } \widehat{x}}{\text{Côté adjacent à } \widehat{x}}$$

• Sur la figure ci-dessous, si (BC) est parallèle à (MN), alors d'après le théorème de Thalès :

$$\frac{AN}{AB} = \frac{AM}{AC} = \frac{MN}{BC}$$

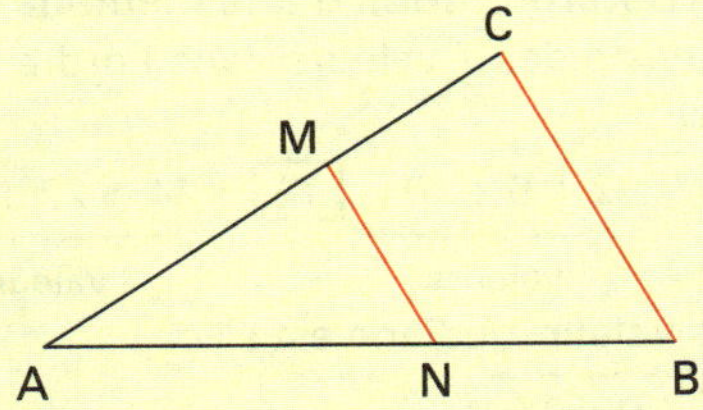

Les difficultés du sujet

1 Deux longueurs sont connues dans un triangle rectangle, on cherche la troisième longueur.

2 (MN) et (BC) sont des droites parallèles.

3 Acheter une barre de 3 m et la couper en deux coûte moins qu'acheter deux barres de 1,5 m.

4 Calculer 20 % d'un nombre revient à le multiplier par 0,2.

5 Utilisez la trigonométrie. N'oubliez pas que le triangle ABC est isocèle.

Exercice 4

Révisez **Les fonctions**

La représentation graphique d'une fonction linéaire est une droite passant par l'origine du repère.

Les difficultés du sujet

3 Une fonction traduisant une situation de proportionnalité est une fonction linéaire.

4 Une fonction linéaire se représente par une droite. Sachant qu'elle passe par l'origine du repère, il reste à trouver un deuxième point de cette droite.

5 Vous avez le choix entre une méthode graphique et une méthode calculatoire.

6 Deux méthodes sont possibles : par un graphique ou par le calcul.

Exercice 5

Révisez **Scratch**

Les difficultés du sujet

1 **a.** Le triangle CDE est isocèle, il a donc deux angles de même mesure.

b. et **c.** Identifiez la direction dans laquelle on se trouve après les instructions 5 et 7.

2 De combien de pales est formée une éolienne ?

Exercice 1

1 Détermination d'une médiane

La liste des 7 valeurs dans l'ordre croissant est :

$$\underbrace{2\ ;\ 6\ ;\ 10}_{\text{3 valeurs}}\ ;\ \boxed{12}\ ;\ \underbrace{14\ ;\ 22\ ;\ 25}_{\text{3 valeurs}}$$

La valeur médiane est : 12.

Réponse A

Pensez-y !

Pour déterminer une médiane, les valeurs doivent être dans l'ordre croissant.

2 Calcul d'une probabilité

Dans le sac, il y a 50 + 45 + 45 + 60 = 200 billes au total. Sur ces 200 billes, 60 sont jaunes.

La probabilité p de choisir une bille jaune est :

$$p = \frac{60}{200} = \frac{3}{10} = 0{,}3$$

Réponse B

Pensez-y !

Une probabilité peut s'écrire de différentes façons. 0,3 est l'écriture décimale de la probabilité.

3 Décomposition en facteurs premiers de 2 020

2 020	2
1 010	2
505	5
101	101
1	

La décomposition en produit de facteurs premiers de 2 020 est $2\,020 = 2 \times 2 \times 5 \times 101$.

Réponse C

L'astuce du prof

Pour savoir si 101 est un nombre premier, on teste avec les diviseurs premiers : 2, 3, 5 et 7. Il faut tester la division avec les nombres premiers inférieurs à $\sqrt{101} \simeq 9,2$.

4 Recherche d'une formule

- $2\pi R$ est le périmètre d'un cercle de rayon R.
- πR^2 est l'aire d'un disque de rayon R.
- $\dfrac{4}{3}\pi R^3$ est le volume d'une boule de rayon R.

Réponse C

Remarque

Ces formules sont à connaître par cœur.

5 Image par une homothétie de rapport – 2

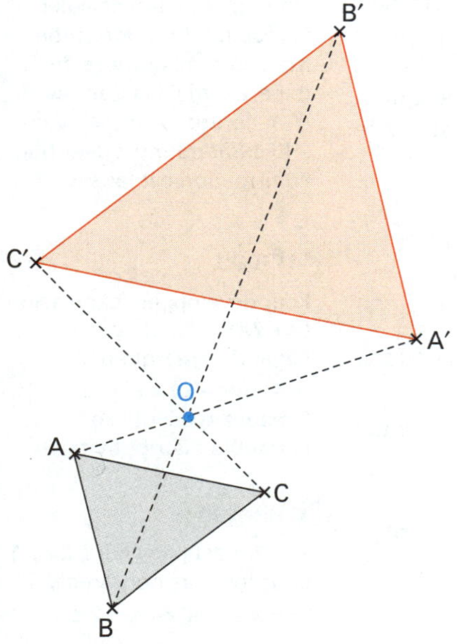

Le triangle A′B′C′ est l'image du triangle ABC dans l'homothétie de centre O et de rapport -2.
On a, par exemple, A et A′ qui sont de part et d'autre du point O (car le rapport est négatif) et $OA' = 2 \times OA$.
Les longueurs sont multipliées par 2. Elle sont donc agrandies.

Réponse A

Exercice 2

1 Calcul d'une valeur avec le programme de calcul

Le nombre choisi est 2.

- Ajouter 7 : $2 + 7 = 9$.
- Soustraire 7 au nombre choisi au départ : $2 - 7 = -5$.
- Multiplier les deux résultats précédents : $9 \times (-5) = -45$.
- Ajouter 50 : $-45 + 50 = 5$.

Le résultat obtenu est bien 5.

2 Calcul d'une valeur avec le programme de calcul

Le nombre choisi est -10.

- Ajouter 7 : $-10 + 7 = -3$.
- Soustraire 7 au nombre choisi au départ : $-10 - 7 = -17$.
- Multiplier les deux résultats précédents : $-3 \times (-17) = 51$.
- Ajouter 50 : $51 + 50 = 101$.

Le résultat obtenu est 101.

3 Vérification d'une affirmation

L'affirmation est correcte pour le premier exemple, mais l'est-elle encore pour le second ?

Avec −10, on obtient avec son raisonnement $-10 \times 2 + 1 = -19$, ce qui n'est pas le résultat trouvé.

Cet élève a donc tort.

Remarque

On pouvait aussi calculer le résultat du programme avec comme nombre de départ x, mais la donnée d'un contre-exemple avec −10 suffit pour prouver que l'affirmation est fausse.

4 Résultat du programme avec *x*

Le nombre choisi est x.

- Ajouter 7 : $x + 7$.
- Soustraire 7 au nombre choisi au départ : $x - 7$.
- Multiplier les deux résultats précédents : $(x + 7) \times (x - 7)$.
- Ajouter 50 : $(x + 7)(x - 7) + 50$.

En développant l'expression, on obtient :

$$\underbrace{(x+7)(x-7)}_{(a+b)(a-b)} + 50 = \underbrace{x^2 - 7^2}_{a^2-b^2} + 50$$

$$= x^2 - 49 + 50$$

$$= x^2 + 1$$

Le résultat obtenu est $x^2 + 1$ lorsque le nombre choisi au départ est x.

Méthode

Pour développer l'expression $(x + 7)(x - 7)$, on utilise l'égalité remarquable $(a + b)(a - b) = a^2 - b^2$.
On peut aussi utiliser la double distributivité.

Remarque

$x^2 + 1$ n'est pas égal à $2x + 1$ pour tous les nombres x.
$x^2 = x \times x$ et $x + x = 2x$.

5 Nombres à choisir pour obtenir 17

On cherche les nombres x tels que : $x^2 + 1 = 17$.

$$x^2 + 1 = 17$$
$$x^2 = 17 - 1$$
$$x^2 = 16$$

$\boldsymbol{x = -4}$ **ou** $\boldsymbol{x = 4}$

Méthode

On résout ce type d'équation en isolant le carré dans le membre de droite. Il y a deux nombres x dont le carré donne 16 : −4 et 4.

Exercice 3

1 Calcul de la longueur AH

Comme le triangle ABC est isocèle en A, H est le milieu de [BC] et par conséquent :

$$HC = \frac{290}{2} = 145.$$

Dans le triangle AHC rectangle en H, d'après le théorème de Pythagore :

$$AH^2 + HC^2 = AC^2$$
$$AH^2 + 145^2 = 342^2$$
$$AH^2 = 342^2 - 145^2$$
$$AH^2 = 95\,939$$
$$AH = \sqrt{95\,939}$$
$$AH \simeq 310 \text{ (résultat arrondi au cm près)}$$

Au centimètre près, la longueur AH vaut 310 cm.

2 Calcul de la longueur MN

Dans le triangle ABC, M est sur le côté [AB] et N est sur le côté [AC]. De plus, (MN) est parallèle à (BC). D'après le théorème de Thalès :

$$\frac{AM}{AB} = \frac{AN}{AC} = \frac{MN}{BC}$$

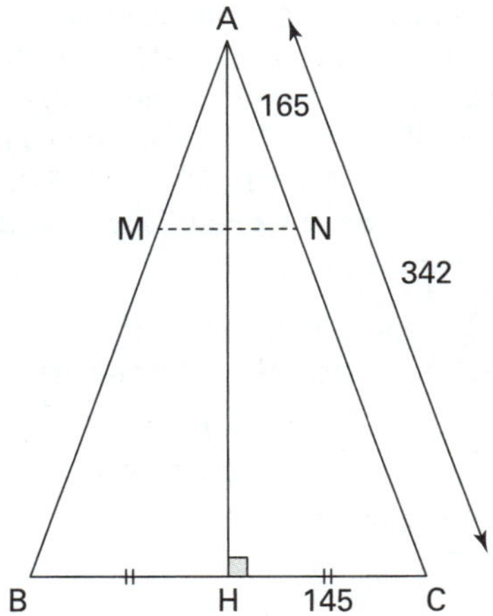

En remplaçant les longueurs par les valeurs, on obtient :

$$\frac{165}{342} = \boxed{\frac{165}{342} = \frac{MN}{290}}$$

En utilisant l'égalité des deux quotients encadrés, on a :

$$\frac{165}{342} = \frac{MN}{290}$$

$$342 \times MN = 165 \times 290$$

(Égalité des produits en croix)

$$342\ MN = 47\,850$$

$$MN = \frac{47\,850}{342}$$

$$MN \approx 140$$

La longueur MN mesure bien environ 140 cm.

3 Coût du portique

En utilisant les graphiques, le portique est constitué de :

- 5 poutres en bois de diamètre 100 mm (4 de longueur 342 cm et 1 de longueur 384 cm).

Il faut donc acheter 4 poutres de 3,5 m pour un prix de 4 × 11,75 = 47 € et une poutre de 4 m pour un prix de 12,99 € ;

- 2 barres de maintien horizontales de longueur 140 cm.

Il faut donc acheter une barre de maintien de 3 m pour un prix de 6,99 € ;

> **Pensez-y !**
> On pouvait aussi acheter deux barres de maintien pour un prix de 3,89 € l'unité, mais cela serait revenu plus cher.

- un ensemble de fixations pour un prix de 80 € ;
- un ensemble de deux balançoires pour un prix de 50 €.

Le montant total dépensé sera alors de :

$$47 + 12{,}99 + 6{,}99 + 80 + 50 = 196{,}98$$

Le coût minimal d'un tel portique est donc bien de 196,98 €.

4 Prix de vente du portique

20 % de 196,98 = 0,2 × 196,98 = 39,396.

Le prix du portique doit donc être augmenté de 39,40 €. Il doit être vendu :

$$196{,}98 + 39{,}40 = 236{,}38$$

Le prix de vente doit donc être 236,38 € (au centime près).

L'astuce du prof

Pour augmenter une quantité de 20 %, on la multiplie par 1 + 0,2 soit 1,2. Ce nombre est appelé coefficient multiplicateur associé à une hausse de 20 %.

5 Condition de sécurité

Dans le triangle AHC rectangle en H, on a :

$$\sin \widehat{HAC} = \frac{\text{Côté opposé à } \widehat{HAC}}{\text{Hypoténuse}} = \frac{HC}{AC} = \frac{145}{342}$$

Ainsi, on obtient :

$$\widehat{HAC} = \sin^{-1}\left(\frac{145}{342}\right) \simeq 25°.$$

Méthode

Utilisez la calculatrice en mode degrés.

Comme le triangle AHC est isocèle, on a :

$\widehat{BAC} = 2 \times \widehat{HAC} \approx 50°$.

Le portique respecte bien la condition de sécurité.

Exercice 4

1 Tableau complété

	A	B	C	D	E	F
1	Nombre de demi-journées	1	2	3	4	5
2	Tarif A	8	16	3 × 8 = **24**	4 × 8 = **32**	5 × 8 = **40**
3	Tarif B	35	40	30 + 3 × 5 = **45**	30 + 4 × 5 = **50**	30 + 5 × 5 = **55**

2 Formule dans le tableur

Le tarif B est donné par la somme de 30 € et du produit du nombre de demi-journées par 5 €. La valeur calculée en B3 s'obtient en multipliant la valeur en B1 (nombre de demi-journées) par 5 et en ajoutant 30 : = 30+5*B1

C'est la réponse D.

Remarque

La cellule B3 correspond au prix avec le tarif B.

3 Fonction et proportionnalité

Une fonction h traduisant une situation de proportionnalité est de la forme $h(x) = a \times x$. Ici, seule l'expression de la fonction f est de cette forme.

L'astuce du prof

Le tarif A est proportionnel au nombre de demi-journées (8 € par demi-journée).

C'est donc la fonction *f* qui traduit une situation de proportionnalité.

4 Représentation graphique de la fonction *f*

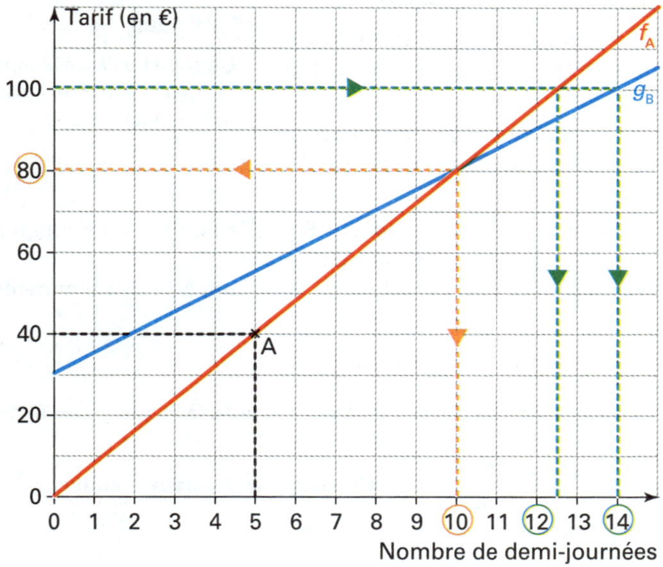

f est une fonction linéaire. Elle est donc représentée par une droite passant par l'origine du repère.

Comme $f(5) = 5 \times 8 = 40$, la droite passe également par le point A de coordonnées (5 ; 40).

5 Recherche d'un nombre de demi-journées

Graphiquement, le nombre de demi-journées pour lequel les deux tarifs sont égaux est donné par l'abscisse du point d'intersection des deux droites.

C'est donc pour 10 demi-journées que les deux tarifs sont identiques (voir pointillés orange). Le tarif est alors de 80 €.

L'astuce du prof

Vérifiez par le calcul que les deux tarifs sont les mêmes :
- pour A : $f(10) = 8 \times 10 = 80$;
- pour B : $g(10) = 30 + 5 \times 10 = 80$.

Autre méthode : par le calcul

On cherche la valeur de *x* telle que les deux tarifs A et B soient égaux. Autrement dit, on cherche *x* tel que $f(x) = g(x)$. On résout l'équation :

$$8x = 30 + 5x$$

On retranche $5x$ dans chaque membre.

$$8x - 5x = 30 + 5x - 5x$$

On divise par 3 chaque membre.

$$\frac{3x}{3} = \frac{30}{3}$$

$$x = 10$$

On retrouve bien le résultat lu graphiquement.

6 Recherche du nombre maximal de demi-journées avec 100 €

Graphiquement (pointillés verts) :

- **Avec le tarif A** : pour 100 €, le nombre de demi-journées auxquelles on peut participer est 12.
- **Avec le tarif B** : pour 100 €, le nombre de demi-journées auxquelles on peut participer est 14.

Remarque

On cherche l'antécédent de 100 par la fonction *f*, puis par la fonction *g*.

- On en déduit que c'est avec le tarif B que le nombre de demi-journées auxquelles on peut participer est le plus grand.

Ainsi, avec 100 €, on peut participer au maximum à 14 demi-journées.

Autre méthode : par le calcul

On cherche la valeur de x telle que $f(x) = 100$, puis telle que $g(x) = 100$.

- $$\begin{aligned} f(x) &= 100 \\ 8x &= 100 \\ \frac{8x}{8} &= \frac{100}{8} \\ x &= 12,5 \end{aligned}$$

On divise par 8 chaque membre.

Avec le tarif A, on peut participer à 12 demi-journées.

- $$\begin{aligned} g(x) &= 100 \\ 30 + 5x &= 100 \\ 30 + 5x - 30 &= 100 - 30 \\ 5x &= 70 \\ \frac{5x}{5} &= \frac{70}{5} \\ x &= 14 \end{aligned}$$

On retranche 30 dans chaque membre.

On divise par 5 chaque membre.

Avec le tarif B, on peut participer à 14 demi-journées, soit deux de plus qu'avec le tarif A.

Exercice 5

1 a. Calcul d'un angle

Comme DEC est un triangle isocèle, ses deux angles à la base sont égaux.

Ainsi, on a donc :

$\widehat{ECD} = \widehat{CED} = 85°$.

Par conséquent, on obtient :

$\widehat{CDE} = 180 - 2 \times 85 = 10°$.

La mesure de l'angle $\widehat{CDE}$ est bien 10°.

b. Instruction Scratch

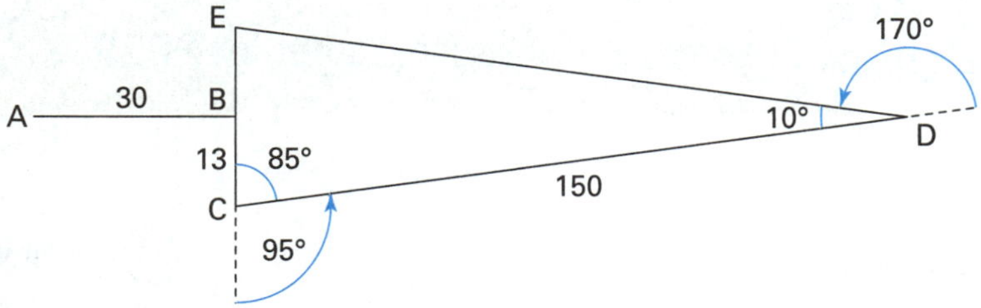

Après la ligne 5, on est en C dans la direction opposée à celle de E ; pour aller vers D, il faut tourner vers la gauche du supplémentaire de l'angle de mesure 85°, soit de 180 – 85 = 95°.

> **Rappel**
> Deux angles sont supplémentaires quand la somme de leurs mesures vaut 180°.

c. Instruction Scratch

Après la ligne 9, on est en D, dans la direction opposée de celle de C. Pour aller vers E, il faut faire demi-tour, donc tourner vers la gauche de : 180 – 10 = 170°.

2 Instruction Scratch

Il y a 3 pales : il faut donc répéter **3 fois** le script « pale ».

Sujet 4

100 pts — 2 heures

France métropolitaine, juillet 2019

Exercice 1

10 min — 10 pts

Le capitaine d'un navire possède un trésor constitué de 69 diamants, 1 150 perles et 4 140 pièces d'or.

1 Décomposer 69, 1 150 et 4 140 en produits de facteurs premiers. 5 pts

2 Le capitaine partage équitablement le trésor entre les marins.
Combien y a-t-il de marins sachant que toutes les pièces, perles et diamants ont été distribués ? 5 pts

Exercice 2

25 min — 19 pts

Dans cet exercice, on donnera, si nécessaire, une valeur approchée des résultats au centième près.

Pour construire le décor d'une pièce de théâtre (**figure 1**), Joanna dispose d'une plaque rectangulaire ABCD de 4 m sur 2 m dans laquelle elle doit découper les trois triangles du décor avant de les superposer. Elle propose un découpage de la plaque (**figure 2**).

Figure 1

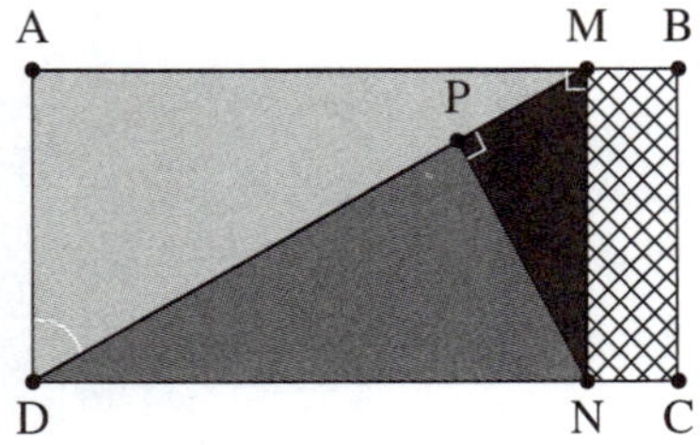

Figure 2

Le triangle ADM respecte les conditions suivantes :

- le triangle ADM est rectangle en A ;
- AD = 2 m ;
- $\widehat{ADM} = 60°$.

1 Montrer que [AM] mesure environ 3,46 m. **4 pts**

2 La partie de la plaque non utilisée est représentée en quadrillé sur la **figure 2**.
Calculer une valeur approchée au centième de la proportion de la plaque qui n'est pas utilisée. **3 pts**

3 Pour que la superposition des triangles soit harmonieuse, Joanna veut que les trois triangles AMD, PNM et PDN soient semblables. Démontrer que c'est bien le cas. **6 pts**

4 Joanna aimerait que le coefficient d'agrandissement pour passer du triangle PDN au triangle AMD soit plus petit que 1,5. Est-ce le cas ? Justifier. **6 pts**

Exercice 3

20 min **17 pts**

Les questions **1** *et* **2** *sont indépendantes.*

Un sablier est composé de :
– deux cylindres C_1 et C_2 de hauteur 4,2 cm et de diamètre 1,5 cm ;
– un cylindre C_3 ;
– deux demi-sphères S_1 et S_2 de diamètre 1,5 cm.
On rappelle le volume $\mathcal{V}$ d'un cylindre d'aire de base B et de hauteur h :

$$\mathcal{V} = B \times h$$

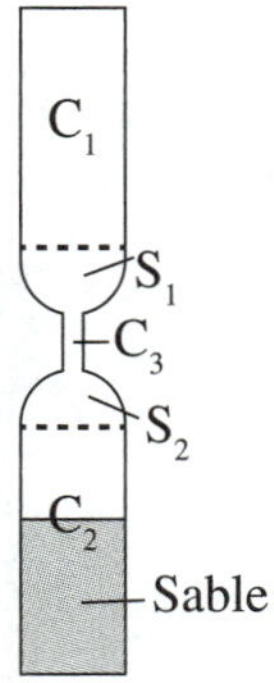

1 a. Au départ, le sable remplit le cylindre C_2 aux deux tiers. Montrer que le volume du sable est environ 4,95 cm³. **4 pts**

b. On retourne le sablier. En supposant que le débit d'écoulement du sable est constant et égal à 1,98 cm³/min, calculer le temps en minutes et secondes que va mettre le sable à s'écouler dans le cylindre inférieur. **4 pts**

2 En réalité, le débit d'écoulement d'un même sablier n'est pas constant.
Dans une usine où on fabrique des sabliers comme celui-ci, on prend un sablier au hasard et on teste plusieurs fois le temps d'écoulement dans ce sablier.
Voici les différents temps récapitulés dans le tableau suivant :

Temps mesuré	2 min 22 s	2 min 24 s	2 min 26 s	2 min 27 s	2 min 28 s	2 min 29 s	2 min 30 s
Nombre de tests	1	1	2	6	3	7	6

Temps mesuré	2 min 31 s	2 min 32 s	2 min 33 s	2 min 34 s	2 min 35 s	2 min 38 s
Nombre de tests	3	1	2	3	2	3

a. Combien de tests ont été réalisés au total ? **1 pt**

b. Un sablier est mis en vente s'il vérifie les trois conditions ci-dessous, sinon il est éliminé :

- l'étendue des temps est inférieure à 20 s ;
- la médiane des temps est comprise entre 2 min 29 s et 2 min 31 s ;
- la moyenne des temps est comprise entre 2 min 28 s et 2 min 32 s.

Le sablier testé sera-t-il éliminé ? **8 pts**

Exercice 4

25 min **19 pts**

On veut réaliser un dessin constitué de deux types d'éléments (tirets et carrés) mis bout à bout.
Chaque script ci-dessous trace un élément et déplace le stylo.
On rappelle que « s'orienter à 90 degrés » signifie qu'on oriente le stylo vers la droite.

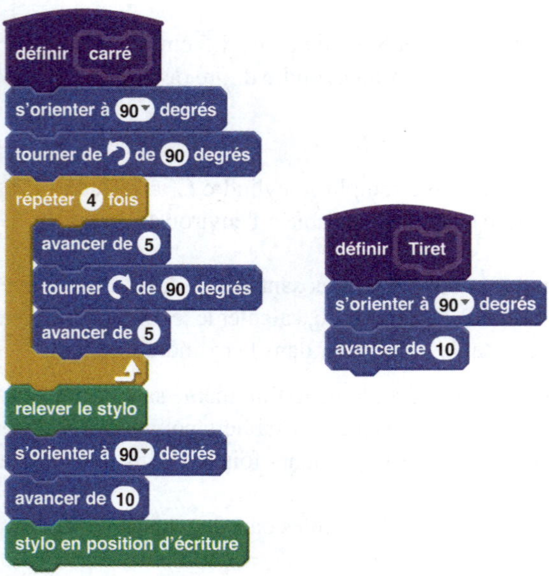

1 En prenant 1 cm pour 2 pixels, représenter la figure obtenue si on exécute le script « carré ». Préciser les positions de départ et d'arrivée du stylo sur votre figure. **6 pts**

Pour tracer le dessin complet, on a réalisé deux scripts qui se servent des blocs « carré » et « tiret » ci-avant :

Script 1

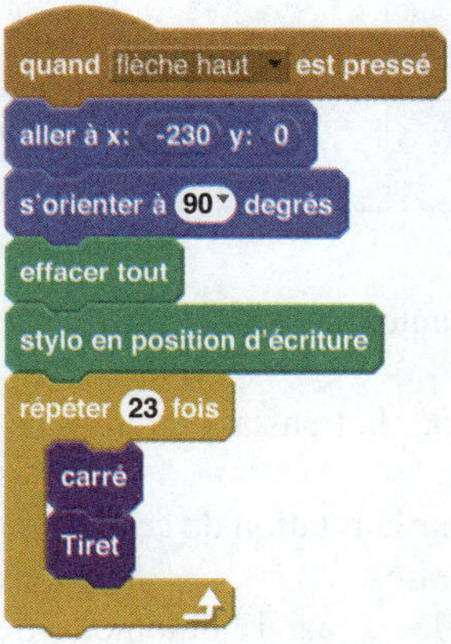

Script 2

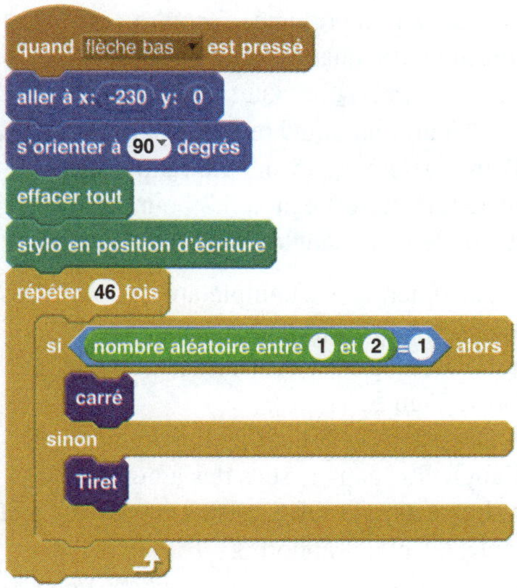

On exécute les deux scripts et on obtient les deux dessins ci-dessous :

Dessin A

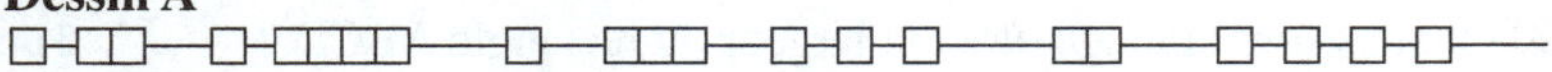

Dessin B

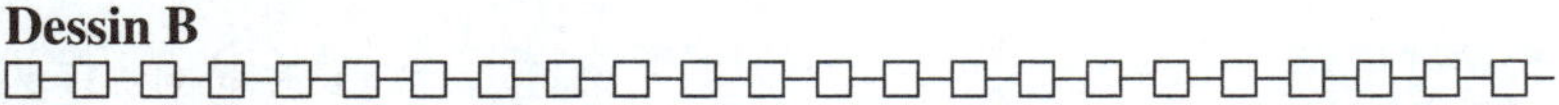

2 Attribuer à chaque script la figure dessinée. Justifier votre choix. **3 pts**

3 On exécute le **script 2**.

a. Quelle est la probabilité que le premier élément tracé soit un carré ? **2 pts**

b. Quelle est la probabilité que les deux premiers éléments soient des carrés ? **3 pts**

4 Dans le **script 2**, on aimerait que la couleur des différents éléments, tirets ou carrés, soit aléatoire, avec à chaque fois 50 % de chance d'avoir un élément noir et 50 % de chance d'avoir un élément rouge.
Écrire la suite d'instructions qu'il faut alors créer et préciser où l'insérer dans le **script 2**. **5 pts**

Indication : on pourra utiliser les instructions « mettre la couleur du stylo à rouge » et « mettre la couleur du stylo à noir » pour choisir la couleur du stylo.

Exercice 5

20 min **18 pts**

Olivia s'est acheté un tableau pour décorer le mur de son salon.
Ce tableau, représenté ci-contre, est constitué de quatre rectangles identiques nommés ①, ②, ③ et ④, dessinés à l'intérieur d'un grand rectangle ABCD d'aire égale à 1,215 m². Le ratio longueur : largeur est égal à 3:2 pour chacun des cinq rectangles.

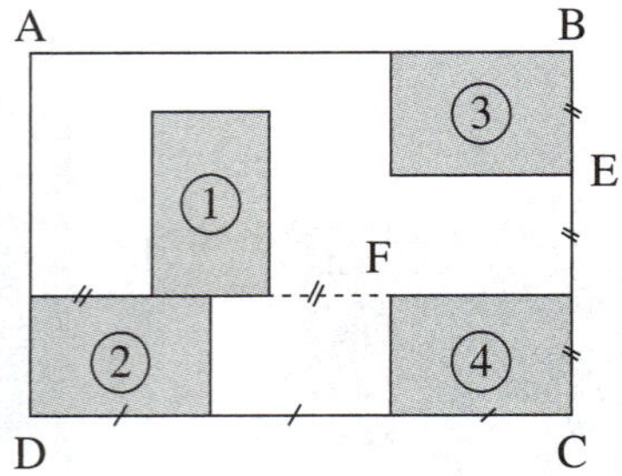

1 Recopier, en les complétant, les phrases suivantes.
Aucune justification n'est demandée.

a. Le rectangle … est l'image du rectangle … par la translation qui transforme C en E. **2 pts**

b. Le rectangle ③ est l'image du rectangle … par la rotation de centre F et d'angle 90° dans le sens des aiguilles d'une montre. **2 pts**

c. Le rectangle ABCD est l'image du rectangle … par l'homothétie de centre … et de rapport 3. **3 pts**
(*Il y a plusieurs réponses possibles, une seule est demandée.*)

2 Quelle est l'aire d'un petit rectangle ? **5 pts**

3 Quelles sont la longueur et la largeur du rectangle ABCD ? **6 pts**

Exercice 6

20 min **17 pts**

Voici deux programmes de calcul.

Programme 1

- Choisir un nombre.
- Le multiplier par 3.
- Ajouter 1.

Programme 2

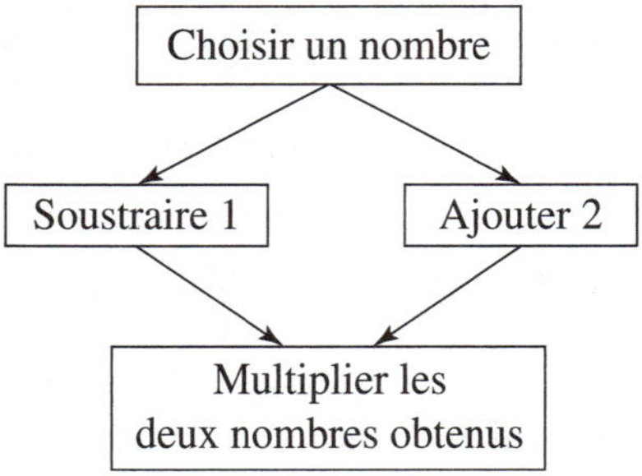

1 Vérifier que si on choisit 5 comme nombre de départ :
- le résultat du programme 1 vaut 16 ;
- le résultat du programme 2 vaut 28. **2 pts**

On appelle $A(x)$ le résultat du programme 1 en fonction du nombre x choisi au départ.
La fonction $B : x \mapsto (x - 1)(x + 2)$ donne le résultat du programme 2 en fonction du nombre x choisi au départ.

2 **a.** Exprimer $A(x)$ en fonction de x. **3 pts**
b. Déterminer le nombre que l'on doit choisir au départ pour obtenir 0 comme résultat du programme 1. **2 pts**

3 Développer et réduire l'expression : $B(x) = (x - 1)(x + 2)$. **3 pts**

4 **a.** Montrer que $B(x) - A(x) = (x + 1)(x - 3)$. **4 pts**
b. Quels nombres doit-on choisir au départ pour que le programme 1 et le programme 2 donnent le même résultat ? Expliquer la démarche. **3 pts**

Sujet 4 Corrigé

Les clés pour réussir

Exercice 1

Révisez **L'arithmétique**

- Un nombre premier est un nombre admettant pour seuls diviseurs 1 et lui-même.
- Tout entier naturel (non premier) se décompose en produit de facteurs premiers.

Les difficultés du sujet

2 Le nombre de marins cherché est un diviseur de 69, 1 150 et 4 140. Repérez dans les décompositions faites dans la question **1** le(s) facteur(s) commun(s).

Exercice 2

Révisez **La géométrie dans le plan**

- Dans un triangle rectangle :

$$\cos \widehat{x} = \frac{\text{Côté adjacent à } \widehat{x}}{\text{Hypoténuse}} \qquad \sin \widehat{x} = \frac{\text{Côté opposé à } \widehat{x}}{\text{Hypoténuse}}$$

$$\tan \widehat{x} = \frac{\text{Côté opposé à } \widehat{x}}{\text{Côté adjacent à } \widehat{x}}.$$

- Proportion (d'une surface) = $\dfrac{\text{Surface de la partie}}{\text{Surface totale}}$.
- Deux triangles semblables sont deux triangles qui ont leurs angles deux à deux de même mesure.
- Coefficient k d'agrandissement = $\dfrac{\text{Longueur agrandie}}{\text{Longueur initiale}}$.

Les difficultés du sujet

2 Calculez l'aire du rectangle MNCB, puis celle du rectangle ABCD. La proportion cherchée est le quotient de ces aires.

3 Dans chacun des trois triangles AMD, PNM et PDN, donnez (ou calculez) les mesures de chacun des angles. Vous penserez que la somme des mesures des angles d'un triangle vaut 180°.

4 • Deux triangles semblables ayant leurs côtés proportionnels, le coefficient d'agrandissement k s'obtient comme :

$$k = \frac{\text{Longueurs du triangle AMD}}{\text{Longueurs du triangle PDN}}$$

- Pour calculer k, il est alors nécessaire de calculer la longueur DM (ou DP ou PN) avec la trigonométrie par exemple.
- Enfin, il faut conclure en comparant la valeur de k calculée avec 1,5.

Exercice 3

Révisez **Les volumes, les grandeurs composées et les statistiques**

- Aire d'un disque de rayon r : $\pi \times r^2$.
- Débit = $\dfrac{\text{Volume écoulé}}{\text{Temps d'écoulement}}$
- L'étendue est la différence entre la plus grande et la plus petite valeur de la série.
- La médiane d'une série est la valeur qui partage cette série en deux « sous-séries » de même effectif. Il y a autant de valeurs de la série supérieures ou égales à la médiane, qu'inférieures ou égales à la médiane.
- La moyenne m est la somme des valeurs divisée par le nombre de valeurs : $m = \dfrac{n_1x_1 + n_2x_2 + ...}{n_1 + n_2 + ...}$.

Les difficultés du sujet

1 a. Calculez d'abord le volume du cylindre C_2 qui a pour base un disque de rayon 0,75 cm.

Le volume de sable cherché correspond aux deux tiers du volume de C_2.

b. Le temps obtenu doit être converti en minutes et secondes.

2 b. • Il s'agit de calculer, pour la série de 40 valeurs, son étendue, sa médiane et sa moyenne.

- La série compte 40 mesures de temps, la médiane Me partage donc en deux séries de 20 la liste des temps.
- Pour calculer le temps moyen d'écoulement m, additionnez tous les temps après les avoir convertis en secondes (par exemple $1 \times 142 + 1 \times 144 + 2 \times 146 + ...$), puis divisez par 40.

Exercice 4

Révisez **L'algorithmique et les probabilités**

Les difficultés du sujet

1 1 cm représente 2 pixels, donc pour « avancer de 5 », on trace un segment de longueur 2,5 cm.

Au démarrage, on s'oriente à 90° (donc vers la droite), mais juste après, on tourne de 90° dans le sens contraire des aiguilles d'une montre (donc le stylo s'oriente vers le haut).

Faites attention, la répétition de la commande « avancer de 5 » deux fois dans la boucle indique que le carré aura un côté de longueur 10 pixels.

2 Soyez attentif à la figure qui doit être répétée 23 fois dans le **script 1** et 46 fois dans le **script 2**.

3 a. La commande « nombre aléatoire entre 1 et 2 » renvoie avec autant de chances 1 ou 2.

b. Utilisez un arbre pour compter le nombre de possibilités qu'il y a pour les deux premiers éléments.

4 Il s'agit d'inclure dans la boucle « répéter 46 fois » le choix aléatoire de la couleur du stylo.

Exercice 5

Révisez **Les transformations du plan**

- La translation

Le point A′ est l'image du point A par la translation qui transforme B en B′.

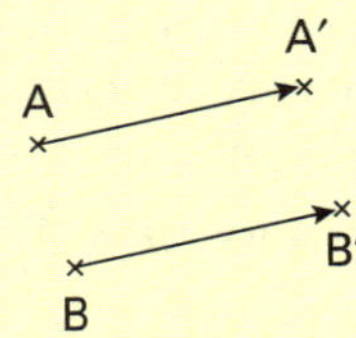

- La rotation

Le point A′ est l'image du point A par la rotation de centre O et d'angle α dans le sens des aiguilles d'une montre.

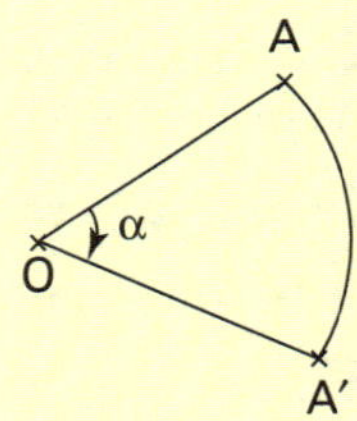

- L'homothétie

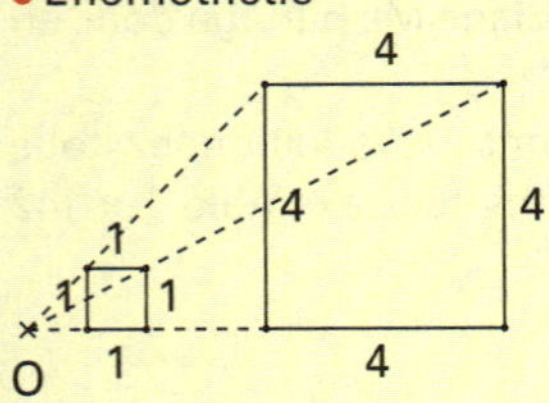

Le grand carré est l'image du petit carré par une homothétie de centre O et de rapport $k = 4$.

k est le coefficient d'agrandissement de la figure de départ.

- Dans un agrandissement de rapport k, les aires sont multipliées par k^2.
- Deux nombres a et b sont dans le ratio 3:2 si $\frac{a}{3} = \frac{b}{2}$, d'où $\frac{a}{b} = \frac{3}{2}$.

Les difficultés du sujet

1 b. Tracez le segment [FE]. Le point E est l'image du point G tel que : FE = EG et $\widehat{GFE} = 90°$ (angle droit).

c. Puisque le rapport de l'homothétie est 3, le rectangle cherché a des mesures 3 fois plus petites. Dans une homothétie, le centre est invariant.

2 Utilisez la question précédente.
Si les mesures des petits rectangles sont 3 fois plus petites que les mesures du grand rectangle, alors que peut-on dire des aires ?

3 Utilisez les données : le ratio longueur:largeur est 3:2.
Exprimez ainsi la longueur en fonction de la largeur, puis résolvez une équation dont l'inconnue est la longueur en utilisant l'égalité suivante : longueur × largeur = 0,135.

Exercice 6

Révisez Le calcul littéral et les équations

- $(a+b)(c+d) = a \times c + a \times d + b \times c + b \times d$
  $= ac + ad + bc + bd.$
- Un produit de deux facteurs est nul si et seulement si l'un au moins des deux facteurs est nul.

Les difficultés du sujet

2 b. Vous devez résoudre une équation.

3 Faites attention aux signes et n'oubliez pas de réduire.

4 a. Faites deux calculs séparés :
$B(x) - A(x) = (x-1)(x+2) - (3x+1) = \ldots$ et $(x+1)(x-3) = \ldots$
Vous devez trouver le même résultat.

b. Résoudre $B(x) = A(x)$ revient à résoudre $B(x) - A(x) = 0$. Utilisez la question précédente.

Exercice 1

1 Décomposition en produit de facteurs premiers

- $69 = \mathbf{3} \times \mathbf{23}$.

-

1 150	2	(1 150 ÷ 2 = 575)
575	5	(575 ÷ 5 = 115)
115	5	(115 ÷ 5 = 23)
23	23	(23 ÷ 23 = 1)
1		

$1\,150 = 2 \times 5 \times 5 \times 23 = \mathbf{2 \times 5^2 \times 23}$.

-

4 140	2	(4 140 ÷ 2 = 2 070)
2 070	2	(2 070 ÷ 2 = 1 035)
1 035	3	(1 035 ÷ 3 = 345)
345	3	(345 ÷ 3 = 115)
115	5	(115 ÷ 5 = 23)
23	23	(23 ÷ 23 = 1)
1		

$4\,140 = 2 \times 2 \times 3 \times 3 \times 5 \times 23 = \mathbf{2^2 \times 3^2 \times 5 \times 23}$.

Méthode

Un nombre est divisible par 3 si la somme des chiffres qui le composent est un multiple de 3. Ici pour 69 : 6 + 9 = 15 est un multiple de 3. Donc 69 est divisible par 3.

Méthode

Un nombre est divisible par 5 s'il se termine par 0 ou 5.

Autre méthode

On décompose en produit de facteurs « évidents » dans un premier temps (même s'ils ne sont pas premiers, comme 9, 10...).
Dans un deuxième temps, on poursuit la décomposition jusqu'à n'avoir plus que des facteurs premiers.
Enfin, on ordonne (par facteurs croissants) le produit.

- $1\,150 = 10 \times 115 = (2 \times 5) \times (5 \times 23) = 2 \times 5 \times 5 \times 23$.
- $4\,140 = 10 \times 414 = 10 \times 9 \times 46 = 2 \times 5 \times 3 \times 3 \times 2 \times 23$.
  $= 2 \times 2 \times 3 \times 3 \times 5 \times 23$.

2 Calcul du nombre de marins

- Le trésor composé de 69 diamants, 1 150 perles et 4 140 pièces d'or est partagé équitablement entre les marins : cela signifie que chaque marin a le même nombre de diamants, de perles et de pièces d'or.

Le nombre de marins est donc un diviseur commun à 69, 1 150 et 4 140.

- $69 = 3 \times 23$

$1\,150 = 2 \times 5^2 \times 23$

$4\,140 = 2^2 \times 3^2 \times 5 \times 23$

La décomposition faite en **1** permet d'établir que les seuls diviseurs communs à ces trois nombres sont 1 et 23. Comme l'énoncé précise « entre les marins », on suppose qu'il y en a plus de 1.

- En conclusion, **le navire compte 23 marins.**

L'astuce du prof

On cherche dans les trois décompositions le(s) facteur(s) commun(s).

Remarque

Chaque marin aura : $69 \div 23 = 3$ diamants ; $1\,150 \div 23 = 50$ perles ; $4\,140 \div 23 = 180$ pièces d'or.

Exercice 2

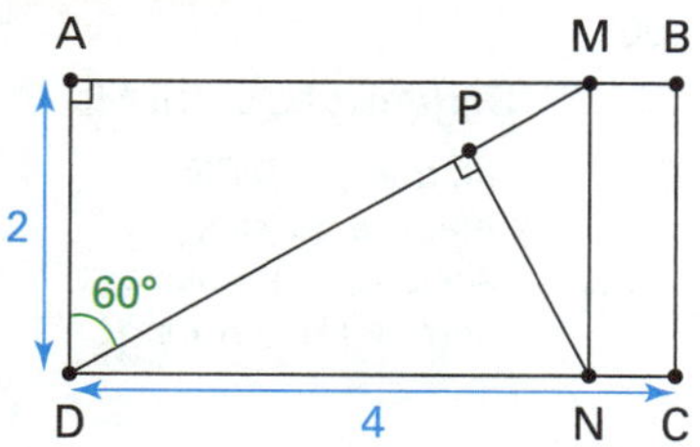

L'astuce du prof

Réalisez un croquis sur lequel vous portez les mesures connues et codez les informations de l'énoncé.

1 Justification de la longueur AM

Dans le triangle ADM rectangle en A,

$$\tan \widehat{ADM} = \frac{\text{Côté opposé à } \widehat{ADM}}{\text{Côté adjacent à } \widehat{ADM}} = \frac{AM}{AD}.$$

$$\tan(60°) = \frac{AM}{2}$$

$AM = 2 \times \tan(60°)$

$AM \simeq 3{,}46.$

[AM] mesure bien environ 3,46 m.

Gagnez des points !

Identifiez les côtés par rapport à l'angle $\widehat{D}$. Ici, on cherche le côté opposé et on connaît le côté adjacent. On utilise donc la tangente.

Remarque

La calculatrice donne la valeur exacte de AM : $AM = 2\sqrt{3}$ m.

2 Proportion de plaque non utilisée

La proportion p de la plaque qui n'est pas utilisée est :

$$p = \frac{\mathscr{A}_{MNCB}}{\mathscr{A}_{ABCD}}$$

- MNCB est un rectangle de longueur $BC = AD = 2$ m et de largeur $NC = MB = AB - AM$ (car les points A, M et B sont alignés) $= 4 - 3{,}46 = 0{,}54$ m.

$\mathscr{A}_{MNCB} =$ longueur $\times$ largeur $= BC \times MB = 2 \times 0{,}54 = 1{,}08$ m^2.

- ABCD est un rectangle de longueur AB = 4 m et de largeur AD = 2 m.
$\mathscr{A}_{ABCD} = 4 \times 2 = 8 \text{ m}^2$.
- D'où $p = \dfrac{1,08}{8} = 0,135$ (valeur exacte), soit $p \simeq 0,14$ (valeur approchée au centième).

Environ 14 % de la plaque n'est pas utilisée pour la construction du décor.

Pensez-y !
Une proportion est un nombre compris entre 0 et 1, sans unité. On l'exprime souvent en % pour le rendre plus représentatif.

3 Démonstration de triangles semblables

- Comparons les mesures des angles des trois triangles AMD, PNM et PDN.
- Dans le triangle AMD

Le triangle ADM est rectangle en A :
$\widehat{DAM} = 90°$.
$\widehat{ADM} = 60°$ (donnée de l'énoncé).
$\widehat{AMD} = 180 - 90 - 60 = 30°$.

Pensez-y !
$\widehat{ADM}$ et $\widehat{AMD}$ sont deux angles complémentaires : la somme de leurs mesures vaut 90°.

- Dans le triangle DPN

Le triangle DPN est rectangle en P : $\widehat{DPN} = 90°$
$\widehat{PDN} = \widehat{ADN} - \widehat{ADP} = \widehat{ADC} - \widehat{ADM} = 90 - 60 = 30°$
$\widehat{PND} = 180 - \widehat{DPN} - \widehat{PDN} = 180 - 90 - 30 = 60°$.

- Dans le triangle MPN

Le triangle PNM est rectangle en P : $\widehat{MPN} = 90°$.
$\widehat{PMN} = \widehat{AMN} - \widehat{AMD} = 90 - 30 = 60°$.
$\widehat{MNP} = 180 - \widehat{MPN} - \widehat{PMN} = 180 - 90 - 60 = 30°$.

Gagnez des points !
Le triangle MPN étant rectangle, ses angles aigus sont complémentaires.

- En conclusion, les triangles AMD, PNM et PDN ont leurs angles deux à deux de mêmes mesures (90°, 60° et 30°) : **ils sont donc semblables.**

Gagnez des points !
On met en correspondance les côtés de chaque triangle par ordre décroissant de longueur par exemple.

4 Coefficient d'agrandissement

Les triangles PDN et AMD sont semblables. Leurs côtés sont donc deux à deux proportionnels.

Triangle PDN	DN	DP	PN
Triangle AMD	DM	AM	AD

$\times k$ (agrandissement)

Le coefficient d'agrandissement k pour passer du triangle PDN au triangle AMD est :

$$k = \frac{\text{Longueur d'un côté du triangle AMD}}{\text{Longueur du côté du triangle PDN correspondant}}$$

$$k = \frac{DM}{DN} = \frac{AM}{DP} = \frac{AD}{PN}.$$

Pour obtenir k, il faut calculer une des longueurs inconnues, par exemple DM.
Dans le triangle ADM rectangle en M,

$$\cos\widehat{ADM} = \frac{\text{Côté adjacent à } \widehat{ADM}}{\text{Hypoténuse}} = \frac{AD}{DM}$$

$$\cos(60°) = \frac{2}{DM}$$

$$DM \times \cos(60°) = 2$$

$$DM = \frac{2}{\cos(60°)} = 4.$$

L'astuce du prof

On entoure les longueurs connues pour visualiser les longueurs manquantes.

Gagnez des points !

Il est indispensable de travailler dans un triangle rectangle pour utiliser la trigonométrie.

Autre méthode

On peut aussi calculer DM en appliquant le théorème de Pythagore dans le triangle ADM rectangle en A :
$DM^2 = DA^2 + AM^2 = 2^2 + 3{,}56^2 \simeq 15{,}97$
$DM = \sqrt{15{,}97}$ $(DM > 0)$ soit $DM \simeq 4$.
La valeur obtenue pour DM par cette méthode est approchée, puisque pour AM, on a utilisé également une valeur approchée.

On en déduit alors le coefficient d'agrandissement cherché :

$$k = \frac{DM}{DN} = \frac{4}{3{,}46} \text{ soit } k \simeq 1{,}16 < 1{,}5.$$

En conclusion, **le coefficient d'agrandissement étudié est bien inférieur à 1,5, comme le souhaitait Joanna.**

Remarque

Un coefficient supérieur à 1 indique un agrandissement. Un coefficient compris entre 0 et 1 indique une réduction.

Autres méthodes

- Pour obtenir k, on peut aussi calculer DP puisque $k = \frac{AM}{DP}$.

Dans le triangle DPN rectangle en P :

$$\cos\widehat{PDN} = \frac{DP}{DN} \text{ soit } \cos(30°) = \frac{DP}{3{,}46}.$$

$DP = 3{,}46 \times \cos(30°)$, soit $DP \simeq 3$.

On en déduit $k = \frac{AM}{DP} = \frac{3{,}46}{3}$, soit $k \simeq 1{,}15$.

De la même façon, on pouvait obtenir la longueur DP en utilisant l'angle $\widehat{PND} = 60°$ et le sinus.

- Pour obtenir k, on peut aussi calculer PN car $k = \frac{AD}{PN}$.

Dans le triangle DPN rectangle en P :

$\sin \widehat{PDN} = \frac{PN}{DN}$, soit $\sin(30°) = \frac{PN}{3{,}46}$.

D'où $PN = 3{,}46 \times \sin(30°) = 1{,}73$.

Et finalement $k = \frac{AD}{PN} = \frac{2}{1{,}73}$, soit $k \simeq 1{,}15$.

On pouvait aussi calculer PN en utilisant l'angle $\widehat{PND} = 60°$ et le cosinus.

Exercice 3

1 a. Volume $\mathcal{V}_S$ du sable

- Le cylindre C_2 est de hauteur $h = 4{,}2$ cm et de base un disque de rayon $r = \frac{\text{diamètre}}{2} = \frac{1{,}5}{2} = 0{,}75$ cm.

Le volume $\mathcal{V}_{C_2}$ de C_2 est :

$\mathcal{V}_{C_2} = B \times h = (\pi r^2) \times h$

$\mathcal{V}_{C_2} = \pi \times 0{,}75^2 \times 4{,}2$

$\mathcal{V}_{C_2} = 2{,}3625\pi$

$\mathcal{V}_{C_2} \simeq 7{,}42 \text{ cm}^3$.

Gagnez des points !

La base d'un cylindre est un disque d'aire $\pi \times \text{rayon}^2$.

- Le sable remplit C_2 aux deux tiers.

Le volume de sable cherché $\mathcal{V}_S$ est :

$\mathcal{V}_S \simeq \frac{2}{3} \times 7{,}42$

$\mathcal{V}_S \simeq 4{,}95 \text{ cm}^3$.

C'est le résultat annoncé.

Remarque

La valeur exacte de $\mathcal{V}_S$ est :

$\mathcal{V}_S = 2{,}3625\pi \times \frac{2}{3} = 1{,}575\pi$.

b. Temps d'écoulement du sable

$$\text{Débit (en cm}^3\text{/min)} = \frac{\text{Volume (en cm}^3)}{\text{Temps (en min)}}.$$

Le temps t nécessaire à l'écoulement de 4,95 cm³ de sable avec un débit de 1,98 cm³/min est tel que :

$1{,}98 = \frac{4{,}95}{t}$

$1{,}98 \times t = 4{,}95$

$t = \frac{4{,}95}{1{,}98} = 2{,}5 \text{ min} = 2 \text{ min } 30 \text{ s}$.

Gagnez des points !

$0{,}5 \text{ min} = 0{,}5 \times 60 \text{ s}$
$= 30 \text{ s}$

Le sable s'écoule dans le cylindre inférieur en 2 minutes et 30 secondes.

2 a. Nombre de tests réalisés

1 + 1 + 2 + 6 + 3 + 7 + 6 + 3 + 1 + 2 + 3 + 2 + 3 = 40.

L'usine a effectué 40 tests au total.

b. Étude de la mise en vente du sablier

Il s'agit de vérifier les trois conditions en calculant les trois indicateurs utilisés : l'étendue, la médiane et la moyenne.

- L'étendue *e* des temps vaut :

e = (temps mesuré le plus grand) – (temps mesuré le plus petit)
e = 2 min 38 s – 2 min 22 s
e = 16 s
e < 20 s.
La condition sur l'étendue est donc vérifiée.

- La série compte 40 tests (un nombre pair), ordonnés ici dans le sens croissant.

Le temps médian Me est donc le temps qui coupe en deux ensembles de 20 temps chacun la liste proposée.

L'astuce du prof
Un schéma aide au calcul de la médiane.

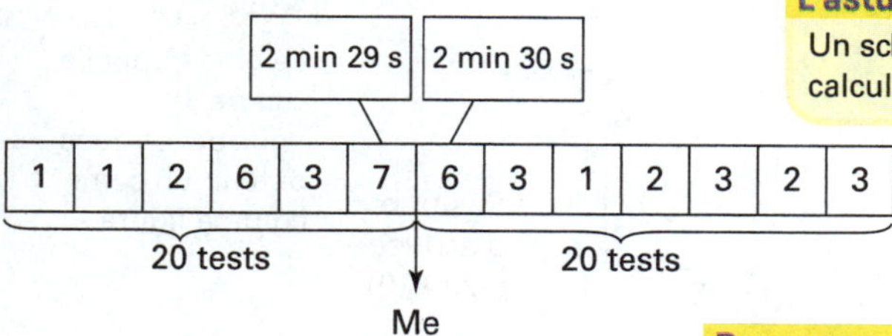

Ainsi, Me se situe entre 2 min 29 s et 2 min 30 s.
La condition sur la médiane des temps (comprise entre 2 min 29 s et 2 min 31 s) est donc vérifiée.

Remarque
On aurait pu conclure Me = 2 min 29,5 s.
Mais l'énoncé demande seulement un encadrement.

- Pour calculer la moyenne *m* des temps, on va d'abord convertir tous les temps mesurés en secondes sachant que 2 min = 120 s.

Ainsi, 2 min 22 s = 120 + 22 = 142 s,
2 min 24 s = 120 + 24 s = 144 s, etc.
$m = (1 \times 142 + 1 \times 144 + 2 \times 146 + 6 \times 147 + 3 \times 148 + 7 \times 149 + 6 \times 150 + 3 \times 151 + 1 \times 152 + 2 \times 153 + 3 \times 154 + 2 \times 155 + 3 \times 158) \div 40$
m = 150,1 s = 120 s + 30,1 s = 2 min 30,1 s.
m est bien comprise entre 2 min 28 s et 2 min 32 s.
La condition sur la moyenne des temps est donc vérifiée.

Rappel
m = somme des temps ÷ nombre de mesures.

Remarque
0,1 s = un dixième de seconde.

Autre méthode

Comme tous les temps mesurés sont de la forme 2 min + … s, on pouvait aussi calculer la moyenne « des secondes », soit :
$1 \times 22 + 1 \times 24 + 2 \times 26 + \ldots + 3 \times 38) \div 40 = 30{,}1$.
Le temps moyen d'écoulement est donc 2 min 30,1 s.

- En conclusion, les trois conditions sont vérifiées par le sablier testé : **celui-ci ne sera pas éliminé** et pourra bien être mis en vente.

Gagnez des points !
Pensez à conclure.

Exercice 4

1 Représentation de la figure obtenue

À condition que le stylo soit en position d'écriture au départ, on obtient :

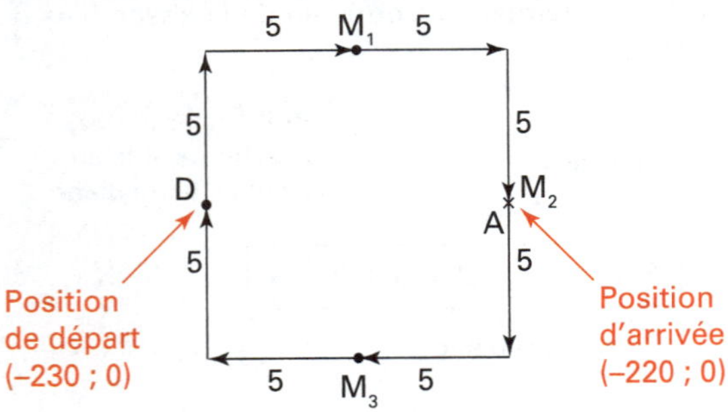

Pensez-y !
Le bloc s'appelle « carré ».
Vous devez donc obtenir un carré comme figure.

Explications :

- Le stylo est en M_1 après le premier passage dans la boucle.
- Après le deuxième passage, il est en M_2 ; puis après le troisième, il est en M_3, et enfin après le quatrième, il est en D.
- Après les quatre passages, le stylo est relevé et s'oriente à 90° (donc vers la droite). Il avance de 10. Il se retrouve finalement en A (qui est confondu avec la position M_2).

2 Choix des figures

Le **script 1** répète 23 fois le carré suivi du tiret.
La figure de base (carré + tiret) est donc répétée 23 fois.
Il s'agit donc du dessin B qui est associé au script 1.
Par déduction, **le dessin A est associé au script 2.**

3 a. Probabilité que le premier élément tracé soit un carré

Un nombre aléatoire est choisi parmi 1 et 2.
Il y a autant de chances d'obtenir 1 que 2.

Remarque
La commande « nombre aléatoire entre 1 et 2 » donne soit 1, soit 2.

Ainsi, **la probabilité que le premier élément tracé soit un carré est $\frac{1}{2}$.**

b. Probabilité que les deux premiers éléments tracés soient des carrés

Voici les possibilités :

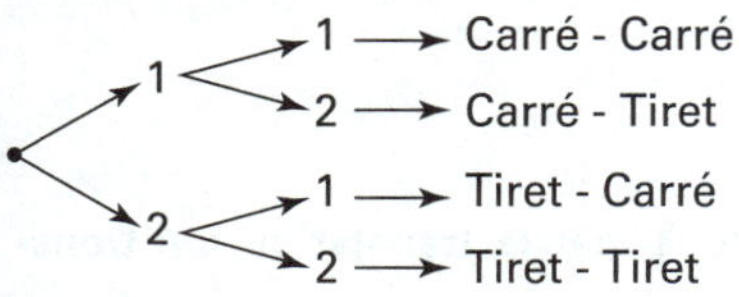

Gagnez des points !

Faites un arbre pour compter (et voir) toutes les issues.

Il y a donc 4 possibilités toutes équiprobables. Puisqu'il n'y a qu'une seule possibilité d'avoir carré-carré, sur 4 possibilités, **la probabilité que les deux éléments soient des carrés est : $p = \frac{1}{4} = 0,25$.**

Rappel

« Équiprobable » signifie que chacune des 4 issues a exactement la même probabilité d'être obtenue.

4 Suite d'instructions à ajouter

Le choix de la couleur doit être aléatoire et se faire 46 fois. Les instructions pour le choix aléatoire de la couleur sont donc incluses dans la boucle « répéter 46 fois ».

Pour obtenir un choix aléatoire de couleur, entre le rouge et le noir, on utilise la suite d'instructions :

Pensez-y !

Cette commande de choix aléatoire était déjà utilisée dans le script, réutilisez-la !

Cette suite d'instructions doit donc être insérée entre les lignes 6 et 7 du script 2.

Exercice 5

1 Phrases complétées

a. Image par une translation

Par la translation qui transforme C en E :

- le point I a pour image le point B ;
- le point H a pour image le point J ;
- le point F a pour image le point K.

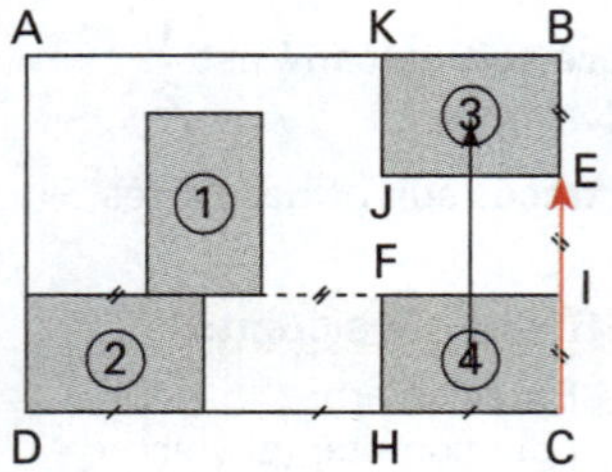

Remarque

Cette translation est matérialisée par la flèche de C vers E.

Le rectangle ③ est l'image du rectangle ④ par la translation qui transforme C en E.

b. Image par une rotation

Par la rotation de centre F et d'angle 90° dans le sens des aiguilles d'une montre :

- le point B est l'image du point N (on a bien FN = FB et $\widehat{NFB} = 90°$) ;
- le point K est l'image du point O (on a bien FO = FK et $\widehat{OFK} = 90°$) ;
- le point E est l'image du point M (on a bien FM = FE et $\widehat{MFE} = 90°$) ;
- le point J est l'image du point L (on a bien FL = FJ et $\widehat{LFJ} = 90°$).

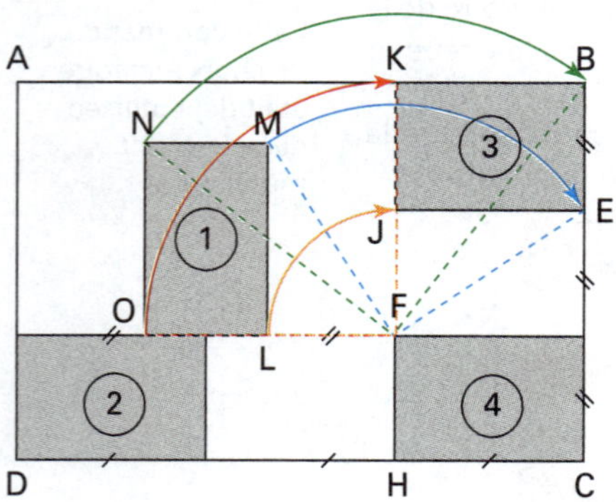

Méthode

Identifiez les points qui ont pour images les sommets du rectangle ③.

Le rectangle ③ est l'image du rectangle ① par la rotation de centre F et d'angle 90° dans le sens des aiguilles d'une montre.

c. Image par une homothétie

Par l'homothétie de centre D et de rapport 3 :

- le point B est l'image du point Q (on a bien DB = 3 × DQ) ;
- le point C est l'image du point P (on a bien DC = 3 × DP) ;
- le point A est l'image du point R (on a bien DA = 3 × DR) ;
- le point D est l'image du point D.

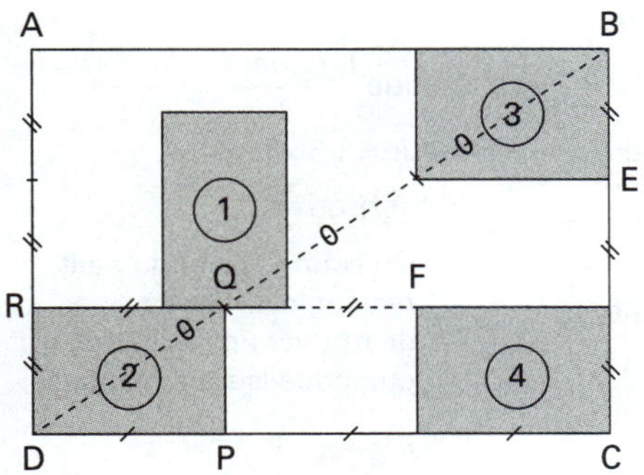

Rappel
Le point D est le seul point invariant par cette homothétie.

Le rectangle ABCD est l'image du rectangle ② par l'homothétie de centre D et de rapport 3.

Autres réponses possibles

- Le rectangle ABCD est l'image du rectangle ③ par l'homothétie de centre B et de rapport 3.
- Le rectangle ABCD est l'image du rectangle ④ par l'homothétie de centre C et de rapport 3.

2 Aire d'un petit rectangle

ABCD est l'image d'un petit rectangle par une homothétie de rapport 3.
ABCD est donc un agrandissement de coefficient 3 d'un petit rectangle.
On peut également dire qu'un petit rectangle est une réduction du rectangle ABCD de coefficient $\frac{1}{3}$.

Remarque
Un coefficient de $\frac{1}{3}$ est un coefficient de réduction, car $0 < \frac{1}{3} < 1$.

Dans un agrandissement ou une réduction, si les longueurs sont multipliées par k, les aires sont multipliées par k^2.
Ainsi, on a :

$$\text{Aire (petit rectangle)} = \left(\frac{1}{3}\right)^2 \times \text{Aire (ABCD)}$$
$$= \frac{1}{9} \times 1{,}215$$
$$= 0{,}135$$

L'aire d'un petit rectangle est 0,135 m².

Remarque
Multiplier par $\frac{1}{9}$ revient à diviser par 9.

Remarque
Dans ABCD, il y a 9 petits rectangles.

3 Dimensions du rectangle ABCD

Le ratio longueur:largeur est égal à 3:2 signifie que $\frac{\text{longueur}}{3} = \frac{\text{largeur}}{2}$ et que $\frac{\text{longueur}}{\text{largeur}} = \frac{3}{2}$. Ainsi, longueur = $\frac{3}{2}$ × largeur = 1,5 × largeur.

En notant L la longueur et ℓ la largeur, on obtient $L = 1{,}5 \times \ell$.

L'aire d'un petit rectangle s'écrit alors :

$$\underbrace{L}_{1{,}5\,\ell} \times \ell = 0{,}135$$

$$1{,}5\,\ell \times \ell = 0{,}135$$

$$1{,}5\,\ell^2 = 0{,}135$$

$$\ell^2 = \frac{0{,}135}{1{,}5}$$ on divise par 1,5

$$\ell^2 = 0{,}09$$

$$\ell = \sqrt{0{,}09} = 0{,}3$$

Comme $L \times \ell = 0{,}135$, alors $L \times 0{,}3 = 0{,}135$ soit $L = \frac{0{,}135}{0{,}3} = 0{,}45$.

La longueur d'un petit rectangle est 0,45 m et sa largeur 0,3 m.

Méthode

On connaît l'aire du petit rectangle. L'idée est de trouver une équation qui modélise la situation.

Rappel

Deux nombres ont pour carré 0,09 : $-\sqrt{0{,}09}$ et $\sqrt{0{,}09}$. Ici, on sait que ℓ est positif.

Vérification

On a bien : $\frac{0{,}45}{3} = \frac{0{,}3}{2}$ et $\frac{0{,}45}{0{,}3} = \frac{3}{2}$.

Exercice 6

1 Vérifications

Avec le programme 1 :
- Choisir un nombre : 5.
- Le multiplier par 3 : 3 × 5 = 15.
- Ajouter 1 : 15 + 1 = 16.

Avec le programme 2 :
- Choisir un nombre : 5.
- Soustraire 1 : 5 – 1 = 4.
- Ajouter 2 : 5 + 2 = 7.
- Multiplier les deux nombres obtenus : 4 × 7 = 28.

Le résultat du programme 1 est bien 16 et celui du programme 2 est 28.

2 a. Expression de A(x) en fonction de x

- Choix du nombre de départ : x.
- Le multiplier par 3 : $3 \times x = 3x$.
- Ajouter 1 : $3x + 1$.

L'expression de $A(x)$ en fonction de x est $\boldsymbol{A(x) = 3x + 1}$.

Méthode

On refait les mêmes calculs que dans la question précédente, mais avec x comme nombre de départ.

b. Détermination d'un nombre

On cherche x tel que $A(x) = 0$:

$$A(x) = 0$$
$$3x + 1 = 0$$
$$3x + 1 - 1 = 0 - 1$$
$$\frac{3x}{3} = -\frac{1}{3}$$
$$x = -\frac{1}{3}$$

Pour obtenir 0 comme résultat du programme 1, il faut entrer $-\frac{1}{3}$.

3 Développement de $B(x)$

$$B(x) = (x - 1)(x + 2)$$
$$= x \times x + x \times 2 - 1 \times x - 1 \times 2$$
$$= x^2 + 2x - x - 2$$
$$= \mathbf{x^2 + x - 2}$$

expression développée et réduite

> **Rappel**
> Développer, c'est transformer un produit en somme.

4 a. Justification d'une égalité

- $B(x) - A(x) = (x - 1)(x + 2) - (3x + 1)$
  $= x^2 + x - 2 - 3x - 1$
  $= x^2 - 2x - 3.$
- Or $(x + 1)(x - 3) = x \times x - 3 \times x + 1 \times x - 1 \times 3$
  $= x^2 - 3x + x - 3$
  $= x^2 - 2x - 3$

On retrouve le résultat précédent.

- Ainsi, $\mathbf{B(x) - A(x) = (x + 1)(x - 3)}$.

> **Pensez-y !**
> N'oubliez pas les parenthèses autour de $3x + 1$.

b. Recherche des nombres x tels que $A(x) = B(x)$

Rechercher les nombres x tels que $A(x) = B(x)$ revient à chercher les nombres x tels que $B(x) - A(x) = 0$.

Cette dernière équation s'écrit, grâce à la question 4 a. : $(x + 1)(x - 3) = 0$.

On reconnaît une équation produit nul.

Un produit de deux facteurs est nul si et seulement si l'un au moins de ses facteurs est nul.

$$x + 1 = 0 \text{ ou } x - 3 = 0$$
$$x = -1 \text{ ou } x = 3$$

Les nombres qu'il faut choisir pour que les deux programmes donnent les mêmes résultats sont – 1 et 3.

> **L'astuce du prof**
> On peut vérifier les résultats obtenus :
> - pour $x = -1$, $A(-1) = B(-1) = -2$;
> - pour $x = 3$, $A(3) = B(3) = 10$.

Sujet 5

100 pts — 2 heures

Centres étrangers, juin 2019

Exercice 1

15 min — **15 pts**

Cet exercice est un questionnaire à choix multiples (QCM). Pour chaque question, une seule des trois réponses proposées est exacte. Indiquer le numéro de la question et recopier, sans justifier, la réponse choisie. Une bonne réponse rapporte 3 points ; aucun point ne sera enlevé en cas de mauvaise réponse.

3 pts par question

Questions	Réponse A	Réponse B	Réponse C
1 Quelle est la décomposition en produit de facteurs premiers de 28 ?	4×7	2×14	$2^2 \times 7$
2 Un pantalon coûte 58 €. Quel est son prix en euros après une réduction de 20 % ?	38	46,40	57,80
3 Quelle est la longueur en mètres du côté [AC], arrondie au dixième près ? 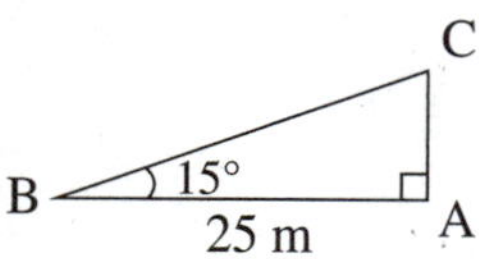	6,5	6,7	24,1
4 Quelle est la médiane de la série statistique suivante ? 2 ; 5 ; 3 ; 12 ; 8 ; 6	5,5	6	10
5 Quel est le rapport de l'homothétie qui transforme le carré A en carré B ? 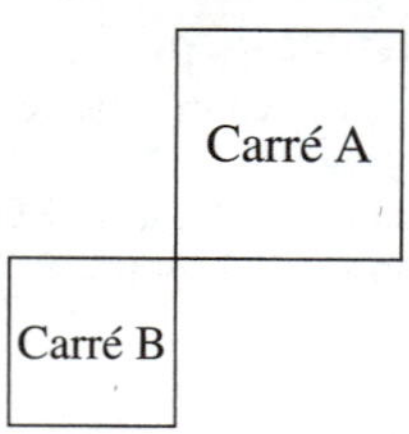	−0,5	0,5	2

Exercice 2

15 min **14 pts**

On considère le programme de calcul :

- Choisir un nombre.
- Prendre le carré de ce nombre.
- Ajouter le triple du nombre de départ.
- Ajouter 2.

1 Montrer que si on choisit 1 comme nombre de départ, le programme donne 6 comme résultat. **1 pt**

2 Quel résultat obtient-on si on choisit -5 comme nombre de départ ? **2 pts**

3 On appelle x le nombre de départ, exprimer le résultat du programme en fonction de x. **3 pts**

4 Montrer que ce résultat peut aussi s'écrire sous la forme $(x + 2)(x + 1)$ pour toutes les valeurs de x. **4 pts**

5 La feuille de tableur suivante regroupe des résultats du programme de calcul précédent.

	A	B	C	D	E	F	G	H	I	J
1	x	-4	-3	-2	-1	0	1	2	3	4
2	$(x + 2)(x + 1)$	6	2	0	0	2	6	12	20	30

a. Quelle formule a été écrite dans la cellule B2 avant de l'étendre jusqu'à la cellule J2 ? **2 pts**

b. Trouver les valeurs de x pour lesquelles le programme donne 0 comme résultat. **2 pts**

Exercice 3

20 min **16 pts**

Partie I

Dans cette partie, toutes les longueurs sont exprimées en centimètres.

On considère les deux figures ci-dessous, un triangle équilatéral et un rectangle, où x représente un nombre positif quelconque.

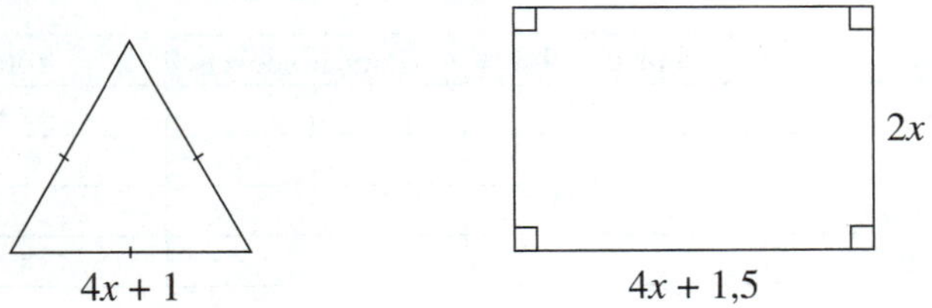

1 Construire le triangle équilatéral pour $x = 2$. **2 pts**

2 a. Démontrer que le périmètre du rectangle en fonction de x peut s'écrire $12x + 3$. **3 pts**

b. Pour quelle valeur de x le périmètre du rectangle est-il égal à 18 cm ? **3 pts**

3 Est-il vrai que les deux figures ont le même périmètre pour toutes les valeurs de x ? Justifier. **4 pts**

Partie II

On a créé les scripts ci-dessous sur Scratch qui, après avoir demandé la valeur de x à l'utilisateur, construisent les deux figures de la **Partie I**.
Dans ces deux scripts, les lettres A, B, C et D remplacent des nombres.
Donner des valeurs à A, B, C et D pour que ces deux scripts permettent de construire les figures de la **Partie I** et préciser alors la figure associée à chacun des scripts. **4 pts**

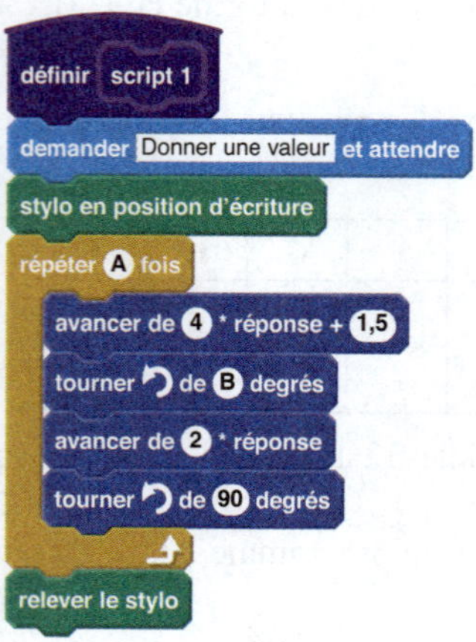

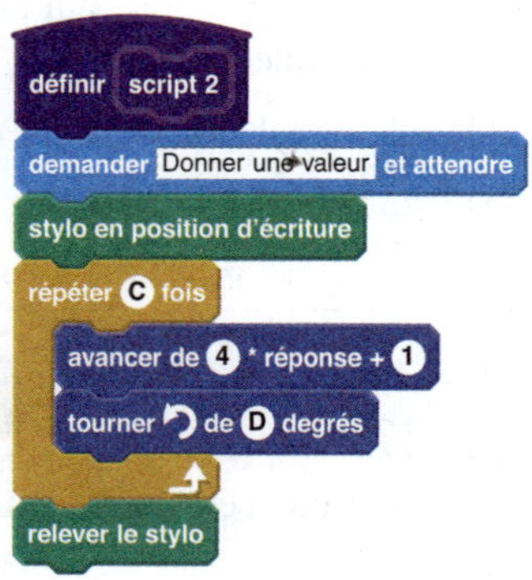

Exercice 4

15 min **13 pts**

Dans la vitrine d'un magasin A sont présentés au total 45 modèles de chaussures. Certaines sont conçues pour la ville, d'autres pour le sport et sont de trois couleurs différentes : noire, blanche ou marron.

1 Compléter le tableau suivant. **3 pts**

Modèle	Pour la ville	Pour le sport	Total
Noir	15	5	20
Blanc	7	10	17
Marron	5	3	8
Total	27	18	45

2 On choisit un modèle de chaussures au hasard dans cette vitrine.

a. Quelle est la probabilité de choisir un modèle de couleur noire ? **2 pts**

b. Quelle est la probabilité de choisir un modèle pour le sport ? **2 pts**

c. Quelle est la probabilité de choisir un modèle pour la ville de couleur marron ? **2 pts**

3 Dans la vitrine d'un magasin B, on trouve 54 modèles de chaussures dont 30 de couleur noire. On choisit au hasard un modèle de chaussures dans la vitrine du magasin A, puis dans celle du magasin B.
Dans laquelle des deux vitrines a-t-on le plus de chance d'obtenir un modèle de couleur noire ? Justifier. **4 pts**

Exercice 5

20 min **14 pts**

Dans l'exercice suivant, les figures ne sont pas à l'échelle.

Un décorateur a dessiné une vue de côté d'un meuble de rangement composé d'une structure métallique et de plateaux en bois d'épaisseur 2 cm, illustré par la **figure 1**.
Les étages de la structure métallique de ce meuble de rangement sont tous identiques et la **figure 2** représente l'un d'entre eux.

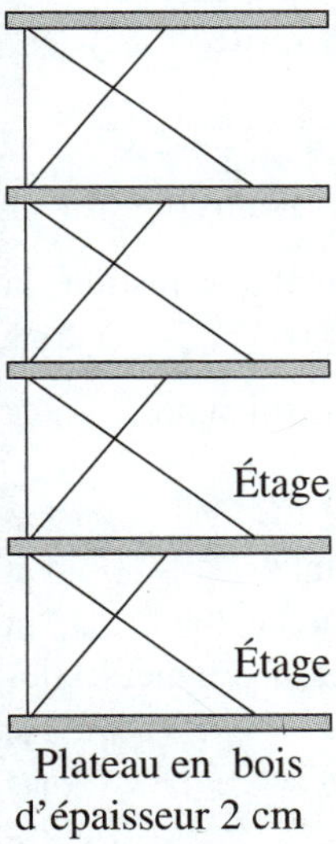

Figure 1

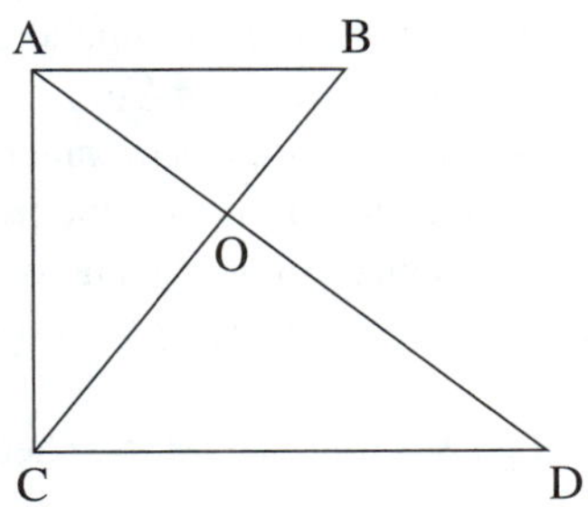

Figure 2

On donne :

- OC = 48 cm ; OD = 64 cm ; OB = 27 cm ; OA = 36 cm et CD = 80 cm ;
- les droites (AC) et (CD) sont perpendiculaires.

1 Démontrer que les droites (AB) et (CD) sont parallèles. **4 pts**

2 Montrer par le calcul que AB = 45 cm. **4 pts**

3 Calculer la hauteur totale du meuble de rangement. **6 pts**

Exercice 6

15 min **14 pts**

Une famille a effectué une randonnée en montagne. Le graphique ci-dessous donne la distance parcourue en kilomètres en fonction du temps en heures.

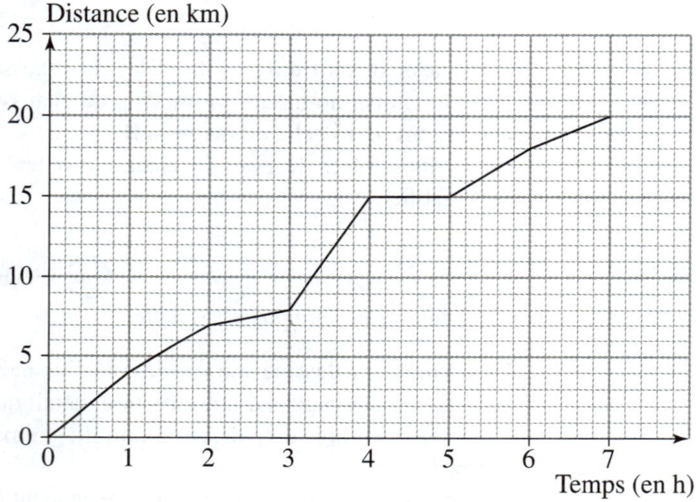

1 Ce graphique traduit-il une situation de proportionnalité ? Justifier la réponse. **3 pts**

2 On utilisera le graphique pour répondre aux questions suivantes.
Aucune justification n'est demandée.

a. Quelle est la durée totale de cette randonnée ? **1 pt**

b. Quelle distance cette famille a-t-elle parcourue au total ? **1 pt**

c. Quelle est la distance parcourue au bout de 6 h de marche ? **1,5 pt**

d. Au bout de combien de temps ont-ils parcouru les 8 premiers kilomètres ? **1,5 pt**

e. Que s'est-il passé entre la 4e et la 5e heure de randonnée ? **2 pts**

3 Un randonneur expérimenté marche à une vitesse moyenne de 4 km/h sur toute la randonnée. Cette famille est-elle expérimentée ? Justifier la réponse. **4 pts**

Exercice 7

20 min **14 pts**

Une famille désire acheter, pour les enfants, une piscine cylindrique hors sol équipée d'une pompe électrique. Elle compte l'utiliser cet été du mois de juin au mois de septembre inclus. Elle dispose d'un budget de 200 €.
À l'aide des documents suivants, dire si le budget de cette famille est suffisant pour l'achat de cette piscine et les frais de fonctionnement.

Information 1	Information 2
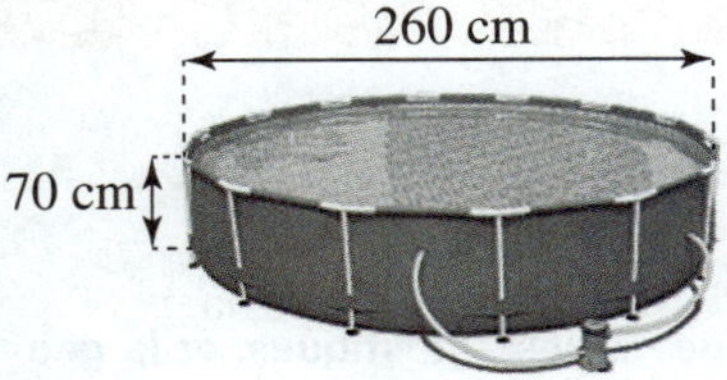	**Information 2** Prix d'un kWh : 0,15 €. Le kWh (kilowatt-heure) est l'unité de mesure de l'énergie électrique.
Caractéristiques techniques : • Hauteur de l'eau : 65 cm. • Consommation électrique moyenne de la pompe : 3,42 kWh par jour. • Prix (piscine + pompe) : 80 €.	**Information 3** Prix d'un m^3 d'eau : 2,03 €. **Information 4** Le volume d'un cylindre est donné par la formule suivante : $V = \pi \times r^2 \times h$ où r est le rayon du cylindre et h sa hauteur.

Sujet 5 Corrigé

Les clés pour réussir

Exercice 1

Révisez **L'arithmétique, les pourcentages et les statistiques, et la géométrie dans le plan**

- Un nombre premier admet exactement deux diviseurs : 1 et lui-même.
- Diminuer un nombre de t %, c'est le multiplier par $1 - \frac{t}{100}$.
- Dans un triangle rectangle :

$$\cos \widehat{x} = \frac{\text{Côté adjacent à } \widehat{x}}{\text{Hypoténuse}} \qquad \sin \widehat{x} = \frac{\text{Côté opposé à } \widehat{x}}{\text{Hypoténuse}}$$

$$\tan \widehat{x} = \frac{\text{Côté opposé à } \widehat{x}}{\text{Côté adjacent à } \widehat{x}}$$

- Dans une série ordonnée dans le sens croissant, la médiane partage la série en deux groupes de même effectif.

Les difficultés du sujet

4 Commencez par ordonner la série des six nombres du plus petit au plus grand.

5 Réfléchissez en deux étapes :
– le carré B est-il plus petit ou plus grand que le carré A ?
– recherchez le centre de l'homothétie (en prenant deux points et leurs images), puis regardez si le carré B est du même côté que le carré A par rapport au centre ou non. Cela vous donnera le signe du rapport de cette homothétie (qui est un agrandissement ou une réduction ?).

Exercice 2

Révisez **Les calculs numériques et littéraux et le tableur**

- $(a + b)(c + d) = a \times c + a \times d + b \times c + b \times d$.

Les difficultés du sujet

2 Le carré d'un nombre négatif est un nombre positif.

4 En développant l'expression $(x + 2)(x + 1)$, vous devez retrouver la forme développée de la question **3**. Sinon, il faut chercher l'erreur...

5 **a.** Pour calculer $(x + 2)(x + 1)$, remplacez x par le contenu de la cellule B1, puis C1, D1... jusque J1.

Exercice 3

Révisez Les périmètres, le calcul numérique et les algorithmes

- Périmètre d'un triangle équilatéral = 3 × longueur d'un côté.
- Périmètre d'un rectangle = 2 × (longueur + largeur).

Partie I

2 b. Il s'agit de résoudre l'équation du premier degré $12x + 3 = 18$.

3 Exprimez en fonction de x le périmètre du triangle équilatéral, puis comparez l'expression obtenue à $12x + 3$.

Partie II

- A représente le nombre de répétitions du tracé « longueur-largeur ».
- B correspond à la mesure de l'angle entre la longueur et la largeur.
- C correspond au nombre de répétitions du tracé « côté ».
- D est la mesue de l'angle en degrés entre « l'horizontale » et un côté du triangle.

Exercice 4

Révisez Les probabilités

- En situation d'équiprobabilité, une probabilité p se calcule avec la formule : $p = \dfrac{\text{Nombre de cas favorables}}{\text{Nombre de cas possibles}}$.

Les difficultés du sujet

3 Il s'agit de comparer deux probabilités.

Exercice 5

Révisez La géométrie dans le plan

- La réciproque du théorème de Thalès permet de montrer, à partir de points bien placés et de quotients égaux, que deux droites sont parallèles.
- Si (MN) // (BC), d'après le théorème de Thalès :
$\dfrac{AM}{AB} = \dfrac{AN}{AC} = \dfrac{MN}{BC}$.
- Le théorème de Pythagore permet de calculer la longueur manquante dans un triangle rectangle dont on connaît les deux autres longueurs.

Les difficultés du sujet

3 Le meuble de rangement est décomposé en cinq plateaux de hauteur connue et quatre rangements, chacun de hauteur AC à calculer avec le théorème de Pythagore.

Exercice 6

Révisez **Les lectures graphiques, la proportionnalité et la vitesse**

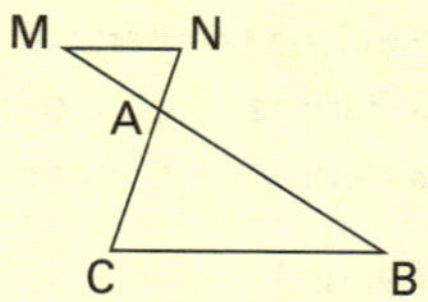

- Une situation de proportionnalité entre deux grandeurs se traduit graphiquement par une droite passant par l'origine du repère.

- Vitesse moyenne (en km/h) = $\dfrac{\text{Distance parcourue (en km)}}{\text{Temps de parcours (en h)}}$.

Les difficultés du sujet

1 Deux conditions sont à vérifier : la courbe passe-t-elle par l'origine du repère ? la courbe est-elle une droite ?

Exercice 7

Révisez **Les grandeurs composées et les volumes**

Les difficultés du sujet

La difficulté de cet exercice réside dans le fait d'utiliser convenablement les informations proposées.

Vous devez procéder par étapes pour établir le coût total cherché qui se répartit en trois éléments :

– l'achat de la piscine et de la pompe ;

– les dépenses en électricité : après avoir calculé le nombre de jours d'utilisation de la pompe, calculez le nombre de kWh utilisés durant cette période (*information 1*) et enfin le prix correspondant (*information 2*) ;

– les dépenses en eau : calculez le volume d'eau utilisé (*information 1* et formule donnée dans l'*information 4*) et son prix (*information 3*).

Exercice 1

1 Décomposition en produit de facteurs premiers

$28 = 2 \times 14 = 2 \times 2 \times 7 = 2^2 \times 7.$

Réponse C

Autre méthode

On peut trouver la bonne réponse en procédant par éliminations :

- 4 n'est pas un nombre premier. Donc la réponse A est exclue ;
- il en est de même pour 14, ce qui exclut la réponse B.

2 Calcul de prix réduit

Appliquer une réduction de 20 %, c'est multiplier par $1 - \frac{20}{100} = 1 - 0,2 = 0,8$.

Le pantalon remisé coûte alors :

$58 \times 0,8 = 46,40$ €.

Réponse B

Autre méthode

- On calcule le montant de la remise : 20 % de $58 = 0,2 \times 58 = 11,6$.
- On retranche cette somme au prix initial : $58 - 11,6 = 46,4$.

3 Calcul de longueur dans un triangle rectangle

Dans le triangle ABC rectangle en A,

$$\tan \hat{B} = \frac{\text{Côté opposé à } \hat{B}}{\text{Côté adjacent à } \hat{B}} = \frac{AC}{AB}$$

$$\tan 15° = \frac{AC}{25}$$

Par produit en croix, on déduit :

$AC = 25 \times \tan 15°$

$AC \simeq 6,7$ cm.

Réponse B

Méthode

Dans le triangle ABC, on connaît l'angle $\hat{B}$, le côté adjacent, et on cherche le côté opposé. C'est donc la tangente qu'on va utiliser.

4 Détermination d'une médiane

Commençons par ordonner la série : 2 ; 3 ; 5 ; 6 ; 8 ; 12.

Cette série compte un nombre pair (6) de termes. La médiane est donc la demi-somme des deux termes « du milieu », soit $\frac{5 + 6}{2} = 5,5$.

Réponse A

Remarque

Parfois, la médiane n'est pas une valeur de la série, comme ici.

5 Rapport d'une homothétie

- La figure obtenue (le carré B) est une réduction du carré A dans laquelle les longueurs ont été divisées par 2, soit multipliées par 0,5. Cela exclut la réponse C.
- Par ailleurs, les carrés A et B se trouvent de part et d'autre du point commun des deux carrés (centre de l'homothétie), donc le rapport cherché est négatif. C'est – 0,5.

Réponse A

Autre méthode

On peut aussi faire un croquis du carré obtenu par une homothétie de rapport k.

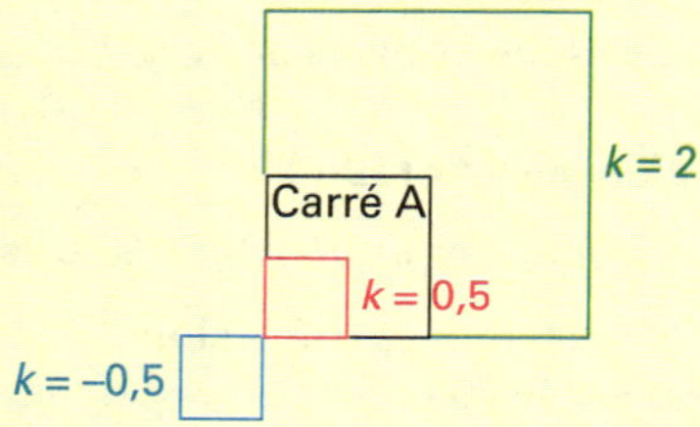

Exercice 2

1 Vérification d'un résultat

- On choisit 1 comme nombre de départ.
- On prend le carré de ce nombre : $1^2 = 1 \times 1 = 1$.
- On ajoute le triple du nombre de départ : $1 + 3 \times 1 = 1 + 3 = 4$.
- On ajoute 2 : $4 + 2 = 6$.

En choisissant 1 pour nombre de départ, on obtient bien 6 pour résultat.

L'astuce du prof

Cette vérification permet de s'assurer que vous avez bien compris le fonctionnement du programme de calcul.

2 Application du programme au nombre – 5

- Le nombre choisi au départ est – 5.
- $(-5)^2 = (-5) \times (-5) = 25$.
- $25 + 3 \times (-5) = 25 + (-15) = 25 - 15 = 10$.
- $10 + 2 = 12$.

Le programme de calcul appliqué au nombre – 5 donne pour résultat 12.

3 Application du programme au nombre x

- Le nombre choisi au départ est x.
- Le carré de ce nombre est x^2.
- Ajoutons à x^2 le triple de x : on obtient $x^2 + 3x$.
- Ajoutons 2 au résultat : on obtient $x^2 + 3x + 2$.

En choisissant x pour nombre de départ, le programme retourne pour résultat $x^2 + 3x + 2$.

L'astuce du prof

- Pour $x = 1$, vous retrouvez $1^2 + 3 \times 1 + 2 = 6$ (question 1).
- Pour $x = -5$, vous retrouvez $(-5)^2 + 3 \times (-5) + 2 = 12$ (question 2).

4 Autre expression du résultat

- Développons l'expression proposée par distributivité :

$(x+2)(x+1) = x \times x + x \times 1 + 2 \times x + 2 \times 1$
$= x^2 + x + 2x + 2$
$= x^2 + 3x + 2$

- Pour toutes les valeurs de x : $x^2 + 3x + 2 = (x+2)(x+1)$.

Le résultat du programme de calcul peut aussi s'écrire sous la forme $(x+2)(x+1)$.

5 a. Formule écrite en B2

=(B1+2)*(B1+1)

Gagnez des points !
Remplacez dans le calcul $(x+2)(x+1)$ le x par le contenu de la cellule B1.

b. Lecture dans la feuille de calcul

Les résultats du programme de calcul sont donnés dans la ligne 2.

Ainsi, le programme donne 0 (en D2 et E2) pour $x = -2$ (en D1) et pour $x = -1$ (en E1).

Remarque

On peut retrouver ces résultats par le calcul.

$x^2 + 3x + 2 = 0$
$(x+2)(x+1) = 0$ d'après la question 4

On reconnaît une équation produit-nul dans laquelle l'un au moins des facteurs est nul.

$x + 2 = 0$ ou $x + 1 = 0$
$x = -2$ ou $x = -1$.

Exercice 3

Partie I

1 Construction du triangle équilatéral pour $x = 2$

Pour $x = 2$: $4x + 1 = 4 \times 2 + 1 = 9$.

Le triangle à construire est donc un triangle équilatéral de côté 9 cm.

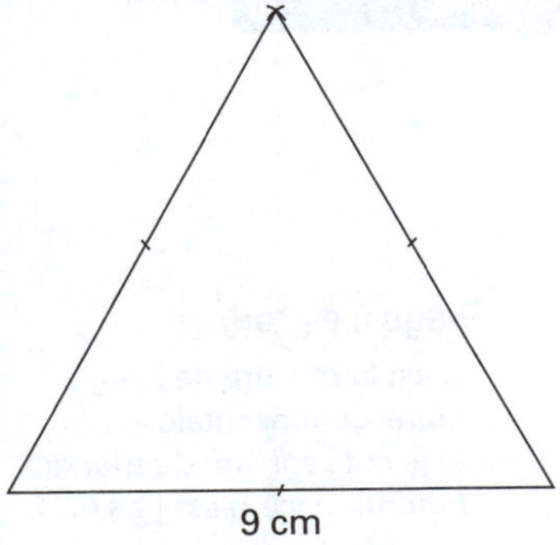

L'astuce du prof
Utilisez une règle et un compas pour tracer ce triangle.

La figure n'est pas à l'échelle.

2 a. Périmètre du rectangle en fonction de x

Le périmètre $\mathcal{P}$ du rectangle est :

$\mathcal{P} = 2 \times (\text{longueur} + \text{largeur}) = 2 \times (4x + 1,5 + 2x)$

$\mathcal{P} = 2 \times (6x + 1,5) = 2 \times 6x + 2 \times 1,5$

$\mathcal{P} = 12x + 3$.

Le périmètre du rectangle en fonction de x s'écrit $12x + 3$.

b. Valeur de x pour laquelle $\mathcal{P} = 18$ cm

Il s'agit de déterminer la valeur de x pour laquelle :

$\mathcal{P} = 18$

$12x + 3 = 18$

$12x = 18 - 3$

$12x = 15$

$x = \dfrac{15}{12}$

$x = \dfrac{5}{4} = 1,25$.

> **Gagnez des points !**
> Pour résoudre une équation du premier degré, on isole dans le membre de gauche les x, et dans celui de droite les « non x ». Puis l'équation $ax = b$ a pour solution $x = \dfrac{b}{a}$.

Le périmètre du rectangle est égal à 18 cm quand x vaut 1,25 cm.

3 Comparaison des périmètres

- Le périmètre du rectangle est $\mathcal{P} = 12x + 3$.
- Le périmètre $\mathcal{P}'$ du triangle équilatéral est :
$\mathcal{P}' = 3 \times (4x + 1) = 3 \times 4x + 3 \times 1 = 12x + 3$.
- On remarque que $\mathcal{P} = \mathcal{P}'$: **pour toutes les valeurs de x, les deux figures ont le même périmètre.**

> **Gagnez des points !**
> Exprimez en fonction de x le périmètre du triangle.

Partie II

Scripts à compléter

- Le script 1 permet de construire le rectangle (on « reconnaît » la longueur $4x + 1,5$ et la largeur $2x$ dans les étiquettes [avancer de 4 * réponse + 1,5] et [avancer de 2 * réponse]).

A = 2 et B = 90.

- Le script 2 permet de construire le triangle équilatéral (on « reconnaît » la longueur du côté $4x + 1$ dans l'étiquette [avancer de 4 * réponse + 1]).

C = 3 et D = 120.

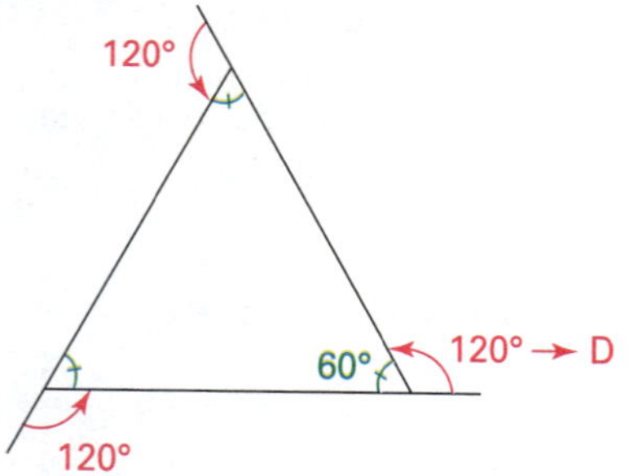

> **Piège à éviter**
> D est la mesure de l'angle entre « l'horizontale » et le côté suivant du triangle (attention, ce n'est pas 60°).

Exercice 4

1 Tableau complété des modèles de chaussures du magasin A

Modèle	Pour la ville	Pour le sport	Total
Noir	**15**	5	20
Blanc	7	**10**	**17**
Marron	**5**	3	**8**
Total	27	**18**	45

2 a. Probabilité p_1 de choisir un modèle de couleur noire

$$p_1 = \frac{\text{Nombre de modèles noirs}}{\text{Nombre de modèles}} = \frac{20}{45}$$

$$p_1 = \frac{4}{9}.$$

Gagnez des points !

$\frac{4}{9}$ est la valeur exacte de p_1 ; 0,44 est une valeur approchée seulement. Écrivez les probabilités sous forme de fractions irréductibles.

b. Probabilité p_2 de choisir un modèle pour le sport

$$p_2 = \frac{\text{Nombre de modèles pour le sport}}{\text{Nombre de modèles}} = \frac{18}{45}$$

$$p_2 = \frac{2}{5} = 0,4.$$

Remarque

$\frac{2}{5}$ est la forme fractionnaire de p_2 ; 0,4 est la forme décimale de p_2.

c. Probabilité p_3 de choisir un modèle pour la ville marron

$$p_3 = \frac{\text{Nombre de modèles pour la ville marron}}{\text{Nombre de modèles}} = \frac{5}{45}$$

$$p_3 = \frac{1}{9}.$$

3 Comparaison de probabilités

- Dans le magasin A, la probabilité d'avoir en vitrine un modèle de couleur noire est $p_1 = \frac{4}{9}$ (calculé en **2 a.**).
- Dans le magasin B, la probabilité d'avoir en vitrine un modèle de couleur noire est :

$$p = \frac{\text{Nombre de modèles noirs}}{\text{Nombre de modèles}} = \frac{30}{54} = \frac{5}{9}$$

- $\frac{4}{9} < \frac{5}{9}$

L'astuce du prof

Les deux fractions ont le même dénominateur 9. Pour les comparer, il suffit seulement de comparer les deux numérateurs 4 et 5.

En conclusion, **on a le plus de chance d'obtenir un modèle de couleur noire dans la vitrine du magasin B que dans celle du magasin A.**

Exercice 5

Pour bien aborder l'exercice, il est indispensable de faire un croquis et d'y reporter toutes les données de l'énoncé.

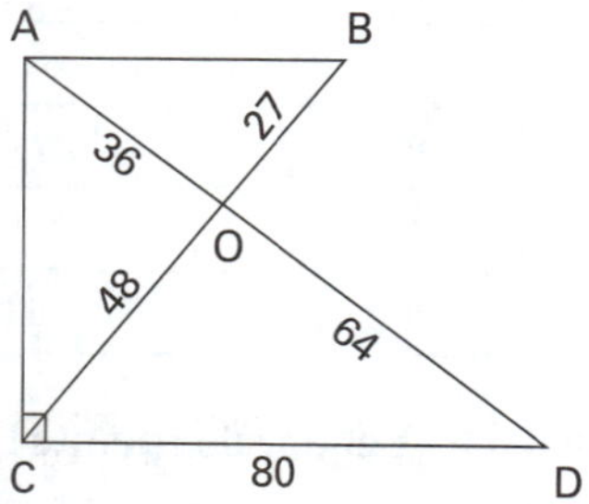

L'astuce du prof

Ce croquis permet de repérer des configurations clés : Thalès et Pythagore.

1 Justification du parallélisme de (AB) et (CD)

Les points A, O et D d'une part ainsi que les points B, O et C d'autre part sont alignés dans cet ordre.

$$\left.\begin{array}{l}\dfrac{OA}{OD}=\dfrac{36}{64}=\dfrac{9}{16}=0{,}5625\\[2mm]\dfrac{OB}{OC}=\dfrac{27}{48}=\dfrac{9}{16}=0{,}5625\end{array}\right\}\text{ donc }\dfrac{OA}{OD}=\dfrac{OB}{OC}.$$

On en déduit, d'après la réciproque du théorème de Thalès, que **les droites (AB) et (CD) sont parallèles.**

Gagnez des points !

Pour comparer les quotients, on utilise les valeurs exactes : ici $\dfrac{9}{16}$ ou 0,5625.

2 Calcul de la longueur AB

Dans les triangles OAB et OCD, (AB) et (CD) étant parallèles, on applique le théorème de Thalès :

$$\frac{OA}{OD}=\boxed{\frac{OB}{OC}=\frac{AB}{CD}}$$

L'égalité encadrée s'écrit : $\dfrac{27}{48}=\dfrac{AB}{80}$.

Par produit en croix, on obtient :

$48 \times AB = 27 \times 80$

$$AB=\frac{27\times 80}{48}$$

AB = 45 cm. C'est le résultat annoncé.

Remarque

On dit que les triangles OAB et OCD sont en configuration de Thalès.

Gagnez des points !

Aux numérateurs des quotients figurent les longueurs des côtés du triangle OAB, et les longueurs correspondantes du triangle OCD aux dénominateurs.

Remarque

On aurait tout aussi bien pu utiliser l'autre quotient :

$\dfrac{OA}{OD}=\dfrac{AB}{CD}$ soit $\dfrac{36}{64}=\dfrac{AB}{80}$.

D'où, par un raisonnement analogue : $AB=\dfrac{36\times 80}{64}=45$.

3 Calcul de la hauteur *h* du meuble de rangement

- Le meuble se décompose en deux parties, 5 plateaux en bois et 4 étagères de structure métallique. Sa hauteur h s'écrit :
$h = 5 \times$ épaisseur du plateau en bois $+ 4 \times$ hauteur d'une étagère métallique.
- La hauteur d'une étagère métallique correspond à la longueur AC.
Le théorème de Pythagore appliqué au triangle ACD rectangle en C permet d'écrire :
$AD^2 = AC^2 + CD^2$
Les points A, O et D étant alignés :
$AD = AO + OD = 36 + 64 = 100.$
$100^2 = 80^2 + CD^2$
$CD^2 = 100^2 - 80^2 = 10\,000 - 6\,400 = 3\,600.$
$CD = \sqrt{3\,600}$ (car $CD > 0$)
$CD = 60$ cm.

Autre méthode

À condition d'avoir, au préalable, justifié que le triangle ABC est rectangle en A, on pouvait aussi calculer AC en utilisant le théorème de Pythagore dans le triangle ABC.

- En effet, dans le triangle ABC, (AB) // (CD) d'après la question 1 et (AC) ⊥ (CD) d'après l'énoncé.
Par conséquent, (AB) ⊥ (AC) et le triangle ABC est bien rectangle en A.
- D'après le théorème de Pythagore appliqué au triangle ABC rectangle en A :
$BC^2 = AB^2 + AC^2$
Les points C, O, B étant alignés : $BC = BO + OC = 27 + 48 = 75.$
$75^2 = 45^2 + AC^2$
$AC^2 = 75^2 - 45^2 = 5\,625 - 2\,025 = 3\,600.$
D'où $AC = \sqrt{3\,600} = 60$ cm.

- La hauteur totale h du meuble de rangement est :
$h = 5 \times 2 + 4 \times 60 = 250.$
En conclusion, le meuble de rangement mesure 250 cm de hauteur.

Pensez-y !
N'oubliez pas la conclusion.

Exercice 6

1 Étude de proportionnalité

Une situation de proportionnalité entre deux grandeurs s'illustre graphiquement par une droite passant par l'origine du repère.
Le graphique représenté passe par l'origine du repère, mais n'est pas une (seule et même) droite. Par conséquent, **ce graphique ne traduit pas une situation de proportionnalité.**

Remarque
On dit que la fonction représentée est affine par morceaux.

2 Lectures graphiques

a. Durée totale de la randonnée

La randonnée dure **7 heures** (voir pointillés noirs dans la figure ci-dessous).

> **Méthode**
> Le temps de parcours se lit en abscisse (en x) et la distance parcourue en ordonnée (en y).

b. Distance totale parcourue par la famille

La famille a parcouru un total de **20 km** (voir pointillés verts).

c. Distance parcourue au bout de 6 h de marche

Au bout de 6 heures de marche, la famille a parcouru **18 km** (voir pointillés rouges).

d. Temps de parcours des 8 premiers kilomètres

Les 8 premiers kilomètres ont été parcourus en **3 heures** (voir pointillés bleus).

e. Interprétation graphique du résultat entre la 4e et 5e heure

Entre la 4e et la 5e heure de randonnée, la fonction représentée est constante (horizontale, voir surligné jaune) : la distance parcourue par la famille reste la même, égale à 15 km. La famille a marqué un temps de pause entre la 4e et la 5e heure de randonnée.

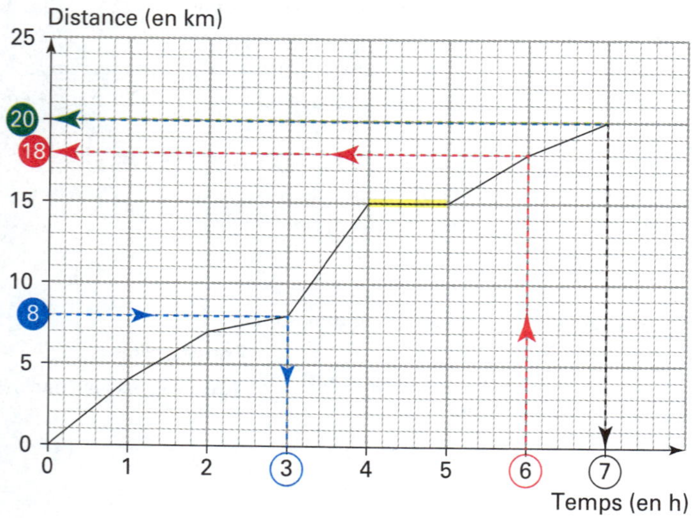

3 Étude de la vitesse de la famille

La famille a effectué la randonnée de 20 km en 7 heures.

Sa vitesse moyenne v est :

$$v = \frac{\text{Distance parcourue}}{\text{Temps de parcours}} = \frac{20}{7} \text{ km/h}$$

> **Gagnez des points !**
> Comparez la vitesse calculée à la vitesse d'un randonneur expérimenté pour conclure.

On obtient donc : $v \simeq 2{,}9$ km/h soit $v < 4$ km/h.

En conclusion, cette famille n'est pas considérée comme expérimentée.

Autre méthode

Un randonneur expérimenté parcourt 4 km en 1 heure, donc $7 \times 4 = 28$ km en 7 heures.

Pour être expérimentée, la famille aurait dû parcourir au moins 28 km. Elle en a parcouru 20. Donc elle n'est pas considérée comme expérimentée.

Exercice 7

Calcul des différentes dépenses liées à l'achat et au fonctionnement de la piscine

- **Achat du matériel**

La piscine et la pompe coûtent 80 €.

- **Dépenses d'électricité liées au fonctionnement de la pompe**

– La piscine est utilisée de juin à septembre, soit un total de $30 + 31 + 31 + 30 = 122$ jours.

– Chaque jour, la pompe consomme 3,42 kWh (*information 1*).

Sur l'été, seront consommés :

$122 \times 3{,}42 = 417{,}24$ kWh.

– Le prix d'un kWh est de 0,15 € (*information 2*).

Sur l'été, cela correspond à une dépense de :

$417{,}24 \times 0{,}15 \simeq 62{,}59$ €.

Pensez-y !

Juin compte 30 jours, juillet et août 31 jours, et septembre 30 jours.

- **Dépenses liées au remplissage de la piscine**

– Le volume $\mathscr{V}$ d'eau mis dans la piscine correspond au volume d'un cylindre de rayon $r = \frac{260}{2}$ cm $= 130$ cm $= 1{,}3$ m et de hauteur $h = 65$ cm $= 0{,}65$ m (*information 2*).

$\mathscr{V} = \pi \times r^2 \times h$ (*information 4*)

$\mathscr{V} = \pi \times 1{,}3^2 \times 0{,}65$

$\mathscr{V} = 1{,}0985\,\pi$ m^3 (volume exact)

$\mathscr{V} \simeq 3{,}45$ m^3 (volume approché)

– Un m^3 d'eau coûte 2,03 € (*information 3*).

Le prix correspondant au volume $\mathscr{V}$ d'eau est : $3{,}45 \times 2{,}03 \simeq 7$ €.

Piège à éviter

- Rayon = diamètre ÷ 2.
- Attention aux unités à convertir en mètres pour obtenir un volume en mètres cubes.

Remarque

Attention, la hauteur de l'eau est 65 cm.

- Les dépenses totales associées à la piscine s'élèvent à :

Achat matériel + Dépenses électricité + Dépenses eau

$= 80 + 62{,}59 + 7$

$= 149{,}59$ € < 200 €.

En conclusion, le budget de la famille (de 200 €) est suffisant pour l'achat de cette piscine et les frais de fonctionnement.

Gagnez des points !

Comparez les dépenses totales au budget de la famille pour conclure.

SOMMAIRE

INFOS-BREVET

SE CHERCHER, SE CONSTRUIRE

VIVRE EN SOCIÉTÉ, PARTICIPER À LA SOCIÉTÉ

REGARDER LE MONDE, INVENTER DES MONDES

AGIR SUR LE MONDE

COMPRENDRE LE MONDE

L'épreuve de Français expliquée

La nouvelle épreuve du Brevet

- L'épreuve de Français se compose de deux parties obligatoires :

– **une première partie,** d'une durée **d'1 h 10**, évalue votre capacité à comprendre, analyser et interpréter des documents et des œuvres qu'ils soient littéraires ou artistiques.

– **une seconde partie,** d'une durée d'**1 h 50**, évalue principalement votre maîtrise de la langue (orthographe) et votre capacité à rédiger un texte long (rédaction).

- Le sujet comporte **un texte** qui peut être accompagné d'un document iconographique (photo, affiche, schéma, œuvre d'art, etc).

Comment s'organise l'épreuve de Français ?

- **Durée :** l'épreuve dure en tout **3 heures**, et se divise en **deux parties** séparées par une pause. Les vingt dernières minutes de la première partie sont consacrées à la dictée.
- **Notation :** la notation globale est sur **100 points**. Dans la première partie, les questions liées au texte littéraire sont notées sur **50 points, la dictée est notée sur 10 points**. La seconde partie est évaluée sur **40 points**.
- **L'épreuve** comporte quatre types de sujets différents expliqués dans le tableau ci-dessous :

Grammaire et compétences linguistiques	Compréhension et compétences d'interprétation	Dictée	Rédaction
Questions sur des points de langue précis et exercice de réécriture.	Questions sur l'interprétation du texte et de l'image.	Extraite le plus souvent de la même œuvre que celle du texte d'étude ou dont le thème est semblable.	Choix entre **un sujet d'imagination** et **un sujet de réflexion** en lien avec le texte étudié.

Quels sont les critères d'évaluation de ma copie de Brevet ?

- On attend de vous que vous soyez capable de :

– **rédiger entièrement** vos réponses en reprenant des éléments de la question ;

– **faire figurer les citations** du texte entre guillemets ;

– **respecter les consignes** et veiller à ne pas faire de **faute d'orthographe**.

- **Dans la réécriture,** les fautes de copie et les modifications non demandées sont sanctionnées.
- **Dans la dictée,** on vous retirera :

– **1 point** par faute grammaticale (homophones, accords, conjugaison) ;

– **0,5 point** par faute lexicale ;

– **0,5 point** par erreur de ponctuation, majuscule, trait d'union ou accent (à hauteur de 2 points).

La méthode pour le Brevet

Les questions 1 h 10

Lire le texte et les questions

- **Lisez d'abord le paratexte** (nom de l'auteur, titre du livre, année de publication, introduction figurant en italique avant l'extrait qui fournit des informations sur le contexte et parfois le type de texte à analyser) afin de comprendre de quoi il s'agit. Parfois, une question peut demander de s'y référer pour justifier la réponse.

Remarques

- Les copies et les feuilles de brouillon vous sont fournies.
- Aucun document n'est autorisé.

- **Lisez le texte lentement** une première fois pour en comprendre le sens général (narrateur, personnages, lieu, époque, thème).
- **Procédez à une relecture** afin de mieux le mémoriser, dégager sa structure, saisir les images, l'implicite ou simplement ce qui aurait pu échapper à la première lecture.
- **Soyez attentif(ve) aux questions en deux parties.**

Soigner les réponses et la copie

- **Développez et approfondissez les réponses qui valent le plus de points.**
- **Apportez d'abord une explication,** puis justifiez à l'aide du texte : recopier seulement des mots du texte ne constitue pas une explication.
- **Prélevez uniquement les mots ou groupes de mots essentiels à la justification** et non des passages entiers. Chacun d'entre eux doit figurer entre guillemets.

Conseil

Vous pouvez utilisez le signe [...] pour éviter de recopier une phrase en entier. Veillez cependant à ce que les mots qui justifient la réponse figurent bien sur la copie.

- **Notez le numéro de la question** et les subdivisions (a., b., c.) quand il y en a. Aérez votre copie en sautant des lignes entre les questions.
- Si les deux dernières questions portent sur un document iconographique joint au texte, **réfléchissez aux points communs et aux différences entre les documents.**

Les questions les plus fréquentes

- **En vocabulaire,** les questions portent souvent sur : les synonymes et les antonymes ; la décomposition d'un mot en radical, préfixe et suffixe ; le champ lexical ; la définition d'un mot ; les figures de style (surtout la métaphore, la comparaison et la personnification).
- **En grammaire,** les questions portent souvent sur : les types et formes de phrases ; les natures et les fonctions grammaticales ; les temps du mode indicatif et leurs valeurs (surtout l'imparfait, le passé simple, le présent) ; le rapport logique entre les propositions (une prédilection pour la cause et la conséquence) ; le passage de la coordination à la subordination (et inversement) ; les discours direct et indirect ; le point de vue du narrateur.

La réécriture

- **Montrez-vous méthodique** afin de ne pas oublier certaines transformations en cours de copie.
- **Demandez-vous quels mots sont touchés** par la transformation et soulignez-les d'abord dans l'extrait à modifier.
- **Soyez attentif(ve)** en recopiant le reste du texte.

Les différents types de réécriture

- **Le changement de genre** → Faites attention aux adjectifs qualificatifs, aux pronoms et déterminants possessifs, aux participes passés.
- **Le changement de nombre** → Faites attention à la terminaison des verbes, des adjectifs qualificatifs et participes passés et aux déterminants possessifs et pronoms.
- **Le passage d'un temps simple à un temps composé** → Faites attention à la terminaison des participes passés selon l'auxiliaire employé.
- **Le passage du discours direct au discours indirect (ou l'inverse)** → Faites attention à la ponctuation, aux déterminants possessifs et aux pronoms, aux temps verbaux et aux indications de temps et de lieu.

La dictée 20 min

Comment se déroule la dictée ?

Elle se déroule en **trois temps** :
1. une première lecture expressive ;
2. la dictée effective du texte, par groupes de mots cohérents, avec les liaisons obligatoires et la ponctuation ;
3. une relecture de l'ensemble, sans ponctuation.
Attention : à partir de l'étape 3, il ne sera répondu à aucune de vos questions.

- **Écoutez** attentivement la lecture du texte pour en comprendre le sens.
- **Écrivez sans vous arrêter sur l'orthographe d'un mot** afin de ne pas perdre le rythme de la dictée et repérez les liaisons effectuées par le lecteur.
- **Suivez la relecture** pour vérifier que vous n'avez oublié aucun mot.
- **Relisez soigneusement** votre copie par étapes. Vérifiez :

– d'abord **l'orthographe grammaticale** :
les homophones : « a » / « à », « ou » / « où », « et » / « est », « mes » / « mais », « se » / « ce » ;
les verbes : y a-t-il un sujet ? est-il conjugué ? est-ce lui qui est conjugué ou un auxiliaire ? est-ce une action ou un état ? quel est le féminin du participe passé ? ;
les accords : déterminant/nom, adjectif qualificatif ou participe passé/nom ;
– puis **l'orthographe lexicale** : certains préfixes doublent la consonne ; chercher un mot de la même famille peut renseigner sur la consonne finale ; dégager le radical peut aider à écrire le mot.

> **Conseil**
> **Écrivez lisiblement** : tout doute du correcteur est compté comme une erreur.

La rédaction 1 h 30

Comment aborder la rédaction ?

- Pour ce travail d'écriture, vous devez **choisir un sujet** entre les deux.
- **Lisez avec beaucoup d'attention le sujet choisi,** ainsi que les consignes d'écriture qui le suivent.
- **Vérifiez le sens des mots incompris** dans le dictionnaire.

> **Conseil**
> Les sujets de rédaction s'appuient sur le texte distribué au cours de la première partie de l'épreuve : laissez-le sur la table afin de vous y reporter si nécessaire.

Le sujet d'imagination

- **Notez à quelle personne le devoir doit être rédigé** (première ou troisième personne).
- **Notez également le plan** si le sujet le précise (parties, paragraphes). S'il n'est pas indiqué, c'est à vous d'en construire un.

> **Conseil**
> **Organisez vos idées** au brouillon et rédigez directement au propre.

- **Relevez la forme que doit prendre le devoir** (lettre, journal intime, récit et dialogue, récit et description, suite de texte...) et **listez ses caractéristiques** afin de ne pas oublier de les appliquer.
- **Dégagez ensuite le contenu :** quel est le thème ? De quels personnages s'agit-il ? Quelles sont les circonstances ? Des sentiments doivent-ils être exprimés ?

Remarque

Un dictionnaire sur support papier est autorisé.

- **Vérifiez que toutes les contraintes ont été respectées,** une fois le brouillon terminé.
- **Vérifiez la construction des phrases et l'orthographe,** veillez à supprimer les répétitions.

Le sujet de réflexion

- **Soulignez les mots-clés** du sujet et **notez le thème.**
- **Construisez un plan** selon le type de sujet : demande-t-il les avantages et les inconvénients ? Les causes et les conséquences ? Une explication et un commentaire ? Votre avis personnel ?
- **Rédigez entièrement au brouillon l'introduction et la conclusion :**

– l'introduction amène le sujet et le situe dans un contexte ; elle présente ensuite le sujet, puis le plan ;
– la conclusion résume l'argumentation qui a été présentée et se termine par une phrase d'ouverture, toujours en rapport avec le sujet traité, qui élargit la réflexion.

- **Organisez le devoir** en parties distinctes et en paragraphes (saut de ligne, retour à la ligne).
- **Reliez les paragraphes et les arguments entre eux** à l'aide d'indicateurs logiques (ensuite, ainsi, en effet...).

Le programme

Attention !

- Les indications qui suivent sont conformes au texte du *Bulletin Officiel* de l'Éducation nationale du 26 novembre 2015. Les nouveaux programmes sont entrés en vigueur à la rentrée 2016.
- La **réforme du collège** a mis en place un enseignement par cycles.
- Le **cycle 4** correspond aux **trois classes du collège** : 5e, 4e et 3e.
- **En Français**, il y a un programme pour chaque niveau du collège.

Les 5 thèmes du programme

Entrée du cycle 4	Thème étudié en classe de 3e
Se chercher, se construire	Se raconter, se représenter
Vivre en société, participer à la société	Dénoncer les travers de la société
Regarder le monde, inventer des mondes	Visions poétiques du monde
Agir sur le monde	Agir dans la cité : individu et pouvoir
Questionnements complémentaires	Progrès et rêves scientifiques

→ Chaque entrée du cycle 4 est approfondie dans chaque niveau du cycle.

Sujet 1 Albert Camus, *Le Premier Homme*

3 heures

France métropolitaine, juillet 2019

Travail sur le texte littéraire et sur l'image

1 h 10 50 pts

FRANÇAIS

Document A Texte littéraire

Dans son roman Le Premier Homme, *Albert Camus raconte son enfance en Algérie dans les années 1920. Il s'est représenté dans le personnage de Jacques et évoque ici les jeux qu'il partage avec ses camarades.*

Tous les jours, à la saison, un marchand de frites activait son fourneau. La plupart du temps, le petit groupe n'avait même pas l'argent d'un cornet. Si par hasard l'un d'entre eux avait la pièce nécessaire, il achetait son cornet, avançait gravement vers la plage, suivi du cortège respectueux des camarades et, devant la mer, à l'ombre d'une vieille barque démantibulée, plantant ses pieds dans le sable, il se laissait tomber sur les fesses, portant d'une main son cornet bien vertical et le couvrant de l'autre pour ne perdre aucun des gros flocons croustillants. L'usage était alors qu'il offrît une frite à chacun des camarades, qui savourait religieusement l'unique friandise chaude et parfumée d'huile forte qu'il leur laissait. Puis ils regardaient le favorisé qui, gravement, savourait une à une le restant des frites. Au fond du paquet, restaient toujours des débris de frites. On suppliait le repu[1] de bien vouloir les partager. Et la plupart du temps, sauf s'il s'agissait de Jean, il dépliait le papier gras, étalait les miettes de frites et autorisait chacun à se servir, tour à tour, d'une miette. [...] Le festin terminé, plaisir et frustration aussitôt oubliés, c'était la course vers l'extrémité ouest de la plage, sous le dur soleil, jusqu'à une maçonnerie à demi détruite qui avait dû servir de fondation à un cabanon disparu et derrière laquelle on pouvait se déshabiller. En quelques secondes, ils étaient nus, l'instant d'après dans l'eau, nageant vigoureusement et maladroitement, s'exclamant, bavant et recrachant, se défiant à des plongeons ou à qui resterait le plus longtemps sous l'eau. La mer était douce, tiède, le soleil léger maintenant sur les têtes mouillées, et la gloire de la lumière emplissait ces jeunes corps d'une joie qui les faisait crier sans arrêt. Ils régnaient sur la vie et sur la mer, et ce que le monde peut donner de plus fastueux[2], ils le recevaient et en usaient sans mesure, comme des seigneurs assurés de leurs richesses irremplaçables.

Ils en oubliaient même l'heure, courant de la plage à la mer, séchant sur le sable l'eau salée qui les faisait visqueux, puis lavant dans la mer le sable qui les habillait de gris. Ils couraient, et les martinets[3] avec des cris rapides commençaient de voler plus bas au-dessus des fabriques et de la plage. Le ciel, vidé de la touffeur[4] du jour, devenait plus pur puis verdissait, la lumière se détendait et, de l'autre côté du golfe, la courbe des maisons et de la ville, noyée jusque-là dans une sorte de brume, devenait plus distincte. Il faisait encore jour, mais des lampes s'allumaient déjà en prévision du rapide crépuscule d'Afrique. Pierre, généralement, était le premier à donner le signal : « Il est tard », et aussitôt, c'était la débandade, l'adieu rapide. Jacques avec Joseph et Jean couraient vers leurs maisons sans se soucier des autres. Ils galopaient hors de souffle. La mère de Joseph avait la main leste[5]. Quant à la grand-mère de Jacques…

Albert Camus, *Le Premier Homme,* © Éditions Gallimard, 1994.

1. *Le repu* : celui qui n'a plus faim.
2. *Fastueux* : très luxueux.
3. *Martinets* : oiseaux au vol rapide, qui ressemblent aux hirondelles.
4. *Touffeur* : chaleur étouffante.
5. *Avoir la main leste* : donner facilement des gifles, des coups, en guise de réprimande.

Document B **Image**

La Voiture fondue, 1944, © Atelier Robert Doisneau.

Les réponses aux questions doivent être entièrement rédigées.

Grammaire et compétences linguistiques → corrigé p. 121

1 « L'usage était alors qu'il offrît une frite à chacun des camarades, qui savourait religieusement l'unique friandise chaude et parfumée d'huile forte qu'il leur laissait. » (l. 9-11)

a. Quel est le groupe complément d'objet de « savourait » ? **1 pt**

b. Pour vérifier la délimitation de ce groupe complément d'objet, réécrivez la phrase en le remplaçant par un pronom. **1 pt**

c. Relevez deux expansions du nom « friandise » de nature (ou classe) grammaticale différente. Précisez la nature (ou classe) grammaticale de chacune d'elles. **4 pts**

2 « Le festin terminé, plaisir et frustration aussitôt oubliés, c'était la course vers l'extrémité ouest de la plage » (l. 16-17). Remplacez les deux groupes soulignés par deux propositions subordonnées conjonctives compléments circonstanciels de temps. **2 pts**

3 Réécrivez le passage ci-dessous en remplaçant « l'un d'entre eux » par « deux d'entre eux ». Faites toutes les modifications nécessaires.

« Si par hasard l'un d'entre eux avait la pièce nécessaire, il achetait son cornet, avançait gravement vers la plage, suivi du cortège respectueux des camarades et, […] plantant ses pieds dans le sable, il se laissait tomber sur les fesses, portant d'une main son cornet bien vertical et le couvrant de l'autre. » (l. 3-8) **10 pts**

Compréhension et compétences d'interprétation → corrigé p. 121

1 Lignes 1 à 16 :

a. La scène évoquée se répète plusieurs fois. Qu'est-ce qui l'indique précisément ? Deux éléments de réponse sont attendus. **2 pts**

b. Pourquoi ce moment est-il particulièrement important pour les enfants ? Vous justifierez votre réponse en vous appuyant sur le texte. Deux éléments de réponse sont attendus. **4 pts**

2 Lignes 16 à 28 :

a. Comment l'écrivain montre-t-il que les enfants sont heureux au moment de la baignade ? Vous justifierez votre réponse en vous appuyant sur le texte. Deux éléments de réponse sont attendus. **4 pts**

b. Pourquoi peut-on dire qu'ils sont transformés par la baignade ? Vous justifierez votre réponse en vous appuyant sur le texte. Deux éléments de réponse sont attendus. **4 pts**

3 Lignes 29 à 42 : quels changements apparaissent à la fin du texte ? Développez trois éléments de réponse en vous appuyant sur des passages précis. **6 pts**

4 En vous aidant de vos réponses aux questions précédentes, donnez un titre significatif à chacun des trois moments de la journée évoqués dans le texte (l. 1-16, l. 16-28 et l. 29-42). **6 pts**

5 Quels liens pouvez-vous établir entre la photographie de Robert Doisneau et le texte d'Albert Camus ? Développez votre réponse en vous appuyant sur des éléments précis. **6 pts**

Dictée

→ *corrigé p. 123*

20 min **10 pts**

› Écoutez la dictée avec l'application Nathan Live.

Consignes :

– On dictera le texte à haute voix à plusieurs reprises.
– On inscrira au tableau de manière lisible par l'ensemble des candidats le titre de l'œuvre, le nom de l'auteur et le mot **glycines**.
– On précisera que les nombres doivent être écrits en lettres.
– On indiquera aux candidats que le **« ils »** utilisé dans le texte de la dictée désigne Jacques et ses camarades.

Rédaction

1 h 30 **40 pts**

Vous traiterez au choix l'un des deux sujets suivants :

Sujet d'imagination

→ *corrigé p. 124*

› Devenu adulte, un des enfants de la photographie de Robert Doisneau raconte, comme Albert Camus, les jeux de son enfance. Il évoque la scène représentée sur la photographie. Vous imaginerez son récit en montrant comment le jeu permet aux enfants, dans un moment de joie partagée, de transformer la réalité qui les entoure.

Vous choisirez d'écrire votre récit à la première ou à la troisième personne.

Sujet de réflexion

→ *corrigé p. 125*

› La littérature, le cinéma et les autres arts permettent de découvrir la vie de personnages fictifs ou réels. Que peut vous apporter cette découverte ?

Vous développerez votre point de vue en vous appuyant sur des exemples précis, issus de votre culture personnelle et des œuvres étudiées lors de votre scolarité.

Sujet 1 Corrigé

Grammaire et compétences linguistiques → énoncé p. 119

Les clés pour réussir

1 a. Un « groupe complément d'objet » est un **COD** ou un **COI**. Il répond à la question « Quoi ? » ou « À/De quoi ? » posée après le verbe.
c. Les expansions du nom les plus fréquentes sont les **adjectifs qualificatifs**, les **groupes prépositionnels** et les **propositions subordonnées relatives**. On attend ici deux expansions de nature différente.
2 Une proposition subordonnée conjonctive complément circonstanciel de temps doit être introduite par une **conjonction de subordination** (*quand, lorsque, dès que, aussitôt que...*) et contenir un **verbe conjugué**.

1 a. « l'unique friandise chaude et parfumée d'huile forte qu'il leur laissait » est le groupe complément d'objet du verbe « savourait ».
b. « L'usage était alors qu'il offrît une frite à chacun des camarades, qui la savourait religieusement. »
c. Le nom « friandise » est complété par :
– des adjectifs qualificatifs : « unique » et « chaude » ;
– une proposition subordonnée relative : « qu'il leur laissait » ;
– un groupe participe passé employé comme adjectif : « parfumée d'huile forte ».

2 « Quand le festin était terminé, dès que plaisir et frustration étaient oubliés, c'était la course vers l'extrémité ouest de la plage. »

3 « Si par hasard deux d'entre eux avaient la pièce nécessaire, ils achetaient leur cornet, avançaient gravement vers la plage, suivis du cortège respectueux des camarades et, [...] plantant leurs pieds dans le sable, ils se laissaient tomber sur les fesses, portant d'une main leur cornet bien vertical et le couvrant de l'autre. »

Compréhension et compétences d'interprétation → énoncé p. 119

Les clés pour réussir

Pour ces questions d'interprétation, soyez très attentif aux **indications de lignes**.
1 a. La répétition peut être indiquée par le **lexique**, mais aussi par la **valeur d'un temps** particulier.
2 a. Vous devez chercher des **procédés d'écriture** particuliers.

3 Cette question nécessite une réponse **développée**. Chaque élément de réponse devra être justifié par une **citation** précise du texte.

5 Soyez attentif aux **points communs** entre le texte et l'image, à la fois dans le **décor**, les **personnages** et leurs **occupations**. Attention, ne faites pas d'erreur sur la date : les deux documents n'évoquent pas la même période.

1 a. Les éléments qui indiquent que la scène se répète plusieurs fois sont nombreux :
– les indications temporelles : « Tous les jours » (l. 1), « La plupart du temps » (l. 2 et 14), « toujours » (l. 13) ;
– l'utilisation de l'imparfait d'habitude : « activait » (l. 1), « dépliait » (l. 14)... ;
– l'emploi du mot « usage » (l. 9).

b. La dégustation d'un cornet de frites est pour les enfants un moment exceptionnel car c'est une gourmandise qui est rare et chère pour eux : « La plupart du temps, le petit groupe n'avait même pas l'argent d'un cornet » (l. 2-3). Ils ne veulent donc pas en perdre la moindre miette : « [il] étalait les miettes de frites » (l. 15). C'est aussi un moment de partage et d'amitié : « L'usage était alors qu'il offrît une frite à chacun » (l. 9), « [il] autorisait chacun à se servir » (l. 15).

2 a. Le bonheur des enfants au moment de la baignade est exprimé par :
– l'énumération des actions : « nageant [...], s'exclamant, bavant et recrachant, se défiant » (l. 21-22) ;
– le champ lexical du bonheur : « joie », « crier » (l. 25) ;
– la comparaison (« comme des seigneurs », l. 27) et la métaphore (« Ils régnaient sur la vie et sur la mer », l. 25-26) ;
– l'expression de l'intensité : « vigoureusement » (l. 21), « le plus » (l. 22), « sans arrêt » (l. 25), « sans mesure » (l. 27), « irremplaçables » (l. 28).

b. Les enfants ne sont plus les mêmes une fois dans l'eau parce qu'ils ne sont plus pauvres. Leur joie efface la pauvreté (« régnaient », l. 25 ; « fastueux », l. 26 ; « richesses », l. 28), au point qu'ils deviennent « comme des seigneurs » (l. 27). On a l'impression que les enfants fusionnent avec le monde : « la gloire de la lumière emplissait ces jeunes corps » (l. 24-25).

3 À la fin du texte, la réalité s'impose aux enfants et met fin à l'état de bonheur dans lequel ils étaient. La ville réapparaît (« la courbe des maisons et de la ville [...] devenait plus distincte », l. 34-36) tandis que la nuit tombe (« des lampes s'allumaient », l. 36-37). Les enfants se dépêchent alors de rentrer en oubliant le groupe : « c'était la débandade, l'adieu rapide. Jacques avec Joseph et Jean couraient vers leurs maisons sans se soucier des autres » (l. 39-40). Les règles familiales s'imposent à eux : « La mère de Joseph avait la main leste » (l. 41).

4 La journée festive du texte fait apparaître trois moments que l'on pourrait nommer ainsi :
– le rituel du partage du cornet de frites (l. 1-16) : « Le Festin » ;
– l'instant de joie intense pendant la baignade (l. 16-28) : « La Baignade » ;
– le retour brutal à la réalité (l. 29-42) : « Le Retour ».

5 Le texte d'Albert Camus et la photographie de Robert Doisneau ont de nombreux points communs. Dans le texte, un groupe d'enfants joue sur la plage ; sur la photographie, un groupe d'enfants joue dans la carcasse d'une voiture. Dans les deux cas, les enfants semblent heureux : ils sourient sur la photographie et sont transportés par « une joie qui les faisait crier sans arrêt » (l. 25) dans le texte. Dans les deux cas, les enfants font abstraction du délabrement du lieu et le transforment par leur présence : la « maçonnerie à demi détruite » (l. 18) devient une cabine de plage dans le texte, de même que la voiture fondue devient un carrosse sur la photographie. Enfin, dans le texte comme sur la photographie, les enfants se tiennent à l'écart de la ville et du monde des adultes, avec des postures de héros : « comme des seigneurs » (l. 27).

Dictée → *énoncé p. 120*

Les clés pour réussir

Bien conjuguer

- L'**imparfait** de l'indicatif a les mêmes terminaisons pour tous les verbes : *-ais, -ais, -ait, -ions, -iez, -aient.*

Bien accorder

- Le « **ils** » utilisé dans le texte est au **pluriel**.
- Les verbes au **participe présent** sont **invariables**.
- Les **participes passés** employés comme **adjectifs** s'accordent **avec le nom** auquel ils se rapportent.

Ne pas confondre

- « **ras** » / « **raz** » / « **rat** » : « ras » est un adjectif qualificatif employé dans l'expression « à ras bord » ; « raz » est un nom désignant un courant marin ; « rat » est un nom désignant l'animal.

Bien orthographier

- « **champ** » : pas de « s » final.
- « **loin** » : pas de « g » final (ne pas confondre avec « long »).

Dès qu'ils étaient au complet, ils partaient, promenant la raquette le long des grilles rouillées des jardins devant les maisons, avec un grand bruit qui réveillait le quartier et faisait bondir les chats endormis sous les glycines poussiéreuses. Ils couraient, traversant la rue, essayant de s'attraper, couverts déjà d'une bonne sueur, mais toujours dans la même direction, vers le champ, non loin de leur école, à quatre ou cinq rues de là. Mais il y avait une station obligatoire, à ce qu'on appelait le jet d'eau, sur une place assez grande, une énorme fontaine ronde à deux étages, où l'eau ne coulait pas, mais dont le bassin, depuis longtemps bouché, était rempli jusqu'à ras bord, de loin en loin, par les énormes pluies du pays.

Albert Camus, *Le Premier Homme*, © Éditions Gallimard, 1994.

Travail d'écriture – Sujet d'imagination → *énoncé p. 120*

Les clés pour réussir

La situation de communication

- On attend un texte **narratif** à la **première** ou à la **troisième personne**.
- Le récit doit contenir une **description précise** de la scène représentée sur la **photographie**.
- Le narrateur doit exprimer ses **impressions**, ses **sensations**, ses **émotions**.

La transformation de la réalité

- Les **jeux de l'enfance** doivent transformer le décor délabré lié à la guerre. Il est donc important d'associer la photographie à un moment de **joie**.

Le récit d'un souvenir

- Vous devez introduire votre récit par l'évocation des **circonstances** qui ont entraîné le **retour dans le passé**.
- Pensez à montrer que le recul a permis au narrateur d'**analyser son souvenir**.

Méthode

Pour vous aider, nous vous avons indiqué en couleur les parties de la rédaction qui répondent aux consignes.

|…| Description de la photographie — Narrateur adulte — Jeu qui transforme la réalité

« Dis papi, c'est toi sur la photo là ? » Ma petite-fille, plongée dans un vieil album photo, me désignait du doigt une photographie en noir et blanc, jaunie par le temps. Je fixai un instant l'image et tous les souvenirs de cette période commencèrent à resurgir dans ma mémoire comme une vague de nostalgie.

C'était l'été 1944. Le Débarquement avait déjà eu lieu et notre ville avait été libérée du joug de l'occupant allemand. Nous habitions alors en Normandie et les bombardements avaient été violents : de nombreux bâtiments avaient été soufflés et avaient laissé place à un champ de ruines, un peu à l'écart des habitations épargnées. Nous étions une bande de copains et ce terrain devint vite notre aire de jeux favorite.

Sur la photo, nous étions cinq. Nous avions pris d'assaut la carcasse à demi brûlée d'une vieille voiture. Je reconnus sans peine Marcel, qui se penchait par la portière pour guetter d'éventuels poursuivants. Derrière lui se tenaient fièrement ses deux petites sœurs, dont j'ai oublié les prénoms. On les appelait « princesses » ! On avait dû leur dire de s'asseoir là, passagères uniques de notre diligence improvisée. Sur le capot, bravant tous les dangers, Émile trônait, scrutant un horizon que nous n'atteindrions sans doute jamais... C'était le plus grand d'entre nous, le chef de la bande, et personne ne lui disputait ce rôle – son père avait été résistant. Et moi, sept ans à peine, j'étais assis sur le toit de la voiture. Armé d'un fil électrique sûrement trouvé au milieu des décombres, je fouettais les chevaux imaginaires de notre diligence en leur lançant des insultes avec un accent *yankee* que je pensais parfait !

Les semaines précédentes, nous avions croisé quelques soldats américains et accumulé des trésors que nous devions absolument protéger : un paquet de chewing-gums, un « cricket » du Débarquement et sans doute quelques barres de chocolat.

Le champ de ruines était une bénédiction pour nous : à l'abri du regard de nos parents, nous étions libres d'imaginer les plus folles aventures. Des Indiens convoitaient notre trésor, mais notre diligence était si rapide que plus rien ne pouvait nous inquiéter. Comme Émile, nous regardions vers l'avenir avec le sourire.

Ma petite-fille me rappela à la réalité : « C'est tout cassé ! C'était la guerre ? ». « C'était la guerre, oui... » pensai-je. Mais nous voulions tellement l'oublier, et nos jeux d'enfants nous permettaient d'y échapper pendant que les adultes pansaient leurs plaies ou se battaient encore.

Travail d'écriture – Sujet de réflexion → énoncé p. 120

Les clés pour réussir

L'introduction

- Annoncez le **thème** : la littérature et les arts.
- Présentez le **sujet** : recopiez ou reformulez la question posée par le sujet.
- Annoncez votre **plan**.

Le développement

Le sujet vous invite à **présenter votre point de vue** en développant vos idées dans au moins **trois paragraphes** illustrés d'exemples précis et variés. On n'attend pas ici un plan en deux parties (pour/contre).

La conclusion

- Précisez votre avis **en répondant clairement à la question posée** par le sujet.
- Terminez avec une phrase d'**ouverture** pour élargir la question en restant sur le même thème.

Méthode

Pour vous aider, nous vous avons indiqué en couleur les parties de la rédaction qui répondent aux consignes.

Indicateurs logiques Arguments |...| Exemples

Le rapport de proximité des œuvres d'art avec la vie est permanent, comme l'écrivait la graffeuse Miss. Tic : « L'art et la vie ne font qu'un ». La littérature, le cinéma et les autres arts permettent en effet de découvrir la vie de personnages fictifs ou réels. On peut s'interroger sur ce que nous apportent ces découvertes. Nous présenterons ici quatre réponses à cette question, en nous appuyant sur des exemples précis.

Dans un premier temps, la découverte de la vie de personnes réelles à travers des œuvres littéraires ou cinématographiques est un moyen efficace d'enrichir ses connaissances, d'apprendre et de réfléchir grâce aux expériences vécues et racontées. Ainsi, à la lecture de *Patients*, l'autobiographie du chanteur Grand Corps Malade, on découvre le monde du handicap et du milieu médical à travers le récit poignant de Fabien qui se réveille dans une ambulance, paralysé suite à un plongeon en piscine, et qui va devoir apprendre à devenir « patient » dans tous les sens du terme. Son expérience nous fait découvrir de l'intérieur un univers auquel on a souvent peur de se confronter.

On peut également lire ou regarder la vie des personnages avec l'intention de mieux connaître les autres. De nombreux films appelés « biopics » racontent ainsi la vie de personnes célèbres. C'est le cas du film *Mandela*, qui retrace la vie de Nelson Mandela, de sa jeunesse à la campagne jusqu'à son accession à la présidence, en passant par son incarcération. Sa vie illustre et incarne les injustices de l'*apartheid* en Afrique du Sud.

De plus, découvrir la vie de personnages fictifs permet souvent de vivre des aventures par procuration. On sort de la réalité en s'identifiant au héros de la fiction que l'on découvre. Par exemple, les lecteurs de la série littéraire *U4* peuvent évoluer, à l'instar des personnages, dans un monde post-apocalyptique ravagé par un virus qui n'épargne que les adolescents. En tant que lecteur, on a l'impression de ressentir les mêmes émotions, les mêmes peurs que les personnages.

Enfin, l'apport principal de la découverte de la vie de personnages réels ou fictifs concerne certainement la connaissance de soi. En effet, en lisant ce que vivent et ressentent des personnages dont on se sent proche, on apprend à mieux se connaître. Par exemple, les interrogations de Lou dans le roman de Delphine de Vigan *No et moi* sont universelles. L'humanisme dont elle fait preuve face à une jeune fille sans domicile fixe est touchant et nous pousse à nous poser la question de nos propres réactions si l'on se trouvait dans la même situation.

Pour conclure, on comprend bien l'intérêt que l'on porte aux personnages de la littérature et des arts : ils nous offrent des exemples riches d'enseignement et de divertissement, et nous permettent à la fois de mieux comprendre les autres mais aussi de mieux nous comprendre nous-mêmes. En ce sens, il pourrait être intéressant d'élargir cette réflexion aux arts du spectacle vivant.

Sujet 2 Michel Tremblay, *Bonbons assortis*

3 heures

Centres étrangers, juin 2018

Travail sur le texte littéraire et sur l'image

1 h 10 50 pts

Document A Texte littéraire

Il ouvrit toute grande la porte ; une trombe d'eau tiède nous submergea d'un seul coup et je me dis ça y est, c'est là qu'on meurt ! Dehors, c'était chaud, humide, l'orage battait son plein, des éclairs jaillissaient presque sans cesse et le tonnerre semblait tomber un peu partout en provoquant des échos horrifiants. Ça sentait fort quelque chose que j'ignorais encore être de l'ozone, les arbres étaient secoués de bourrasques de pluie, le monde entier était mouillé et la colère du ciel tombait sur nous en vagues enragées et destructrices. Comme si la nature s'était vengée de quelque chose que je ne saisissais pas encore.

« R'garde si c'est beau, Michel ! R'garde ça si c'est beau ! »

Beau ?

Mais c'était la fin du monde !

J'étais tellement terrifié que j'étais convaincu que j'allais d'une seconde à l'autre faire pipi sur la bedaine naissante de mon père.

Il s'assit sur la chaise à bascule de sa mère, me retourna dans ses bras, m'installa sur ses genoux.

« Garde pas les yeux fermés comme ça… Ouvre-les. Pis regarde ça… »

Il se releva aussitôt que j'eus les yeux ouverts et s'approcha de la rambarde du balcon contre laquelle il s'appuya. Il se pencha même un peu au-dessus du vide.

Ça non plus, les arbres, les escaliers extérieurs, les balcons voisins, la rue, je n'avais jamais vu ça d'aussi haut et, au lieu d'avoir peur, les pieds battants au-dessus du gouffre et la tête sous la pluie, je connus un des plus agréables vertiges de mon enfance.

La pluie nous tombait dessus, les éclairs éclataient, suivis du tonnerre qu'on prétendait si dangereux, les arbres étaient secoués par un vent violent et produisaient un bruissement qui aurait dû me terroriser, mais plus rien ne semblait dangereux parce que j'étais à vingt pieds du sol, dans les bras de mon père qui, par la seule force de sa volonté, faisait en sorte que rien ne m'arrive !

Rien ne pouvait m'arriver !

Protégé contre tout mal, rendu invincible par la présence de mon père qui affrontait la tempête au lieu de se cacher, j'étais l'enfant le plus heureux du monde.

Michel Tremblay, « Sturm and Drang »[1] dans *Bonbons assortis*, Léméac/Actes Sud 2012.

1. « Sturm and Drang » : ce titre signifie tempête et passion.

Document B **Image**

Énée, Anchise et Ascagne, Le Bernin, 1618-1619, sculpture en marbre, Rome.

(Énée porte son père Anchise, âgé et souffrant, sur son épaule. Derrière lui, se trouve son fils Ascagne. Ils fuient la ville de Troie, assiégée et incendiée.)

Les réponses aux questions doivent être entièrement rédigées.

Grammaire et compétences linguistiques → corrigé p. 131

1 « Beau ? / Mais c'était la fin du monde ! » (lignes 11 et 12)

a. Quels sont les deux types de phrases employés ? **1 pt**

b. Quels sentiments sont ainsi exprimés ? **1 pt**

2 a. Quel est le niveau de langue utilisé dans le dialogue ? Relevez deux exemples et expliquez en quoi ils relèvent de ce niveau de langue. **2 pts**

b. Comment expliquez-vous l'emploi de ce niveau de langue par le père ? **1 pt**

3 « [...] plus rien ne me semblait dangereux parce que j'étais à vingt pieds du sol, dans les bras de mon père [...] » (lignes 29 et 30)

a. Identifiez le connecteur logique et donnez sa classe grammaticale. **2 pts**

b. Quel rapport logique exprime ce connecteur ? **1 pt**

c. Quelle conjonction de coordination exprime le même rapport logique ? **1 pt**

4 « Invincible » (ligne 33)

a. Analysez la composition de ce mot. **1 pt**

b. Expliquez son sens. **1 pt**

c. Donnez sa classe grammaticale. **1 pt**

5 « La pluie nous tombait dessus, les éclairs éclataient, suivis du tonnerre qu'on prétendait si dangereux, les arbres étaient secoués par un vent violent et produisaient un bruissement [...] » (lignes 26 à 28)

Réécrivez ce passage au passé composé. **10 pts**

Compréhension et compétences d'interprétation → corrigé p. 132

1 Qu'avez-vous compris de ce texte ? **2 pts**

2 Quel est le point de vue adopté dans ce texte ? Justifiez votre réponse avec au moins trois indices. **4 pts**

3 a. Dans le premier paragraphe, relevez deux figures de style que vous nommerez. **2 pts**

b. À partir de cette réponse, comment le narrateur raconte-t-il l'orage ? **2 pts**

4 a. Quels sont les sentiments successifs ressentis par l'enfant ? **2 pts**

b. Comment expliquez-vous cette succession ? **2 pts**

5 Dans ce récit, quel est le rôle du père ? Expliquez. **4 pts**

6 Selon vous, pour quelles raisons le narrateur décide-t-il de raconter cet épisode ? Vous vous appuierez précisément sur le texte. **4 pts**

7 Quelles ressemblances et quelles différences percevez-vous entre la sculpture et le texte ? Appuyez-vous entre autres sur la disposition des personnages. **6 pts**

Dictée

→ *corrigé p. 134*

20 min **10 pts**

› Écoutez la dictée avec l'application Nathan Live.

Consignes :

– On dictera le texte à haute voix à plusieurs reprises.

– On inscrira au tableau de manière lisible par l'ensemble des candidats le titre de l'œuvre et le nom de l'auteur ainsi que les mots **Robertine** et **hockey**.

Rédaction

1 h 30 **40 pts**

Vous traiterez au choix un des deux sujets de rédaction suivants :

Sujet d'imagination

→ *corrigé p. 135*

› Racontez un épisode heureux de votre enfance lors duquel un adulte a joué un rôle déterminant.

Vous insisterez sur la succession des sentiments éprouvés. Vous évoquerez la leçon que vous en avez tirée.

Sujet de réflexion

→ *corrigé p. 136*

› Comment concevez-vous le rôle des parents dans l'éducation de leurs enfants ?

Vous répondrez à cette question en développant plusieurs arguments.

Sujet 2 Corrigé

Grammaire et compétences linguistiques

→ *énoncé p. 130*

Les clés pour réussir

1 On distingue quatre types de phrases : **déclaratives, interrogatives, injonctives** (ou **impératives**) et **exclamatives.**

2 **a.** et **b.** On appelle **niveaux de langue** les **différentes manières de s'exprimer** selon la situation des interlocuteurs et leurs rapports. Il existe trois niveaux de langue : **familier, courant** et **soutenu**. Un niveau de langue permet de **caractériser des personnages** (âge, milieu social…) ou de jouer sur la **tonalité du texte** (humoristique, solennelle…).

3 a., b. et **c.** Les **connecteurs** (ou **indicateurs**) **logiques** sont les mots ou expressions qui permettent d'**établir un lien logique entre deux propositions** ou deux paragraphes. Les liens les plus marqués sont la **cause,** la **conséquence** et l'**opposition**; ils sont exprimés notamment grâce aux **conjonctions de subordination** (parce que, si bien que, alors que...) ou de **coordination** (car, donc, mais...).

4 a. Analyser la composition d'un mot c'est trouver son **radical,** son **préfixe** et son **suffixe. Attention**, les trois éléments ne sont pas toujours présents.

1 a. Les phrases employées sont de type interrogatif et exclamatif. On les reconnaît aux signes de ponctuation utilisés : point d'interrogation et point d'exclamation.

b. Ces phrases traduisent la surprise et la peur du narrateur.

2 Le dialogue est rédigé dans un niveau de langue familier. Plusieurs exemples sont caractéristiques de ce registre de langage : « R'garde » fait l'élision d'une lettre comme pour reproduire une tournure orale et familière; « Garde pas les yeux fermés comme ça » est marqué par l'absence du premier élément de négation « ne ».

3 a. Le connecteur logique est la conjonction de subordination « parce que ».

b. Ce connecteur permet d'établir un lien de cause entre les deux propositions.

c. Ce connecteur pourrait être remplacé par la conjonction de coordination « car » qui exprime également la cause.

4 a. Le mot « invincible » est composé du préfixe « in- », du radical « vinc- » et du suffixe « -ible ».

b. Le préfixe « in- » indique le contraire, le radical est issu du verbe vaincre, et le suffixe « -ible » indique la possibilité. Ce mot signifie donc « qui ne peut être vaincu ».

c. Ce mot est un adjectif qualificatif.

5 La pluie nous <u>est tombée</u> dessus, les éclairs <u>ont éclaté</u>, suivis du tonnerre qu'on <u>a prétendu</u> si dangereux, les arbres <u>ont été secoués</u> par un vent violent et <u>ont produit</u> un bruissement. »

Compréhension et compétences d'interprétation → *énoncé p. 130*

Les clés pour réussir

1 Cette première question très ouverte peut être déstabilisante, il suffit en fait de **résumer l'intention de l'auteur** du texte : pourquoi a-t-il écrit ce texte et que raconte-t-il ?

2 Pour trouver le point de vue narratif d'un texte, **il faut se demander « qui voit » la scène**. Il existe trois points de vue : **omniscient** (le narrateur voit tout et sait tout), **interne** (le narrateur ne voit et dit que ce que voit et dit le personnage), **externe** (le narrateur raconte l'histoire comme si elle était filmée, il ne connaît pas les pensées des personnages).

3 a. On appelle **figures de style** des **façons de parler ou d'écrire pour attirer l'attention du destinataire, rendre le texte plus expressif et plus imagé** en ne se contentant pas d'un usage informatif de la langue.

1 Ce texte évoque un souvenir d'enfance pendant un orage. Le narrateur exprime ce qu'il a ressenti alors et comment la présence de son père a fait évoluer ses impressions.

2 Ce texte adopte un point de vue interne. Les pronoms de la première personne renvoient au narrateur « je, mon... » ; il s'agit d'un souvenir autobiographique où l'auteur livre à la fois ce qu'il a ressenti dans l'enfance et ce qu'il en pense aujourd'hui « Ça sentait fort quelque chose que j'ignorais encore être de l'ozone » (l. 5-6) ; et l'on ne connaît que les sentiments du narrateur « j'étais l'enfant le plus heureux du monde » (l. 34-35).

3 a. Les figures de style présentes dans le premier paragraphe sont la métaphore « une trombe d'eau tiède nous submergea » (l. 1), l'hyperbole « c'est là qu'on meurt ! » (l. 2), « le monde entier était mouillé » (l. 7), et la personnification « la colère du ciel » (l. 7), « vagues enragées (l. 8), « Comme si la nature s'était vengée » (l. 8-9).

b. Ces figures de style produisent deux effets : non seulement elles exagèrent et amplifient l'orage pour le transformer en déluge de fin du monde, mais aussi elles le personnifient, lui donnent vie, et l'orage devient ainsi un monstre inquiétant doué de sentiments humains (colère, vengeance).

4 a. L'enfant ressent d'abord de la peur « J'étais tellement terrifié » (l. 13). Il est ensuite pris d'un sentiment trouble entre la peur et le plaisir « je connus un des plus agréables vertiges » (l. 24-25). Enfin, le bonheur finit par l'emporter sur tout le reste « j'étais l'enfant le plus heureux du monde » (l. 34-35).

b. L'évolution des sentiments de l'enfant est liée à la présence rassurante de son père qui ne craint pas l'orage et qui communique son courage à son fils « rendu invincible par la présence de mon père qui affrontait la tempête au lieu de se cacher » (l. 33-34).

5 Dans cet extrait, le père aide l'enfant à découvrir le monde, à le voir autrement et à repousser ses peurs « R'garde ça si c'est beau ! » (l. 10). Son attitude sereine offre une protection à l'enfant qui s'abandonne à lui en toute confiance « plus rien ne me semblait dangereux [...] dans les bras de mon père » (l. 29-30).

6 Le narrateur décide de raconter cet épisode pour montrer l'importance du rôle protecteur de son père dans son éducation « mon père qui, par la seule force de sa volonté, faisait en sorte que rien ne m'arrive ! » (l. 30-31). De plus, il veut montrer, comme souvent dans les récits autobiographiques,

FRANÇAIS

qu'il a changé, et que plusieurs aspects de sa vie d'adulte sont liés à cet épisode « ça sentait fort quelque chose que j'ignorais encore être de l'ozone » (l. 5-6), « quelque chose que je ne saisissais pas encore. » (l. 9) l'adverbe « encore » répété montre qu'il a acquis depuis de nouvelles connaissances.

7 La sculpture du Bernin montre un épisode très important de la mythologie : la fuite deTroie par Énée qui va aller fonder Rome. On y voit trois générations : Énée qui porte son père Anchise, et Ascagne qui le suit. On retrouve le modèle du père sur lequel le fils règle ses pas et derrière lequel il se protège, mais la position est inversée par rapport au texte : ici c'est le fils qui porte le père pour le protéger. La présence des trois générations de haut en bas sur la sculpture insiste aussi sur la transmission des parents aux enfants.

Dictée → énoncé p. 131

Les clés pour réussir

Bien conjuguer

- Le **conditionnel présent** : il se forme sur le **radical du futur** auquel on ajoute les **terminaisons de l'imparfait** (exemple : crier → futur : il criera ; conditionnel présent → il crierait).

Ne pas confondre

- on n'avait pas/ on avait : il faut être attentif à l'ensemble de la phrase pour **savoir s'il y a une négation ou pas.**

Bien orthographier

- « plusieurs » : ne pas oublier le « s ».
- « printemps » prend toujours un « s ».
- « semblable » : attention au son « -ble » qui est répété.

Les mots difficiles

- **désobligeant, e** : adj., peu aimable.

On n'avait pourtant rien annoncé de particulier pour cette nuit-là, à part une belle pluie d'août qui viendrait enfin dissiper cette horrible et collante humidité que nous avions eue à endurer sans relâche plusieurs semaines de suite. Un front froid s'avançait […]. Toute la maisonnée s'était préparée à cette pluie en soupirs de satisfaction et remarques désobligeantes pour le maudit été trop chaud, trop long, trop collant. Ma grand-mère prétendait soudain détester l'été, ma tante Robertine rêvait au mois d'octobre, mes frères parlaient déjà de hockey. Six mois plus tard, aux premiers frémissements du printemps, ils proféreraient des horreurs semblables au sujet de l'hiver.

Michel Tremblay, « Sturm and drang », *Bonbons assortis*, Léméac/Actes Sud, 2012.

On notera au tableau : Robertine et hockey.

Travail d'écriture – Sujet d'imagination → *énoncé p. 131*

Les clés pour réussir

On vous demande le récit d'un souvenir heureux faisant intervenir un adulte. Pensez à respecter les points suivants :

L'introduction pour présenter le souvenir

Précisez les circonstances de votre récit (où ? quand ? avec qui ?...).

Le récit d'un souvenir heureux

L'anecdote peut être liée au quotidien, elle n'a pas besoin d'être exceptionnelle. Vous n'êtes pas non plus obligé de raconter un souvenir réel, mais il faut qu'il soit vraisemblable.

Sentiments

Plusieurs sentiments doivent être évoqués, ils peuvent évoluer au cours du récit.

La conclusion

Elle montre la leçon tirée de l'épisode.

Méthode

Pour vous aider, nous vous avons indiqué en couleur les parties de la rédaction qui répondent aux consignes.

Récit du souvenir avec l'adulte | Sentiments | Leçon

Je me souviens très bien de ces vacances passées chez mes grands-parents lorsque j'étais petite, ces vacances où papy m'a dit que je pourrais l'aider à planter les pommes de terre dans le jardin avec lui. Cette proposition me transporta de joie : une mission de « grand » à laquelle j'allais pouvoir participer. J'imaginais qu'on allait pouvoir planter des milliers de pommes de terre puis les revendre et ainsi gagner beaucoup d'argent ! Quelle bonne nouvelle ! J'étais tellement excitée qu'au moment d'aller au lit, il m'a été difficile de m'endormir !

Le lendemain, au petit matin, papy m'attendait pour planter ces fameuses pommes de terre ! J'étais prête : habillée avec des vieux tee-shirt à son odeur, un vieux jean pour ne pas me salir, les bottes pour être dans le jardin... J'étais la plus heureuse des petites filles !

J'arrivai dans le jardin, il fallait commencer par préparer le terrain, désherber, retourner la terre... C'était fatigant mais j'attendais ce jour avec impatience et je voulais faire la grande donc pas question de me plaindre ! Puis, enfin, on a planté les patates « germées » dans la terre. Je les trouvais amusantes avec leurs petites cornes, elles ressemblaient à des rhinocéros ! Papy m'a quand même expliqué que c'était ces « petites cornes » qui permettaient de faire un pied de patates mais moi je croyais qu'il me racontait des bêtises : il me parlait de « pied » or je savais bien que les pommes de terres ne marchaient pas !!! Quel farceur ce papy !

Puis il m'expliqua que ça suffisait pour cette première journée et que je reviendrai les « butter » dans quinze jours. « Butter les patates ? Mais pourquoi papy ? On les a plantées ensemble on ne va pas les tuer quand même ? » m'exclamai-je. Il sourit puis m'expliqua que cela consistait seulement à les mettre en terre dans des petits « tas » lorsqu'elles auraient grandies. J'étais rassurée mais un peu déçue car il allait falloir attendre longtemps avant de pouvoir les récolter et les manger...

Ce jour-là, mon grand-père m'apprit qu'avant de pouvoir arriver à quelque chose qui nous tient à cœur il faut savoir faire preuve de patience et ça je le vois tous les jours dans chaque chose que je fais, chaque tâche que je veux accomplir.

Travail d'écriture – Sujet de réflexion → énoncé p. 131

Les clés pour réussir

L'introduction

- Annoncez le thème de l'éducation parentale, par exemple à l'aide d'une citation.
- **Présentez le sujet** : reprenez la question posée par le sujet.
- Annoncez clairement votre **plan**.

Le développement

- Ce sujet invite clairement à développer plusieurs arguments (au moins trois) qui expliquent **le rôle des parents dans l'éducation de leurs enfants** ; vous pourrez explorer entre autres, les pistes suivantes :
  - protection ;
  - bienveillance ;
  - découverte du monde ;
  - éducation à la vie en société ;
  - modèle...
- Pensez **à illustrer vos arguments avec des exemples** tirés de votre expérience personnelle, de vos lectures ou de films que vous connaissez.

La conclusion

- Précisez votre avis.
- **Terminez avec une phrase d'ouverture** pour élargir la question en restant sur le même thème.

Méthode

Pour vous aider, nous vous avons indiqué en couleur les parties de la rédaction qui répondent aux consignes.

Indicateurs logiques Arguments Exemples

« Pères et mères sont les architectes de l'éducation » déclarait déjà Plaute dans une comédie latine du IIe s. av. J.-C. La question du rôle des parents dans l'éducation de leurs enfants est ancienne et sans cesse renouvelée avec les évolutions de la société. Nous proposerons ici plusieurs arguments pour expliquer ce rôle.

En premier lieu, les parents se doivent d'apporter à leurs enfants une bienveillance et une attention qui les aident à se construire, à avoir une estime d'eux-mêmes qui leur permettra de grandir dans de bonnes conditions et de s'épanouir. Ainsi le roman *Le Sagouin*, de François Mauriac, illustre les désastres causés par la cruauté d'une mère qui répète sans cesse à son fils : « Tu es vilain, sale et bête », comment être épanoui dans ces conditions ?

De plus, l'amour apporté par les parents aux enfants prend la forme d'encouragements, de réprimandes ou de conseils sur leur façon d'aborder les épreuves de la vie auxquelles ils sont confrontés. Les reproches des parents seront d'autant plus efficaces et auront d'autant plus de valeur s'ils sont motivés par l'amour parental et la volonté d'éduquer correctement ses enfants. L'exemple de la mère de Romain Gary dans *La Promesse de l'Aube* montre à quel point les conseils qu'elle lui donne – même après sa mort – sont importants et deviennent des exhortations qui le poussent toujours vers la réussite.

Enfin, comme on le voit avec la statue d'Ascagne qui pose ses pieds dans les pas de son père, les parents jouent un rôle de modèle qui est primordial pour aider les enfants à découvrir le monde et à construire leurs relations sociales. Par exemple, dans *Les cahiers d'Esther*, la bande dessinée de Riad Sattouf, on peut voir l'attachement et l'admiration que porte la jeune Esther à ses parents. Cela lui permet de s'y référer lorsqu'elle est en difficultés en dehors de chez elle ou bien de s'opposer librement à eux pour mieux se construire. La présence constante de ses parents lui offre cette double possibilité de s'identifier à eux ou de les critiquer, ce qui est essentiel dans la construction de sa personnalité.

Pour conclure, les parents sont donc des acteurs essentiels de l'éducation des enfants, et le regard qu'ils portent sur eux détermine indéniablement leurs réussites ou leurs échecs. Cependant, l'éducation des enfants ne se fait pas que dans le cercle familial et les relations avec les pairs, avec les enseignants, avec le monde qui les entoure sont aussi un sujet essentiel de la construction des individus.

Sujet 3 — Gustave Flaubert, *Madame Bovary*

100 pts — 3 heures

Centres étrangers, juin 2017

Travail sur le texte littéraire et sur l'image

1 h 10 — 50 pts

Document A — Texte littéraire

Emma Bovary est l'épouse de Charles, un homme avec lequel elle n'est pas heureuse. Déçue par sa vie monotone, elle rêve de mener une vie mondaine comme les princesses ou les actrices des romans et des magazines qu'elle lit.

Comment était-ce, Paris ? Quel nom démesuré ! Elle se le répétait à demi-voix, pour se faire plaisir ; il sonnait à ses oreilles comme un bourdon de cathédrale ; il flamboyait à ses yeux jusque sur l'étiquette de ses pots de pommade. […]

Elle s'acheta un plan de Paris, et, du bout de son doigt, sur la carte, elle faisait des courses dans la capitale. Elle remontait les boulevards, s'arrêtant à chaque angle, entre les lignes des rues, devant les carrés blancs qui figurent les maisons. Les yeux fatigués, à la fin, elle fermait ses paupières, et elle voyait dans les ténèbres se tordre au vent des becs de gaz[1], avec des marche-pieds de calèches, qui se déployaient à grand fracas devant le péristyle des théâtres.

Elle s'abonna à la *Corbeille*, journal des femmes, et au *Sylphe des Salons*. Elle dévorait, sans en rien passer, tous les comptes rendus de premières représentations, de courses et de soirées, s'intéressait au début d'une chanteuse, à l'ouverture d'un magasin. Elle savait les modes nouvelles, l'adresse des bons tailleurs, les jours de Bois ou d'Opéra. Elle étudia, dans Eugène Sue, des descriptions d'ameublements ; elle lut Balzac et George Sand[2], y cherchant des assouvissements[3] imaginaires pour ses convoitises personnelles. À table même, elle apportait son livre, et elle tournait les feuillets, pendant que Charles mangeait en lui parlant. […]

Paris, plus vaste que l'Océan, miroitait donc aux yeux d'Emma dans une atmosphère vermeille. La vie nombreuse qui s'agitait en ce tumulte[4] y était cependant divisée par parties, classée en tableaux distincts. Emma n'en apercevait que deux ou trois qui lui cachaient tous les autres et représentaient à eux seuls l'humanité complète. Le monde des ambassadeurs marchait sur des parquets luisants, dans des salons lambrissés de miroirs, autour de tables ovales couvertes d'un tapis de velours à crépines d'or[5]. Il y avait là des robes à queue, de grands mystères, des angoisses dissimulées sous des sourires. […] Dans les cabinets de restaurants où l'on soupe après minuit, riait, à la clarté des bougies, la foule bigarrée des gens de lettres et des actrices. Ils étaient, ceux-là, prodigues[6] comme des rois, pleins d'ambitions idéales et de délires fantastiques. C'était une existence au-dessus des autres, entre ciel et terre, dans les orages, quelque chose de sublime.

Gustave Flaubert, *Madame Bovary*, 1857.

1. *Becs de gaz* : éclairage public au XIXe siècle.
2. *Eugène Sue, Balzac, George Sand* : romanciers célèbres du XIXe siècle qui ont décrit Paris.
3. *Assouvissements* : satisfactions.
4. *Tumulte* : foule débordante d'énergie.
5. Flaubert décrit ici des intérieurs très luxueux.
6. *Prodigues* : dépensiers.

Document B **Image**

Publicité pour la marque Chanel, 1982.

Les réponses aux questions doivent être entièrement rédigées.

Grammaire et compétences linguistiques → corrigé p. 141

1 « Miroitait » (l. 22)

a. Trouvez un mot de la même famille. **1 pt**

b. Par quel synonyme pourriez-vous remplacer le mot « miroitait » dans la phrase ? **1 pt**

c. Comment interprétez-vous le choix du verbe « miroitait » ? **4 pts**

2 Réécrivez ce passage en remplaçant « elle » par « je ». Vous ferez toutes les transformations nécessaires.

« Elle étudia, dans Eugène Sue, des descriptions d'ameublements ; elle lut Balzac et George Sand, y cherchant des assouvissements imaginaires pour ses convoitises personnelles. À table même, elle apportait son livre, [...] tournait les feuillets, pendant que Charles mangeait en lui parlant. » **10 pts**

Compréhension et compétences d'interprétation → corrigé p. 142

1 Emma s'est-elle déjà rendue à Paris ? Justifiez votre réponse. **4 pts**

2 Que ressent Emma pour Paris ?

- de la crainte ;
- de la fascination ;
- de la curiosité.

a. Recopiez la bonne réponse sur votre copie. **2 pts**

b. Justifiez votre choix en citant au moins deux éléments du texte. **4 pts**

3 Quel est le quotidien d'Emma ? Vous vous appuierez sur le texte pour justifier votre réponse. **4 pts**

4 D'après le dernier paragraphe, quelle vie Emma rêve-t-elle de vivre ? **4 pts**

5 Quel travers de la société Flaubert dénonce-t-il dans ce texte ? **4 pts**

6 Selon vous, cette critique est-elle encore d'actualité ? **4 pts**

7 Commentez la façon dont cette femme tient le tableau de *La Joconde*. **2 pts**

8 En vous appuyant sur le document iconographique et sur le texte, dites quelle image de la femme française est ici véhiculée. **6 pts**

Dictée → corrigé p. 143

20 min **10 pts**

› Écoutez la dictée avec l'application Nathan Live.

Consignes :

– On dictera le texte à haute voix à plusieurs reprises.

– On inscrira au tableau de manière lisible par l'ensemble des candidats le titre de l'œuvre, le nom de l'auteur et le prénom **Bérénice**.

Rédaction 1 h 30 **40 pts**

Vous traiterez au choix un des deux sujets de rédaction suivants :

Sujet d'imagination → *corrigé p. 144*

› Vous êtes journaliste et vous devez rédiger un article invitant à découvrir un lieu qui vous semble digne d'intérêt. Dans votre texte, vous présenterez les atouts géographiques et culturels de cet endroit.
Vous veillerez à ne pas signer votre article.

Sujet de réflexion → *corrigé p. 146*

« Il y avait là des robes à queue, de grands mystères, des angoisses dissimulées sous des sourires. » (l. 31-32).

› Pourquoi, selon vous, la vie des stars et des personnes célèbres fascine-t-elle toujours autant ?

Vous répondrez à cette question dans un développement argumenté et organisé en vous appuyant sur votre expérience, vos lectures, votre culture personnelle et les connaissances acquises dans l'ensemble des disciplines.

Sujet 3 Corrigé

Grammaire et compétences linguistiques → *énoncé p. 140*

Les clés pour réussir

1 Une famille de mots se compose de tous les mots **issus du même radical** (ex. : lent, lenteur, ralentir, etc.). Attention, parfois l'orthographe du radical varie (ex. : mer, marée, maritime, amerrir, etc.).

2 • **On vous demande** de passer de la troisième personne du singulier à la première personne du singulier.

• **Vous devez modifier :**
– deux verbes au passé simple et deux verbes à l'imparfait ;
– deux déterminants possessifs ;
– un pronom personnel complément.

• **Attention** aux fautes de copie sur les noms propres, elles seront sanctionnées.

1 a. « Miroir » est un mot de la même famille que le verbe « miroitait ». Il apparaît dans le texte à la ligne 29.

b. Le mot « miroitait » pourrait être remplacé par « brillait ». (« Étincelait » ; « éblouissait » ; « resplendissait » sont d'autres synonymes possibles.)
c. Ce verbe prend ici plusieurs significations. Il évoque d'abord une ville brillante, éblouissante et attirante pour Emma, mais aussi une ville inaccessible, un rêve que l'on fait « miroiter » à ses yeux. Enfin, cette image de la ville n'est que le reflet de la réalité : Emma s'y voit comme dans un miroir, ce n'est donc pas sa véritable vie.

2 **J'étudiai**, dans Eugène Sue, des descriptions d'ameublements ; **je lus** Balzac et George Sand, y cherchant des assouvissements imaginaires pour **mes** convoitises personnelles. À table même, **j'apportais mon** livre, [...] **tournais** les feuillets, pendant que Charles mangeait en **me** parlant.

Compréhension et compétences d'interprétation → *énoncé p. 140*

Les clés pour réussir

2 **b.** Cette question trouve sa justification dans le **premier paragraphe.** N'hésitez pas à évoquer **une figure de style** pour justifier votre réponse : même si ce n'est pas explicitement demandé, ce sera valorisé par le correcteur.

5 et **6** Les textes littéraires expriment souvent une **critique sociale**, c'est-à-dire qu'ils dénoncent certains travers de la société pour faire réfléchir ou réagir les lecteurs. Pour faire le lien avec l'actualité, pensez à mettre en parallèle des éléments du texte comme les journaux et le développement des médias aujourd'hui.

8 Cette question vous demande de faire le **lien** entre les éléments du texte et ceux de l'image. Pensez à commenter aussi l'évolution de l'image des femmes entre le tableau de Léonard de Vinci et la publicité Chanel.

1 Emma ne s'est certainement jamais rendue à Paris, comme le montre la phrase interrogative qui ouvre le texte « Comment était-ce Paris ? » (l. 1). C'est pour cela aussi qu'elle essaie d'en apprendre plus sur la capitale en achetant un plan : « Elle s'acheta un plan de Paris » (l. 5).

2 **a.** Emma ressent de la fascination pour Paris.
b. Le nom même de Paris semble « démesuré » (l. 1) à Emma. Lorsqu'elle l'entend, il l'entraîne dans une rêverie qui perturbe même ses sensations habituelles comme le montrent la comparaison et la métaphore « il sonnait à ses oreilles comme un bourdon de cathédrale ; il flamboyait à ses yeux ».

3 Le quotidien d'Emma semble ennuyeux : elle passe son temps à lire des magazines féminins : « journal des femmes » (l. 12) pour vivre par procuration la vie des personnes connues. Elle se réfugie dans une vie imaginaire, « y cherchant des assouvissements imaginaires » (l. 18-19) pour échapper à son quotidien y compris pendant les repas avec son mari :

« À table même, elle apportait son livre, et elle tournait les feuillets, pendant que Charles mangeait en lui parlant. » (l. 19-21).

4 Emma rêve d'une vie luxueuse dans la haute société parisienne : « Le monde des ambassadeurs marchait sur des parquets luisants, dans des salons lambrissés de miroirs » (l. 27), de cette vie « sublime » (l. 36) avec les soirées mondaines « des gens de lettres et des actrices » (l. 33).

5 Dans ce texte, Flaubert dénonce le mode de vie des personnes issues des classes sociales les plus élevées qui vivent dans un monde de luxe basé sur des apparences et « des angoisses dissimulées sous des sourires » (l. 31). À travers Emma, il critique également l'attitude des personnes toujours envieuses de ce mode de vie, et qui finissent par ne pas vivre réellement mais par s'enfermer dans une frustration permanente à cause de ce luxe auquel elles n'ont pas accès.

6 Cette critique est toujours d'actualité, et elle est même de plus en plus vive avec des médias qui permettent de suivre, presque en temps réel, la vie des stars ou des personnes les plus riches, pour les admirer ou les jalouser. Les magazines d'Emma existent toujours et sont même dépassés par les réseaux sociaux sur lesquels de nombreuses personnes passent leur temps à rêver de la vie des autres en oubliant parfois de vivre la leur.

7 Sur cette publicité pour la marque Chanel, la femme tient le tableau de *La Joconde* de manière nonchalante et désinvolte, comme s'il s'agissait d'un simple sac à main ou d'un objet quotidien de peu d'importance.

8 La publicité Chanel véhicule l'image de la femme française élégante, chic et citadine (on voit une ville en arrière-plan, certainement Paris) qui est autonome et active : elle est en mouvement et appelle en taxi. Elle représente ce dont rêve Emma dans le texte : « les modes nouvelles, l'adresse des bons tailleurs » (l. 15-16) et les jolies tenues : « robes à queue » (l. 30). *La Joconde* est dépassée : femme sage, posée, les bras croisés, comme Emma elle appartient à un univers contemplatif qui n'est pas celui de la femme parisienne : elle est reléguée au second plan comme un objet de peu d'importance, ou un simple accessoire de mode.

Dictée → énoncé p. 140

Les clés pour réussir

Bien conjuguer

- Le **conditionnel présent** : il se forme à partir de l'infinitif du verbe avec les terminaisons -ais/-ais/-ait/-ions/-iez/-aient. Attention les verbes en « -eler » et « -eter » s'écrivent avec deux « l » ou deux « t ».

Bien accorder

- Les adjectifs et participes passés féminins éloignés du nom : « pures », « ravie ».

FRANÇAIS

Ne pas confondre

- **« voie »/« voix »/« vois-voit »** : **« voie »** est un nom féminin qui désigne une route ou une rue ; **« voix »** désigne les sons vocaux et vient du latin *vox*, il termine donc toujours par un « x » ; **« vois-voit »** est le verbe « voir » à la 2e et 3e personne du singulier au présent.

Les mots difficiles

- **perspective** : détacher chaque syllabe pour ne pas oublier de lettre.
- **désœuvrée** : bien orthographier le « œ », en pensant au radical « œuvre ».

Brusquement la ville s'ouvrait sur une perspective, et Bérénice sortait de cet univers qui l'effrayait et l'attirait [...]. Que c'est beau, Paris ! Là même où les voies sont droites, et pures, que de tournants... Nulle part à la campagne, le paysage ne change si vite ; nulle part, même dans les Alpes ou sur les bords de la mer ; il n'y a de si forts aliments pour le rêve d'une jeune femme désœuvrée, et ravie de l'être, et libre, libre de penser à sa guise, sans se surveiller, sans craindre de trahir sur son visage le fond de son cœur, de laisser échapper une phrase qu'elle regretterait parce qu'elle aurait fait du mal à quelqu'un...

Louis Aragon, *Aurélien*, 1945.

Travail d'écriture – Sujet d'imagination → *énoncé p. 141*

Les clés pour réussir

La situation d'énonciation

- **L'émetteur** est clairement identifié par le sujet : vous devez vous mettre dans la peau d'un journaliste et donc vous exprimer à la première personne.
- Les destinataires ne sont pas définis : à vous de choisir s'il s'agit d'un journal grand public ou à destination d'un public plus jeune.
- On vous précise **dans quel but est écrit l'article** : il s'agit de présenter un lieu digne d'intérêt sur les plans géographiques et culturels : votre texte mêlera donc de la description et des éléments argumentatifs pour inciter les lecteurs à aller voir ce lieu.
- Le lieu doit être « digne d'intérêt » et présenter des « atouts géographiques et culturels ».

La présentation de l'article

- Il faut donner un **titre** qui doit être bref et inviter à lire la suite. Pour cela, on privilégie les phrases nominales et pourquoi pas, les jeux de mots ou les figures de style (antithèse, métaphore...) : *Un heureux accident, Une étrange rentrée, La faim du monde...*

- L'article doit être organisé en **paragraphes courts** qui contiennent chacun une idée principale : on peut commencer par une description générale, poursuivre par une présentation des atouts culturels et terminer par une analyse ou un point de vue (explication ou argumentation). Vous pouvez souligner cette structure par des sous-titres, voire en présentant votre texte en **deux colonnes**, comme dans un « vrai » journal.
- Insérez des **paroles rapportées** entre guillemets, à la manière des interviews, votre texte sera bien plus vivant, et les personnes décrites prendront vie.
- Pensez enfin à **signer** votre article, avec par exemple les initiales de l'auteur du texte de départ (surtout pas les vôtres, votre copie doit rester anonyme !), et à **nommer le journal**.

Méthode

Pour vous aider, nous vous avons indiqué en couleur les parties de la rédaction qui répondent aux consignes.

Présentation d'un article	Paroles rapportées	Atouts géographiques	Atouts culturels

Objectif Neptune

Le voyageur qui passe le panneau Arromanches-les-Bains tombe immédiatement sur un char Sherman M4 fièrement dressé devant la plage : étrange contraste entre ce nom de cité balnéaire et son passé historique. Cette petite bourgade des côtes normandes, située à quelques kilomètres seulement au nord de la plaine de Caen témoigne en effet de la plus grande opération militaire amphibie du XXe siècle : l'opération Neptune, nom de code du débarquement allié en Normandie dans la nuit du 5 au 6 juin 1944.

Les villas résidentielles du front de mer, qui accueillaient la bourgeoisie depuis la belle époque des bains de mer, offrent aujourd'hui une vue imprenable sur les vestiges du port artificiel Mulberry destiné à faire débarquer le matériel et les hommes en France, sans attendre la prise d'un véritable port en eaux profondes comme celui de Cherbourg, trop bien défendu par les forces allemandes.

Arromanches renaît de ses cendres

Yvette, âgée de 9 ans au moment du débarquement se souvient : « Aujourd'hui, on ne voit que quelques caissons sur la plage et au large, mais il faut imaginer le fourmillement qu'il y avait à l'époque : c'était un véritable port, les voitures, les camions, les chars semblaient rouler sur l'eau ! Des milliers d'hommes débarquaient ici pour aller libérer la

France ! » En effet, d'énormes caissons flottants en béton armé, baptisés Phoenix, avaient été remorqués depuis l'Angleterre pour être coulés devant Arromanches et constituer un réseau de brise-lames reliés par des ponts. Ils permettaient le débarquement des hommes et du matériel depuis les bateaux restés au large.

Une plongée dans l'histoire

Éric, un plongeur amateur local fait le récit d'une plongée au pied d'un de ces caissons « On est toujours impressionné quand on s'immerge devant Arromanches : à 20 mètres sous la surface de la mer, c'est un enchevêtrement de métal et de blocs de bétons qui abritent désormais la vie sous-marine. On trouve de tout dans ces eaux troubles : chars, obus... il y a même une épave qui contient encore des caisses de whisky destinées aux soldats ! » Une séquence pleine d'émotion quand on revient du large en voyant se dessiner au loin les falaises de la meurtrière pointe du Hoc...

Aujourd'hui, le soleil brille et réchauffe le sable, quelques enfants jouent sur la plage et des curieux de tous pays visitent le Musée du débarquement. Arromanches-les-Bains continue ainsi de faire vivre l'Histoire et les plaisirs estivaux.

A. Nonyme, *Les Nouvelles de l'Ouest*

Travail d'écriture – Sujet de réflexion → énoncé p. 141

Les clés pour réussir

L'introduction

- Introduisez le sujet : vous pouvez présenter le thème à partir d'une **citation du texte** ou de **l'abondance de médias** sur ce sujet.
- Présentez le sujet : reprenez la **question** posée par le sujet.
- Annoncez clairement votre **plan**.

Le développement

- La question posée appelle un développement en deux ou trois parties où vous exposerez plusieurs réponses à la question posée. Attention, **il ne s'agit pas de peser les avantages et les inconvénients de la vie des stars**, ce serait un hors-sujet.

La conclusion

- Résumez **en d'autres termes** votre argumentation en précisant votre **avis.**
- Terminez avec **une phrase d'ouverture**, en émettant par exemple une critique sur cet engouement pour la vie des personnes célèbres.

Méthode

Pour vous aider, nous vous avons indiqué en couleur les parties de la rédaction qui répondent aux consignes.

Indicateurs logiques — Arguments — |...| Exemples

« C'était une existence au-dessus des autres [...] quelque chose de sublime. » Cette réflexion d'Emma Bovary trouve bien des échos dans nos médias qui présentent à longueur de journée la vie des personnes célèbres auprès d'un public nombreux. On peut se demander pour quelles raisons la vie des stars et des personnes célèbres fascine autant. Nous verrons d'abord qu'elle est entourée d'un mystère qui attire, puis nous montrerons comment elle engendre du rêve avant de considérer qu'elle correspond à un désir de reconnaissance.

Tout d'abord, ce qui nous fascine dans la vie des stars, c'est le mystère dont elle est entourée. Comme le dit Emma, les « grands mystères » qui entourent les personnes célèbres ont le goût de l'interdit qui attire toujours. C'est ce qui fait le succès de la presse *people* qui présente chaque semaine des *scoops*, parfois contradictoires, alimentant le mythe des célébrités. Cependant, il y a souvent une différence entre cette vie supposée et la réalité, comme on l'apprend régulièrement avec des suicides de stars dont les vies semblent bien loin de l'idéal que l'on imaginait.

Par ailleurs, les célébrités évoluent dans un monde de luxe et de richesse qui est propice au rêve : tout y est beau, brillant et lumineux. On envie ce mode de vie où tout semble simple et abondant. C'est ce que l'on voit dans un film comme *Le diable s'habille en Prada*, avec Meryl Streep, où les personnages évoluent dans le monde de la mode qui place au-dessus de tout le luxe et l'apparence.

Enfin, la vie des célébrités fascine car elle attire : chacun rêve de la gloire dont sont entourées les stars. De nombreuses personnes éprouvent en effet ce désir de reconnaissance. C'est ce qui fait le succès des émissions de téléréalité ou des concours comme *The Voice* par exemple : le rêve d'être reconnu devient possible et accessible très rapidement et chacun peut s'identifier aux nouvelles stars qui percent les écrans.

Pour conclure, il semble naturel d'être attiré par la vie des célébrités que ce soit par envie et jalousie pour le luxe et la richesse qui les accompagne ou par un désir profond de reconnaissance personnelle. Cependant, cette fascination doit être mesurée pour ne pas devenir une entrave ou une obsession qui empêcherait d'avancer dans sa propre vie.

Sujet 4

Victor Hugo, *Toute la Lyre*

3 heures

D'après Amérique du Nord, juin 2019

Travail sur le texte littéraire et sur l'image

1 h 10 **50 pts**

Document A Texte littéraire

Jeunes gens, prenez garde aux choses que vous dites.
Tout peut sortir d'un mot qu'en passant vous perdîtes.
Tout, la haine et le deuil ! – Et ne m'objectez[1] pas
Que vos amis sont sûrs et que vous parlez bas… –
Écoutez bien ceci :
Tête-à-tête, en pantoufle,
Portes closes, chez vous, sans un témoin qui souffle,
Vous dites à l'oreille au plus mystérieux
De vos amis de cœur, ou, si vous l'aimez mieux,
Vous murmurez tout seul, croyant presque vous taire,
Dans le fond d'une cave à trente pieds sous terre,
Un mot désagréable à quelque individu[2] ;
Ce mot que vous croyez qu'on n'a pas entendu,
Que vous disiez si bas dans un lieu sourd et sombre,
Court à peine lâché, part, bondit, sort de l'ombre !
Tenez, il est dehors ! Il connaît son chemin.
Il marche, il a deux pieds, un bâton à la main,
De bons souliers ferrés, un passeport en règle ;
– Au besoin, il prendrait des ailes comme l'aigle ! –
Il vous échappe, il fuit, rien ne l'arrêtera.
Il suit le quai, franchit la place, et cætera[3],
Passe l'eau sans bateau dans la saison des crues,
Et va, tout à travers un dédale de rues,
Droit chez l'individu dont vous avez parlé.
Il sait le numéro, l'étage ; il a la clé,
Il monte l'escalier, ouvre la porte, passe,
Entre, arrive, et, railleur[4], regardant l'homme en face,

Dit : – Me voilà ! je sors de la bouche d'un tel[5]. –

Et c'est fait. Vous avez un ennemi mortel.

Victor Hugo, *Toute la Lyre*, III, XXI, 1888.

---

1. *Objecter* : formuler une objection, opposer un argument.
2. *Un mot désagréable à quelque individu* : un mot désagréable à propos de quelque individu.
3. *Et cœtera* : locution latine abrégée généralement en français par « etc. », qu'on emploie au terme d'une énumération et qui signifie « et ainsi de suite ».
4. *Railleur* : moqueur, ironique.
5. *Un tel* : désigne ici la personne qui a parlé.

Document B **Image**

The Gossips (Les Commérages), Norman Rockwell, huile sur toile, collection privée, 1948.

Les réponses aux questions doivent être entièrement rédigées.

Grammaire et compétences linguistiques → corrigé p. 152

1 a. Donnez le mode et le temps de « prenez » (v. 1), « objectez » (v. 3) et « Écoutez » (v. 5). **2 pts** ✓

b. Pourquoi ce mode est-il utilisé ? **2 pts** ✓

2 Vers 1 à 3 : relevez les déterminants contenus dans les trois premières phrases du texte. **2 pts**

3 Réécrivez le passage ci-dessous en remplaçant « il » par « ils ».
Faites toutes les modifications nécessaires.

« Il vous échappe, il fuit, rien ne l'arrêtera.
Il suit le quai, franchit la place, et cætera,
Passe l'eau sans bateau dans la saison des crues,
Et va, tout à travers un dédale de rues,
Droit chez l'individu dont vous avez parlé. » (v. 19 à 23) **10 pts**

4 « Et ne m'objectez pas / Que vos amis sont sûrs » (v. 3-4).

a. Quelle est la nature de « Que » ? **2 pts**

b. Justifiez votre réponse. **2 pts**

Compréhension et compétences d'interprétation → corrigé p. 153

1 Expliquez les conséquences qu'entraîne, selon ce texte, le fait de prononcer un « mot désagréable » (v. 11). Justifiez votre réponse en vous appuyant sur deux éléments du texte. **4 pts**

2 Vers 3 à 11 : Quelles sont les précautions que les « jeunes gens » peuvent estimer avoir prises pour éviter que leurs paroles ne soient rapportées ? Citez au moins deux éléments en prenant appui sur le texte. **4 pts**

3 Vers 12 à 27 :

a. À quel terme renvoie le pronom « il » ? **2 pts**

b. Quelle figure de style est ici utilisée ? **2 pts**

c. Quel effet cette figure de style produit-elle ? **2 pts**

4 Vers 13 : « Que vous disiez si bas dans un lieu sourd et sombre ».

a. Quel effet sonore remarquez-vous dans ce vers ? **2 pts**

b. Pourquoi le poète l'emploie-t-il ? **3 pts**

5 Quel conseil le poète souhaite-t-il adresser aux « jeunes gens » dans ce texte ? Selon vous, quel passage l'illustre avec le plus de force ? Expliquez pourquoi. **5 pts**

6 a. Dans le tableau de Norman Rockwell, pourquoi chaque personnage est-il représenté deux fois ? **2 pts**

b. Comparez le texte et le tableau de Norman Rockwell. Dans les deux documents, comment la parole prononcée se retourne-t-elle contre son locuteur ? **4 pts**

Dictée

→ corrigé p. 154

20 min **10 pts**

› Écoutez la dictée avec l'application Nathan Live.

Consignes :

– On dictera le texte à haute voix à plusieurs reprises.
– On inscrira au tableau de manière lisible par l'ensemble des candidats le titre de l'œuvre, le nom de l'auteur et les mots **la Croix-de-Colbas**.
– On précisera que les nombres doivent être écrits en lettres.

Rédaction

1 h 30 **40 pts**

Vous traiterez au choix l'un des deux sujets suivants :

Sujet d'imagination

→ corrigé p. 155

› Dans votre quartier, les habitants s'interrogent sur la soudaine fortune d'un voisin. Les rumeurs les plus extravagantes circulent. Imaginez les conversations qui s'ensuivent, jusqu'à ce que la vérité éclate.

Vous veillerez à caractériser les personnages et à mêler récit et dialogue. Votre texte produira un effet comique.

Sujet de réflexion

→ corrigé p. 157

› « Jeunes gens, prenez garde aux choses que vous dites. » Selon vous, faut-il redouter, rechercher ou même désirer le pouvoir de la parole ?

Vous répondrez à cette question en vous appuyant sur votre expérience, sur les textes étudiés en classe ainsi que sur votre culture personnelle.

Sujet 4 Corrigé

Grammaire et compétences linguistiques → énoncé p. 150

Les clés pour réussir

1 **a.** et **b.** Les **modes** sont les grandes catégories dans lesquelles sont conjugués les verbes. Ils indiquent la **manière dont le verbe présente l'action**. Ils ont des valeurs qui leur sont propres. Les **temps** sont placés sur un axe **passé/présent/futur**.

2 Les **déterminants** entrent dans la composition du groupe nominal. Ils sont **placés devant le nom** avec lequel ils s'accordent en genre et en nombre.

3 Pour cette réécriture, commencez par souligner tous les **pronoms** et tous les **verbes** que vous devrez modifier.

4 **a.** et **b.** Il ne faut pas confondre le **pronom relatif « que »**, qui remplace un nom, et la **conjonction de subordination « que »**, qui est placée après le verbe et introduit une proposition subordonnée conjonctive complétive.

1 **a.** Les verbes « prenez », « objectez » et « Écoutez » sont tous à l'impératif présent. Ce mode est reconnaissable à l'absence de pronom personnel devant le verbe.

b. Le mode impératif est utilisé pour exprimer un ordre ou un conseil.

2 Les déterminants contenus dans les trois premières phrases du poème sont « aux » (v. 1), « un » (v. 2), « la » et « le » (v. 3). Ce sont tous des articles indéfinis ou définis.

3 « Ils vous échappent, ils fuient, rien ne les arrêtera.
Ils suivent le quai, franchissent la place, et cætera,
Passent l'eau sans bateau dans la saison des crues,
Et vont, tout à travers un dédale de rues,
Droit chez l'individu dont vous avez parlé. »

4 **a.** Le mot « Que » est une conjonction de subordination.

b. « Que » est placé après le verbe de la proposition principale « objectez », il le complète avec une proposition subordonnée conjonctive complétive qui ne peut pas être supprimée.

Compréhension et compétences d'interprétation → énoncé p. 150

Les clés pour réussir

3 a. Un pronom **remplace un nom**.

b. On appelle **figures de style** des façons d'écrire qui ont pour but d'attirer l'attention du lecteur, de l'étonner, le convaincre, l'émouvoir... Les plus fréquentes sont la **comparaison**, la **métaphore** et la **personnification**.

4 a. et **b.** Les deux **effets sonores** les plus fréquemment utilisés en poésie sont l'**assonance**, qui répète des **voyelles**, et l'**allitération**, qui répète des **consonnes**. Leur but est généralement de renforcer le sens du texte.

6 a. Observez bien le tableau en le lisant **de gauche à droite et de haut en bas**, comme une bande dessinée.

b. Relevez les **points communs** entre le poème et l'image, sans oublier de citer le texte.

FRANÇAIS

1 Le fait de prononcer un « mot désagréable » peut avoir des conséquences désastreuses, non seulement pour celui qui est visé mais aussi, selon Victor Hugo, pour celui qui a parlé. Ce dernier va en effet s'attirer « la haine » (v. 3) de la personne visée, qui risque de devenir son « ennemi mortel » (v. 28) car la parole médisante échappe à celui qui l'a prononcée : elle devient presque autonome et peut s'amplifier avant d'être reçue.

2 Les jeunes gens pensent prendre suffisamment de précautions pour éviter que leurs paroles ne soient rapportées :
– ils parlent sur le ton de la confidence à leurs amis fidèles : « vos amis sont sûrs et [...] vous parlez bas » (v. 4) ;
– ils s'isolent des oreilles indiscrètes : « Portes closes, [...] sans un témoin » (v. 6) ;
– voire ils parlent seuls, à l'écart du monde : « Vous murmurez tout seul [...] / Dans le fond d'une cave à trente pieds sous terre » (v. 9-10).

3 a. Le pronom « il » remplace le nom « mot » (v. 12).

b. La figure de style utilisée ici est une personnification : on attribue des caractéristiques humaines à un élément qui ne l'est pas.

c. La personnification donne l'impression au lecteur que le « mot » prend vie (« Il marche », v. 16), qu'il devient autonome et échappe à celui qui l'a prononcé (« Il vous échappe », v. 19).

4 a. On peut remarquer une répétition des sons [s] et [z] : « Que vous di<u>s</u>iez <u>s</u>i bas dan<u>s u</u>n lieu <u>s</u>ourd et <u>s</u>ombre ». Ce sont des allitérations.

b. Ces allitérations imitent le sens du texte : elles renforcent l'aspect intime et secret du propos qui est tenu, comme si le vers lui-même était chuchoté.

5 Victor Hugo, poète du XIXe siècle, donne un conseil toujours d'actualité : il invite les jeunes gens à ne pas lancer de rumeurs, à ne pas se laisser aller à des médisances dans le dos des personnes, car très vite ces paroles s'envolent « comme l'aigle » (v. 18). Le propos tenu échappe alors complètement au contrôle de son émetteur (« rien ne l'arrêtera », v. 19) et les conséquences dépassent souvent son intention première, comme le montre le dernier mot du texte, « mortel », qui répond au « deuil » annoncé au vers 3. Ce conseil pourrait avoir de nombreux échos aujourd'hui avec l'usage des réseaux sociaux.

6 **a.** Dans ce tableau de Norman Rockwell intitulé *The Gossips (Les Commérages)*, chaque personnage est représenté deux fois : une fois en tant que récepteur d'un message puis une fois en tant qu'émetteur. Chacun écoute puis retransmet ce qu'il a entendu, illustrant ainsi le titre du tableau.

b. Dans le texte de Victor Hugo comme dans le tableau de Norman Rockwell, le propos émis au départ « échappe » (v. 19) à son émetteur pour se retourner contre lui. Dans le tableau, la première femme chuchote, en se protégeant avec sa main pour ne pas être entendue (« vous parlez bas », v. 4), un secret à une amie qui semble indignée par les paroles entendues. On retrouve cette première femme en bas du tableau, accusée et montrée du doigt par un homme qui a eu connaissance du propos initial suite à de nombreux commérages. Comme dans le texte, un mot dit « en passant » (v. 2) à un ami sûr donne naissance à « un ennemi mortel » (v. 28).

Dictée → énoncé p. 151

Les clés pour réussir

Bien conjuguer

- Le **passé simple** de l'indicatif a deux types de terminaisons : l'un pour les verbes en *-er* (*-ai, -as, -a, -âmes, -âtes, -èrent*), l'autre pour tous les autres verbes (*i/u/in* + *-s, -s, -t, -^mes, -^tes, -rent*).
- Le **conditionnel passé** est formé de l'auxiliaire « être » ou « avoir » conjugué au conditionnel présent et du participe passé du verbe conjugué.

Ne pas confondre

- **« tous » / « tout »** : le déterminant « tout » devient « tous » devant un mot au pluriel (ex. : tous les enfants).
- **« peu » / « peut »** : « peu » est un adverbe de quantité qui peut être remplacé par son contraire « beaucoup » ; « peut » est le verbe « pouvoir » conjugué à la troisième personne du singulier au présent et peut être remplacé par « pouvait ».

Bien accorder

« le sac qu'il avait déposé » : le COD est placé avant le verbe, mais il est masculin singulier.

Bien orthographier

- **« S'il »** : le « i » de « si » s'élide devant le pronom « il ».
- **« seuil »** : attention au son « -euil ».
- **« au regard »** ou **« aux regards »** : le pluriel est logique pour le sens (plusieurs personnes regardent), mais le singulier est toléré à condition de bien accorder le déterminant et le nom.
- **« événement »** ou **« évènement »** : les deux orthographes sont acceptées.

L'homme baissa la tête, ramassa le sac qu'il avait déposé à terre, et s'en alla.

Il prit la grande rue. Il marchait devant lui au hasard, rasant de près les maisons comme un homme humilié et triste. Il ne se retourna pas une seule fois. S'il s'était retourné, il aurait vu l'aubergiste de *la Croix-de-Colbas* sur le seuil de sa porte, entouré de tous les voyageurs de son auberge et de tous les passants de la rue, parlant vivement et le désignant du doigt ; et, aux regards de défiance et d'effroi du groupe, il aurait deviné qu'avant peu son arrivée serait l'événement de toute la ville.

Il ne vit rien de tout cela. Les gens accablés ne regardent pas derrière eux. Ils ne savent que trop que le mauvais sort les suit.

Victor Hugo, *Les Misérables*, 1862.

FRANÇAIS

Travail d'écriture – Sujet d'imagination → énoncé p. 151

Les clés pour réussir

La situation de communication

- Votre texte doit faire alterner **récit** et **dialogue** et être rédigé à la **première personne** (« votre quartier »).
- Les **personnages** doivent être clairement **identifiés** et **décrits**.
- La notion de **rumeur** étudiée dans le texte de Victor Hugo doit être réinvestie.
- On attend une **révélation finale de la vérité**, comme dans la chute d'une nouvelle.

La présentation du dialogue

Pour introduire le dialogue, il faut **mettre un deux-points** (:), **aller à la ligne** et **ouvrir des guillemets** («). Puis, à chaque nouvelle intervention d'un personnage dans le dialogue, il faut aller à la ligne et **mettre un tiret** (–). Les guillemets ne seront fermés qu'à la fin du dialogue.

L'effet comique

La **tonalité comique** peut venir des **réactions** des personnages, du **décalage** entre les suppositions et la vérité, de l'usage de la **langue familière** dans les conversations.

Méthode

Pour vous aider, nous vous avons indiqué en couleur les parties de la rédaction qui répondent aux consignes.

| ... | Récit Langue familière (tournures orales) Rumeurs Chute

Mon quartier de la ville de F. est bien tranquille. Les pavillons ont poussé là au début des années 2000, un peu à l'écart du centre-ville. Les habitations sont toutes semblables, plantées au milieu d'une petite pelouse sur un terrain « pas trop grand, sinon c'est de l'entretien ! », se plaisent à répéter les habitants comme pour s'en persuader.

Mais depuis quelques semaines, une série d'événements perturbe cette tranquillité. Notre voisin, M. Arnaud, un homme célibataire et sans histoires que l'on ne croise que le matin lorsqu'il monte dans son ludospace pour partir au travail, a commencé des aménagements sur son terrain : une entreprise, inconnue dans le quartier, est venue lui installer une magnifique terrasse en bois, bordée de petits palmiers, avec un jacuzzi intégré dont l'éclairage change de couleur suivant les moments de la journée. Quelques jours plus tard, c'est un sauna qui lui a été livré et sa clôture a été entièrement refaite avec des palissades de bois, comme on en voit sur les propriétés hollywoodiennes. M. Henry, qui habite juste en face, au numéro 25, a interpellé mon père :

« T'as vu ça, j'sais pas où y bosse, mais ça rapporte !

– T'es pas au courant ? Le mois dernier, Mathilde a vu une grosse voiture noire avec des vitres teintées garée devant chez lui. Deux hommes en sont sortis avec une mallette... Pas sûr que ce soit son boulot qui lui rapporte...

– Tu veux dire que...

– Oh moi j'dis rien, c'est pas mes affaires ! Mais enfin, quand on bosse honnêtement, on reçoit pas sa paie dans une mallette !

– C'est l'argent de la drogue ! C'est sûr ! Moi j'le sentais pas, ce type, il m'a jamais parlé et puis personne le connaît, on sait pas d'où il vient. Tiens, on en parlait avec Franck la semaine dernière, il a voulu le suivre, comme ça, pour voir où il bossait. Pas par curiosité, hein ! Juste pour voir, tu comprends ?

– Oui, je vois...

– Eh ben, tu m'croiras ou pas, le type a profité du premier feu rouge pour semer Franck ! Impossible de savoir où il était parti ! C'est louche, non ?

– Louche ou pas, ça confirme ce qu'on pensait : quand t'as rien à cacher, t'as pas ce genre de comportement !

– Ouais, c'est moche et c'est pas rassurant. Nous, à la maison, on a installé des caméras de surveillance qui donnent sur la rue... On ne sait jamais, avec des gars comme ça !

– C'est une bonne idée, je vais sûrement suivre ton exemple », a conclu mon père avant de rentrer en fermant soigneusement notre portail en PVC.

Depuis, on passe beaucoup de temps à regarder nos caméras. C'est pratique, il y a même une appli qui permet de suivre en direct sur nos portables ! Et aujourd'hui, on a eu une frayeur. J'étais au collège et pendant la pause, j'ai regardé discrètement mon portable : la grosse voiture noire était en train de se garer devant la maison ! J'ai vite appelé mon père, il a quitté son travail en prétextant une urgence et il a téléphoné à M. Henry, qui était déjà en route car il avait vu les mêmes images. Franck a été appelé à la rescousse au cas où il y aurait du grabuge.

Ils sont arrivés tous les trois juste à temps pour voir les deux hommes de la voiture noire qui finissaient de poser ce panneau sur le portail de la maison de M. Arnaud :

« Pavillon témoin. Vous aussi, devenez propriétaire et aménagez votre terrain ! Contact : M. Arnaud. »

Travail d'écriture – Sujet de réflexion → *énoncé p. 151*

Les clés pour réussir

L'introduction

- Annoncez le **thème** : vous pouvez, par exemple, faire référence au texte étudié ou à l'actualité.
- Présentez le **sujet** : recopiez ou reformulez la question posée.
- Annoncez votre **plan**.

Le développement

- Le sujet vous invite à organiser votre devoir en **deux parties**, contenant chacune au moins deux paragraphes argumentés (un argument et un exemple précis).
- Pensez à convoquer les textes et documents étudiés en classe, notamment dans le chapitre « Vivre en société, participer à la société », et à vous reporter à l'actualité.

La conclusion

- Précisez votre avis **en répondant clairement à la question posée** par le sujet.
- Terminez avec une phrase d'**ouverture** pour élargir la question en restant sur le même thème.

Méthode

Pour vous aider, nous vous avons indiqué en couleur les parties de la rédaction qui répondent aux consignes.

Indicateurs logiques — Arguments — |…| Exemples

«Tout peut sortir d'un mot qu'en passant vous perdîtes. » Ce vers du poème de Victor Hugo évoque l'importance de la parole et ses conséquences : « tout » peut en sortir, le meilleur comme le pire. Faut-il donc redouter ou rechercher le pouvoir de la parole ? Nous répondrons à cette question en envisageant d'abord les dangers de la parole avant d'en considérer les atouts.

Avant tout, la parole s'accompagne d'un pouvoir qu'il faut contrôler pour éviter que votre propos, comme l'écrit Victor Hugo, « vous échappe ». En effet, une parole devient vite une rumeur malsaine si l'on n'y prend pas garde et les conséquences peuvent être terribles pour celui qui est visé par le propos comme pour celui qui a parlé et dont les mots ont été amplifiés voire déformés. Ainsi, Marie Desplechin évoque, dans son roman *La Belle Adèle* publié en 2010, le quotidien d'une jeune collégienne qui redoute plus que tout la rumeur : « On se moque, on parle dans votre dos. » Cette rumeur entraîne l'isolement ou l'hostilité d'un groupe à l'égard d'un individu, qui est alors en souffrance à cause de propos injustes tenus à son encontre.

De plus, la parole est un instrument qui permet, s'il est utilisé avec de mauvaises intentions, de manipuler les foules pour faire passer des idées néfastes. *Le Dictateur* de Charlie Chaplin nous montre ainsi l'exemple d'Hynkel – caricature d'Hitler –, brillant orateur qui manipule les foules grâce à de beaux discours fondés sur une idéologie criminelle. L'Histoire ne manque pas d'exemples de dictateurs capables de galvaniser les foules par la force de leurs discours.

Cependant, même si la parole peut présenter des dangers lorsqu'elle est pervertie par ses utilisateurs, elle peut aussi et surtout soigner, soulager, apaiser. C'est le cas de Mamie-Rose dans *Oscar et la Dame rose* d'Éric-Emmanuel Schmitt : par le pouvoir des mots, cette infirmière apaise les souffrances d'un enfant atteint d'un cancer. La force des mots lui ouvre les portes d'un monde imaginaire qu'il se crée dans le dialogue avec Mamie-Rose pour vivre « dix ans en une journée » et savourer ainsi chaque âge de sa vie.

Enfin, la parole permet de participer à la vie politique dans nos sociétés. La démocratie est en effet basée sur les débats, les discussions, les échanges d'idées. Depuis l'*agora* grecque jusqu'à nos élections, le pouvoir de la parole est essentiel et offre à chacun la possibilité de faire entendre sa voix, qui a autant d'importance que celle du voisin. La phrase attribuée à Voltaire, « Je ne suis pas d'accord avec ce que vous dites, mais je me battrai jusqu'à la mort pour que vous ayez le droit de le dire », résume bien cet idéal démocratique qui donne toute son importance à la liberté d'expression et donc à la parole comme condition indispensable d'une saine démocratie.

En conclusion, nous observons que la parole donne un pouvoir indispensable à la vie en société : elle libère, éduque, remet en question... Face à ce pouvoir qu'elle procure, il faut toujours être vigilant : c'est en maîtrisant mieux la parole que l'on peut aussi en déjouer les pièges. De la même façon, on pourrait s'intéresser à la diffusion sans véritable contrôle de la parole sur les réseaux sociaux et aux intérêts et dangers que cela comporte.

Sujet 5

100 pts — 3 heures

Jules Renard, *Histoires naturelles*

Asie, juin 2017

Travail sur le texte littéraire et sur l'image

1 h 10 — 50 pts

Document A — Texte littéraire

Le chasseur d'images

Il saute du lit de bon matin, et ne part que si son esprit est net, son cœur pur et son corps léger comme un vêtement d'été. Il n'emporte point de provisions. Il boira l'air frais en route et reniflera les odeurs salubres[1]. Il laisse ses armes à la maison et se contente d'ouvrir les yeux. Les yeux servent de filets où les images s'emprisonnent d'elles-mêmes.

La première qu'il fait captive est celle du chemin qui montre ses os, cailloux polis, et ses ornières[2], veines crevées, entre deux haies riches de prunelles et de mûres.

Il prend ensuite l'image de la rivière. Elle blanchit aux coudes et dort sous la caresse des saules. Elle miroite quand un poisson tourne le ventre, comme si on jetait une pièce d'argent, et, dès que tombe une pluie fine, la rivière a la chair de poule.

Il lève l'image des blés mobiles, des luzernes[3] appétissantes et des prairies ourlées[4] de ruisseaux. Il saisit au passage le vol d'une alouette ou d'un chardonneret. Puis il entre au bois. Il ne se savait pas doué de sens si délicats. Vite imprégné de parfums, il ne perd aucune sourde rumeur, et, pour qu'il communique avec les arbres, ses nerfs se lient aux nervures des feuilles.

Bientôt, vibrant jusqu'au malaise, il perçoit trop, il fermente, il a peur, quitte le bois et suit de loin les paysans mouleurs regagnant le village.

Dehors, il fixe un moment, au point que son œil éclate, le soleil qui se couche et dévêt sur l'horizon ses lumineux habits, ses nuages répandus pêle-mêle.

Enfin, rentré chez lui, la tête pleine, il éteint sa lampe et longuement, avant de s'endormir, il se plaît à compter ses images.

Dociles, elles renaissent au gré du souvenir. Chacune d'elles en éveille une autre, et sans cesse leur troupe phosphorescente s'accroît de nouvelles venues, comme des perdrix poursuivies et divisées tout le jour chantent le soir, à l'abri du danger, et se rappellent aux creux des sillons.

Jules Renard, *Histoires naturelles*, Gallimard, 1896.

1. *Salubres* : saines.
2. *Ornières* : traces dans le sol.
3. *Luzernes* : plantes à fleurs violettes.
4. *Ourlées* : bordées.

Document B **Image**

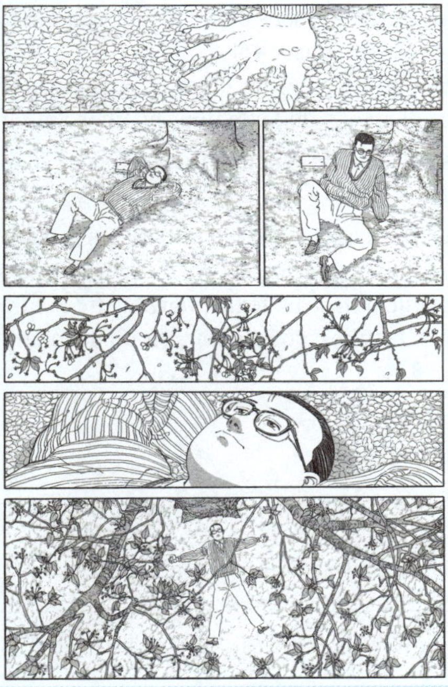

Jirô Taniguchi, *L'Homme qui marche*, 1992.

Les réponses aux questions doivent être entièrement rédigées.

Grammaire et compétences linguistiques → corrigé p. 163

1 « Il lève l'image des blés mobiles, des luzernes appétissantes [...] » (l. 13). Quelle est la classe grammaticale des mots soulignés ? **2 pts**

2 Quel est le temps dominant dans le texte ? Quel effet son emploi produit-il ? **4 pts**

3 Réécrivez ces trois phrases en utilisant l'imparfait et en remplaçant « il » par « nous ». Vous ferez toutes les modifications nécessaires.
« Il n'emporta point de provisions. Il boira l'air frais en route et reniflera les odeurs salubres. Il laisse ses armes à la maison et se contente d'ouvrir les yeux. » **10 pts**

Compréhension et compétences d'interprétation → corrigé p. 163

1 « Il laisse ses armes à la maison et se contente d'ouvrir les yeux » (l. 3-4). Comment cette phrase nous permet-elle de mieux comprendre le titre du texte ? **6 pts**

2 **a.** Quels sont les différents sens sollicités lors de cette balade ? Citez le texte pour justifier votre réponse. **4 pts**
b. Quels sentiments provoquent-ils chez le personnage tout au long du texte ? Relevez des éléments du texte pour justifier votre réponse. **4 pts**

3 Comment la nature est-elle rendue vivante ? Citez le texte pour justifier votre réponse. **4 pts**

4 Pensez-vous que le chasseur reste maître de ses images ? Vous développerez votre réponse en vous appuyant précisément sur le texte. **8 pts**
5 D'après vous, quelle phrase du texte pourrait être le titre de cette planche de bande dessinée ? Justifiez votre choix en confrontant des éléments du texte et de l'image. **8 pts**

Dictée → corrigé p. 165

20 min **10 pts**

› Écoutez la dictée avec l'application Nathan Live.
Consignes :
– On dictera le texte à haute voix à plusieurs reprises.
– On inscrira au tableau de manière lisible par l'ensemble des candidats le titre de l'œuvre, le nom de l'auteur, ainsi que les deux prénoms **Paul** et **Étienne.**

Rédaction

1 h 30 **40 pts**

Vous traiterez au choix un des deux sujets de rédaction suivants :

Sujet d'imagination → corrigé p. 166

› Le lendemain, le chasseur d'images se rend en ville et déambule au gré de ses envies. À la manière de Jules Renard, vous raconterez sa balade en insistant sur les sensations et les sentiments de ce personnage.

Sujet de réflexion → corrigé p. 167

› Pourquoi « chasser » des images ? Vous répondrez à cette question en prenant appui sur vos pratiques personnelles et sur votre culture littéraire et artistique.

Sujet 5 Corrigé

Grammaire et compétences linguistiques → énoncé p. 161

Les clés pour réussir

1 Il existe cinq classes grammaticales de mots variables : les verbes, les noms, les adjectifs, les déterminants et les pronoms.

3 • **On vous demande** de mettre les verbes à l'imparfait et de passer du singulier au pluriel en remplaçant « il » par « nous ».

• **Vous devez modifier** :

– les pronoms personnels ;

– la conjugaison des verbes ;

– un déterminant possessif.

1 Les deux mots soulignés sont des adjectifs qualificatifs épithètes.

2 Le temps dominant est le présent de l'indicatif : « il saute » (l. 1), « il lève » (l. 3), « il fixe » (l. 21). On a l'impression de participer à la balade avec le personnage, on découvre les images en même temps que lui, c'est du présent de narration.

3 **Nous n'emportions** point de provisions. **Nous buvions** l'air frais en route et **reniflions** les odeurs salubres. **Nous laissions nos** armes à la maison et **nous contentions** d'ouvrir les yeux.

Compréhension et compétences d'interprétation → énoncé p. 162

Les clés pour réussir

2 **a.** Pour ce type de questions, **listez** les cinq sens, **puis observez** dans le texte lesquels sont présents.

b. Une sensation est le résultat d'une **perception** par l'un des cinq sens, un sentiment est le résultat d'une **émotion**.

3 Cette question vous demande de trouver une **figure de style**. Les plus fréquentes sont la comparaison, la métaphore, la personnification et l'énumération.

5 La bande dessinée utilise un vocabulaire spécifique : **une case ou une vignette** est un **cadre** contenant une image ; **une bande** est une **suite de cases** sur une ligne ; **une planche** est une **page** de bande dessinée.

1 Le titre associe les thèmes de la chasse et des images, on retrouve ces deux thèmes mêlés dans la phrase : la chasse avec le mot « armes » et les images avec le mot « les yeux ». Il s'agit donc d'une chasse au sens figuré : ce qu'il prendra dans ses « filets » (l. 5) ce seront uniquement des images.

2 **a.** Les cinq sens du personnage vont être sollicités pendant cette balade :
1. le goût : « il boira l'air frais » (l. 3) ;
2. l'odorat : « reniflera les odeurs salubres » (l. 3) et « parfums » (l. 16) ;
3. la vue : « ouvrir les yeux » (l. 4) et le mot « image » répété plusieurs fois ;
4. l'ouïe « sourde rumeur » (l. 16-17) ;
5. le toucher « ses nerfs se lient aux nervures des feuilles » (l. 17-18).

b. Les sentiments qu'éprouve le personnage évoluent au cours de la balade : il a d'abord un sentiment de légèreté physique et morale : « son cœur pur et son corps léger » (l. 1-2), puis un sentiment de plénitude lorsqu'il a collecté plusieurs images : « imprégné » (l. 16), ensuite il ressent de la peur : « il a peur » (l. 19) comme s'il avait trop de sensations et enfin, au retour, il est satisfait et heureux : « il se plaît » (l. 25).

3 La nature est rendue vivante grâce aux différentes personnifications qui lui attribuent des caractéristiques humaines :
– « chemin qui montre ses os [...] veines crevées » (l. 6-7) ;
– la rivière « blanchit aux coudes et dort [...] a la chair de poule » (l. 9-12) ;
– le soleil « dévêt sur l'horizon ses lumineux habits » (l. 22).

4 Au départ, le chasseur est maître des images, il les prend au piège : « les yeux servent de filets » (l. 4-5), mais très vite il est submergé par l'abondance d'images et de sensations qu'elles font naître « vibrant jusqu'au malaise, il perçoit trop » (l. 19). À la fin, les images semblent plus calmes « dociles » (l. 26), mais elles restent autonomes pour décider de revenir dans la tête du chasseur : « chacune d'elles en éveille une autre » (l. 26-27).

5 Une phrase du texte qui pourrait servir de titre à cette planche de bande dessinée est « les yeux servent de filets où les images s'emprisonnent d'elles-mêmes » (l. 4-5). La bande dessinée fait en effet alterner les cases avec le regard de l'homme et celles avec ce qu'il voit : les vignettes 4 et 5 font ainsi écho à « se contente d'ouvrir les yeux » (l. 4) ou « il fixe un moment, au point que son œil éclate » (l. 21). La communion avec la nature est aussi très présente dès la première case qui pourrait illustrer la phrase du texte : « ses nerfs se lient aux nervures des feuilles » (l. 17-18).

Dictée → énoncé p. 162

Les clés pour réussir

Bien conjuguer

- Le **passé simple** à la nous : -âmes/-îmes/-ûmes/-înmes.

Bien accorder

- L'adjectif « bleu » : penser au « e » et/ou au « s » au féminin et au pluriel.
- Les participes passés employés comme adjectifs.

Ne pas confondre

- **« s'en » et « sans »** → « s'en » se rencontre devant un verbe pronominal (« se » + verbe). « Sans » est une préposition qui indique le manque, la privation, elle est le contraire de « avec ».
- **« ou » et « où »** → « ou » est la conjonction de coordination, elle peut être remplacée par « ou bien ». « Où » est un pronom relatif qui indique un lieu.
- **« mur » et « mûr »** → « mur » est un nom masculin qui désigne une construction. « Mûr » est un adjectif pour un fruit arrivé à maturité.

Bien orthographier

- Les chiffres s'écrivent en lettres.
- Attention aux sons « euil » et « eil » dans les mots « cueillir » et « vieil ».

Les mots difficiles

- **« exalter »** signifie « élever très haut ».
- **« gaieté »** peut s'écrire de trois manières différentes : « gaieté » / « gaîté » / « gaité », mais attention, il n'y a jamais de « e » à la fin.

À deux heures, nous repartîmes en expédition, accompagnés de Paul, spécialiste de l'extraction des escargots cachés dans les trous des vieux murs, ou des souches d'olivier. Nous travaillâmes sans arrêt, pendant trois heures, à entasser des provisions, pour faire face à la ruine prochaine. Nous repartîmes vers six heures, chargés d'amandes, d'escargots, de prunelles des bois, de belles prunes bleues volées chez maître Étienne, et d'une musette d'abricots presque mûrs, cueillis sur un très vieil arbre qui s'obstinait, depuis cinquante ans, fleurir dans les ruines solitaires d'une ferme abandonnée.

Marcel Pagnol, *Le Château de ma mère*, De Fallois, 1958.

FRANÇAIS

Travail d'écriture – Sujet d'imagination → énoncé p. 162

Les clés pour réussir

La situation de communication

- Il s'agit d'une suite de texte essentiellement **descriptive** : vous devez garder le **même narrateur** et le **même temps verbal**.
- Le lieu est précisé, il ne s'agit plus de la campagne, mais de la **ville**, pensez notamment aux textes étudiés sur ce thème en 4e.

L'organisation de la description

- Vous devez donc écrire « à la manière de » Jules Renard : c'est-à-dire en gardant la même structure de texte que lui : un point de départ, un paragraphe par nouvelle image, un point d'arrivée.
- C'est une description en mouvement : le lecteur découvrira la scène en même temps que l'observateur grâce aux connecteurs spatio-temporels (« en haut », « à côté », « devant », « d'abord », « puis », « ensuite »...)
- Insistez sur les sensations et les sentiments éprouvés par le personnage face à chaque image « récoltée ».

Méthode

Pour vous aider, nous vous avons indiqué en couleur les parties de la rédaction qui répondent aux consignes.

Images de la ville Connecteurs spatio-temporels Sentiments Sensations

C'est une fin d'après-midi orageuse : une chaleur moite a pesé toute la journée et l'averse salvatrice vient de tomber. Le chasseur d'images sait que c'est l'heure parfaite pour déambuler dans la ville. La ville fraîchement arrosée par une pluie d'orage.

Dès les premiers pas sur le bitume chaud et humide, il flaire l'odeur caractéristique de la pluie qui s'évapore du macadam. Il ferme les yeux, les rouvre, et les fumerolles qui remontent de la route s'évanouissent dans son regard. Une première image, familière et rassurante.

Il descend la rue, croise quelques passants qui se décident à quitter leur maison, hésitants... la pluie a-t-elle vraiment cessé ? Des pleurs lui font lever la tête vers une fenêtre entrouverte, « à l'espagnolette » comme disait sa mère, c'est un bébé. Les pleurs se font plus insistants, puis s'arrêtent brusquement. Une silhouette passe devant la fenêtre, le bébé dans les bras. Il sourit, apaisé lui aussi.

Il tourne à droite, dans une ruelle, la dernière rue pavée de la ville. L'eau s'écoule rapidement entre les vieux pavés. Ce sont des méandres, des lagons, une cascade : un vieux mégot est entraîné comme un radeau de survie sur ce torrent infernal, le chasseur le suit du regard jusqu'à le perdre de vue, il a sombré dans le caniveau.

Un long muret court vers la gauche, machinalement il pose sa main dessus et avance. Comme un enfant. Il retrouve cette sensation râpeuse du ciment sous la paume de sa main. Il avance ainsi, guidé par cette rampe de béton. Soudain, il doit s'arrêter, un chat est posé sur le muret. Ils échangent un regard. De chasseur, il se sent devenir chassé. Étrange sentiment. Il change de trottoir.

Et puis, il a faim, d'abord, il ne sait pas pourquoi, mais l'air qui pénètre son nez finit par le renseigner : il est derrière la rue des restaurants. Les fumées des hottes s'échappent et lui apportent des odeurs mêlées de friture et de viandes saisies sur le feu. Il tend l'oreille et croit entendre quelques bruits de vaisselles heurtées, l'agitation de la cuisine avant le service. Il imagine l'assiette, les frites dorées, le magret fumant, la touche rouge du quartier de tomate posé sur la feuille de salade... il salive, il est temps de rentrer.

Sur le chemin du retour, il décide de s'arrêter au milieu de la grand-place. Il ferme les yeux un instant et se nourrit des images rencontrées. Elles se mêlent aux bruits de la ville et l'enivrent. Il n'a plus faim, il est rassasié d'images et de sensations.

Travail d'écriture – Sujet de réflexion → *énoncé p. 163*

Les clés pour réussir

L'introduction

- **Introduisez le sujet** : vous pouvez faire référence au texte étudié et au sens moderne de l'expression « chasseur d'images ».
- **Présentez le sujet** : reprenez la question posée par le sujet.
- Annoncez clairement votre **plan**.

Le développement

- La question posée appelle un développement en plusieurs parties qui énumèrent les raisons qui poussent certaines personnes à « chasser » des images. Les raisons peuvent être :
  – le besoin de nourrir son **imaginaire** ;
  – la volonté de **garder des souvenirs** ;
  – le **plaisir esthétique**.
- **Dans chaque partie**, sélectionnez **un exemple pertinent et précis** en les **variant** comme le demande le sujet : « en prenant appui sur vos pratiques personnelles, et sur votre culture littéraire et artistique ».

La conclusion

- Résumez en d'autres termes votre argumentation en précisant votre avis.
- Terminez avec une phrase d'ouverture, par exemple sur les différents moyens de conservation et de diffusion des images aujourd'hui.

Méthode

Pour vous aider, nous vous avons indiqué en couleur les parties de la rédaction qui répondent aux consignes.

Indicateurs logiques Arguments |...| Exemples

Les « chasseurs d'images », qu'ils soient de simples promeneurs esthètes comme dans le texte ou des photographes – suivant le sens moderne de l'expression –, sont toujours aussi nombreux aujourd'hui. Quelles raisons les poussent ainsi à chasser des images ? Nous proposerons trois réponses en évoquant d'abord le besoin de nourrir l'imagination, puis la volonté de garder des souvenirs et enfin le plaisir esthétique de la contemplation des images.

Premièrement, les images sont la racine étymologique et la source de notre imagination. C'est-à-dire de notre capacité à nous fabriquer des images mentales et à les faire vivre dans notre esprit. Par exemple, le poète Charles Baudelaire, au XIXe siècle, dans son *Invitation au voyage*, évoque les images qui entraînent son esprit vers la rêverie : « Vois sur ces canaux / Dormir ces vaisseaux ». Les images sont si nettes pour lui, qu'elles peuvent aussi nourrir l'imaginaire du lecteur et deviennent un trait d'union pour une invitation à l'évasion.

La deuxième raison qui peut pousser à « chasser des images » est le besoin de garder des souvenirs, d'aider la mémoire grâce à des supports matériels qui vont fixer des instants de vie à partir desquels renaîtront durablement des souvenirs imagés. Ainsi, les nombreuses photographies de vacances, d'événements mémorables d'une vie, voire même les *selfies* pour immortaliser une visite à la tour Eiffel ou en retenant la tour de Pise sont autant d'aide-mémoire qui non seulement fixent une image, mais aussi aident à en faire revivre d'autres.

Enfin, les chasseurs d'images sont aussi les nombreux artistes, photographes ou peintres, qui s'attachent à retenir par leur art un instant de beauté, de vie, des sensations fugaces. Citons l'exemple de Paul Gauguin qui sut fixer sur ses toiles les couleurs et l'atmosphère de Tahiti en y associant les personnes qu'il rencontrait, comme dans son tableau *Nave Nave Mahana* (en français : *Jour délicieux*) qui met en scène des jeunes Tahitiennes et un enfant qui s'adonnent à la cueillette de fruits dans un décor paradisiaque.

Pour conclure, il apparaît que les chasseurs d'images peuvent avoir différentes motivations qui se rejoignent sur une idée commune : le partage, que ce soit avec un lecteur, un spectateur potentiel ou l'entourage proche. Se poserait alors aujourd'hui la question, avec la multiplication des moyens de conservations des images, et notamment le numérique, de savoir lesquels se prêtent le mieux à ce véritable partage.

Sujet 6 Théophile Gautier, *Le Capitaine Fracasse*

3 heures

France métropolitaine, juin 2021

Travail sur le texte littéraire et sur l'image

1 h 10 — 50 pts

FRANÇAIS

Document A Texte littéraire

Le Baron de Sigognac vient de dîner en compagnie de son domestique Pierre, de son chat Béelzébuth et de son chien Miraut.

Pendant ce temps la nuit s'était faite, et de grandes ombres s'entassaient dans les recoins de la cuisine, comme des chauves-souris qui s'accrochent aux angles des murailles par les doigts de leurs ailes membraneuses. Un reste de feu, qu'avivait la rafale engouffrée dans la cheminée, colorait de reflets bizarres le groupe réuni autour de la table avec une sorte d'intimité triste qui faisait ressortir encore la mélancolique solitude du château. D'une famille jadis puissante et riche il ne restait qu'un rejeton[1] isolé, errant comme une ombre dans ce manoir peuplé par ses aïeux ; d'une livrée[2] nombreuse il n'existait plus qu'un seul domestique, serviteur par dévouement, qui ne pouvait être remplacé ; d'une meute de trente chiens courants il ne survivait qu'un chien unique, presque aveugle et tout gris de vieillesse, et un chat noir servait d'âme au logis désert.

Le Baron fit signe à Pierre qu'il voulait se retirer. Pierre, se baissant au foyer, alluma un éclat de bois de pin enduit de résine, sorte de chandelle économique qu'emploient les pauvres paysans, et se mit à précéder le jeune seigneur ; Miraut et Béelzébuth[3] se joignirent au cortège : la lueur fumeuse de la torche faisait vaciller sur les murailles de l'escalier les fresques[4] pâlies et donnait une apparence de vie aux portraits enfumés de la salle à manger dont les yeux noirs et fixes semblaient lancer un regard de pitié douloureuse sur leur descendant.

Arrivé à la chambre à coucher fantastique […], le vieux serviteur alluma une petite lampe de cuivre à un bec dont la mèche se repliait dans l'huile comme un ténia dans l'esprit-de-vin à la montre d'un apothicaire[5], et se retira suivi de Miraut. Béelzébuth, qui jouissait de ses grandes entrées, s'installa sur un des fauteuils. Le Baron s'affaissa sur l'autre, accablé par la solitude, le désœuvrement et l'ennui.

Si la chambre avait l'air d'une chambre à revenants pendant le jour, c'était encore bien pis le soir à la clarté douteuse de la lampe. La tapisserie prenait des tons livides, et le chasseur[6], sur un fond de verdure sombre, devenait, ainsi éclairé, un être presque réel. Il ressemblait, avec son arquebuse en joue, à un assassin guettant sa victime, et ses lèvres rouges ressortaient plus étrangement encore sur son visage pâle. On eût dit une bouche de vampire empourprée de sang.

La lampe saisie par l'atmosphère humide grésillait et jetait des lueurs intermittentes, le vent poussait des soupirs d'orgue à travers les couloirs, et des bruits effrayants et singuliers se faisaient entendre dans les chambres désertes.

Théophile Gautier, *Le Capitaine Fracasse*, 1863.

1. Un rejeton : un fils, un héritier.
2. Une livrée : un ensemble de domestiques.
3. Béelzébuth : un des noms du diable.
4. Fresques : peintures murales.
5. « comme un ténia dans l'esprit-de-vin à la montre d'un apothicaire » : comme un ver conservé dans l'alcool dans un bocal de pharmacie.
6. Celui qui figure sur la tapisserie, déjà décrite un peu avant dans le roman.

Document B Image

Photogramme du film *La Belle et la Bête*, réalisé par Jean Cocteau, 1946.

Les réponses aux questions doivent être entièrement rédigées.

Compréhension et compétences d'interprétation

→ corrigé p. 173

1 Dans quels lieux précis et à quel moment de la journée se déroule la scène racontée ? Justifiez votre réponse en vous appuyant sur le texte. **4 pts**

2 **a.** Expliquez l'expression « la mélancolique solitude du château » aux lignes 6 et 7. **2 pts**

b. Justifiez votre explication en vous appuyant sur la construction et le lexique de la phrase qui suit (lignes 7 à 13). Trois éléments précis de réponse sont attendus. **3 pts**

3 Dans le quatrième paragraphe (lignes 28 à 34), quel phénomène se produit le soir ? Comment se déclenche-t-il ? Pour répondre, appuyez-vous sur deux procédés d'écriture que vous analyserez. **6 pts**

4 L'auteur qualifie la chambre à coucher de « fantastique » à la ligne 22. Quels éléments contribuent à installer cette atmosphère à partir de la ligne 16 du texte ?
On attend un développement qui prend appui notamment sur le lexique (en particulier sur les adjectifs et les adverbes) et les comparaisons. **6 pts**

5 Quels sentiments ce récit éveille-t-il chez le lecteur ? Vous justifierez votre réponse en vous appuyant sur au moins trois éléments précis du texte. **5 pts**

6 Quels liens pouvez-vous établir entre le photogramme proposé et le texte ?
Appuyez-vous notamment sur les effets de lumière dans ce photogramme et dans le texte. Des éléments descriptifs de l'image et des citations précises du texte sont attendus. **6 pts**

Grammaire et compétences linguistiques → corrigé p. 174

1 « et le chasseur, sur un fond de verdure sombre, devenait, ainsi éclairé, un être presque réel. » (lignes 30 et 31.)

a. Par quel verbe peut-on remplacer le verbe « devenait » ? **1 pt**

b. Quelle fonction du groupe souligné pouvez-vous ainsi identifier ? **1 pt**

2 « la lueur fumeuse de la torche […] donnait une apparence de vie aux portraits enfumés de la salle à manger dont les yeux noirs et fixes semblaient lancer un regard de pitié douloureuse sur leur descendant. » (lignes 17-21)
Relevez les trois expansions du nom « portraits » et précisez leur nature (ou classe grammaticale). **6 pts**

FRANÇAIS

3 « La tapisserie prenait des tons livides, et le chasseur, sur un fond de verdure sombre, devenait, ainsi éclairé, un être presque réel. Il ressemblait, avec son arquebuse en joue, à un assassin guettant sa victime, et ses lèvres rouges ressortaient plus étrangement encore [...]. » (lignes 29-33)
Réécrivez ce passage en remplaçant « le chasseur » par « les chasseurs ». Effectuez toutes les modifications nécessaires. **10 pts**

Dictée → corrigé p. 175

20 min **10 pts**

› Écoutez la dictée avec l'application Nathan Live.

Consignes :
Avant de commencer la dictée, on inscrira au tableau de manière lisible : François-René de Chateaubriand, *Mémoires d'outre-tombe*, 1848-1850.
On précise que le narrateur est un homme.

Rédaction

1 h 30 **40 pts**

Vous traiterez au choix l'un des deux sujets suivants :

Sujet d'imagination → corrigé p. 175

Décrivez la promenade du Baron de Sigognac à la tombée de la nuit dans le sinistre jardin du château. Vous conserverez l'atmosphère du texte de Théophile Gautier.

Vous préciserez les éléments du paysage qui contribuent à cette atmosphère.

Sujet de réflexion → corrigé p. 177

Aimez-vous découvrir des œuvres littéraires et artistiques dans lesquelles interviennent le surnaturel ou l'étrange ?

Vous répondrez à cette question par un développement argumenté en vous appuyant sur les œuvres étudiées en classe, vos lectures personnelles et les œuvres cinématographiques et artistiques que vous connaissez.

Sujet 6 Corrigé

Compréhension et compétences d'interprétation → énoncé p. 171

Les clés pour réussir

1 Attention, le mot « lieux » est au **pluriel** et le mot « moment » au **singulier**, adaptez votre réponse.

2 b. Dans les lignes 7 à 13, observez bien les jeux de **répétitions, d'oppositions** et de **négations** autour du thème de la solitude.

4 Vous avez étudié le genre fantastique en 4e, ses principales caractéristiques sont un ancrage réaliste que l'on quitte peu à peu pour faire apparaître le surnaturel ou l'étrange : atmosphère **inquiétante**, fin de journée ou nuit, **objets qui s'animent**, apparitions de spectres, incertitudes du narrateur, **créatures** de l'au-delà, etc.

6 Appuyez-vous sur des **éléments précis** du texte que vous retrouvez dans l'image : lieu et moment, éclairage, solitude, éléments inquiétants, etc.

1 La scène racontée se déroule dans un « château » (l. 7) nommé aussi « manoir » (l. 8) le soir : « la nuit s'était faite » (l. 1). On peut préciser qu'il y a un déplacement dans ce château de « la cuisine » (l. 2) vers « la chambre » (l. 22).

2 a. Cette expression signifie que le château a perdu sa gloire passée et qu'il se retrouve, comme le personnage, seul et isolé, ce qui lui procure de la tristesse.

b. La tristesse du personnage liée au décalage de sa situation entre le passé et le présent se voit dans ce passage grâce à l'anaphore « d'une » qui souligne les trois passages du collectif au singulier : « une famille » devient « un rejeton isolé », « une livrée » devient « un seul domestique » et « une meute » devient « un chien unique ». De plus les trois groupes nominaux singuliers sont précédés d'une négation « ne ... que ».

3 Dans le quatrième paragraphe, la tapisserie s'anime, le chasseur semble prendre vie sous l'effet de la faible lumière dégagée par la lampe qui éclaire la chambre. Cette transformation inquiétante est renforcée par la comparaison avec un être maléfique « il ressemblait [...] à un assassin » (l. 31-32) et par la métaphore du vampire « on eût dit une bouche de vampire empourprée de sang » (l. 33-34).

4 Plusieurs éléments du texte installent une atmosphère étrange : d'abord le décor qui s'anime, qui prend une « apparence de vie » (l. 19) jusqu'à transformer le chasseur en un « être presque réel » (l. 31) ; ensuite les indices de présence du surnaturel ou de l'au-delà comme le nom du chat « Béelzébuth », la « chambre à revenants » (l. 28) ou la « bouche de vampire »

(l. 34); enfin, les adjectifs négatifs comme « douteuse » (l. 29), « sombre » (l. 31), « effrayants » (l. 37) et l'adverbe « étrangement » (l. 33).

5 Ce texte peut provoquer différents sentiments chez le lecteur : d'abord un sentiment de curiosité au début du texte, car on s'interroge sur la déchéance du personnage « errant comme une ombre dans ce manoir » (l. 8) et sur son devenir, puis un sentiment de compassion pour le baron « accablé par la solitude, le désœuvrement et l'ennui » (l. 27), et enfin un sentiment d'angoisse ou de peur à cause de l'atmosphère fantastique qui est mise en place dès le début du texte « de grandes ombres [...] comme des chauves-souris » (l. 2).

6 On retrouve des jeux d'éclairage similaires dans le texte et le photogramme : la scène de l'image est partiellement éclairée par les chandeliers comme le décor du texte est éclairé de « lueurs intermittentes » (l. 35-36) par la torche. Le moment semble être identique : la fin du repas évoqué au début du texte, se retrouve dans le photogramme avec les éléments posés sur la table : fruits, carafe... Le personnage en costume dont le visage éclairé se détache sur l'obscurité du fond peut faire penser au baron du texte. Enfin, les bras humains qui tiennent les chandeliers créent une atmosphère inquiétante et fantastique qui rappelle également le texte avec les portraits qui « prennent une apparence de vie » (l. 19).

Grammaire et compétences linguistiques → *énoncé p. 171*

Les clés pour réussir

1 a. Revoyez les **fonctions par rapport au verbe**. (→ fiche de révision p. 262).

2 Les expansions du nom sont des mots ou groupes de mots qui complètent un nom. Elles peuvent appartenir à quatre classes grammaticales : **adjectif**, **groupe nominal prépositionnel** (préposition + mot ou groupe de mots), **proposition subordonnée relative**, **groupe nominal apposé**.

1 a. On peut remplacer « devenait » par le verbe « être » ou un autre verbe d'état (semblait, paraître, former, constituer, etc.).
a. Le groupe souligné est attribut du sujet « le chasseur ».

2 Le nom « portraits » est complété par :
- « enfumés » : participe passé employé comme adjectif ;
- « de la salle à manger » : groupe nominal prépositionnel ;
- « dont les yeux noirs et fixes semblaient lancer un regard de pitié douloureuse sur leur descendant » : proposition subordonnée relative.

3 La tapisserie prenait des tons livides, et <u>les chasseurs</u>, sur fond de verdure sombre, <u>devenaient</u>, ainsi <u>éclairés</u>, <u>des êtres</u> presque <u>réels</u>. <u>Ils ressemblaient</u>, avec <u>leur</u> arquebuse en joue, à <u>des assassins</u> guettant <u>leur</u> victime, et <u>leurs lèvres rouges ressortaient</u> plus étrangement encore.
On accepterait : « leurs arquebuses » et « leurs victimes ».

Dictée → énoncé p. 172

Les clés pour réussir

Bien conjuguer

- Le temps dominant est l'imparfait de l'indicatif, ses terminaisons sont les mêmes pour tous les verbes : *-ais, -ais, -ait, -ions, -iez, -aient.*

Bien accorder

- « **leur – leurs** » : si « leur » est suivi d'un nom, il s'agit donc d'un **déterminant possessif** qui doit s'accorder avec le nom qu'il accompagne, si « leur » est suivi d'un verbe, c'est un **pronom** et il ne s'écrit jamais au pluriel.
- Les **participes passés** employés **sans auxiliaire** s'accordent avec le nom ou le pronom qu'ils accompagnent, **comme des adjectifs**.

Bien orthographier

- « apercevoir » : il fait partie des rares verbes en ap- à ne prendre qu'un seul « p ».
- « souterrain » : ce nom s'écrit en un seul mot.

La nuit, je n'apercevais qu'un petit morceau du ciel et quelques étoiles. Lorsque la lune brillait et qu'elle s'abaissait à l'occident, j'en étais averti par ses rayons, qui venaient à mon lit au travers des carreaux losangés de la fenêtre. Des chouettes, voletant d'une tour à l'autre, passant et repassant entre la lune et moi, dessinaient sur mes rideaux l'ombre mobile de leurs ailes. Relégué dans l'endroit le plus désert, à l'ouverture des galeries, je ne perdais pas un murmure des ténèbres. Quelquefois, le vent semblait courir à pas légers ; quelquefois il laissait échapper des plaintes ; tout à coup, ma porte était ébranlée avec violence, les souterrains poussaient des mugissements, puis ces bruits expiraient pour recommencer encore.

François-René de Chateaubriand, *Mémoires d'outre-tombe*, 1848-1850.

Travail d'écriture – Sujet d'imagination → énoncé p. 172

Les clés pour réussir

La situation d'énonciation

- Le sujet invite à reprendre des **éléments du texte** : le personnage du Baron, l'atmosphère inquiétante, le château, la tombée de la nuit.
- Le texte est rédigé au **passé** (imparfait et passé simple principalement) et à la **troisième personne du singulier**, vous devez poursuivre de la même façon.
- Vous pouvez faire intervenir également les autres personnages du texte (le chien, le chat et le domestique).

La promenade

- On vous demande un **texte descriptif** qui implique un **mouvement**: faites évoluer votre personnage, la description ne doit pas être statique.

L'atmosphère

- Le jardin doit devenir **de plus en plus inquiétant**. Utilisez les caractéristiques du registre fantastique: un univers réaliste qui se transforme peu à peu en univers étrange. La nature ici est hostile, le personnage doute de la réalité et son angoisse est croissante. La fin doit être ouverte: l'hésitation entre le rationnel et le surnaturel persiste.

Méthode

Pour vous aider, nous vous avons indiqué en couleur les parties de la rédaction qui répondent aux consignes.

Description en mouvement Atmosphère étrange

Éléments du texte initial

Soudain, Béelzébuth émit un miaulement strident qui brisa le silence de la chambre et fit sursauter le Baron. Un instant, il se demanda si le bruit venait de la tapisserie ou du chat. Mais déjà les yeux du chat brillaient de manière insistante au pied de la porte. Le jeune Baron, suffoquant presque devant la tapisserie saisit sa petite lampe et décida de s'aventurer pour une promenade nocturne dans les jardins de son château. « Un peu d'air lui ferait du bien », pensa-t-il.

La porte grinça et le chat disparut immédiatement dans les couloirs sombres du manoir. D'un pas rapide, le Baron gagna l'extérieur: la bouffée d'air frais qui portait toutes les effluves vespérales du jardin le rassura. Il entrevit au loin les yeux de Béelzébuth qui luisaient dans l'ancienne roseraie. Une brume humide planait sur le jardin, elle étouffa la flamme chétive que portait le Baron. Il frissonna et dut baisser la tête pour ne pas être heurté par le vol rasant d'une chauve-souris. Machinalement, ses pas le guidèrent vers le petit labyrinthe de charmilles. Il fut d'abord surpris par l'obscurité grandissante: l'épais feuillage des charmes, qui n'étaient plus taillés depuis des années, cachaient la pâle lumière de la Lune. Sentant une présence dans son dos, le jeune seigneur se retourna brusquement: rien. Il était seul. En cet instant, même la présence furtive de Béelzébuth l'aurait rassuré. Il força l'allure pour sortir de ces allées, mais le désordre des plantations ne lui offrait plus aucun repère familier. Au loin, il entrevit une silhouette vaguement humaine: sûrement la statue du satyre qui surmontait l'ancien bassin. De là-bas, il saurait se repérer. La Lune, entourée d'un pâle halo lumineux, n'offrait qu'un éclairage lugubre et l'inquiétant satyre disparaissait au gré des sombres nuages. Parvenu à ce qu'il croyait être la statue, il se rendit compte qu'il s'était trompé: c'était un arbre mort qui prenait des allures de spectre. Il courut alors en direction du château dont il croyait distinguer maintenant les chandelles vacillantes derrière les fenêtres. Son pied se prit dans une racine et il tomba dans l'herbe humide. Il n'osait plus bouger, humant l'odeur de l'humus, il restait pétrifié, comme absorbé par cette terre collante et il sentait la végétation qui agrippait son pied. La notion du temps lui échappait. Il perçut le miaulement glaçant et lointain de Béelzébuth, puis plus rien, le silence. Incapable alors de remuer, de se relever, il ferma les yeux pour espérer dormir… ou se réveiller.

La nuit serait longue à devenir le jour.

Travail d'écriture – Sujet de réflexion → *énoncé p. 172*

Les clés pour réussir

L'introduction

- **Annoncez le thème**: vous pouvez, par exemple, faire référence au texte étudié ou redéfinir rapidement le fantastique.
- **Présentez le sujet**: recopiez ou reformulez la question posée par le sujet.
- **Annoncez votre plan.**

Le développement

- Le sujet vous invite à **choisir un point de vue** et à le **justifier** à l'aide d'**arguments** (au moins trois) illustrés d'**exemples** tirés de vos lectures personnelles (les mangas peuvent être cités), de textes étudiés en classe, de films ou d'autres œuvres artistiques. Vous avez le choix de répondre de façon positive ou négative à la question posée.

La conclusion

- **Précisez votre avis** en répondant clairement à la question posée par le sujet ou en faisant une synthèse de votre réflexion.

Méthode

Pour vous aider, nous vous avons indiqué en couleur les parties de la rédaction qui répondent aux consignes.

Indicateurs logiques Arguments |…| Exemples

Les œuvres fantastiques mêlent le naturel et l'étrange et nous laissent souvent hésitant entre une explication rationnelle ou surnaturelle des événements. Dès lors on peut se demander ce qui nous attire, et ce que l'on apprécie dans ce type d'œuvres. Nous présenterons trois raisons pour lesquelles on peut aimer découvrir le genre fantastique en nous appuyant sur des exemples précis.

Avant tout, les œuvres dans lesquelles intervient le surnaturel sont séduisantes parce qu'elles inventent des univers nouveaux qui sont une alternative au quotidien. Elles nous font rêver en dépassant les limites du réel. Ainsi, la nouvelle *Arria Marcella* de Théophile Gautier nous transporte dans la ville antique de Pompéi. Un visiteur du XIXe siècle qui s'aventure dans Pompéi la nuit, se retrouve plongé dans la cité encore vivante avant l'éruption du Vésuve. Comme le personnage, on oscille entre rêve et réalité et on voyage dans le temps, en se disant parfois que ce ne serait pas complètement impossible au milieu de ces ruines pleines de vie.

De plus, ces œuvres permettent d'éprouver des sentiments très forts, notamment la peur, mais sans réel danger. Il y a un vrai plaisir à se laisser envahir par l'angoisse qui naît de ce que l'on voit ou lit, en se disant que finalement on ne risque rien. Par exemple, lorsque l'on regarde *Le Voyage de Chihiro*, film d'animation de Hayao Miyazaki, on partage les angoisses de la jeune Chihiro qui est entrée dans le monde des esprits en visitant un parc d'attraction abandonné. De sa quête pour sauver ses parents métamorphosés en animaux dans ce monde, on ressort en se demandant comme elle si ce qu'elle a vécu était bien réel.

Enfin, les œuvres fantastiques interrogent notre perception de la réalité. En déplaçant les frontières entre réel et imaginaire, entre réel et folie, elles nous questionnent aussi sur nos relations avec les autres. Des nouvelles comme *Le journal d'un monstre* de Richard Matheson soulèvent la question du rapport de l'être humain à la différence. Le « monstre » enfant enfermé par ses parents dans la cave de leur maison, l'est sans doute beaucoup moins que ses propres parents. La lecture de son journal intime montre qu'il devient monstrueux parce qu'il est considéré comme tel. L'étrange devient ici une source de réflexion pour le lecteur.

Les œuvres artistiques qui font intervenir le surnaturel ou l'étrange développent donc souvent l'imaginaire, elles fascinent par leur côté souvent spectaculaire et peuvent aussi susciter des réflexions humanistes.

Sujet 7 Louis Aragon, *En étrange pays dans mon pays lui-même*

3 heures

Amérique du Nord, juin 2021

FRANÇAIS

Travail sur le texte littéraire et sur l'image

1 h 10 50 pts

Document A Texte littéraire

En décembre 1940, un homme est mêlé involontairement à une bousculade au cours de laquelle un soldat allemand est frappé. Arrêté, refusant de dénoncer ses camarades, il est le premier fusillé à Paris pendant l'Occupation allemande.
Le poète Aragon évoque cet homme, sans savoir de qui il s'agit précisément, et les personnes qui lui ont rendu hommage.

X… Français

Un nom comme le sang banal d'une coupure
Un nom trop simple pour qu'on s'en soit souvenu
Un nom dit sans penser comme un verre d'eau pure
Un nom tout fait qu'on peut donner aux inconnus

Un nom comme le cœur qui bat l'heure qui sonne
La mémoire du temps qu'un ricochet rida
Un nom qui ne ferait se retourner personne
Un nom comme au poignet le portent les soldats

Un nom comme on en lit dans le vent des enseignes
Sur les actes civils la pierre des tombeaux
Un nom qui fait échoppe[1] et dont le prénom saigne
Comme les pieds meurtris d'un enfant en sabots

Car il fut un enfant comme nous tous hier
Celui qui regarda dans l'aube ses bourreaux
Et les femmes aussi ce nom balbutièrent
Sans savoir que ce serait celui d'un héros

Ce nom banal ce nom comme une terre en friche[2]
Est aujourd'hui sacré pour les gens de chez nous
Sur l'asphalte[3] on a mis des fleurs sous les affiches
Et les dames en noir y priaient à genoux

Un beau nom sans couleur comme on en fait en France
Pour traverser la foule et mourir sans ennui
Un nom silencieux comme l'indifférence
Un nom comme les feux d'un village la nuit

Louis Aragon, juillet 1941.
Repris dans *La Diane française* suivi de *En étrange pays dans mon pays lui-même*

1. Échoppe : que l'on pourrait trouver sur l'enseigne d'un magasin.
2. En friche : non cultivée.
3. Asphalte : revêtement d'une route.

Document B **Image**

Le Visage inconnu, Historial de la Grande Guerre, 2018.

Ce visage du soldat inconnu a été élaboré grâce à la superposition de dizaines de milliers de photographies d'hommes et de femmes, originaires de tous les pays ayant participé à la Première Guerre mondiale. Cette image a été réalisée à l'occasion du centenaire de l'armistice de la Grande Guerre.

Les réponses aux questions doivent être entièrement rédigées.

Compréhension et compétences d'interprétation → corrigé p. 183

1 **a.** Quel procédé structure la première strophe de ce poème ? **1,5 pt**
b. Que veut montrer l'auteur par l'utilisation de ce procédé ? **2 pts**

2 Le mot « banal » est répété aux vers 1 et 17.
a. Relevez deux éléments qui soulignent la banalité du nom évoqué dans les trois premières strophes. **2 pts**
b. Pourquoi Aragon insiste-t-il sur cette banalité ? **2 pts**

3 **a.** Qui est désigné par le pronom « il » au vers 13 ? **2 pts**
b. Relevez dans la quatrième strophe les trois groupes de mots qui désignent le personnage évoqué. **1,5 pt**
c. Quelles étapes de la vie du personnage sont ainsi retracées ? **3 pts**

4 « Ce nom banal […] est aujourd'hui <u>sacré</u> pour les gens de chez nous » (vers 17-18).
Pour quelles raisons l'adjectif <u>sacré</u> est-il employé ici ? Vous justifierez votre réponse en vous appuyant sur deux passages précis du texte. **4 pts**

5 En vous appuyant sur le titre du poème « X… Français » et l'ensemble de vos réponses, expliquez pour quelles raisons le personnage est qualifié de « héros ».
Organisez votre réponse en deux courts paragraphes qui reprendront chacun des éléments évoqués dans les questions précédentes. **6 pts**

6 **a.** Selon vous, que vise à susciter le flou de l'image ? **3 pts**
b. Quels liens pouvez-vous établir entre l'image et le poème ? Développez votre réponse en vous appuyant sur des éléments précis extraits du texte et de l'image. **5 pts**

Grammaire et compétences linguistiques → corrigé p. 184

1 « Un <u>nom</u> qui fait échoppe et dont le prénom saigne ». (vers 11)
a. Relevez les deux expansions du mot « nom ». **1 pt**
b. À quelles classes grammaticales appartiennent ces deux expansions du nom ? **1 pt**

2 **a.** Relevez et identifiez les différents temps de la 5e strophe (vers 17 à 20). **3 pts**
b. Indiquez la valeur du temps du dernier de ces verbes. **1 pt**

3 « inconnus » (vers 4)
a. Expliquez la formation de ce mot. **1 pt**
b. Quel est le sens de ce mot ? **1 pt**

FRANÇAIS

4 Réécriture **10 pts**

« Car il fut un enfant comme nous tous hier
Celui qui regarda dans l'aube ses bourreaux
Et les femmes aussi ce nom balbutièrent
Sans savoir que ce serait celui d'un héros »

Réécrivez cette strophe en remplaçant « il » par « ils » et en mettant le mot « nom » au pluriel. Vous ferez toutes les modifications nécessaires.

Dictée

→ corrigé p. 185

20 min **10 pts**

› Écoutez la dictée avec l'application Nathan Live.

Consignes :

– On dictera le texte à haute voix à plusieurs reprises.

– On inscrira au tableau de manière lisible pour l'ensemble des candidats le titre de l'œuvre :

Roger Frison-Roche, *Les Montagnards de la nuit*, 1968.

Ainsi que les noms propres « Laurent » et « Marceau », le nom commun « hors-la-loi ».

– On précisera que les nombres doivent être écrits en lettres.

Rédaction

1 h 30 **40 pts**

Vous traiterez au choix l'un des deux sujets suivants :

Sujet d'imagination

→ corrigé p. 186

« Sur l'asphalte on a mis des fleurs sous les affiches ».

› Parmi ces fleurs, la sœur de l'homme fusillé dépose une lettre d'hommage adressée à son frère.

Rédigez cette lettre, qui contiendra un portrait physique et moral du jeune homme, exprimera les sentiments de sa sœur et insistera sur son héroïsme. Vous signerez la lettre du prénom Gabrielle.

Sujet de réflexion

→ corrigé p. 187

Dans son poème, Aragon évoque la figure d'un héros ordinaire. Selon vous, un comportement héroïque est-il à la portée de tous ?

› Vous répondrez à cette question dans un texte organisé, en vous appuyant sur vos connaissances, vos lectures et votre culture personnelle.

Sujet 7 Corrigé

Compréhension et compétences d'interprétation → énoncé p. 181

Les clés pour réussir

1 a. Les **procédés** sont les **figures de style**, c'est-à-dire une façon d'écrire destinée à **attirer l'attention** du lecteur sur un point.

4 Le mot « **sacré** » renvoie au **lexique religieux**.

5 Reprenez bien les **deux termes du titre** pour structurer vos paragraphes.

6 Relevez les **points communs** entre le texte et l'image, pensez à bien lire les informations données sous l'image.

FRANÇAIS

1 a. La première strophe de ce poème est construite sur une anaphore : le groupe nominal « Un nom » est répété au début de chaque vers.

b. Avec cette anaphore, l'auteur insiste sur le fait que même si l'homme fusillé est anonyme, on doit se souvenir de lui.

2 a. De nombreux éléments soulignent la banalité du nom évoqué, d'abord le déterminant indéfini « un » qui le précède à chaque fois, ensuite, le fait qu'il soit « trop simple » (v. 2) pour qu'on le retienne. L'auteur ajoute que ce nom « ne ferait se retourner personne » (v. 7), c'est donc un nom très commun, enfin, il l'associe à des éléments transparents et impossibles à saisir comme l'« eau pure » (v. 3) ou « le vent » (v. 9).

b. La banalité de ce nom montre qu'il peut s'agir de n'importe qui, l'injustice nazie s'est abattue sur cet homme ordinaire comme elle pourrait s'abattre sur tout le monde.

3 a. Le pronom « il » désigne l'inconnu qui a été fusillé, celui dont on ignore le « nom ».

b. Les trois groupes de mots qui désignent le personnage sont : « un enfant » (v. 13), « Celui qui regarda dans l'aube ses bourreaux » (v. 14), et « un héros » (v. 16).

c. Toute la vie du personnage est ainsi évoquée : son enfance commune « un enfant comme nous tous » (v. 13), sa mort face à « ses bourreaux » (v. 14), son acte de résistance héroïque lorsqu'il a refusé de dénoncer ses camarades (v. 16). Aragon évoque même sa vie amoureuse « les femmes aussi ce nom balbutièrent » (v. 15).

4 L'adjectif « sacré » appartient au lexique religieux : le personnage s'est « sacrifié » pour une cause commune et le peuple français lui voue désormais une sorte de culte en lui faisant des offrandes « on a mis des fleurs » (v. 19) et en lui adressant des prières « les dames en noir y priaient à genoux » (v. 20).

5 La lettre X désigne communément une personne anonyme, un inconnu, reprise par le groupe nominal « Un nom », elle fait référence aux résistants qui agissent de manière invisible et que l'on nommait « l'armée de l'ombre » lors de la seconde guerre mondiale. Ces héros agissent de manière invisible sans chercher à en tirer de gloire particulière.
L'adjectif « français » insiste sur le caractère national du héros, il se sacrifie pour un groupe, l'intérêt commun passe avant l'intérêt individuel, c'est l'une des caractéristiques des héros.

6 **a.** Le flou de l'image dû à la technique de superposition des photographies donne l'impression que le portait sort petit à petit du fond, ses contours se dessinent progressivement sans vraiment désigner une personne particulière mais toutes les personnes victimes de la première guerre mondiale. La dimension universelle de l'image est ainsi renforcée: c'est à la fois le visage de tout le monde et de personne.
b. Les deux œuvres insistent sur le caractère inconnu de la personne évoquée: le titre de l'image « Le visage inconnu » rappelle à la fois le « X » du titre du poème et la répétition du groupe nominal indéfini « un nom ». La superposition des multiples photos d'anonymes ayant vécu la première guerre mondiale crée également un visage unique mais « banal » qui peut être celui de tout le monde. Dans les deux œuvres, on a donc une personne singulière qui peut représenter toutes les personnes.

Grammaire et compétences linguistiques → *énoncé p. 181*

Les clés pour réussir

1 **a.** et **b.** Les **expansions du nom** sont des mots ou groupes de mots qui complètent un nom. Elles peuvent appartenir à quatre classes grammaticales: **adjectif, groupe nominal prépositionnel** (préposition + mot ou groupe de mots), **proposition subordonnée relative, groupe nominal apposé**.
2 **b.** Donner la valeur d'un temps, c'est **justifier son emploi dans la phrase**.
3 **a.** Pour expliquer la formation d'un mot, il faut retrouver les différents éléments qui peuvent le composer: **préfixe, radical, suffixe**.

1 **a.** Les deux expansions du mot « nom » sont « qui fait échoppe » et « dont le prénom saigne ».
b. Ces deux expansions appartiennent à la même classe grammaticale, ce sont des propositions subordonnées relatives.

2 **a.** La cinquième strophe comporte trois verbes conjugués: « est » (v. 18) au présent, « a mis » (v. 19) au passé composé et « priaient » (v. 20) à l'imparfait.
b. L'imparfait « priaient » évoque une action longue, de durée indéterminée, voire même une habitude qui est en train de s'installer.

3 Le mot « inconnu » est formé du préfixe privatif « in- » et du radical « connu ».
b. Cet adjectif signifie « que l'on ne connaît pas ».

4 Car **ils furent des enfants** comme nous tous hier
Ceux qui **regardèrent** dans l'aube **leurs** bourreaux
Et les femmes aussi **ces noms** balbutièrent
Sans savoir que ce serait **ceux de** héros

Dictée → *énoncé p. 182*

Les clés pour réussir

Bien conjuguer

- Le temps dominant est l'imparfait de l'indicatif, ses terminaisons sont les mêmes pour tous les verbes : *-ais, -ais, -ait, -ions, -iez, -aient.*

Bien accorder

- « **leur / leurs** » : si « leur » est suivi d'un nom, il s'agit donc d'un **déterminant possessif** qui doit s'accorder avec le nom qu'il accompagne, si « leur » est suivi d'un verbe, c'est un **pronom** et il ne s'écrit jamais au pluriel.

Bien orthographier

- « en bas » : c'est une locution adverbiale invariable.
- « latent » : adjectif qui signifie « qui reste caché ».
- « s'il » : le « i » de « si » s'élide devant « il ».

Il fallait maintenant agir. Les maquisards extériorisaient leur joie, couraient en brassant la neige jusqu'aux points de chute. Certains riaient, d'autres pleuraient, mais ils avaient tout oublié, les longues heures d'attente dans le froid, le danger latent pouvant venir d'en bas ; ce soir ils se sentaient des hommes libres et leur condition de hors-la-loi leur paraissait magnifique. — Vous rêvez, Laurent, fit Marceau. L'officier restait figé, tout droit dans la neige, et son regard se perdait dans le ciel comme s'il s'attendait à voir revenir l'avion. L'émotion crispait ses traits. — Oui, je rêve. Je rêve au pilote qui rejoint la France libre.

Roger Frison-Roche, *Les Montagnards de la nuit*, 1968.

Travail d'écriture – Sujet d'imagination → *énoncé p. 182*

Les clés pour réussir

La présentation de la lettre

- Une lettre personnelle, ou comme ici une lettre d'hommage, répond à des **codes bien précis de mise en page**. Veillez à bien indiquer :
  – le lieu et la date d'envoi, en haut à droite ;
  – une formule d'appel ;
  – une formule de clôture ;
  – la signature.
- La lettre est **rédigée par Gabrielle**, la sœur du jeune homme, vous parlerez donc à la **première personne du singulier** et vous ferez bien les **accords nécessaires au féminin**.

L'évocation des sentiments

- **Plusieurs sentiments doivent être mobilisés** : la tristesse bien sûr, mais aussi la révolte, la colère, l'injustice, etc.
- Pour exprimer vos sentiments, **utilisez des verbes variés** : sentir, ressentir, éprouver, avoir l'impression de, etc.

Le portrait physique et moral

- Au-delà de la description physique du jeune homme, il faudra surtout **insister sur ses qualités morales**, comme l'engagement, le courage, le sens de l'amitié, l'héroïsme, etc.

Méthode

Pour vous aider, nous vous avons indiqué en couleur les parties de la rédaction qui répondent aux consignes.

Codes de la lettres   Héroïsme   Portrait   Sentiments

Paris, le 24 décembre 1940

Petit frère,

Il neige sur Paris ce matin, mais tu n'es plus là pour regarder tomber la neige avec moi en tendant malicieusement ta bouche vers les plus gros flocons. Ton rire me manque déjà comme ton sourire angélique que dissimulait à peine ta barbe naissante. Je me retourne dans notre petit appartement et je crois encore apercevoir ta silhouette élancée dans l'encadrement de la porte. Tu m'as dit en partant entre ces deux soldats aux longues pèlerines noires : « T'en fais pas sœurette, c'est un malentendu, je rentre tout à l'heure. » Rassurant et amusé, comme à ton habitude. Et tu n'es pas rentré. Et tu ne rentreras plus.

C'est injuste et révoltant : tu n'étais qu'innocence, ils voulaient un coupable, tu n'étais qu'amitié, ils te voulaient délateur, tu étais courageux, ils te voulaient lâche. Mais c'est toi qui survis, on les oubliera tes bourreaux, mais on ne t'oubliera pas. Déjà, sous ton portrait fleurissent les hommages, tes amis sont tous là qu'on ne connaissait pas, ils sortent de l'ombre pour engager le combat. Témoins discrets, ils posent une fleur, dessinent un drapeau, esquissent un geste, inscrivent ton nom. C'est comme si la France te découvrait petit frère ; tu n'es pas que mon frère, tu es celui de milliers d'autres français qui murmurent ton nom jusque dans les campagnes.

Demain, ce sera notre premier Noël sans toi, mais tu seras présent dans tous les foyers de France. Ils ont voulu te faire taire mais notre peine gronde et s'amplifie, la vague de tristesse entraîne une vague de révolte qui m'apporte un peu de chaleur. Tu as toujours été mon héros, tu deviens celui de tout un peuple.

Il neige sur Paris ce matin, et je vois l'image de ton sang qui fait comme une fleur, une fleur face aux fusils, c'est ton ultime message, ta dernière plaisanterie. On ne l'oubliera pas, on ne t'oubliera pas.

Gabrielle

FRANÇAIS

Travail d'écriture – Sujet de réflexion → *énoncé p. 182*

Les clés pour réussir

L'introduction

- **Annoncez le thème** : vous pouvez, par exemple, faire référence au texte étudié ou à l'histoire.
- **Présentez le sujet** : recopiez ou reformulez la question posée par le sujet.
- **Annoncez votre plan.**

Le développement

- Le sujet vous invite à organiser votre devoir **en deux parties** contenant chacune au moins deux paragraphes argumentés (un argument et un exemple précis). Pensez à **utiliser les textes et documents étudiés en classe**, à vous reporter à **l'actualité**, et n'hésitez pas à citer votre **expérience personnelle**.

La conclusion

- **Précisez votre avis** en répondant clairement à la question posée par le sujet.

Méthode

Pour vous aider, nous vous avons indiqué en couleur les parties de la rédaction qui répondent aux consignes.

Indicateurs logiques Arguments |…| Exemples

Les films comme la littérature mettent souvent en scène des figures de héros exceptionnels, cependant Aragon évoque ici un héros « banal ». On peut en effet se demander si le fait d'avoir un comportement héroïque est à la portée de tout le monde. Nous verrons dans une première partie que l'héroïsme n'appartient qu'à des personnes hors du commun, puis nous envisagerons un héroïsme plus universel, dont chacun et chacune peut s'emparer.

D'abord, la figure du héros traditionnel nous renvoie l'image d'un être exceptionnel, doué de qualités hors du commun. Il faut, pour être un héros, avoir une singularité dès le début de sa vie, au moins une caractéristique extraordinaire qui démarque le héros du reste de l'humanité. C'est le cas des héros de l'antiquité, dont s'inspireront plus tard de nombreux personnages de la littérature comme Harry Potter. Par exemple, Héraclès est un héros dès sa naissance : il a une parenté divine, il est doué d'une force surhumaine qui lui permet de vaincre des serpents monstrueux envoyés dans son berceau dès son plus jeune âge.

Par ailleurs, si le héros ne l'est pas dès la naissance, il peut le devenir grâce à une formation particulière souvent alliée à la technologie. Il s'agit alors d'améliorer les caractéristiques physiques ou mentales d'un individu par l'usage des sciences et des techniques pour en faire un héros. C'est ce que l'on appelle le « transhumanisme » ou les « humains augmentés ». La science-fiction ou les « comics » offrent de nombreux exemples d'humains augmentés, qui deviennent des héros grâce à l'apport de la science. Ainsi dans son film *Robocop*, Paul Verhoeven, imagine un policier assassiné, ramené à la vie par la technologie. Il devient alors un héros policier, mi-homme, mi-robot, doué de qualités hors du commun qu'il met au service de la population.

Cependant, comme on peut le voir avec ce dernier exemple, ce qui définit aussi les héros, c'est avant tout l'altruisme, la volonté de faire passer l'intérêt des autres avant le sien. Cette générosité peut s'observer au quotidien, chez des gens tout à fait ordinaires en apparence, mais qui n'en sont pas moins des héros. C'est ce que nous montrent chaque jour des personnes comme les pompiers volontaires ou les personnels soignants, qui n'hésitent pas à aller jusqu'à risquer leur vie pour porter assistance à des personnes en difficulté. Ce sens du sacrifice pour l'intérêt des autres définit un comportement héroïque.

Enfin, ce sont parfois les circonstances, les situations, qui déclenchent un comportement héroïque chez chacun de nous. On ne naît pas héros, mais on le devient, parce que l'on a conscience à un moment donné et dans une situation particulière de faire une chose juste et humaniste. L'exemple des résistants lors de la seconde guerre mondiale le montre bien. Souvent, comme en témoigne la résistante et ancienne déportée Charlotte Delbo dans son livre *Aucun de nous ne reviendra*, c'est la situation qui a fait de ces femmes et de ces hommes ordinaires des héros, ils se sont engagés au service d'une cause allant souvent jusqu'au sacrifice de leur propre vie pour défendre notre idéal de liberté.

Pour conclure, au-delà des héros de fiction, que leurs caractéristiques hors du commun mettent en lumière et qui semblent inaccessibles, les comportements héroïques naissent souvent chez des personnes ordinaires sous l'impulsion d'une situation dangereuse qui les pousse à se dépasser pour se mettre au service des autres. Cet altruisme révélé par les circonstances est certainement la forme la plus belle de l'héroïsme qui encourage chacun à donner le meilleur de lui-même pour le bien des autres.

3 heures

Sujet 8 Andrée Chedid, *L'Enfant multiple*

France métropolitaine, septembre 2018

Travail sur le texte littéraire et sur l'image

1 h 10 **50 pts**

Document A Texte littéraire

Orphelin mutilé par la guerre, le jeune Omar-Jo a fui son pays. Il a été accueilli à Paris par des cousins. Il a pour ami Maxime, le responsable d'un manège. Il organise des spectacles.

Lorsqu'il sentait son public avec lui, applaudissant et riant de ses loufoqueries[1], Omar-Jo changeait brusquement de répertoire.

D'abord, il faisait taire la musique ; ses pitreries se fracassaient contre un mur invisible. Ensuite, il laissait un silence opaque planer au-dessus des spectateurs.

D'un seul geste, il arrachait alors les rubans ou les feuillages qui dissimulaient son moignon[2]. Puis, il présentait celui-ci au public, dans toute sa crudité.

Il ôtait son faux nez. En se frottant avec un pan de sa chemise, il se débarbouillait de son maquillage. Sa face apparaissait d'une pâleur extrême ; enfoncés dans leurs orbites, ses yeux étaient d'un noir infini.

Il s'était également dépouillé de ses déguisements qui s'entassaient à ses pieds. Il les piétina avant de grimper sur leurs dépouilles comme sur un monticule, d'où il se remit à parler.

Ce furent d'autres paroles.

Elles s'élevaient du tréfonds, extirpant Omar-Jo de l'ambiance qu'il avait lui-même créée. Oubliant ses jongleries, il laissait monter cette voix du dedans. Cette voix âpre, cette voix nue qui, pour l'instant, recouvrait toutes ses autres voix.

L'enfant multiple n'était plus là pour divertir. Il était là aussi pour évoquer d'autres images. Toutes ces douloureuses images qui peuplent le monde.

Mené par sa voix, Omar-Jo évoque sa ville récemment quittée. Elle s'insinue dans ses muscles, s'infiltre dans les battements du cœur, freine le voyage du sang. Il la voit, il la touche, cette cité lointaine.

Il la compare à celle-ci, où l'on peut, librement, aller, venir, respirer ! Celle-ci, déjà sienne, déjà tendrement aimée.

Ici, les arbres escortent les avenues, entourent les places. De robustes bâtiments font revivre les siècles disparus, d'autres préfigurent l'avenir. Une population diversifiée flâne ou se hâte. Malgré problèmes et soucis, ils vivent en paix. En paix !

Là-bas les îlots en ruine se multiplient, des arbres déracinés pourrissent au fond de crevasses, les murs sont criblés de balles, les voitures éclatent, les immeubles s'écroulent. D'un côté comme de l'autre de cette cité en miettes, on brade les humains !

Omar-Jo se déchaîne, ses paroles flambent. Omar-Jo ne joue plus. Il contemple le monde, et ce qu'il en sait déjà ! Ses appels s'amplifient, il ne parle pas seulement pour les siens. Tous les malheurs de la terre se ruent sur ce Manège.

Tout s'est immobilisé. Les chevaux ont terminé leur ronde. Le public écoute, pétrifié[3].

Maxime, perplexe, n'ose pas faire taire l'étrange enfant.

Après ces cris d'angoisse, il ne reste d'autre issue que de renouer avec la vie.

Omar-Jo ressort de sa poche son vieil harmonica et, retrouvant son souffle, il en tire, une fois de plus, des sons mélodiques et vivaces.

Andrée Chedid, *L'Enfant multiple*, © Éditions Flammarion, 1989.

1. *Loufoqueries* : actes, propos extravagants, insensés.
2. *Moignon* : ce qui reste d'un membre qui a été amputé.
3. *Pétrifié* : au sens propre, « transformé en pierre » ; au sens figuré, « immobilisé ».

Document B Image

Enfants jouant dans les ruines de Damas, AFP, 2016.

Les réponses aux questions doivent être entièrement rédigées.

Grammaire et compétences linguistiques → *corrigé p. 194*

1 « Il s'était également dépouillé de ses déguisements qui s'entassaient à ses pieds » (l. 12-13).

a. Réécrivez la phrase et soulignez son verbe principal. À quel temps est-il conjugué ? **2 pts**

b. Délimitez le groupe complément du verbe principal en le plaçant entre crochets. **1 pt**

c. Pour vérifier la délimitation du groupe complément, réécrivez la phrase en remplaçant ce complément de verbe par un pronom. **1 pt**

2 « sa ville récemment quittée » (l. 23) ; « Il la voit, il la touche, cette cité lointaine » (l. 25).

a. À quelle classe grammaticale précise appartient le déterminant « sa » ? **1 pt**

b. À quelle classe grammaticale précise appartient le déterminant « cette » ? **1 pt**

c. Pourquoi le narrateur change-t-il de déterminant pour désigner la même ville évoquée par Omar-Jo ? **2 pts**

3 Mettez le passage ci-dessous au passé composé. Faites toutes les modifications nécessaires.

« Elle s'insinue dans ses muscles, s'infiltre dans les battements du cœur, freine le voyage du sang. Il la voit, il la touche, cette cité lointaine. » (l. 23 à 25) **10 pts**

Compréhension et compétences d'interprétation → *corrigé p. 194*

1 Lignes 1 à 14 :

a. Dans quel rôle Omar-Jo apparaît-il au début du texte ? Justifiez votre réponse par quatre relevés précis. **3 pts**

b. Quels éléments montrent qu'il abandonne progressivement ce rôle ? Vous vous appuierez sur le lexique et l'enchaînement des phrases. **3 pts**

2 Lignes 15 à 22 : Comment le texte met-il en valeur la puissance de la parole d'Omar-Jo ? Vous justifierez votre réponse en vous appuyant sur un relevé précis que vous interpréterez. Deux éléments au moins sont attendus. **4 pts**

3 Lignes 23 à 35 : Quelles oppositions Omar-Jo souligne-t-il dans l'évocation des deux villes ? Identifiez ces oppositions en vous appuyant sur des relevés significatifs. **6 pts**

4 Face à la parole d'Omar-Jo, la réaction du public change. Montrez ce changement. Expliquez-le en vous appuyant sur le texte. **4 pts**

5 « L'enfant multiple » (l. 20) : à la lumière du texte et de vos réponses aux questions précédentes, expliquez cette expression, qui donne son titre à l'œuvre. On attend un paragraphe construit, développé et argumenté (deux arguments au moins). **6 pts**

6 Le texte met en valeur la puissance de la parole sur le public. Selon vous, l'image proposée peut-elle aussi agir sur ceux qui la regardent ? Vous justifierez votre réponse. **6 pts**

Dictée

→ corrigé p. 196

20 min **10 pts**

› Écoutez la dictée avec l'application Nathan Live.

Consignes :

– On dictera le texte à haute voix à plusieurs reprises.

– On inscrira au tableau de manière lisible par l'ensemble des candidats le titre de l'œuvre, le nom de l'auteur et les mots **Maxime** et **Manège**.

– On donnera aux candidats les informations suivantes : « Dans le texte de la dictée, le grand-père d'Omar-Jo resté dans son pays répond à une lettre de Maxime, le responsable du manège. »

Rédaction

1 h 30 **40 pts**

Vous traiterez au choix l'un des deux sujets suivants :

Sujet d'imagination

→ corrigé p. 197

› L'un des parents a emmené ses enfants au spectacle d'Omar-Jo. À son retour à la maison, il raconte à un autre membre de la famille la scène à laquelle il a assisté, « pétrifié » (l. 41). Il décrit dans son récit les émotions qu'il a ressenties.

Vous écrirez votre récit à la première personne.

Sujet de réflexion

→ corrigé p. 199

› « L'enfant multiple n'était plus là pour divertir. Il était là aussi pour évoquer d'autres images. Toutes ces douloureuses images qui peuplent le monde. » Peut-on faire aussi réfléchir en divertissant ?

Vous répondrez à cette question en développant plusieurs arguments. Vous prendrez appui sur des exemples d'œuvres lues et étudiées en classe ou sur des exemples tirés de votre culture personnelle.

Sujet 8 Corrigé

Grammaire et compétences linguistiques → *énoncé p. 192*

Les clés pour réussir

1 b. Un **complément de verbe** complète le **verbe** en lui apportant des informations complémentaires. C'est un complément essentiel, qu'on peut difficilement supprimer ou déplacer. Le complément de verbe a souvent pour fonction **complément d'objet** (COD, COI ou COS).

c. N'oubliez pas les **pronoms adverbiaux** « en » et « y ».

2 Les **déterminants** entrent dans la composition du groupe nominal. Ils sont **placés devant le nom** avec lequel ils s'accordent en genre (masculin/féminin) et en nombre (singulier/pluriel). Il en existe plusieurs catégories dont, notamment, les **articles définis** et **indéfinis**, les **déterminants possessifs** et **démonstratifs**...

3 Pour cette réécriture, prêtez une attention particulière aux **accords des participes passés.**

1 a. Il s'était également dépouillé de ses déguisements qui s'entassaient à ses pieds.

Le verbe principal « se dépouiller » est conjugué au plus-que-parfait de l'indicatif.

b. Il s'était également dépouillé [de ses déguisements qui s'entassaient à ses pieds].

c. Il s'**en** était également dépouillé.

2 a. Le déterminant « sa » est un déterminant (ou adjectif) possessif.

b. Le déterminant « cette » est un déterminant (ou adjectif) démonstratif.

c. Le narrateur change de déterminant pour montrer que la ville échappe à Omar-Jo, qu'elle s'éloigne de lui pour devenir « lointaine », physiquement et dans sa mémoire.

3 « Elle s'est insinuée dans ses muscles, s'est infiltrée dans les battements du cœur, a freiné le voyage du sang. Il l'a vue, il l'a touchée, cette cité lointaine. »

Compréhension et compétences d'interprétation → *énoncé p. 192*

Les clés pour réussir

Pour cette série de questions, soyez bien attentif aux lignes indiquées dans les questions : elles sont d'une aide précieuse.

1 b. Pour montrer l'enchaînement des phrases, pensez à relever les connecteurs temporels.

2 Les procédés de mise en relief peuvent être des figures de style ou des écarts par rapport à l'ordre habituel des mots.

4 Pour montrer le changement dans l'attitude du public, comparez bien le début et la fin du texte, à chaque fois que vous lisez le mot « public ».

5 Chaque argument doit être accompagné d'une citation du texte.

FRANÇAIS

1 a. Au début du texte, Omar-Jo joue un rôle de clown, comme le montrent plusieurs indices :
- « ses loufoqueries » (l. 1-2) ;
- « ses pitreries » (l. 3) ;
- « son faux nez » (l. 9) ;
- « son maquillage » (l. 10) ;
- « ses déguisements » (l. 12).

b. Le lexique utilisé montre qu'Omar-Jo abandonne son rôle de clown : « il faisait taire la musique » (l. 3), « ses pitreries se fracassaient contre un mur invisible » (l. 3-4), « il arrachait alors les rubans » (l. 6), « Il ôtait son faux nez » (l. 9)... Cet abandon progressif est marqué par les connecteurs temporels qui introduisent les phrases : « D'abord », « Ensuite », « alors », « Puis ».

2 La puissance de la parole d'Omar-Jo est mise en valeur par plusieurs procédés. Elle est d'abord soulignée par l'utilisation du présentatif « Ce furent », qui repousse le mot « paroles » en fin de phrase pour le mettre en relief (l. 15). Les paroles d'Omar-Jo sont ensuite personnifiées, donnant l'impression qu'elles sont autonomes, qu'elles agissent de leur propre volonté sans être commandées par le personnage : « Elles s'élevaient » (l. 16), « il laissait monter cette voix du dedans » (l. 17-18). Enfin, il y a une reprise anaphorique du groupe nominal « cette voix », qui est répété trois fois et opposé à « toutes ses autres voix » (l. 19) : la voix unique l'emporte ainsi sur les voix plurielles.

3 Les deux villes sont clairement opposées point par point dans les deux paragraphes commençant par « Ici » (l. 28) et « Là-bas » (l. 32). Les « arbres [qui] escortent les avenues, entourent les places » (l. 28) deviennent des « arbres déracinés [qui] pourrissent » (l. 32-33) ; les « robustes bâtiments » (l. 28-29) se transforment en « îlots en ruine » (l. 32) ; la « paix » (l. 31) s'oppose aux images de guerre : « les murs sont criblés de balles, les voitures éclatent, les immeubles s'écroulent » (l. 33-34) ; « ici » la « population diversifiée flâne » (l. 30) alors que « là-bas » « on brade les humains » (l. 35).

4 Face à la gravité des propos d'Omar-Jo, les spectateurs changent d'attitude : ils ne sont plus face à un clown rieur devant qui ils étaient « applaudissant et riant » (l. 1) mais face à un clown triste qui leur révèle la réalité du monde. Ils prennent conscience des horreurs de la guerre en écoutant cet enfant : « Le public écoute, pétrifié » (l. 40-41).

5 « L'enfant multiple » porte bien son nom : il est d'ici et de là-bas, de la paix et de la guerre ; il évoque « sa ville récemment quittée » et aime déjà tendrement la nouvelle, qu'il dit « sienne » (l. 27). C'est un enfant capable de divertir son public en le faisant rire par « ses pitreries » (l. 3), mais qui change « brusquement de répertoire » (l. 2) et se présente avec gravité comme un enfant mutilé par la guerre en montrant « son moignon » (l. 7). Son message est universel : il évoque « tous les malheurs de la terre » (l. 38) et il incarne une humanité capable de rire et de pleurer. Il est porteur d'espoir puisqu'aux « cris d'angoisse » (l. 43) il fait succéder « des sons mélodiques et vivaces » (l. 46).

6 Cette photographie de presse de 2016 présente deux enfants jouant dans les ruines d'une ville détruite par la guerre. Cette image est touchante par le contraste entre ces deux mondes – celui de l'enfance et celui de la guerre – qui ne devraient pas se rencontrer. Les enfants sont seuls dans la rue et très vulnérables : le spectateur peut craindre qu'à tout moment les combats reprennent et brisent leur élan. Mais l'image est aussi porteuse d'espoir : au milieu de ce champ de ruines grises, les enfants courant avec des ballons multicolores semblent se moquer de la guerre et annoncer une renaissance possible, un avenir où les rires, comme dans le texte, permettront de « renouer avec la vie » (l. 43-44).

Dictée → *énoncé p. 193*

Les clés pour réussir

Bien conjuguer

- Le futur simple de l'indicatif a des terminaisons communes aux trois groupes : *-rai, -ras, -ra, -rons, -rez, -ront.*
- Le présent de l'indicatif a des terminaisons différentes pour les trois groupes. N'oubliez pas les « e » muets de troisième personne des verbes du 1er groupe (ex. : il joue, il balaie…).

Ne pas confondre

« tous » / « tout » : le déterminant « tout » devient « tous » devant un mot au pluriel (ex. : tous les enfants).

Bien accorder

« les armes se sont tues » : les participes passés des verbes essentiellement pronominaux s'accordent avec le sujet.

Bien orthographier

- **« soucoupe »** : par association d'idées sur la forme de la sous-tasse.
- **« quelque »** ou **« quelques »** : les deux orthographes sont acceptées.

Ami Maxime, pour mon petit-fils, merci !

Je viendrai voir votre Manège, un jour. En attendant, il tourne dans ma tête ; je le chéris et le décore de tous les fruits de mon jardin. Par moments, il s'élève comme une soucoupe volante, et plane ou tournoie juste au-dessus de ma maison.

Depuis quelque temps, nos journées sont tranquilles. Les transports publics sont rétablis, le courrier a repris. Je crois pouvoir, bientôt, t'expédier des abricots et des pêches. Tu t'en régaleras.

Notre existence, notre Manège à nous, s'enfonce encore dans les ruines ; mais à présent que les armes se sont tues, de village en village nous arrivons, peu à peu, à recomposer la chaîne, et à nous retrouver. Il faudra bien que ça tourne rond, un jour ! Que notre peuple tout entier remonte sur le même Manège qui s'ébranlera, progressera, sur une musique d'espoir.

Andrée Chedid, *L'Enfant multiple*, © Éditions Flammarion, 1989.

Travail d'écriture – Sujet d'imagination → énoncé p. 193

Les clés pour réussir

La situation de communication

- Votre texte doit se situer au **retour à la maison**, juste après le texte initial.
- La narration doit se faire à la **première personne** (je), et vous devez incarner un parent qui a assisté au spectacle.
- Vous devez être **fidèle au déroulé du texte initial** pour raconter le spectacle dans le même ordre. Mais veillez à ne pas reprendre les phrases du texte.
- Pensez à exprimer les **différentes émotions** (positives et négatives) ressenties par votre personnage.

La présentation du dialogue

- Pour introduire le dialogue, il faut **mettre un deux-points** (:), **aller à la ligne** et **ouvrir des guillemets** («). Puis, à chaque nouvelle intervention d'un personnage dans le dialogue, il faut aller à la ligne et **mettre un tiret** (–). Les guillemets ne seront fermés qu'à la fin du dialogue.
- Attention, le dialogue est ici mené par l'adulte qui raconte. Ne cherchez pas à avoir un équilibre parfait entre les interlocuteurs.

Méthode

Pour vous aider, nous vous avons indiqué en couleur les parties de la rédaction qui répondent aux consignes.

Récit Dialogue Émotions

« Alors, ce spectacle de clown ? » lance ma femme d'un ton enjoué à notre retour à la maison. Les enfants, les yeux un peu rouges, ne sont pas encore prêts à répondre. Moi-même, j'ai du mal à renouer avec la réalité depuis que nous avons quitté le Manège, tant j'ai l'impression d'avoir vécu un moment privilégié et hors du temps. Je rassemble un peu mes esprits :

« Je vais te raconter... C'était magique et très inattendu.

– Vous avez l'air un peu ailleurs, s'étonne mon épouse.

– C'est que... nous arrivons d'ailleurs, c'était un véritable voyage. Il y avait un jeune garçon rieur et farceur, grimé comme un clown. Il jonglait, multipliait les pirouettes, faisait mine de tomber, se rattrapait au son d'une musique endiablée comme s'il s'accrochait aux notes pour tenir debout. J'ai ri, j'ai ri comme je n'avais pas ri depuis longtemps, d'un de ces rires partagés qui se communiquent avec les enfants et l'ensemble des spectateurs. On aurait dit une chaîne humaine reliée par le même sentiment d'euphorie !

– Tu en parles comme si tu y étais encore, ça devait être vraiment drôle !

– Drôle... Oui, mais ça n'a pas duré. Soudain, le clown s'est tu. Il s'est immobilisé, démaquillé et a quitté son rôle pour se présenter à nous dans toute sa vérité et sa simplicité. »

Je laisse passer un silence pour retrouver les images dans ma tête avant de reprendre :

« Il nous a raconté sa vie : c'est un orphelin qui a fui son pays en guerre. Il a perdu un bras, arraché par l'explosion d'une mine dans la rue où il jouait enfant. Il a tout évoqué, sans fioritures : les bombardements, la peur omniprésente, la douleur dans la chair, la douleur dans la tête, les destructions... Personne n'osait parler, on était tous pendus à ses lèvres. Il nous apportait une leçon d'humanité en nous révélant une réalité que nous ne voulons pas voir et qui pourtant se déroule à quelques heures de chez nous. J'ai pleuré, nous avons tous pleuré, je crois, touchés par la douleur de notre semblable, un enfant, capable de passer du rire aux larmes et de nous emporter avec lui.

Et puis, quand il a su que nous avions compris, il a laissé s'installer le silence avant de continuer à nous parler avec sa musique. Une musique pleine d'espoir qui nous a tous ramenés à la vie. »

Travail d'écriture – Sujet de réflexion → énoncé p. 193

Les clés pour réussir

L'introduction

- Annoncez le **thème** : vous pouvez, par exemple, faire référence au texte étudié.
- Présentez le **sujet** : recopiez ou reformulez la question posée par le sujet.
- Annoncez votre **plan**.

Le développement

- Le sujet vous invite à **développer plusieurs arguments**. Vous organiserez donc votre devoir en plusieurs paragraphes (au moins trois), contenant chacun un argument et un exemple précis.
- Pensez à convoquer les textes et documents étudiés en classe, notamment dans le chapitre « Dénoncer les travers de la société ».

La conclusion

- Précisez votre avis en répondant clairement à la question posée par le sujet.
- Terminez avec une phrase d'ouverture pour élargir la question en restant sur le même thème.

Méthode

Pour vous aider, nous vous avons indiqué en couleur les parties de la rédaction qui répondent aux consignes.

Indicateurs logiques — Arguments — |…| Exemples

À l'instar d'Omar-Jo, qui capte l'attention de son public en le faisant rire pour mieux lui transmettre ensuite un message grave, de nombreux artistes mettent leur art au service d'une cause en utilisant le divertissement. Peut-on ainsi faire réfléchir en divertissant ? Nous répondrons à cette question en montrant à travers trois paragraphes ce que le divertissement apporte à la réflexion.

Dans un premier temps, le divertissement s'adresse à un public très large : il touche toutes les classes sociales et permet ainsi la diffusion très étendue d'un message qui peut toucher une majorité de la population. C'est notamment le cas des films comiques qui sensibilisent les spectateurs à des faits de société parfois difficiles à évoquer, comme le film *Intouchables* sorti en 2011, qui aborde la question du handicap par le biais de l'humour et invite chacun à réfléchir sur la place des personnes handicapées dans notre société.

Par ailleurs, l'humour est une arme efficace pour prendre de la distance par rapport aux sujets traités et offrir ainsi la possibilité de réfléchir à tous les sujets, quelle que soit leur gravité. Par exemple, les caricaturistes qui dessinent chaque jour dans la presse papier ou en ligne savent en quelques traits de crayon révéler les horreurs de l'actualité. Le dessinateur Plantu a ainsi regroupé dans l'association « *Cartooning for Peace* » – qui publie sur un site Internet – des dessinateurs de presse de tous les pays pour sensibiliser les lecteurs à nos problèmes de société, au premier rang desquels la paix dans le monde.

Enfin, l'humour et le divertissement permettent de souligner le ridicule de certaines situations et de mettre en avant nos travers ou nos contradictions pour en dénoncer l'absurdité. Cette prise de conscience entraîne une réflexion des lecteurs ou des spectateurs qui peut les amener à changer leur comportement. Voltaire, au XVIIIe siècle, utilisait ainsi l'ironie dans son conte *Candide* pour dénoncer le fanatisme religieux et les perpétuelles guerres qui ne font que précipiter les peuples dans une « boucherie héroïque » dont personne ne ressort grandi.

Pour conclure, le divertissement est donc un média efficace pour pousser à la réflexion : en faisant appel à nos émotions, il sollicite notre intelligence, « mêlant l'utile à l'agréable » comme l'écrivait le poète latin Horace. L'humour étant un des outils principaux du divertissement, on pourrait également s'interroger sur ses caractéristiques et ses utilisations.

Sujet 9 Jean-Christophe Rufin, *Globalia*

3 heures

Centres étrangers, juin 2019

FRANÇAIS

Travail sur le texte littéraire et sur l'image

1 h 10 50 pts

Document A Texte littéraire

Baïkal et Kate sont sortis clandestinement de « Globalia », le monde dans lequel ils vivent. Ils se retrouvent dans la « non-zone » qu'ils ne connaissent pas.

– Tu ne comprends pas, Kate, je te l'ai souvent répété. Ce sera *partout* la même chose. Partout nous serons en Globalia. Partout, nous retrouverons cette civilisation que je déteste.

– Évidemment, puisqu'il n'y en a qu'une ! Et c'est heureux. Aurais-tu la nostalgie du temps où il y avait des nations différentes qui n'arrêtaient pas de se faire la guerre ?

Baïkal haussa les épaules. Kate poussa son avantage.

– Il n'y a plus de frontières, désormais. Ce n'est tout de même pas plus mal ?

– Bien sûr que non, Kate. Tu me récites la propagande que tu as apprise comme nous tous. Globalia, c'est la liberté ! Globalia, c'est la sécurité ! Globalia, c'est le bonheur !

Kate prit l'air vexé. Le mot de propagande était blessant. Il ne s'agissait ni plus ni moins que de la vérité.

– Tu te crois certainement plus malin que moi, mais tu ne peux tout de même pas nier qu'on peut aller partout. Ouvre ton multifonction[1], sélectionne une agence de voyages et tu pars demain dans n'importe quel endroit du monde…

– Oui, concéda Baïkal, tu peux aller partout. Mais seulement dans les zones sécurisées, c'est-à-dire là où on nous autorise à aller, là où tout est pareil.

– Mais tout Globalia est sécurisé ! L'Europe, l'Amérique, la Chine… Le reste, c'est le vide, ce sont les non-zones.

Baïkal reprit d'un ton passionné et s'écria :

– Moi, je continue à croire qu'existe un ailleurs.

Kate soupira.

– C'est ce que tu m'as expliqué et c'est pour cela que je t'ai suivi. Mais rends-toi à l'évidence. L'ailleurs est dans tes rêves, mon amour. Il n'y a que quelques endroits pourris aux confins du monde, des réserves, des friches.

– Depuis six mois je recoupe les informations, insista Baïkal en secouant la tête – mais on sentait le désespoir éteindre sa voix. Je suis sûr que toutes ces non-zones sont en continuité. On peut sortir d'ici et rejoindre la mer, il doit y avoir des déserts, des villes peut-être. J'ai fait l'impossible pour obtenir des plans. J'ai soudoyé[2] un type dont le grand-père était botaniste[3]. Il avait effectué des missions dans les non-zones. Il m'a vendu ce logiciel cartographique, mais il est sans doute dépassé : on ne reconnaît plus rien.

Kate le sentait au bord des larmes. Elle passa sa main dans ses cheveux, lissa ses éternels épis couleur de jais[4] qui se redressaient aussitôt.

– Rentrons maintenant, souffla-t-elle. Nous raconterons que nous nous sommes perdus, que la porte était ouverte, que nous avons voulu être seuls dans la montagne. Cela n'ira pas bien loin. Une amende peut-être.

– Non, dit Baïkal en secouant la tête. Je ne retournerai pas là-bas. Ce monde est une prison.

Jean-Christophe Rufin, *Globalia*, © Éditions Gallimard, 2004.

---

1. *Multifonction* : ordinateur.
2. *Soudoyer* : payer quelqu'un pour obtenir quelque chose de défendu.
3. *Botaniste* : scientifique qui étudie les plantes, les fleurs et les arbres.
4. *Jais* : de couleur noire.

Document B **Image**

Quino, scénariste et auteur de bandes dessinées argentin, porte un regard critique sur la société, notamment celle de son pays.

Les réponses aux questions doivent être entièrement rédigées.

Grammaire et compétences linguistiques → corrigé p. 206

1 « Globalia » (l. 2)

a. À partir de quel mot ce terme est-il formé ? **1 pt**

b. Expliquez le sens de « Globalia ». **1 pt**

2 « là où on nous autorise à aller » (l. 20), « mais on sentait le désespoir éteindre sa voix » (l. 32), « On peut sortir d'ici et rejoindre la mer » (l. 33-34).

a. Quelle est la classe grammaticale du mot « on » ? **1 pt**

b. Identifiez ce que désigne chacun des trois mots soulignés. **3 pts**

3 « Nous raconterons que nous nous sommes perdus, que la porte était ouverte, que nous avons voulu être seuls dans la montagne » (l. 41-43). Comment les paroles du personnage sont-elles rapportées ? **1 pt**

4 « Globalia, c'est la liberté ! Globalia, c'est la sécurité ! Globalia, c'est le bonheur ! » (l. 11-12). Identifiez une figure de style employée dans ce passage. **1 pt**

5 « Mais rends-toi à l'évidence » (l. 28)

a. Quel mode est employé dans cette phrase ? **1 pt**

b. Expliquez l'emploi de ce mode. **1 pt**

6 « Je ne retournerai pas là-bas. Ce monde est une prison. » (l. 44-45)

a. Nommez la relation logique qui unit les deux phrases. **1 pt**

b. Réécrivez-les en utilisant une conjonction de subordination qui exprime la même relation logique. **1 pt**

7 Réécrivez le passage ci-dessous en commençant par « Baïkal explique à Kate qu'elle… ».
« Tu ne comprends pas, Kate, je te l'ai souvent répété. Ce sera *partout* la même chose. Partout nous serons en Globalia. Partout, nous retrouverons cette civilisation que je déteste. » (l. 1-3) **10 pts**

Compréhension et compétences d'interprétation → corrigé p. 207

1 Quel est le sujet central de la conversation entre Kate et Baïkal ? **2 pts**

2 **a.** Que pense Kate de Globalia ? **2 pts**

b. Reformulez deux arguments qu'avance Kate pour défendre son opinion. Vous illustrerez votre réponse à l'aide de deux citations. **4 pts**

c. Dans les lignes 4 à 18, nommez un procédé qu'elle utilise pour convaincre Baïkal. Justifiez-le à l'aide d'un exemple issu du texte. **2 pts**

3 a. Quelle vision Baïkal a-t-il de Globalia ? Relevez deux arguments. **3 pts**

b. Quel est son projet ? Justifiez votre réponse. **3 pts**

4 Quelle proposition Kate formule-t-elle à la fin de l'extrait ? Pour quelle raison ? **2 pts**

5 En vous appuyant sur les réponses précédentes et votre lecture du texte, que pensez-vous de Globalia ? Développez votre réponse de manière argumentée. **4 pts**

6 a. Quelles sont les caractéristiques de la société représentée par Quino dans cette planche de bande dessinée ? **3 pts**

b. Quels liens établissez-vous avec le texte *Globalia* ? **3 pts**

Dictée → *corrigé p. 208* 20 min **10 pts**

› Écoutez la dictée avec l'application Nathan Live.

Consignes :

– On dictera le texte à haute voix à plusieurs reprises.

– On inscrira au tableau de manière lisible par l'ensemble des candidats le titre de l'œuvre, le nom de l'auteur et les mots **Baïkal, Kate, glauque, biais**.

Rédaction 1 h 30 **40 pts**

Vous traiterez au choix l'un des deux sujets suivants :

Sujet d'imagination → *corrigé p. 209*

› Kate rentre seule à Globalia. Imaginez une situation qui lui ouvre les yeux, l'amenant à considérer Globalia comme une prison et à partager le point de vue de Baïkal sur ce monde.

Vous respecterez les caractéristiques de la narration et du cadre spatio-temporel du texte. Vous intégrerez dans votre récit les pensées et les sentiments de Kate.

Sujet de réflexion → *corrigé p. 211*

› Comment l'expression artistique (la littérature, la peinture, le cinéma, la musique…) permet-elle de dénoncer le totalitarisme ?

Vous répondrez à cette question en vous appuyant sur vos lectures et sur vos connaissances personnelles et culturelles.

Sujet 9 Corrigé

Grammaire et compétences linguistiques → énoncé p. 204

Les clés pour réussir

1 a. Étudier la formation d'un mot, c'est rechercher son **radical** et ses éventuels **préfixe** et **suffixe**.

b. Vous pouvez déduire le sens d'un mot à partir de son radical.

3 et **7** Les paroles, dans un récit, peuvent être rapportées au style **direct**, **indirect** ou **indirect libre**.

4 Les **figures de style** sont des procédés d'écriture utilisés pour créer un effet particulier. Les plus fréquentes sont la **comparaison**, la **métaphore**, la **personnification**, l'**accumulation** et l'**anaphore**.

5 a. et **b.** Les **modes** sont les grandes catégories dans lesquelles sont conjugués les verbes. Ils indiquent la **manière dont le verbe présente l'action**. Ils ont donc des valeurs qui leur sont propres.

1 a. Le mot « Globalia » est formé à partir de l'adjectif « global ».

b. « Globalia » est un mot inventé par l'auteur. Il désigne un monde global, une civilisation unique qui ne ferait plus de différences entre les nations : « il n'y en a qu'une » (l. 4).

2 a. Le mot « on » est un pronom personnel sujet de troisième personne du singulier qui peut renvoyer à une ou plusieurs personnes.

b. « là où <u>on</u> nous autorise à aller » : « on » désigne les dirigeants de Globalia, ceux qui ont le pouvoir dans ce monde.
« mais <u>on</u> sentait le désespoir éteindre sa voix » : « on » désigne Kate et le narrateur.
« <u>On</u> peut sortir d'ici et rejoindre la mer » : « On » remplace un « nous » qui renvoie à Baïkal et Kate.

3 Les paroles du personnage sont rapportées au style indirect.

4 La figure de style employée dans ce passage est une anaphore. Les mêmes mots sont répétés au début de chaque phrase : « Globalia, c'est… ».

5 a. Le verbe « rends » est employé au mode impératif.

b. Ce mode est utilisé pour donner un ordre ou un conseil.

6 a. Les deux phrases sont unies par une relation logique de cause.

b. « Je ne retournerai pas là-bas <u>parce que</u> ce monde est une prison. »

7 « <u>Baïkal explique à Kate qu'elle ne comprend pas</u>, <u>qu'il le lui a</u> souvent répété, <u>que</u> ce sera *partout* la même chose, <u>que</u> partout <u>ils seront</u> en Globalia, que partout <u>ils retrouveront</u> cette civilisation qu'<u>il déteste</u>. »

Compréhension et compétences d'interprétation → *énoncé p. 204*

Les clés pour réussir

2 c. Les procédés littéraires utilisés peuvent être des **figures de style** ou des **écarts** par rapport à l'utilisation habituelle de la langue (inversions, fausses questions, phrases non verbales, répétitions...).

5 On vous demande de rédiger une réponse **argumentée** où vous exposerez votre point de vue en l'illustrant par des **citations** du texte. N'hésitez pas à relire les questions précédentes pour vous aider.

6 a. et **b.** Cette question est construite en deux temps : vous devez donner une **description** de la bande dessinée puis faire une **comparaison** entre le texte et l'image. Appuyez-vous sur les détails du dessin pour bien montrer la **critique de la société** qui en ressort.

1 Le sujet central de la conversation entre Kate et Baïkal est l'existence d'un autre monde que celui dans lequel ils sont contraints de vivre : Globalia.

2 a. Kate pense que Globalia est un monde idéal et parfait : « Globalia, c'est le bonheur ! » (l. 12).

b. Selon Kate, Globalia offre un monde de paix où toutes les nations sont unies et vivent en harmonie, contrairement au passé « où il y avait des nations différentes qui n'arrêtaient pas de se faire la guerre » (l. 5-6). C'est un monde ouvert, dans lequel on est libre de voyager : « Il n'y a plus de frontières » (l. 8), « on peut aller partout » (l. 16). Enfin, Globalia offre la sécurité à ses habitants : « tout Globalia est sécurisé » (l. 22).

c. Kate utilise des questions rhétoriques (ou interrogations oratoires), c'est-à-dire des affirmations déguisées en questions qui n'attendent pas de réponse mais suggèrent des évidences : « Aurais-tu la nostalgie du temps où il y avait des nations différentes qui n'arrêtaient pas de se faire la guerre ? » (l. 4-6).

3 a. Pour Baïkal, Globalia « est une prison » (l. 45). Il pense qu'il existe des non-zones qui sont interdites mais qui offriraient un monde différent de celui que Globalia leur impose : « tu peux aller partout. Mais seulement dans les zones sécurisées, c'est-à-dire là où on nous autorise à aller, là où tout est pareil » (l. 19-21). Il estime que s'ils se libèrent de la « propagande » (l. 10) de Globalia, ils découvriront ce qui leur est caché : « Moi, je continue à croire qu'existe un ailleurs » (l. 25).

b. Le projet de Baïkal est de sortir de Globalia pour découvrir le reste du monde, ce que l'on appelle les « non-zones » (l. 23). Il souhaite partir avec Kate (« On peut sortir d'ici et rejoindre la mer », l. 33-34) et refuse catégoriquement de rester dans Globalia (« Je ne retournerai pas là-bas », l. 44).

4 Kate propose de rentrer dans Globalia alors qu'ils sont sortis clandestinement car elle a peur de ce monde extérieur et hostile : « Il n'y a que quelques endroits pourris aux confins du monde, des réserves, des friches » (l. 28-30). Elle redoute aussi les conséquences de leur sortie s'ils sont repris : « Nous raconterons que nous nous sommes perdus, que la porte était ouverte » (l. 41-42).

5 Globalia semble être un monde idyllique en apparence, comme le suggère son slogan : « Globalia, c'est la liberté ! Globalia, c'est la sécurité ! Globalia, c'est le bonheur ! » (l. 11-12). Mais c'est en réalité un monde totalitaire qui repose sur la « propagande » (l. 10) et sur l'interdiction de dépasser ses frontières pour explorer « l'ailleurs », les « non-zones » présentées comme des friches hostiles. Les différences sont interdites dans Globalia (« Ce sera *partout* la même chose », l. 1-2) et la liberté est réduite à l'intérieur de ses portes, ce qui en fait un univers carcéral, une sorte de prison dorée : « Ce monde est une prison » (l. 45).

6 **a.** Dans cette planche de bande dessinée, Quino présente une société où tout semble « carré ». Cette forme revient en effet dans toutes les conversations : entre les hommes d'affaires, dans les journaux, dans la bouche des policiers, à la radio, sur les panneaux publicitaires, entre les amies...

b. On retrouve ici l'idée d'une société avec une pensée unique imposée à tous. Le monde « carré » de la bande dessinée trouve son équivalent dans la description de Globalia faite par Baïkal : « Ce sera *partout* la même chose. Partout nous serons en Globalia. Partout, nous retrouverons cette civilisation » (l. 1-3). Seul un personnage semble penser différemment : l'homme au costume noir présent dans toutes les cases observe sans rien dire la société dans laquelle il vit, puis rentre chez lui après avoir acheté illégalement un compas et se met à dessiner des formes rondes. Cet homme est comparable à Baïkal, qui transgresse les règles imposées par Globalia (« J'ai soudoyé un type », l. 35) afin de découvrir « un ailleurs » (l. 25).

Dictée → énoncé p. 205

Les clés pour réussir

Bien conjuguer

- Le **passé simple** de l'indicatif a deux types de terminaisons : l'un pour les verbes en *-er* (*-ai, -as, -a, -âmes, -âtes, -èrent*), l'autre pour tous les autres verbes (*i/u/in* + *-s, -s, -t, -^mes, -^tes, -rent*).
- L'**imparfait** de l'indicatif a des terminaisons semblables pour les trois groupes : *-ais, -ais, -ait, -ions, -iez, -aient.*

Ne pas confondre

« près » / « prêt » : « près » est un adverbe de lieu qui peut être remplacé par son contraire « loin » ; « prêt » est un adjectif qualificatif qui peut être mis au féminin (« prête »).

Bien accorder

Cette dictée contient plusieurs **participes passés** employés comme **adjectifs**, un participe passé employé avec l'**auxiliaire « être »**, et un autre employé avec l'**auxiliaire « avoir »**.

Bien orthographier

« glauque » : verdâtre.

Tout à coup, emportés par leur élan, ils butèrent contre la vitre qui courait à mi-pente. Elle rendit un son vibrant quand ils la heurtèrent. Ils étaient tombés accroupis, emmêlés. Baïkal se redressa, couvert d'aiguilles sèches. Il aida Kate à se relever. Elle n'osait pas toucher la vitre. C'était la première fois qu'elle approchait des limites. Le mur lisse et brillant était transparent de près mais prenait un ton vert glauque à mesure qu'il s'éloignait et qu'on le voyait de biais. […] La pente qu'ils avaient dégringolée était si raide qu'il semblait impossible de la remonter.

Jean-Christophe Rufin, *Globalia*, © Éditions Gallimard, 2004.

Travail d'écriture – Sujet d'imagination → énoncé p. 205

Les clés pour réussir

Écrire une **suite de texte** implique de tenir compte des caractéristiques principales du texte de départ.

Les éléments du texte initial

- Le **genre** du texte : **roman d'anticipation.**
- Le **lieu** où se déroule l'action : **Globalia.**
- Les **caractéristiques des personnages** (âge, caractère, façon de parler…) : vous devez reprendre les personnages et les **faire évoluer** sans perdre de vue leurs préoccupations, leurs envies principales.
- Pensez à exprimer les **pensées** de Kate et ses **sentiments**.

La narration

- Le **statut du narrateur** : votre texte sera rédigé à la troisième personne.
- Les **temps verbaux** : imparfait et passé simple pour la narration, présent pour les dialogues éventuels.
- Le **registre de langue** : privilégiez un registre courant, comme dans le texte initial.

Méthode

Pour vous aider, nous vous avons indiqué en couleur les parties de la rédaction qui répondent aux consignes.

Pensées et sentiments Éléments du texte initial |…| Situation nouvelle

« Non, dit Baïkal en secouant la tête. Je ne retournerai pas là-bas. Ce monde est une prison.

– Arrête, tu t'entêtes et tu inventes des histoires ! Il faut toujours que tu exagères tout ! Moi je rentre, rejoins-moi quand tu seras calmé ! »

Kate repartit alors en direction de la porte. Le soleil se couchait. Elle n'aurait aucun mal à rentrer discrètement, pensait-elle en marchant d'un pas décidé. Elle était cependant déçue de ne pas avoir réussi à convaincre Baïkal. Ça lui passerait et il rentrerait d'ici quelques heures, mais elle n'aimait pas ces disputes qui lui laissaient comme une amertume au fond du cœur. Perdue dans ses pensées, elle reconnut presque avec surprise les reflets glauques du mur de verre qu'ils avaient franchi quelques heures plus tôt. La porte n'était pas loin, encore quelques pas et elle y serait.

Soudain, alors qu'elle atteignait la paroi vitrée, elle perçut un bourdonnement au-dessus de sa tête et des lumières venant du ciel l'éblouirent. Elle se figea, paralysée par la peur et la surprise. Une voix métallique lui cria avec autorité : « Vous vous trouvez dans une zone non autorisée. Ne bougez plus. Levez les yeux vers le drone afin que l'on puisse scanner votre rétine. Une patrouille va venir vous chercher pour vous placer en quarantaine. » Kate plongea sa tête dans ses mains pour se protéger. Elle se recroquevilla sur elle-même, incapable de faire le moindre mouvement. Baïkal avait donc raison, ils étaient surveillés et leur liberté n'était qu'une illusion, pensa-t-elle.

La voix robotique reprit : « Deuxième somation avant immobilisation électrique. Levez les yeux pour le scanner rétinien. Vous n'êtes pas autorisée à pénétrer en non-zone. » Kate était tétanisée. Elle avait entendu parler de ces rumeurs sur une police secrète qui surveillait les citoyens. Contrairement à Baïkal, elle ne les avait jamais prises au sérieux. Mais voilà qu'elle se retrouvait menacée par un drone ! La lumière de l'appareil devint plus forte, le bourdonnement s'amplifia. Kate attendait l'impact de l'éclair immobilisant…

Elle entendit un grand bruit métallique, puis plus rien ! La lumière avait disparu. Kate n'osait plus bouger. « Ce doit être l'effet de l'éclair immobilisant », se dit-elle. Mais une voix familière lui parvint alors : « Tu vas rester là ? Je te préviens, je ne vais pas passer la nuit à chasser des drones ! » ironisa Baïkal. Elle n'en revenait pas. Il l'avait suivie et venait de la sauver ! Elle courut vers lui, saisit sa main et lui lança sans hésitation : « Partons, emmène-moi vers ton ailleurs ! ».

Travail d'écriture – Sujet de réflexion → énoncé p. 205

Les clés pour réussir

L'introduction

- Annoncez le **thème** : l'art.
- Présentez le **sujet** : recopiez ou reformulez la question posée par le sujet.
- Annoncez votre **plan**.

Le développement

- Le sujet vous invite à développer **plusieurs paragraphes** pour exprimer votre point de vue sur la force de l'expression artistique. Chaque paragraphe devra contenir un argument et un exemple précis.
- Pensez à convoquer les textes et documents étudiés en classe, notamment dans le chapitre « Dénoncer les travers de la société ».

La conclusion

- Formulez une **synthèse** qui réponde clairement à la question posée par le sujet.
- Terminez avec une phrase d'**ouverture** pour élargir la question en restant sur le même thème.

Méthode

Pour vous aider, nous vous avons indiqué en couleur les parties de la rédaction qui répondent aux consignes.

Indicateurs logiques | Arguments | |...| Exemples

L'engagement consiste à prendre position par son action ou ses œuvres sur des problèmes politiques ou sociaux de son temps. Les artistes, qu'ils soient écrivains, peintres, cinéastes ou musiciens, n'hésitent pas à s'engager pour défendre des causes qu'ils estiment justes. Nous étudierons à travers des exemples précis comment l'expression artistique peut permettre de dénoncer le totalitarisme.

Dans un premier temps, les œuvres artistiques font intervenir l'expérience, la sensibilité et les émotions des auteurs. Là où les documents historiques nous permettent d'avoir une analyse claire et objective des événements, les œuvres d'art apportent une autre compréhension, une lecture subjective qui est de l'ordre du ressenti. Par exemple, la bande dessinée *Maus* d'Art Spiegelman raconte la vie de Vladek, rescapé du camp d'Auschwitz, en créant un univers où les personnages sont représentés sous la forme de chats et de souris, ce qui permet de prendre une certaine distance pour mieux révéler la réalité du système concentrationnaire du régime totalitaire nazi.

Les œuvres artistiques peuvent également critiquer et dénoncer le totalitarisme en maniant les procédés de l'humour. Que ce soient les écrivains ou les dessinateurs, de nombreux artistes font la critique de certains régimes en s'en moquant pour provoquer et faire réfléchir. C'est le cas du dessinateur iranien Kianoush, réfugié en France, qui publie régulièrement des caricatures comme celle intitulée *Iranian free elections* où il dénonce le système politique iranien. Il met en scène un électeur caricaturé en pigeon qui glisse un bulletin de vote dans une urne en observant les affiches de campagne des candidats, qui ne lui proposent que des formes de cages différentes.

Enfin, l'utilisation de la fiction permet d'instruire les lecteurs ou les spectateurs en dénonçant les travers des sociétés totalitaires. Les comportements décrits dans des univers comparables au nôtre permettent à chacun d'être touché et de se sentir concerné. Ainsi, dans son roman de science-fiction *Fahrenheit 451*, Ray Bradbury décrit une société totalitaire où les livres sont interdits et doivent être brûlés. Les échos avec les incendies de livres par les nazis ou avec les « grandes purges » de Staline au cours desquelles de nombreux écrivains furent exécutés sont évidents.

Pour conclure, on peut noter que les œuvres d'art permettent, par leur portée universelle, de dénoncer les abus et les injustices des systèmes totalitaires et que leurs messages dépassent les époques et les frontières. Il pourrait être intéressant de se questionner aussi sur la nécessité pour une œuvre d'art d'être engagée.

SOMMAIRE

INFOS-BREVET

SUJETS DE PHYSIQUE-CHIMIE

SUJETS DE SVT

PHYSIQUE-CHIMIE - SVT - TECHNOLOGIE

L'épreuve de Physique-Chimie - SVT - Technologie expliquée

Comment s'organise l'épreuve ?

- **Durée** : 1 heure.
- **Structure** :

– la seconde partie de la 1re épreuve porte sur les programmes de **Physique-Chimie, SVT et Technologie**.

- **Notation** : sur 50 points.

Ces points sont répartis de la façon suivante :
– **45 points** pour les exercices de Physique-Chimie, SVT et Technologie ; **5 points** réservés à la présentation de la copie et à l'utilisation de la langue française (précision et richesse du vocabulaire, correction de la syntaxe) pour rendre compte des observations, expériences, hypothèses, conclusions.
La commission nationale d'élaboration des sujets détermine, à chaque session, les **deux disciplines sur les trois** (Physique-Chimie, SVT, Technologie) qui sont évaluées (sur **25 points** chacune) lors de cette deuxième partie de l'épreuve.
Il y a donc 3 combinaisons possibles : Physique-Chimie et SVT, Physique-Chimie et Technologie, Technologie et SVT.

- **L'épreuve porte sur une thématique commune.**
- Les énoncés sont volontairement concis afin qu'une éventuelle difficulté en lecture ne constitue pas un obstacle supplémentaire. Les exercices sont identifiés pour chaque discipline.

Quels sont les critères d'évaluation des copies de Brevet ?

On attend de vous que vous soyez capable de :

- **maîtriser** les attendus de fin de cycle prévus dans les programmes ;
- **pratiquer** différents langages (textuel, symbolique, schématique, graphique) pour observer, raisonner, argumenter et communiquer ;
- **exploiter** des données chiffrées et/ou expérimentales ;
- **analyser** et de comprendre des informations en utilisant les raisonnements, les méthodes et les modèles propres aux disciplines concernées ;
- **appliquer** les principes élémentaires de l'algorithmique et du codage à la résolution d'un problème simple.

La méthode pour le Brevet

Comment s'organiser le jour de l'épreuve ?

- **Prenez le temps de lire l'intégralité du sujet** avant de commencer.
- **Commencez** par les questions avec lesquelles vous êtes le plus à l'aise.
- **Gérez correctement votre temps.** Prévoyez de garder un peu de temps pour la relecture des copies à la fin de l'épreuve.

Comment aborder les différents exercices ?

- Les questions peuvent demander **une réponse rédigée ou prendre la forme de questionnaires à choix multiples** (dans le cas d'un QCM, chaque question est posée avec au moins une réponse juste).
- Quelle que soit la forme proposée, l'évaluation peut porter sur les **connaissances** et/ou sur leur utilisation, ainsi que sur la mise en œuvre d'un **raisonnement**.

Comment travailler avec un brouillon ?

- Réécrivez précisément au brouillon les différents **termes des questions** et des consignes qui les accompagnent.
- Lorsque des documents sont proposés :

– **repérez les informations qui sont en rapport avec la consigne ;**

– **mettez en relation** les différents documents lorsque cela est possible ;

– **reliez les informations** du ou des documents **avec vos connaissances**.

- Lorsque des calculs sont demandés, **vérifiez plusieurs fois vos calculs**, en faisant attention aux unités utilisées.

L'astuce du prof

Dans le cas d'un QCM, lisez bien la consigne pour savoir s'il y a une ou plusieurs bonnes réponses acceptées.

Comment rédiger sa copie ?

- **Si la question nécessite uniquement l'utilisation de documents**, présentez d'abord les informations précises qui vous serviront d'arguments et terminez par votre interprétation.
- **Si la question exige une mise en relation des documents avec des connaissances**, utilisez d'abord les documents en les décrivant précisément, puis interprétez-les à l'aide de vos connaissances.

Gagnez des points !

Ne récitez pas systématiquement votre cours pour étoffer votre réponse. Les réponses aux questions posées sont souvent courtes, cela évite d'être hors sujet.

- **Si la question est une restitution de connaissances** ou **nécessite un raisonnement sans s'appuyer sur des documents**, soyez le plus clair et le plus précis possible.

Comment présenter sa copie ?

Les contraintes

- **Rédigez chaque partie de l'épreuve** sur une copie distincte par discipline, car des enseignants de trois matières différentes corrigent cette épreuve.
- **Indiquez le titre de la partie traitée et précisez bien le numéro de la question** (surtout si vous n'avez pas répondu aux questions dans l'ordre) afin d'éviter les erreurs.

Le soin

- **Écrivez lisiblement**. Si votre écriture est difficile à lire, essayez d'aérer votre devoir, de soigner votre typographie et de bien séparer les lettres.
- **Soulignez à la règle les mots importants.** Vous pouvez utiliser des stylos de couleur pour faire ressortir les idées importantes de la copie, mais attention à la copie arc-en-ciel avec trop de couleurs !
- **Tracez les schémas à la règle.**
- **Construisez des phrases simples et assez courtes. Si la réponse est longue, créez des paragraphes** qui regrouperont des ensembles d'idées (ne créez pas de paragraphes au hasard de votre copie, juste pour l'aspect esthétique).
- **Faites attention à la syntaxe, à la grammaire et à l'orthographe**, notamment lors de la relecture : pas de phrase sans verbe conjugué, sans sujet, etc.

Les clés de la réussite !

- **Prenez le temps** de bien comprendre les termes du sujet et de la consigne.
- **Reliez les informations pertinentes** des documents à vos connaissances.
- Même si vous n'arrivez pas à trouver le résultat final, **détaillez les démarches suivies et vos essais de calcul sur vos copies**. Cela valorisera votre copie et vous pourrez gagner des points.

Sujet 1 Les causes de la fonte des glaciers

25 pts · 30 min

France métropolitaine, juin 2021

Le réchauffement climatique est la principale cause de la fonte et de la régression des glaciers de montagne dans le monde.

D'après *Futura sciences*

1 Les causes de la fonte des glaciers

L'augmentation de la température de l'air est responsable d'une fonte plus importante des glaciers de montagne. Cette augmentation de la température est liée à l'excédent de gaz à effet de serre (vapeur d'eau H_2O, dioxyde de carbone CO_2, méthane CH_4, etc.) libérés dans l'atmosphère par les activités humaines. Les chercheurs estiment que le manteau neigeux naturel des Alpes pourrait diminuer de 70 % d'ici la fin du siècle si les émissions de gaz à effet de serre se poursuivent à l'identique. Un deuxième phénomène responsable de la fonte des glaciers de montagne est la diminution des précipitations. En effet, les apports en neige de l'hiver ne compensent plus la fonte naturelle des glaciers l'été.

a. En vous appuyant sur l'introduction, citer deux causes essentielles responsables de la fonte des glaciers de montagne.

b. Donner le nom et le nombre des atomes présents dans la molécule de méthane.

c. Le méthane, constituant principal du gaz naturel et du biogaz, intervient aussi en tant que réactif dans des combustions servant aux activités humaines. On obtient du dioxyde de carbone et de l'eau à l'issue d'une combustion complète. Choisir parmi les équations chimiques suivantes celle qui modélise la combustion complète du méthane. Justifier ce choix.

$$CH_4 + 2\,O_2 \rightarrow CO_2 + 2\,H_2$$
$$CH_4 + 2\,O_2 \rightarrow 2\,CO_2 + H_2O$$
$$CH_4 + 2\,O_2 \rightarrow CO_2 + 2\,H_2O$$

2 Fonte des glaciers de montagne et hydroélectricité

Les eaux de fonte des glaciers contribuent à alimenter des lacs de retenue et participent au fonctionnement de centrales hydroélectriques dont le schéma de principe est donné page suivante.

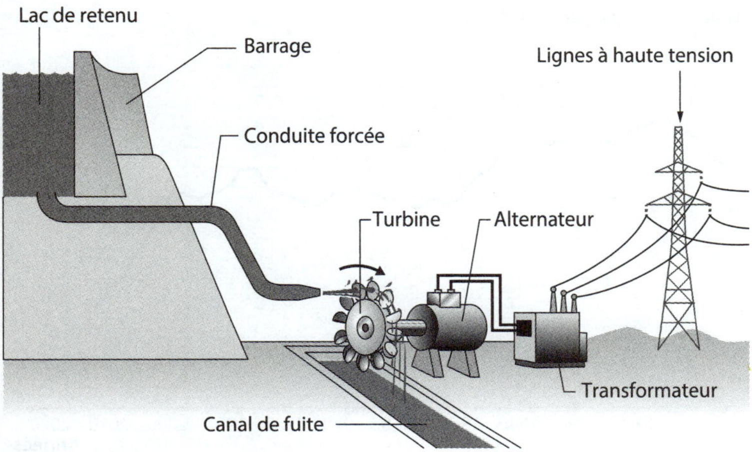

a. Citer la forme d'énergie emmagasinée au niveau du lac de retenue parmi les suivantes : énergie nucléaire, énergie cinétique, énergie potentielle, énergie chimique, énergie thermique.

b. On considère l'alternateur de la centrale hydroélectrique. Sans recopier le diagramme de conversion d'énergie ci-dessous, affecter à chaque numéro une forme d'énergie en choisissant parmi les groupes de mots suivants : énergie électrique, énergie chimique, énergie cinétique, énergie lumineuse, énergie thermique.

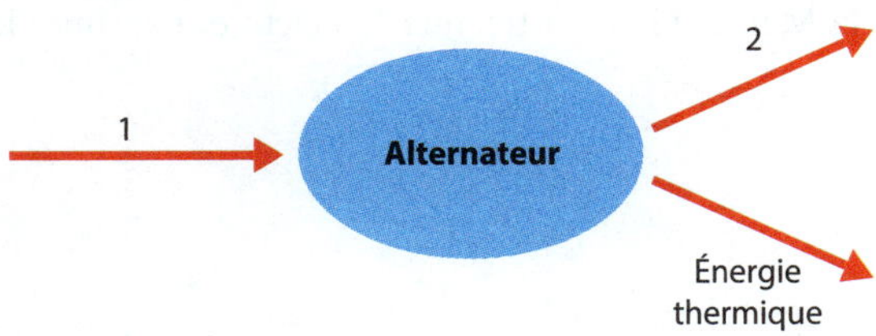

3 Évolution au cours du temps de l'épaisseur en un point de la Mer de Glace (un glacier de montagne des Alpes)

a. À l'aide du document ci-après, on montre que la diminution de l'épaisseur du glacier entre les années 1990 et 2000 est de 4 mètres. Déterminer la diminution de l'épaisseur du glacier entre les années 2000 et 2010. Justifier la réponse.

b. Comparer les deux diminutions obtenues pour une durée de dix ans puis commenter. Quelle hypothèse peut-on formuler à propos du réchauffement climatique ?

PHYSIQUE-CHIMIE

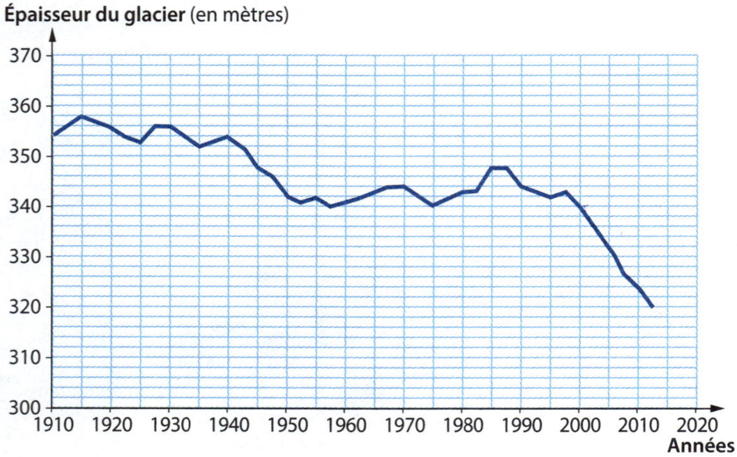

4 Vitesse d'écoulement de la glace de la Mer de Glace dans les Alpes

Un glacier de montagne n'est pas immobile. Une fois la glace formée, elle s'écoule lentement vers l'avant de la pente, comme un fleuve. Une première estimation de la vitesse d'écoulement de la Mer de Glace a été établie il y a déjà presque deux siècles : une échelle abandonnée par le physicien alpiniste Horace Benedict de Saussure en 1788 a été retrouvée 4 370 mètres en aval en 1832.

Établir le raisonnement permettant de calculer la vitesse d'écoulement de la glace de la Mer de Glace. Effectuer le calcul et exprimer le résultat en mètres par an.

Sujet 1 Corrigé

Les clés pour réussir

L'essentiel à connaître

- Les **atomes** sont représentés par un **symbole chimique**, une lettre majuscule quelquefois suivie d'une minuscule.
- Une **molécule** est un **assemblage d'atomes.** Elle est représentée par une **formule chimique** qui indique le nom et le nombre des atomes qui la constituent.
- Dans une **transformation chimique**, il y a **redistribution des atomes** qui constituent les **réactifs** pour former de **nouvelles molécules** (ou de nouveaux ions) que l'on nomme les **produits.**
- Une forme d'énergie peut être convertie en une autre forme d'énergie.
- La **vitesse moyenne** $\boldsymbol{v}$ d'un objet parcourant la **distance** $\boldsymbol{d}$ pendant une **durée** $\boldsymbol{t}$ est : $v = \frac{d}{t}$, avec d en mètres (m), t en secondes (s) et v en mètres par seconde (m/s).

Analyser l'énoncé et les documents

- L'**introduction** du sujet permet d'identifier les deux causes essentielles de la fonte des glaciers de montagne.
- Le **schéma** de la centrale hydroélectrique permet d'identifier le positionnement de l'alternateur et d'en déduire le type de conversion d'énergie concerné.
- Le **diagramme** représentant l'évolution au cours du temps de l'épaisseur en un point de la Mer de glace permet de lire les différentes épaisseurs pour les différentes années évoquées dans le sujet.

Bien comprendre les questions

Question 1

- **Utilisez vos connaissances et l'introduction** du sujet pour **identifier** deux causes responsables de la fonte des glaciers et **repérer** la formule du méthane.
- **Exploitez la formule du méthane** pour en déduire sa composition. **Lisez attentivement la question** pour repérer les noms des produits de la combustion du méthane et identifier l'équation chimique équilibrée.

Question 2

- **Analysez soigneusement le document** présentant le schéma de principe d'une centrale hydroélectrique afin de déterminer le type de conversion d'énergie effectuée dans l'alternateur.

Question 3

- **Observez attentivement le graphique** proposé dans le sujet et déterminez l'échelle correspondant aux graduations sur cet axe.
- **Exploitez** ensuite ce graphique pour déterminer les différentes épaisseurs de glaces pour les années évoquées dans le sujet.

Question 4

- **Déterminez la durée** qui correspond à la distance citée dans la question, puis **en déduire la valeur de la vitesse moyenne** en appliquant la formule définissant une vitesse.

1 **a.** L'introduction mentionne :
– **l'augmentation de la température de l'air ;**
– **la diminution des précipitations.**

Ces deux phénomènes constituent deux causes essentielles responsables de la fonte des glaciers de montagne.

b. D'après l'introduction du sujet, la formule du méthane est CH_4. Le méthane contient ainsi un atome de carbone (C) et quatre atomes d'hydrogène (H).

> **Piège à éviter**
> Dans la formule d'une molécule, le nombre d'atome est en indice à droite du symbole de l'atome.

c. Le texte de la question précise que la **combustion complète** du méthane **forme du dioxyde de carbone, CO_2, et de l'eau, H_2O**.

La **première équation** de réaction proposée **ne conduit pas** à la formation d'eau, mais de dihydrogène H_2, **elle est à exclure.**

Les deux équations de réaction suivantes **respectent la nature des réactifs** et **celle des produits**, mais **seule la dernière équation respecte la conservation de la matière** :

> **Remarque**
> Lors d'une transformation chimique, il y a conservation des éléments chimiques.

$$CH_4 + 2\,O_2 \rightarrow CO_2 + 2\,H_2O$$

	Atomes de carbone (C)	Atomes d'hydrogène (H)	Atomes d'oxygène (O)
Réactifs	1	4	$2 \times 2 = 4$
Produits	1	$2 \times 2 = 4$	$2 + 2 \times 1 = 4$

La dernière équation de réaction proposée modélise donc la combustion du méthane.

2 **a.** L'énergie emmagasinée au niveau du lac de retenue est de l'**énergie potentielle.**

b. D'après le document schématisant le principe d'une centrale hydroélectrique, il est possible d'identifier :

1 : énergie cinétique

2 : énergie électrique

Piège à éviter

Durant l'écoulement de l'eau dans la conduite forcée, l'énergie potentielle est convertie en énergie cinétique.

3 a. Par lectures graphiques, il est possible de déterminer les épaisseurs en un point de la Mer de Glace aux différentes années considérées :

Année	1990	2000	2010
Épaisseur (en m)	344	340	324

La diminution de l'épaisseur du glacier **entre 1990 et 2000** est :

$$344 - 340 = 4 \text{ m}.$$

La diminution de l'épaisseur du glacier **entre 2000 et 2010** est :

$$340 - 324 = 16 \text{ m}.$$

Remarque

Sur l'axe vertical, 10 m correspondent à 5 intervalles, soit 2 m par graduation sur cet axe.

b. Entre les années 2000 et 2010, la diminution de l'épaisseur du glacier est **quatre fois plus importante** que durant la décade précédente (1990-2000).

Ce constat permet de **formuler l'hypothèse d'une accélération des conséquences du réchauffement climatique**.

4 L'échelle abandonnée par Horace Benedict a parcouru 4 370 m entre 1788 et 1832.

La distance d **= 4 370 m** a été parcourue pendant une durée t :

$$t = 1832 - 1788 = 44 \text{ ans}.$$

La vitesse moyenne de l'échelle est :

$$v = \frac{d}{t} = \frac{4\,370}{44} = 99 \text{ m/an}.$$

La vitesse d'écoulement de l'échelle est égale à la vitesse d'écoulement du glacier, cette vitesse d'écoulement est donc **proche de 100 mètres par année**.

Remarque

En divisant une distance en mètres par une durée en années, l'unité obtenue pour la vitesse est mètre par année (ou mètre par an, m/an).

Sujet 2 Voiture à hydrogène

25 pts — 30 min

France métropolitaine, septembre 2020

L'automobile contribue à l'émission de gaz à effet de serre et de polluants atmosphériques. Les constructeurs tentent de réduire son impact sur l'environnement. La voiture équipée d'une pile à hydrogène est une des alternatives à la traditionnelle voiture à essence.

Une voiture à hydrogène ne rejette que de la vapeur d'eau. La « pile à hydrogène » incorporée est une pile à combustible. Celle-ci utilise, pour fonctionner, un apport en dihydrogène (le combustible) et en dioxygène (le comburant). Le dihydrogène se combine avec le dioxygène de l'air en produisant de l'eau. À cette transformation est associée une conversion d'énergie chimique en énergie thermique et énergie électrique. Un moteur électrique permet alors de propulser la voiture.

Cette technologie est parfaite pour réduire la pollution à l'échelle locale. En revanche, elle ne permet pas de réduire la pollution globale : le dihydrogène n'existe pas sur Terre à l'état naturel et plus de 90 % du dihydrogène produit sont issus de ressources d'énergie fossile.

1 **a.** Extraire des informations ci-dessus un argument montrant que l'utilisation d'une voiture fonctionnant avec une « pile à hydrogène » peut présenter un inconvénient d'un point de vue environnemental.

b. De la même manière, montrer que le fonctionnement d'une pile à hydrogène s'appuie sur une transformation chimique.

c. Toujours d'après ces informations, associer chacun des trois numéros du diagramme ci-dessous à une forme d'énergie choisie parmi les suivantes : énergie électrique, énergie cinétique, énergie thermique, énergie nucléaire, énergie potentielle, énergie chimique.

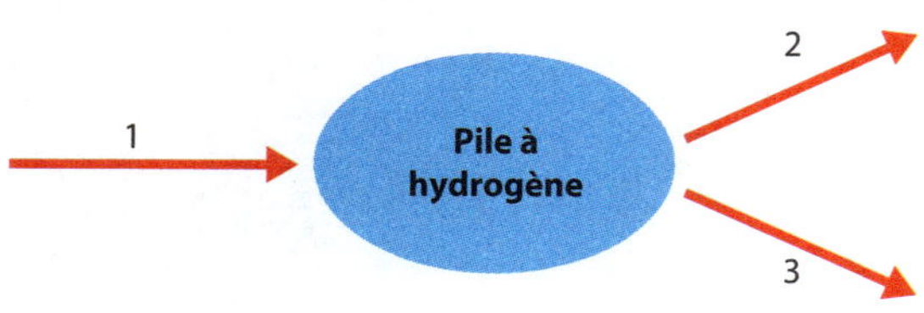

2 On recueille un échantillon du liquide produit par la pile à hydrogène. Proposer un protocole expérimental, sous forme de phrases et de schémas, permettant de mettre en évidence la présence d'eau dans cet échantillon. On dispose du matériel présenté dans le *document 2*.

Doc. 1 Tests d'identification d'espèces chimiques

Espèce chimique	Ion cuivre (II) Cu^{2+}	Eau	Ion chlorure Cl^-
Détecteur	Solution d'hydroxyde de sodium	Sulfate de cuivre anhydre	Solution de nitrate d'argent
Observations	Formation d'un précipité bleu	Changement de couleur : passage du blanc au bleu	Formation d'un précipité blanc

Doc. 2 Liste des solutions et du matériel pouvant être utilisés

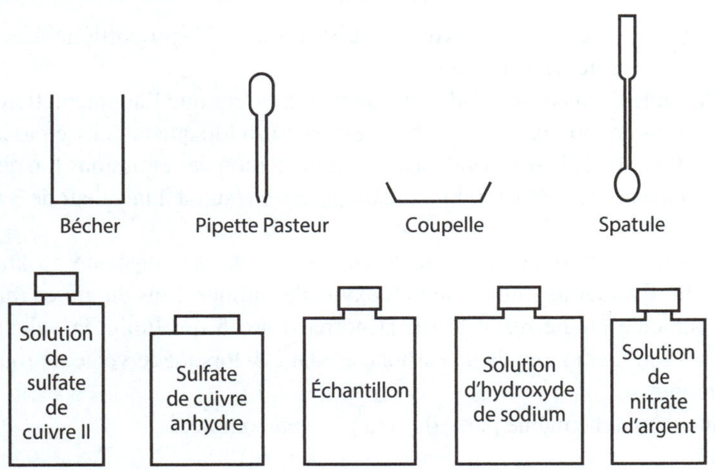

3 La majorité des automobiles fonctionne actuellement avec des moteurs à essence ou avec des moteurs Diesel. Plusieurs types de polluants sont émis par ces véhicules : le dioxyde de carbone, le monoxyde de carbone, les oxydes d'azote et des hydrocarbures imbrûlés.
Les émissions de monoxyde de carbone d'un moteur à essence varient en fonction de la vitesse du véhicule.

Doc. 3 Émissions de monoxyde de carbone en fonction de la vitesse sur route plane

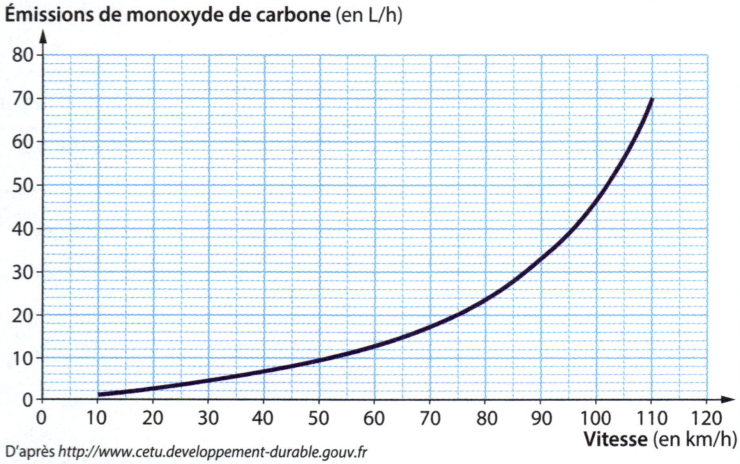

D'après *http://www.cetu.developpement-durable.gouv.fr*

a. Les émissions de monoxyde de carbone sont-elles proportionnelles à la vitesse du véhicule ? Justifier.

b. À l'aide de la courbe ci-dessus, on peut montrer que l'augmentation des émissions en monoxyde de carbone est de 3 L/h lorsque la vitesse passe de 40 à 50 km/h. Calculer la valeur de l'augmentation des émissions lorsque la vitesse passe de 100 à 110 km/h. Comparer ce résultat à la valeur de 3 L/h. Conclure.

c. Sur une autoroute, un véhicule parcourt à vitesse constante 55 km en 30 min. Évaluer le volume de monoxyde de carbone émis durant ce trajet.
Le véhicule étudié respecte-t-il la norme Euro 5 qui limite la valeur de l'émission de monoxyde de carbone à 96,8 L/h lorsque le véhicule roule à cette vitesse ?
Toute démarche même partielle sera prise en compte.

Sujet 2 Corrigé

Les clés pour réussir

L'essentiel à connaître

- Les **ressources d'énergie fossiles** sont des **ressources d'énergie non renouvelables**, comme le pétrole par exemple.
- Lors d'une transformation chimique, il n'y a **pas conservation des espèces chimiques** mais il y a **conservation des éléments chimiques**.
- L'**énergie** existe sous **différentes formes** : énergie chimique, énergie cinétique, énergie thermique, énergie électrique, énergie nucléaire, énergie potentielle, etc.
- **Les moteurs à essence et les moteurs Diesel,** qui équipent la majorité des automobiles actuelles, émettent lorsqu'ils fonctionnent plusieurs types de **polluants**, comme du monoxyde de carbone par exemple.
- La vitesse de déplacement v d'un véhicule est telle que $\boldsymbol{v = d / t}$ avec d la distance parcourue par le véhicule pendant la durée t.

Analyser l'énoncé et les documents

- De nombreuses informations concernant notamment les polluants émis par les moteurs à essence ou Diesel sont données dans l'énoncé mais elles ne sont pas toutes utiles à la résolution de l'exercice.
- Le *document 1* présente les principaux tests d'identification d'espèces chimiques.
- Le *document 2* donne une liste des solutions et du matériel pouvant être utilisés lors d'une expérience en chimie.
- Avec le *document 3*, relevez les volumes de monoxyde de carbone émis par le moteur d'un véhicule en une heure en fonction de sa vitesse.

Bien comprendre les questions

Question 1

- Les réponses aux questions **1 a.** à **1 c.** demandent une appropriation assez fine de l'énoncé.

Question 2

- Même s'il est demandé dans l'énoncé de la question 2 de réaliser plusieurs schémas, la réalisation d'un seul schéma est en réalité suffisante pour répondre convenablement.

Question 3

- Appuyez-vous sur le *document 3* et pensez à calculer une vitesse pour répondre aux questions posées.

PHYSIQUE-CHIMIE

1 **a.** L'utilisation d'une voiture fonctionnant avec une « pile à hydrogène » peut présenter un inconvénient d'un point de vue environnemental car, même si cette technologie est parfaite pour réduire la pollution à l'échelle locale, elle ne permet pas de réduire la pollution globale. En effet, plus de **90 % du dihydrogène** nécessaire au fonctionnement de la pile à hydrogène est produit aujourd'hui **à partir de ressources d'énergie fossile**, qui sont **des ressources d'énergie non renouvelables**.

b. Le fonctionnement d'une pile à hydrogène s'appuie sur une transformation chimique car du **dihydrogène et du dioxygène réagissent entre eux pour produire de l'eau**.

c. Dans une pile à hydrogène, de l'énergie chimique est convertie en énergie électrique et en énergie thermique. Le **diagramme de conversion d'énergie** d'une pile à hydrogène peut donc être complété de la manière suivante.

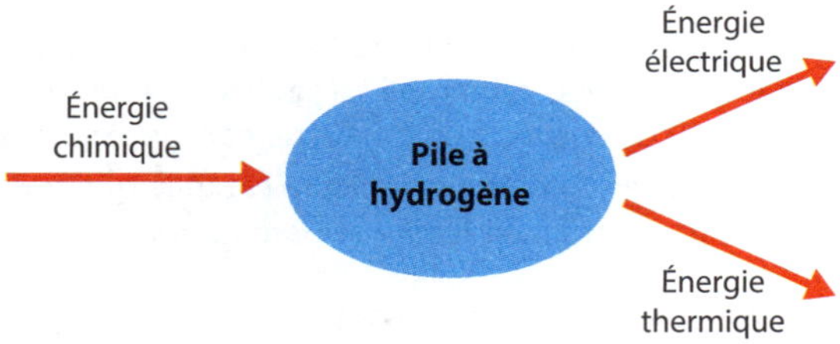

2 Le protocole expérimental permettant de mettre en évidence la présence d'eau dans un échantillon du liquide produit par la pile à hydrogène est le suivant.

L'astuce du prof
N'oubliez pas d'indiquer le matériel utilisé.

- Déposer du sulfate de cuivre anhydre (blanc) dans une coupelle grâce à une spatule.
- Verser une partie de l'échantillon du liquide produit par la pile à hydrogène dans un bécher.
- Avec une pipette pasteur, prélever quelques gouttes de l'échantillon et les verser sur le sulfate de cuivre anhydre déposé sur la coupelle : **si le sulfate de cuivre anhydre reste blanc, l'échantillon ne contient pas d'eau** ; **si le sulfate de cuivre anhydre devient bleu, l'échantillon contient de l'eau**.

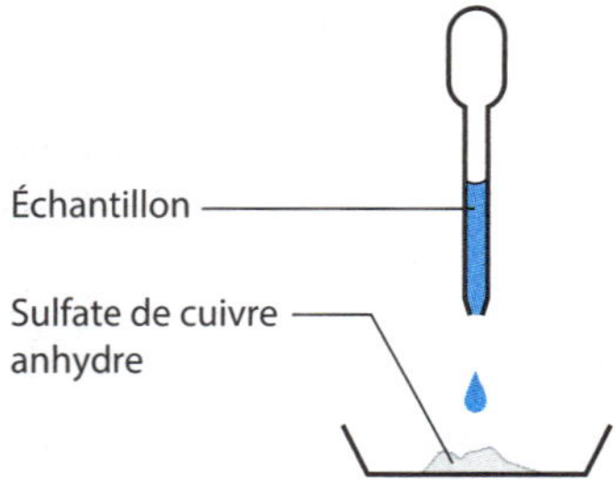

3 **a.** Les émissions de monoxyde de carbone **ne sont pas proportionnelles** à la vitesse du véhicule. En effet, le graphique représentant l'évolution de des émissions de monoxyde de carbone en fonction de la vitesse **n'est pas une droite passant par l'origine**.

b. D'après le graphique ci-dessous :
- à 110 km/h, les émissions de monoxyde de carbone sont égales à 70 L/h ;
- à 100 km/h, les émissions de monoxyde de carbone sont égales à 46 L/h.

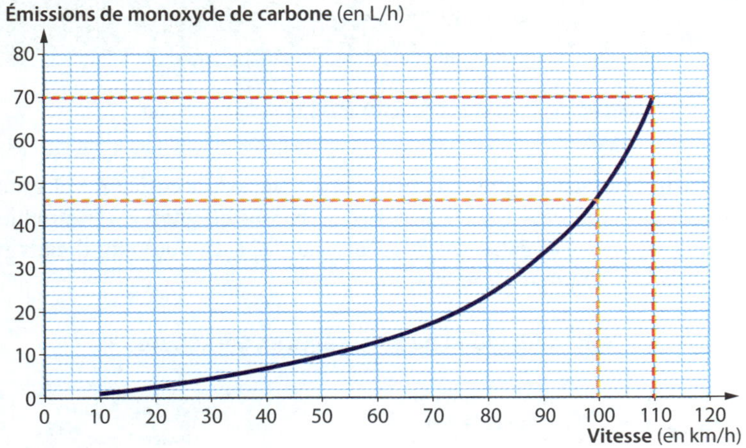

Ainsi, la valeur de l'augmentation des émissions de monoxyde de carbone lorsque la vitesse du véhicule passe de 100 à 110 km/h est égale à : 70 – 46 = **26 L/h**.
Or, lorsque le véhicule passe de 40 à 50 km/h, l'augmentation des émissions de monoxyde de carbone est « uniquement » de 3 L/h.
Ainsi, une augmentation de vitesse de 10 km/h aura **un impact sur l'environnement beaucoup plus important si le véhicule roule à 100 km/h plutôt qu'à 40 km/h.**

c. Si un véhicule parcourt à vitesse constante une distance $d = 55$ km pendant une durée $t = 30$ min = 0,5 h, la valeur v de sa vitesse est égale à :

$$v = \frac{d}{t} = \frac{55}{0{,}5} = \mathbf{110\ km/h}.$$

> **L'astuce du prof**
> N'oubliez pas de convertir la durée du parcours en heures (h).

Or, à 110 km/h, l'émission Vh de monoxyde de carbone est égale à $Vh = 70$ L/h.
Ainsi, le volume V de monoxyde de carbone émis durant ce trajet, d'une durée $t = 0{,}5$ h, est égal à :
$V = Vh \times t = 70 \times 0{,}5 =$ **35,5 L**.
Comme la norme Euro 5 limite la valeur de l'émission de monoxyde de carbone à 96,8 L/h lorsqu'un véhicule roule à 110 km/h, on peut en conclure que **ce véhicule respecte cette norme** étant donné que son émission Vh de monoxyde de carbone est égale à 70 L/h à cette vitesse.

Sujet 3 — Saut en parachute

25 pts — 30 min

Amérique du Nord, juin 2019

Un parachutiste saute habituellement depuis un avion en plein vol à une altitude d'environ 3 à 4 km. Pour battre un record de vitesse, l'Autrichien Felix Baumgartner a réalisé en 2012 un saut hors du commun depuis un ballon-sonde à 39 km d'altitude.

Schématisation de deux sauts en parachute

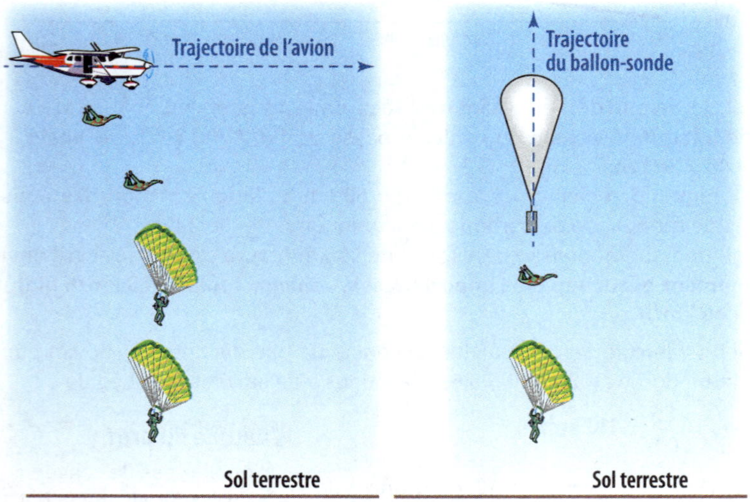

Saut depuis un avion — **Saut de F. Baumgartner**

1 Parmi les propositions suivantes, indiquer, en justifiant la réponse à partir du *document 1*, celle qui satisfait aux caractéristiques du saut de F. Baumgartner. Le mouvement est :

- **proposition a :** accéléré puis ralenti ;
- **proposition b :** accéléré puis uniforme ;
- **proposition c :** uniforme puis accéléré.

Doc. 1 **Évolution de la vitesse de F. Baumgartner par rapport au sol terrestre en fonction du temps, avant l'ouverture du parachute**

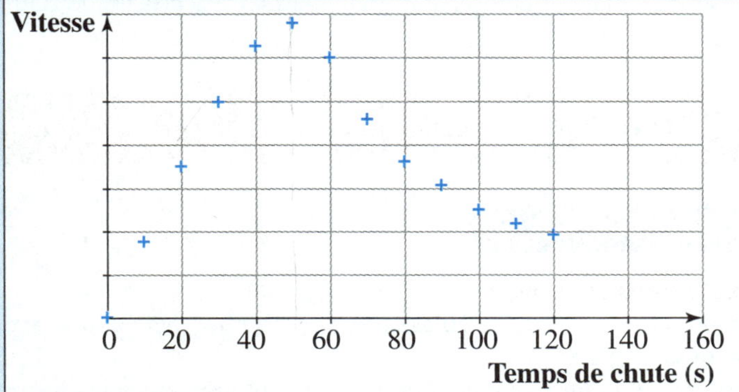

(Les valeurs de la vitesse sont volontairement absentes.)

Doc. 2 **Positions successives de F. Baumgartner au début de sa chute, avant l'ouverture du parachute**

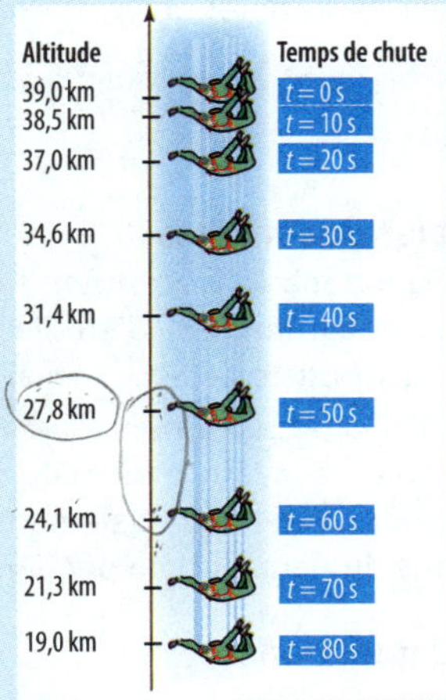

2 Montrer sans calcul que l'analyse du *document 2* permet de retrouver la réponse précédente.

Le parachutiste est soumis à deux actions mécaniques : l'action de la Terre modélisée par le poids (appelée force de pesanteur) et les frottements de l'air.

3 Indiquer, pour chacune de ces actions, s'il s'agit d'une action de contact ou d'une action à distance.

4 En exploitant les *documents 1* et *2*, expliquer, à l'aide de calculs, si la vitesse maximale atteinte par F. Baumgartner est proche de 250 m/s, 370 m/s ou 470 m/s.

Sujet 3 Corrigé

Les clés pour réussir

L'essentiel à connaître

- L'action de la Terre sur un objet ou sur un être humain est une **action à distance**.
- Un objet ou un être humain a un mouvement **accéléré** si la valeur de sa **vitesse augmente** au cours du temps.
- Un objet ou un être humain a un mouvement **uniforme** si la valeur de sa **vitesse** est **constante** au cours du temps.
- Un objet ou un être humain a un mouvement **ralenti** si la valeur de sa vitesse **diminue** au cours du temps.
- La valeur v de la vitesse d'un objet ou d'un être humain est égale à $v = \frac{d}{t}$, avec d la distance parcourue par l'objet ou l'être humain pendant une durée t.

Analyser l'énoncé et les documents

- Les valeurs de la vitesse dans le *document 1* étant volontairement absentes, l'intérêt de ce document est d'étudier les variations de la valeur de la vitesse du parachutiste au cours de sa chute.
- Toutes les valeurs d'altitude du *document 2* ne sont pas utiles. Seules celles permettant de calculer la valeur maximale de la vitesse du parachutiste doivent être relevées. Analysez également l'évolution de la distance entre deux positions du parachutiste pendant sa chute.

Bien comprendre les questions

Question 1

- Reprenez les définitions des termes « accéléré », « uniforme » et « ralenti » pour justifier la réponse.

Question 2

- Comparez les distances parcourues par le parachutiste pendant une même durée pour faire le lien avec le *document 1*.

Question 3

- Cette question demande une réponse très courte.

Question 4

- Calculez la distance maximale parcourue par le parachutiste pendant 10 s pour répondre à la question posée.

1 **Proposition a.** Le mouvement de F. Baumgartner est **accéléré, puis ralenti**. En effet, d'après le *document 1*, la valeur de la **vitesse** de F. Baumgartner **augmente, puis diminue** au cours de sa chute.

2 D'après le *document 2*, entre 0 s et 60 s, **la distance parcourue par F. Baumgartner pendant 10 s augmente**. Puis, entre 60 s et 80 s, **la distance parcourue par F. Baumgartner pendant 10 s diminue.**

Ainsi, comme la valeur v de la vitesse est égale à $v = \frac{d}{t}$ avec d la distance parcourue pendant une durée t, **l'analyse du *document 2* permet de retrouver la réponse précédente** : la valeur de la vitesse de F. Baumgartner augmente, puis diminue au cours de sa chute.

L'astuce du prof

Pour être plus précis, vous pouvez donner les distances exactes parcourues par F. Baumgartner pendant 10 s, mais vous perdrez du temps sans obtenir de points supplémentaires.

3 L'action de la Terre sur le parachutiste F. Baumgartner, modélisée par le **poids du parachutiste** (aussi appelée force de pesanteur), est une **action à distance**.

Les **frottements** de l'air exercés sur le parachutiste sont une **action de contact**.

Gagnez des points !

Ne justifiez pas votre réponse, ce n'est pas demandé.

4 D'après le *document 1*, la valeur maximale de la vitesse de F. Baumgartner est atteinte après 50 s de chute, ce qui est cohérent avec le *document 2* dans lequel on voit que **la distance maximale parcourue par le parachutiste pendant une même durée se trouve entre 50 s et 60 s**.

Comme la valeur v de la vitesse est égale à $v = \frac{d}{t}$, avec d la distance parcourue pendant une durée t, la valeur maximale de la vitesse atteinte par F. Baumgartner est égale à :

$$v = \frac{27{,}8 - 24{,}1}{10} = \frac{3{,}7}{10} = 0{,}37 \text{ km/s} = \mathbf{370 \text{ m/s}}.$$

L'astuce du prof

Pensez à convertir le résultat en m/s.

PHYSIQUE-CHIMIE

Sujet 4 — Saut à l'élastique

25 pts — 30 min

Liban, juin 2018

Le saut à l'élastique consiste à se jeter depuis un point situé en hauteur, en étant accroché à un élastique.

Dans ce sujet, nous nous intéresserons au mouvement d'un sauteur et à ses sensations, puis nous nous concentrerons sur le choix des élastiques.

Doc. 1 Les quatre phases du saut à l'élastique

Un saut à l'élastique comporte principalement 4 phases :

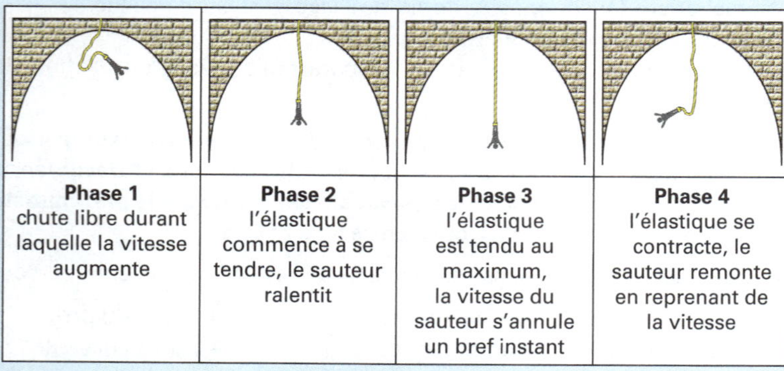

Phase 1	Phase 2	Phase 3	Phase 4
chute libre durant laquelle la vitesse augmente	l'élastique commence à se tendre, le sauteur ralentit	l'élastique est tendu au maximum, la vitesse du sauteur s'annule un bref instant	l'élastique se contracte, le sauteur remonte en reprenant de la vitesse

Une fois ces 4 phases passées, le sauteur subit encore quelques oscillations avant de s'immobiliser définitivement.

Doc. 2 **Représentation graphique des variations de la vitesse du sauteur en fonction du temps**

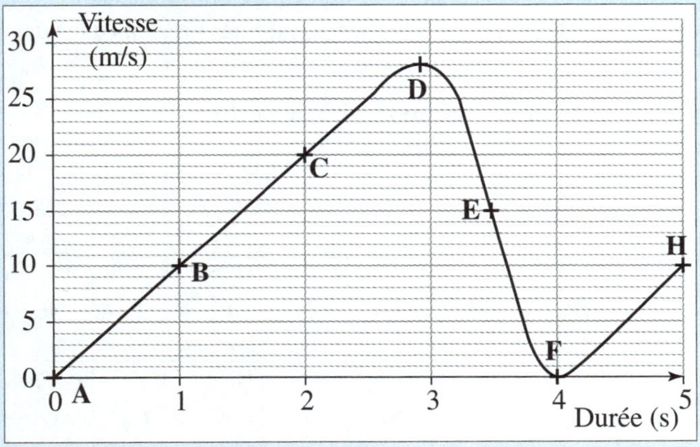

1 Mouvement du sauteur

a. Repérer la partie du graphique du *document 2* qui correspond à la phase 1. Justifier brièvement.

b. Indiquer la phase du saut qui correspond au point F.

c. La force de pesanteur (le poids du sauteur) modélise l'une des actions mécaniques s'exerçant sur le sauteur lors de sa chute. Préciser la direction et le sens de cette force.

2 Énergie du sauteur et conversion

a. En utilisant les termes « énergie potentielle » et « énergie cinétique », décrire la conversion d'énergie qui a lieu lors de la phase 1 du saut.

b. À l'aide du *document 2*, déterminer la valeur maximale de la vitesse atteinte par le sauteur.

c. En déduire, par un calcul, que la valeur maximale de l'énergie cinétique du sauteur de 78 kg (équipement inclus) est de l'ordre de 30 000 J.

d. Le *document 3* donne l'énergie cinétique de différents véhicules à une vitesse donnée.

En comparant la valeur maximale de l'énergie cinétique obtenue à la question **c.** à celle d'un véhicule en mouvement, préciser le rôle de l'élastique.

Doc. 3 **Énergie cinétique de différents véhicules à une vitesse donnée**

Objet	Vitesse	Énergie cinétique
Camion + chauffeur	30 km/h	120 550 J
Moto + motard	65 km/h	26 000 J
Vélo + cycliste	12 km/h	425 J

PHYSIQUE-CHIMIE

3 Sensation lors du saut

Durant le saut, le sauteur éprouve des sensations qui sont associées à la production d'adrénaline, substance dont la formule chimique est $C_9H_{13}O_3N$. Préciser le nom et le nombre de chacun des atomes présents dans une molécule d'adrénaline.

Donnée : extrait de la classification périodique

1 **H** HYDROGÈNE							2 **He** HÉLIUM
3 **Li** LITHIUM	4 **Be** BÉRYLLIUM	5 **B** BORE	6 **C** CARBONE	7 **N** AZOTE	8 **O** OXYGÈNE	9 **F** FLUOR	10 **Ne** NÉON
11 **Na** SODIUM	12 **Mg** MAGNÉSIUM	13 **Al** ALUMINIUM	14 **Si** SILICIUM	15 **P** PHOSPHORE	16 **S** SOUFRE	17 **Cl** CHLORE	18 **Ar** ARGON

4 Choix de l'élastique

Il existe différents modèles d'élastique, adaptés au sauteur et aux conditions de saut. Le *document 4* donne quelques modèles d'élastique disponibles dans un club :

Doc. 4 Modèles d'élastique

Modèle d'élastique	Poids du sauteur	Longueurs disponibles pour chaque modèle	Longueur maximale
XS	250 N à 450 N	15 m ; 30 m ; 50 m	3 fois la longueur initiale
S	400 N à 700 N		
M	650 N à 950 N		
L	900 N à 1200 N		

Pour concilier sensations fortes et sécurité, les clubs fixent généralement une distance d'au moins 10 m entre le sol et le point le plus bas atteint lors de la chute.

Parmi les modèles disponibles, choisir un élastique qui convient, pour un sauteur de 78 kg (équipement inclus), s'élançant du pont de Ponsonnas haut de 103 m.

Préciser le modèle et la longueur de l'élastique retenu. Justifier.

Toute démarche sera valorisée.

Donnée : l'intensité de la pesanteur sur Terre a pour valeur $g = 9{,}8$ N/kg.

Sujet 4 Corrigé

Les clés pour réussir

L'essentiel à connaître

- Le mouvement d'un objet est **ralenti** si la valeur de sa vitesse **diminue**.
- Le **poids** d'un corps, appelé aussi force de pesanteur, modélise l'action, verticale et vers le bas, exercée par la Terre sur ce corps. La valeur du **poids** P, en newtons (N), d'un corps de masse m, en kg, est égale à : $\boldsymbol{P = mg}$ avec g l'intensité de la pesanteur, en N/kg.
- L'**énergie potentielle** d'un corps est liée à son altitude (à sa hauteur) : plus l'altitude d'un corps est grande, plus son énergie potentielle est élevée.
- L'**énergie cinétique** E_c, en joules (J), d'un corps de masse m, en kg, est liée à la valeur v de sa vitesse, en m/s : $\boldsymbol{E_c = \frac{1}{2} mv^2}$.

Analyser l'énoncé et les documents

- Distinguez bien les différentes phases du saut à l'élastique, par exemple :

– quand le sauteur chute lors de la phase 1, son altitude diminue et la valeur de sa vitesse augmente ;

– quand l'élastique se contracte lors de la phase 4, l'altitude du sauteur augmente et la valeur de sa vitesse augmente.

- La classification périodique donne le nom et le symbole des atomes.

Bien comprendre les questions

Question 1

- Comparez l'évolution de la valeur de la vitesse indiquée sur le graphique avec les indications données pour chaque phase du saut.

Question 2

- Étudiez l'évolution de l'altitude et de la vitesse du sauteur.
- Utilisez la formule reliant l'énergie cinétique et la valeur de la vitesse pour réaliser le calcul demandé.

Question 3

- Relevez la formule chimique de l'adrénaline pour déterminer la composition de la molécule.

Question 4

- Cette question est une tâche complexe. Toute tentative est valorisée même si vous n'arrivez pas à résoudre totalement le problème.

PHYSIQUE-CHIMIE

1 **a.** La partie du graphique qui correspond à la phase 1 est la partie du graphique **entre les points A et D**. En effet, la phase 1 correspond au début du saut à l'élastique ($t = 0$) : elle débute donc sur le graphique au niveau du point A. De plus, la valeur de la vitesse augmente durant la phase 1, alors qu'elle diminue lors de la phase 2. La fin de la phase 1 correspond donc au point D, car c'est à cet instant que la valeur de la vitesse commence à diminuer.

Gagnez des points !
N'oubliez pas de justifier votre réponse.

b. La phase du saut qui correspond au point F est la **phase 3**, car la vitesse est nulle au point F.

c. La force de pesanteur (le poids du sauteur) modélise l'action exercée par la Terre sur le sauteur. Cette force a une **direction verticale** et un **sens vers le bas**.

L'astuce du prof
Ne confondez pas direction (verticale, horizontale) et sens (vers la droite, vers la gauche, vers le haut, vers le bas).

2 **a.** Lors de la phase 1 du saut à l'élastique, l'altitude (la hauteur) du sauteur diminue, et la valeur de sa vitesse augmente. Comme l'énergie potentielle du sauteur est liée à son altitude et que son énergie cinétique est liée à la valeur de sa vitesse, **l'énergie potentielle du sauteur diminue** et **son énergie cinétique augmente** lors de la phase 1. Ainsi, il y a **conversion de l'énergie potentielle en énergie cinétique** lors de la phase 1.

b. D'après le graphique, la valeur maximale de la vitesse atteinte par le sauteur est égale à **28 m/s**.

c. La valeur maximale E_c de l'énergie cinétique du sauteur de masse m est de l'ordre de 30 000 J :

$$E_c = \frac{1}{2} mv^2 = \frac{1}{2} \times 78 \times 28^2 = \mathbf{3{,}1 \times 10^4\ J}.$$

d. La valeur maximale de l'énergie cinétique du sauteur est du **même ordre de grandeur que l'énergie cinétique d'une moto et d'un motard à 65 km/h**. Cette énergie cinétique est importante : le rôle de l'élastique est de **diminuer l'énergie cinétique du sauteur en le ralentissant**.

3 La formule chimique de l'adrénaline est : $\mathbf{C_9H_{13}O_3N}$. Une molécule d'adrénaline comporte donc **9 atomes de carbone (C)**, **13 atomes d'hydrogène (H)**, **3 atomes d'oxygène (O)** et **1 atome d'azote (N)**.

4 La valeur du poids *P* du sauteur de masse *m* est égale à :
$P = mg = 78 \times 9{,}8 = \mathbf{7{,}6 \times 10^2\ N}$.
La valeur du poids du sauteur est donc d'environ 760 N, ce qui signifie qu'il faut utiliser le **modèle d'élastique M.**
De plus, le sauteur s'élance du pont de Ponsonnas, haut de 103 m. Comme il faut une distance d'au moins 10 m entre le sol et le point le plus bas atteint lors de la chute et que la longueur maximale d'un élastique est égale à trois fois sa longueur initiale, la longueur maximale *L* de l'élastique est telle que :
$3 \times L + 10 = 103$
$3 \times L = 103 - 10 = 93$
$L = \frac{93}{3} = 31$ m.
L'élastique peut donc avoir une longueur de **15 m ou** de **30 m**. Toutefois, pour que le sauteur ait un maximum de sensations et fasse le plus grand saut possible en toute sécurité, il est préférable d'utiliser un élastique de **30 m** de long.

PHYSIQUE-CHIMIE

Sujet 5 — Aménagement d'un fourgon

25 pts — 30 min

Centres étrangers, septembre 2020

Pour voyager, de plus en plus de personnes aménagent un fourgon. Les installations électriques sont des étapes importantes de l'aménagement.

1 Lampes LED

Le fourgon aménagé doit être équipé d'une installation lumineuse.

a. Recopier la phrase suivante en choisissant à chaque fois la bonne proposition :

« Dans un circuit électrique, la lampe LED se comporte comme un *récepteur / générateur*. Alimentée en énergie *thermique / électrique*, elle émet de l'énergie *lumineuse / électrique* ».

b. Préciser, en justifiant la réponse, si la lampe LED réalise un transfert ou une conversion d'énergie.

2 L'installation électrique

Pour réaliser l'installation électrique, on utilise des câbles constitués de brins en cuivre recouverts d'une fine couche en plastique appelée gaine.

a. Justifier brièvement la présence d'une gaine en plastique enrobant les brins en cuivre pour garantir la sécurité de l'utilisateur.

b. En contact avec l'air, le cuivre noircit. Il participe à une transformation chimique qui peut être modélisée par la réaction d'équation :

$$2\,Cu + O_2 \longrightarrow 2\,CuO$$

- Indiquer si le dioxygène de l'air est un produit ou un réactif de cette transformation chimique. Justifier.

- Expliquer la présence du chiffre « 2 » devant la formule chimique de l'oxyde de cuivre CuO.

c. On modélise l'installation électrique du fourgon par le circuit schématisé ci-après (*document 1*).

La batterie est modélisée par une pile. Reproduire le schéma de la pile.

Doc. 1 **Schéma électrique**

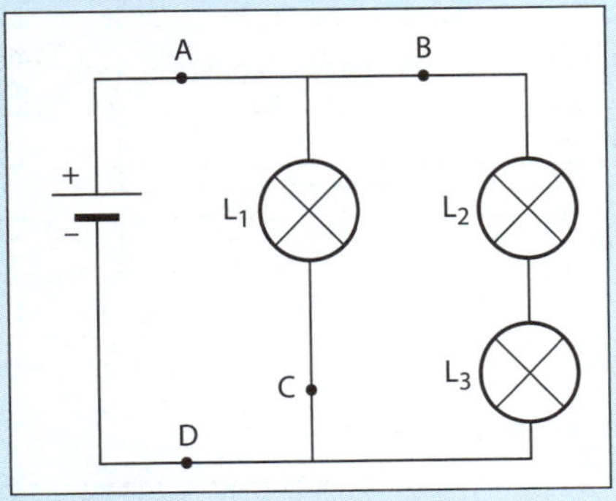

d. On souhaite ajouter dans le circuit un interrupteur capable d'allumer et d'éteindre toutes les lampes en même temps.
Indiquer, parmi les positions A, B, C ou D proposées sur le *document 1* où pourrait être placé l'interrupteur pour répondre à ce cahier des charges.

e. Lorsque toutes les lampes sont allumées, la pile a une tension électrique à ses bornes $U = 12$ V.
À l'aide d'un ampèremètre, on réalise plusieurs mesures :
– intensité du courant électrique dans la branche principale : $I_P = 0{,}15$ A ;
– intensité du courant électrique traversant les lampes L_2 et L_3 : $I_2 = 0{,}12$ A.
L'aménagement ne permettant pas de mesurer directement l'intensité I_1 du courant électrique traversant la lampe L_1, on cherche à obtenir sa valeur par un calcul.

- Vérifier, en justifiant la réponse, que la valeur de l'intensité I_1 du courant électrique traversant la lampe L_1 est égale à 30 mA.
- Sur la lampe L_1 figurent les indications suivantes : 12 V ; 0,36 W.
Justifier que la lampe L_1 fonctionne dans les conditions normales d'utilisation.

3 Choix d'une batterie

Pour alimenter en énergie les différents appareils électriques, la batterie auxiliaire choisie doit être à décharge lente.
À l'aide des *documents 2 et 3* de la page suivante, déterminer la batterie la moins chère qui offrirait deux jours d'autonomie dans des conditions normales d'utilisation.
Une démarche et des calculs sont attendus.

PHYSIQUE-CHIMIE

Doc. 2 Données sur les besoins de l'utilisateur

Appareils utilisés	Puissance (en W)	Temps d'utilisation par jour (en h)
Ensemble des lampes	6	2
Glacière	37	8
Téléphone portable	5	2

Doc. 3 Batteries disponibles

	Batterie A	Batterie B	Batterie C
Type	Décharge lente	De démarrage	Décharge lente
Énergie disponible (en Wh)	588	756	840
Prix (en €)	87	93	120

Sujet 5 Corrigé

Les clés pour réussir

L'essentiel à connaître

- L'**énergie** existe sous **différentes formes** : énergie thermique, énergie électrique, énergie lumineuse, etc.
- L'énergie change de forme lors d'une **conversion d'énergie** ; elle ne change pas de forme lors d'un **transfert d'énergie.**
- Le plastique est un **isolant électrique** ; le cuivre est un **conducteur électrique.**
- Lors d'une transformation chimique, des **réactifs** sont consommés et des **produits** sont formés à partir des réactifs.
- Dans un circuit à deux mailles, la **loi d'additivité des intensités** s'applique.
- La **puissance électrique** P reçue par un dipôle électrique est égale à $\boldsymbol{P = U \times I}$, avec U la tension électrique aux bornes de ce dipôle et I l'intensité du courant électrique qui le traverse.
- **L'énergie** E utilisée par un appareil est égale à $\boldsymbol{E = P \times t}$, avec P la puissance de l'appareil et t sa durée d'utilisation.

Analyser l'énoncé et les documents

- Le *document 1* présente le schéma d'un circuit électrique. Remarquez qu'il s'agit d'un circuit à deux mailles.
- Le *document 2* donne des informations sur les besoins quotidiens de l'utilisateur.
- N'oubliez pas de prendre en compte le type de batterie lorsque vous étudiez le *document 3*.

Bien comprendre les questions

Question 1

- Ne confondez pas les différentes formes d'énergie lorsque vous répondez à ces premières questions.

Questions 2 c., d. et e.

- Étudiez attentivement le *document 1* pour répondre aux questions **2 c.**, **2 d.** et **2 e.**

Question 3

- Rappelez-vous que la batterie doit offrir deux jours d'autonomie, alors que le *document 2* présente uniquement les besoins quotidiens de l'utilisateur.

1 a. La phrase correcte est la suivante : « Dans un circuit électrique, la lampe LED se comporte comme un **récepteur**. Alimentée en énergie **électrique**, elle émet de l'énergie **lumineuse** ».

b. La lampe LED est **alimentée en énergie électrique** et elle **émet de l'énergie lumineuse**. Elle réalise donc une **conversion d'énergie** car l'énergie électrique et l'énergie lumineuse sont **deux formes d'énergie différentes**.

Pour aller plus loin

La lampe LED émet aussi de l'énergie thermique.

2 a. Pour garantir la sécurité de l'utilisateur, une gaine plastique enrobe les brins de cuivre des câbles électriques. En effet, le plastique est un **isolant électrique**, ce qui évite à l'utilisateur d'être en contact avec le courant électrique qui traverse les brins de cuivre, qui sont eux conducteurs électriques.

b. • Le cuivre participe à une transformation chimique qui peut être modélisée par la réaction d'équation :

$$2\,Cu + O_2 \longrightarrow 2\,CuO$$

D'après cette équation, le dioxygène est un **réactif** de cette transformation chimique : il est consommé au cours de la transformation.

PHYSIQUE-CHIMIE

• Le chiffre « 2 » devant la formule chimique de l'oxyde de cuivre CuO est un coefficient stœchiométrique. Cela signifie qu'il y a deux fois plus d'oxyde de cuivre formé que de dioxygène O_2 consommé.

Bien comprendre

L'absence de chiffre devant « O_2 » dans l'équation signifie que le coefficient stœchiométrique devant « O_2 » est égal à 1.

c. Le schéma de la pile est :

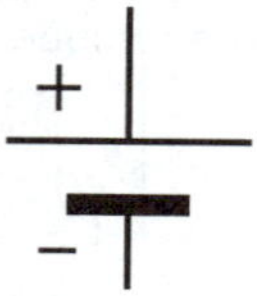

d. On souhaite ajouter dans le circuit un interrupteur capable d'allumer et d'éteindre toutes les lampes en même temps. Pour cela, l'interrupteur doit être placé dans la branche principale, c'est-à-dire à la **position A ou D**.

e. • D'après la loi d'additivité des intensités dans un circuit à deux mailles, l'intensité I_p du courant électrique dans la branche principale est égale à : $I_p = I_1 + I_2$ avec I_1 l'intensité du courant électrique traversant la lampe L_1 et I_2 l'intensité du courant électrique traversant les lampes L_2 et L_3.

Ainsi : $\boldsymbol{I_1 = I_p - I_2}$.

$I_1 = 0{,}15 - 0{,}12 = \mathbf{0{,}03\ A = 30\ mA}$.

Rappel

1 mA = 0,001 A.

• Lorsque toutes les lampes sont allumées, la pile a une tension électrique à ses bornes $U = 12$ V. Comme la lampe L_1 est en dérivation avec la pile, la tension électrique aux bornes de la lampe L_1 est égale également à $\boldsymbol{U = 12}$ **V**.

Ainsi, la puissance électrique de la lampe L_1 vaut :

$$\boldsymbol{P = U \times I_1 = 12 \times 0{,}03 = 0{,}36\ W}.$$

Comme les indications « 12 V ; 0,36 W » figurent sur la lampe L_1, **cette lampe fonctionne bien dans les conditions normales d'utilisation.**

3 Pour alimenter en énergie les différents appareils électriques présentés dans le *document 2*, la batterie auxiliaire choisie doit être **à décharge lente**. D'après le *document 3*, **seules les batteries A et C peuvent donc être choisies.**

Remarque

Le critère de prix (choisir la batterie la moins chère) ne peut pas être pris en compte, car seule la batterie C a les caractéristiques techniques demandées.

De plus, d'après le *document 2*, pour offrir deux jours d'autonomie dans des conditions normales d'utilisation, la batterie doit avoir une énergie disponible au moins égale à :

$\boldsymbol{E} = 6 \times 2 \times 2 + 37 \times 2 \times 2 + 5 \times 2 \times 2 = \mathbf{636\ Wh}$.

Or, d'après le *document 3*, l'énergie disponible de la batterie A est uniquement de 588 Wh. Seule **la batterie C, ayant une énergie disponible de 840 Wh, peut donc convenir.**

Sujet 6 La couleur des feuilles

25 pts 30 min

France métropolitaine, juin 2021

Dans la nature, au printemps, on peut observer des plantes à feuilles vertes, des plantes à feuilles rouges, des plantes à feuilles panachées, c'est-à-dire vertes et blanches, rouges et blanches…
Pour réaliser la photosynthèse, les plantes à feuilles vertes captent l'énergie lumineuse grâce à des pigments, notamment les chlorophylles, présents dans les cellules de leurs feuilles. Ces chlorophylles sont responsables de la couleur verte de ces plantes.
On recherche les pigments que possèdent les plantes à feuilles rouges.

SVT

Doc. 1 Chromatographie et chromatogrammes

La chromatographie est une technique qui permet, notamment, de séparer les pigments contenus dans une feuille. Pour cela, un morceau de feuille est écrasé sur une bande de papier (**étape 1**). La bande de papier est placée dans un solvant (**étape 2**) qui va entrainer les pigments vers le haut et les séparer.
On réalise deux chromatographies : une pour une feuille verte et l'autre pour une feuille rouge.

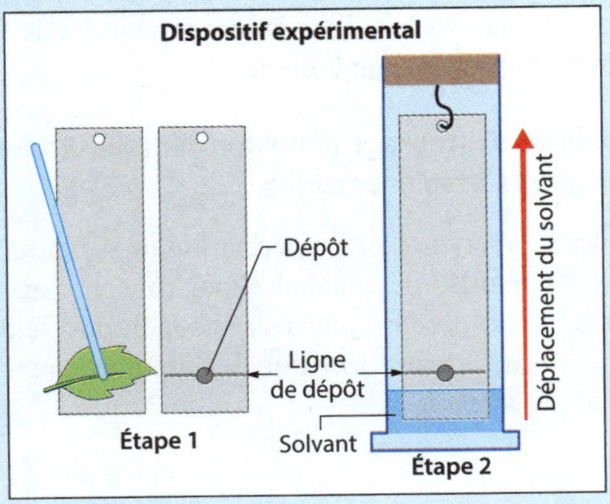

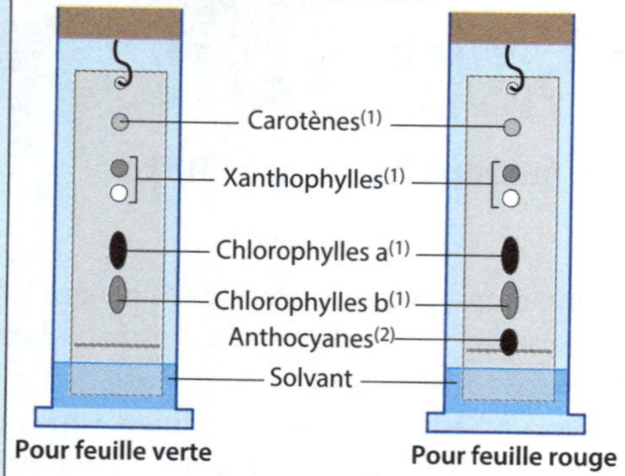

(1) Pigments impliqués dans la photosynthèse
(2) Pigments non impliqués dans la photosynthèse

1 En vous appuyant sur les chromatogrammes du *document 1* :
– montrer que les feuilles rouges disposent de pigments permettant la photosynthèse ;
– citer les pigments qui pourraient être responsables de la couleur rouge des feuilles des plantes à feuilles rouges.

2 L'amidon est une molécule qui constitue une forme de stockage de la matière organique. Pour le produire, les plantes à feuilles vertes réalisent la photosynthèse. Les pigments chlorophylliens des plantes à feuilles rouges sont fonctionnels (ils permettent de réaliser la photosynthèse).
On se demande si les plantes à feuilles rouges produisent de l'amidon grâce à la photosynthèse en présence de lumière.

Doc. 2 Production et stockage d'amidon dans les différentes parties d'une plante à feuilles rouges

Avant de débuter l'expérience, il est nécessaire de s'assurer de l'absence d'amidon dans les feuilles des plantes. Pour cela, on laisse les plantes au moins deux jours à l'obscurité. Dans ces conditions, la photosynthèse s'arrête, les produits de la transformation de l'amidon sont distribués dans les autres parties de la plante.

Doc. 3 **Dispositifs expérimentaux**

Expériences		Expérience 1	Expérience 2	Expérience 3
Matériel de départ Les plantes sont cultivées en présence d'eau et de sels minéraux.		 1 plante à feuilles vertes – 1 plante à feuilles rouges	 2 plantes à feuilles rouges	 1 plante à feuilles rouges
Protocole expérimental	**Étape 1**	Culture des 2 plantes pendant 3 jours à l'obscurité	Culture des 2 plantes pendant 3 jours à l'obscurité	Culture de la plante pendant 3 jours à l'obscurité
	Étape 2	Culture pendant 6 h : – à la lumière pour la plante rouge ; – à l'obscurité pour la plante verte	Culture pendant 6 h : – à la lumière pour une plante ; – à l'obscurité pour l'autre plante	Culture pendant 6 h à la lumière
	Étape 3	– Prélèvement d'une feuille de chacune des plantes – Décoloration en laboratoire –Test à l'eau iodée	– Prélèvement d'une feuille de chacune des plantes – Décoloration en laboratoire –Test à l'eau iodée	– Prélèvement d'une feuille de la plante – Décoloration en laboratoire –Test à l'eau iodée

Principe du test à l'eau iodée : l'eau iodée est un réactif jaune qui permet de mettre en évidence la présence d'amidon en se colorant en violet/noir en sa présence.

À l'aide des *documents 2* et *3*, indiquer l'expérience parmi les trois proposées, qui permet de tester l'hypothèse :
« La lumière est nécessaire pour que les plantes à feuilles rouges produisent de l'amidon grâce à la photosynthèse. »
Justifier votre choix.

3 On s'intéresse aux plantes à feuilles panachées : de couleur verte et blanche ou de couleur rouge et blanche.

SVT

Doc. 4 Tests à l'eau iodée sur différentes feuilles

Toutes les feuilles utilisées ci-dessous sont issues de plantes placées dans des conditions favorables à la photosynthèse : en présence de lumière, d'eau et de sels minéraux.
Les parties blanches des feuilles ne contiennent pas de pigments.

Couleurs des feuilles avant le test à l'eau iodée	**Expérience 1**	**Expérience 2**	**Expérience 3**	**Expérience 4**
Verte ▬ Rouge ▬ Blanche ▭	Feuilles vertes 	Feuilles rouges 	Feuilles panachées vertes et blanches 	Feuilles panachées rouges et blanches 

En vous aidant de tous les documents du sujet :

a. Donner les résultats attendus des tests à l'eau iodée pour les feuilles des quatre expériences du *document 4* (sous forme de schémas légendés et/ou d'un texte) ;

b. Expliquer la production d'amidon ou son absence dans les différentes parties des feuilles.

Sujet 6 Corrigé

Les clés pour réussir

L'essentiel à connaître

- Les **végétaux verts** sont capables de **capter l'énergie lumineuse** grâce à des **pigments spécialisés**, les **chlorophylles**.
- Les **chlorophylles convertissent l'énergie lumineuse en énergie chimique** permettant à la plante verte de produire ses propres glucides au cours de la **photosynthèse**.
- Les **glucides** produits au cours de la photosynthèse sont **utilisés** par les cellules de la plante ou **stockés** sous forme d'**amidon**.
- Les **conditions de la photosynthèse** sont la présence d'eau, de sels minéraux, de lumière et de dioxyde de carbone.

Analyser l'énoncé et les documents

- **Lisez attentivement l'introduction** du sujet qui permet de retrouver la définition presque complète de la photosynthèse.
- **Repérez** tous les pigments contenus dans une feuille verte et **surlignez ou soulignez** tous ceux qui sont communs avec ceux contenus dans la feuille rouge (*document 1*).
- Rappelez-vous que **l'amidon est un glucide de stockage** chez les plantes et que sa présence dépend de la photosynthèse (*document 2*).
- **Identifiez ce qui est testé** par chaque expérience proposée, **repérez les conditions d'expériences** et la présence de témoin (*document 3*).
- **Cherchez** dans les autres documents le **rôle du test à l'eau iodée** et **lister les pigments** présents dans les parties vertes, rouges et blanches des feuilles (*document 4*).

Bien comprendre les questions

Question 1

- Commencez par **repérer le nom des pigments impliqués dans la photosynthèse** en cherchant l'information dans le document et le texte qui l'accompagne, puis **identifiez** les pigments uniquement présents chez les plantes à feuilles rouges et qui pourraient expliquer leur couleur.

Question 2

- **Vérifiez** en quoi les trois expériences proposées **testent seulement la nécessité de la lumière** et comportent ou pas un **témoin.**
- **Justifiez votre choix** en montrant que l'expérience choisie permet de **tester une seule condition** (ici la lumière), qu'elle comporte une comparaison avec un témoin et qu'elle se termine par un test révélant si la production d'amidon a eu lieu.

Questions 3

- Pour chaque expérience proposée dans le *document 4*, **repérez les parties de feuilles contenant des chlorophylles** (information tirée du *document 1*), puisque ce sont les seules parties dans lesquelles la photosynthèse peut avoir lieu.
- Puis **identifiez les résultats possibles** d'un test à l'eau iodée et leur signification (informations tirées du *document 3*).

SVT

1 On constate que le chromatogramme de la feuille rouge présente des **chlorophylles a et b**. Or, on sait que les chlorophylles sont des pigments qui permettent aux plantes vertes de **capter l'énergie lumineuse** pour réaliser la photosynthèse. Donc, **cela montre bien** que les feuilles rouges disposent de pigments permettant la photosynthèse.

Méthode

Pour construire une démonstration, pensez à mettre en relation vos connaissances avec des informations tirées des documents.

En comparant le chromatogramme d'une feuille rouge avec celui d'une feuille verte, on remarque qu'il comporte des **piments non impliqués dans la photosynthèse** et qui pourraient être responsables de la couleur de la feuille rouge : les **anthocyanes**.

2 L'expérience pour de tester l'hypothèse proposée est l'**expérience n° 2**.

Pour tester la nécessité de la lumière lors de la production d'amidon, il faut **comparer deux plantes rouges identiques**, l'une exposée à la lumière et l'autre privée de lumière pendant la même durée. Il s'agit ensuite de tester la présence d'amidon dans les deux plantes en fin d'expérience. Or, seule l'**expérience n° 2** propose ce protocole.

L'astuce du prof

Pour justifier un choix, vous pouvez montrer en quoi votre sélection est correcte et en quoi les autres options ne sont pas valables.

Dans l'**expérience n° 1**, on compare une plante verte avec une plante rouge et dans l'**expérience n° 3**, il n'y a pas de témoin (une plante à l'obscurité). Donc, **ces expériences ne permettent pas de tester l'hypothèse proposée**.

3 **a. Première forme de réponse possible : les schémas légendés**

	Expérience 1	**Expérience 2**	**Expérience 3**	**Expérience 4**
	Feuilles vertes	Feuilles rouges	Feuilles panachées vertes et blanches	Feuilles panachées rouges et blanches
Résultat du test à l'eau iodée **Positif** (présence d'amidon) ▬ **Négatif** (absence d'amidon) ▭				

Autre forme de réponse possible : texte

Après **réalisation des tests à l'eau iodée**, toutes les parties colorées des feuilles rouges ou vertes se colorent en bleu/violet révélant la présence d'amidon et les **parties blanches** des feuilles panachées ne sont **pas colorées** par l'eau iodée, révélant l'**absence d'amidon**.

b. Dans les feuilles vertes, la présence des **chlorophylles** permet la réalisation de la **photosynthèse** puisque les **conditions** sont **favorables** (lumière, eau et sels minéraux).

C'est aussi le cas des feuilles rouges, qui contiennent également des chlorophylles, pigments nécessaires à la photosynthèse.

Dans ces deux cas, la photosynthèse aboutit à la production d'amidon.

Dans les **parties blanches** des feuilles, qu'elles soient vertes ou rouges, il n'y a pas de pigments, donc **la photosynthèse n'a pas lieu**, même si les conditions favorables sont réunies.

Ainsi, **sans photosynthèse**, il n'y **pas de production d'amidon**.

Sujet 7 Le défi des biocarburants

25 pts 30 min

Centres étrangers, juin 2019

Le mercredi 6 septembre 2017, le ministre de la Transition écologique et solidaire a présenté en conseil des ministres le projet de loi mettant fin à la recherche ainsi qu'à l'exploitation des hydrocarbures. La production de carburants à partir de végétaux (appelés biocarburants) est donc désormais l'un des enjeux du XXIe siècle. On se propose d'étudier quelques aspects de cette production d'avenir.

Doc. 1 L'algue *Haematococcus pluvialis*

a. Observation microscopique

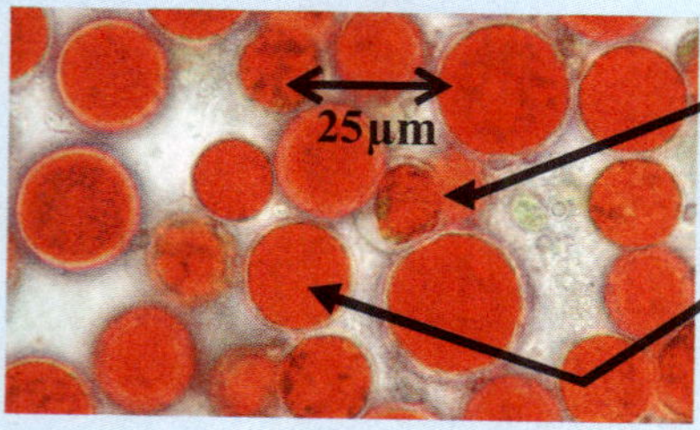

Site internet du Muséum national d'histoire naturelle

b. Système de culture

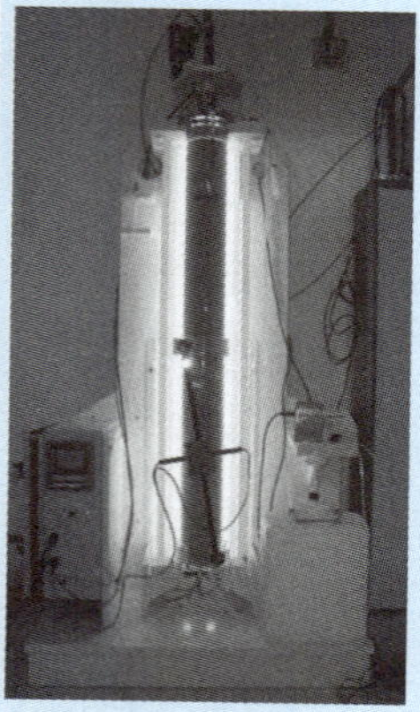

Pour pouvoir cultiver *Haematococcus pluvialis*, il faut utiliser un dispositif comme celui qui est photographié ci-contre afin d'obtenir une production d'huile nécessaire à la synthèse de biocarburants. Ce dispositif permet de contrôler les différents facteurs permettant la croissance rapide d'*Haematococcus pluvialis* :

- la lumière ;
- le CO_2 dissous dans l'eau de mer ;
- la température ;
- l'agitation du milieu.

D'après Journal de la Société de Biologie, *202 (3), 201-211 (2008), « La production de biocarburant lipidique avec des microalgues : promesses et défis »*

1 À l'aide du *document 1*, identifier la substance qui est exploitée par l'être humain pour fabriquer des biocarburants à partir d'*Haematococcus pluvialis.*

Doc. 2 **Productivité en huile obtenue à partir de différentes cultures agricoles alimentaires (colza, tournesol) et d'algues**

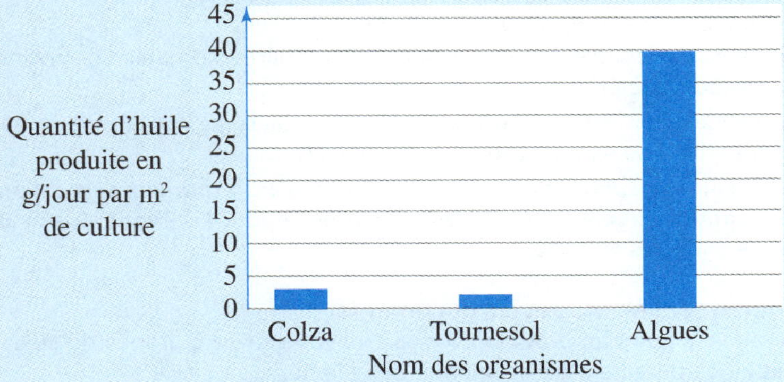

D'après Journal de la Société de Biologie, *202 (3), 201-211 (2008), « La production de biocarburant lipidique avec des microalgues : promesses et défis »*

2 À partir du *document 2*, comparer la productivité des différentes cultures, en vous appuyant sur des valeurs chiffrées.

Doc. 3 **Différentes générations de biocarburants**

Au cours des dernières années, on a successivement obtenu plusieurs générations de biocarburants, en utilisant de la matière d'origine variée.

Type de biocarburant	Première génération	Dernière génération
Origine de la matière	Production agricole alimentaire (blé, maïs, colza, tournesol...)	Algues
Partie du végétal utilisée	Essentiellement les graines	Toute l'algue

D'après Rapport du sénat « Le défi alimentaire à l'horizon 2050 », 2011-2012

Doc. 4 **Tableau comparant les pourcentages de surfaces nécessaires pour produire les deux types de biocarburants**

Génération de biocarburant	Pourcentage de la surface agricole nécessaire à la production de 10 % des besoins en carburant
Première génération	72
Dernière génération	4,2

3 À partir des *documents 3* et *4*, expliquer l'intérêt de la dernière génération de biocarburants. Justifier avec des valeurs chiffrées.

Sujet 7 Corrigé

Les clés pour réussir

L'essentiel à connaître

- Un **biocarburant** est un carburant produit à partir d'organismes vivants (végétaux, bactéries...).
- Les cellules vivantes produisent des molécules, notamment des **lipides**, utilisables pour produire des biocarburants.
- La culture de **plantes** pour la production des **biocarburants** et la culture de **plantes alimentaires** sont en concurrence pour l'utilisation des **surfaces agricoles cultivées.**

Analyser l'énoncé et les documents

- Faites le point au brouillon sur ce que vous savez à propos du sujet : les biocarburants produits à partir des plantes.
- Repérez les aspects originaux de la culture d'algues par rapport à une culture classique de plantes (*document 1*).
- Identifiez l'unité de productivité des végétaux utilisée dans le graphique (*document 2*).
- Listez les caractéristiques utilisées pour comparer les biocarburants issus de l'algue *Haematococcus pluvialis* avec les biocarburants issus des plantes alimentaires (*document 3*).

Bien comprendre les questions

Question 1

- Recherchez dans le *document 1* (parties **a.** et **b.**) des termes équivalents au mot fabrication : production, synthèse, etc.

Question 2

- Citez des valeurs de quantité d'huile produite par chaque culture pour établir votre comparaison.

Question 3

- Comparez les caractéristiques des biocarburants de première et de dernière génération dans chaque domaine proposé par les *documents 3* et *4*.

1 Dans la photographie des cellules de l'algue, on constate la présence d'une **zone qui produit de l'huile** (partie a du *document 1*). On constate également que le dispositif qui permet la **synthèse du biocarburant** (partie b du *document 1*) repose sur la production d'huile.

Donc, la substance exploitée par l'être humain est de l'huile contenue dans les bactéries *Haematococcus pluvialis*.

2 La quantité d'huile produite par le colza ou le tournesol est **inférieure à 5 g/jour/m²** de culture. La quantité d'huile produite par les algues est **égale à 40 g/jour/m²** de culture.

Donc, la productivité des algues **est 8 fois plus forte** que celle des autres cultures.

3 La deuxième génération de biocarburants présente un intérêt car :
- elle n'utilise pas des plantes **alimentaires** (ce sont des algues) ;
- **tout le végétal est utilisé** (pas seulement les graines) ;
- elle **nécessite une surface agricole plus faible** que la première génération pour produire la même quantité de biocarburants : seulement **4,5 %** de la surface agricole suffirait pour produire 10 % des besoins en carburants, alors qu'il faudrait y consacrer **72 %** des surfaces agricoles avec les carburants de première génération.

L'astuce du prof

Citez une information extraite de chaque partie du *document 1* (*a* et *b*).

Piège à éviter

Juxtaposer des données ne suffit pas. Indiquez des rapports entre les données pour les comparer.

Gagnez des points !

La deuxième génération de biocarburants présente un intérêt pour plusieurs raisons.

Sujet 8 L'angine de Léa

25 pts — 30 min

Amérique du Nord, juin 2019

Léa a 14 ans. Elle souffre de maux de gorge, a du mal à avaler et a de la fièvre.
Sa mère décide de consulter un médecin pour obtenir des antibiotiques.
Le médecin diagnostique une angine provoquée par un micro-organisme responsable des douleurs de Léa. Il lui indique qu'il doit effectuer des examens complémentaires car les antibiotiques ne sont pas donnés automatiquement.

Doc. 1 La détermination de l'origine de l'angine

a. Angine virale ou angine bactérienne

Les symptômes de Léa ont pour origine soit un virus, soit une bactérie.
Un test de diagnostic rapide de l'angine permet de déterminer si l'origine de l'angine est virale ou bactérienne. Il est indolore et ne prend que quelques minutes. Pour réaliser ce test, le médecin fait un prélèvement au niveau de la gorge de Léa avec un écouvillon (sorte de grand coton-tige).

b. Test de diagnostic rapide de l'angine

L'écouvillon est placé dans un tube qui contient quelques gouttes de réactif (= substance mettant en évidence la présence d'un élément chimique). Une bandelette de papier sensible à ce réactif est ensuite placée dans ce tube.
L'apparition de traits sur la bandelette permet de déterminer l'origine d'une angine.

- Si le test est positif, il s'agit bien d'une angine bactérienne.
- Si le test est négatif, l'angine est d'origine virale.

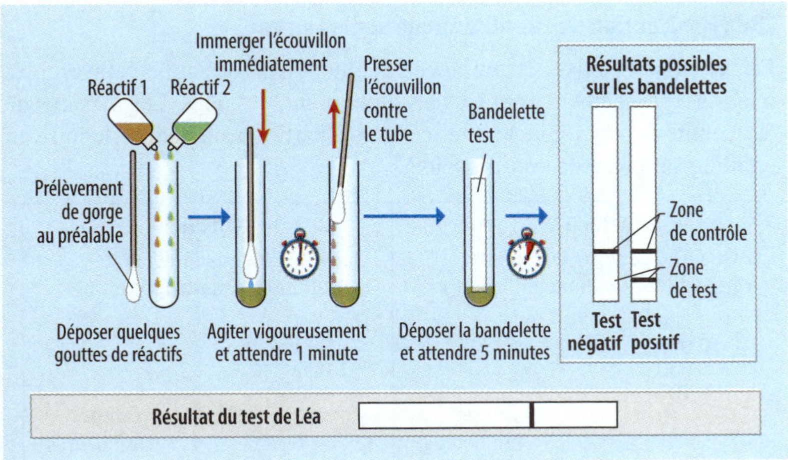

1 Répondre aux questions suivantes en cochant la bonne réponse.

a. Les bactéries sont :
- ☐ des êtres vivants observables au microscope.
- ☐ des êtres vivants visibles à l'œil nu.
- ☐ des êtres vivants observables à la loupe.

b. Les bactéries :
- ☐ sont toutes pathogènes.
- ☐ ne rendent pas forcément malades.
- ☐ entraînent toujours la mort.

c. On rencontre des micro-organismes :
- ☐ dans tous les milieux.
- ☐ seulement dans l'air et dans l'eau.
- ☐ seulement à l'intérieur des organismes vivants.

d. La contamination est :
- ☐ la défense de l'organisme contre les micro-organismes.
- ☐ la multiplication des micro-organismes dans l'organisme.
- ☐ la pénétration des micro-organismes dans l'organisme.

2 À l'aide du *document 1*, déterminer l'origine de l'angine de Léa en justifiant.

Doc. 2 L'action des antibiotiques sur les virus

Des virus sont cultivés en présence de cellules dans des milieux favorables à leur développement avec ou sans ajout d'antibiotiques. Les mesures de la quantité de virus infectant les cellules à partir de six heures de mise en culture sont présentées ci-dessous.

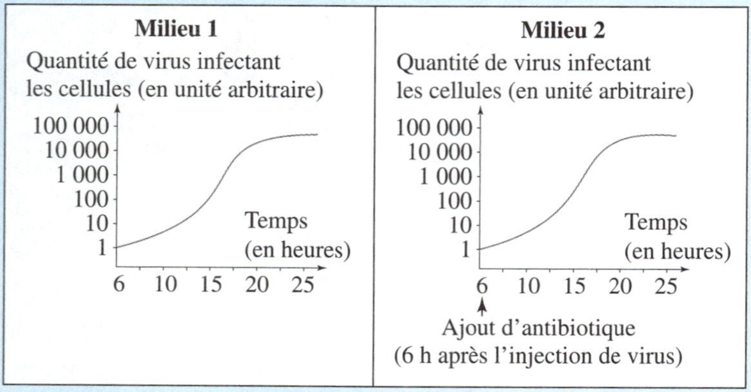

D'après la source : Guide pratique, biologie humaine, *3ᵉ, 2002.*

La mère de Léa s'étonne du choix du médecin de ne pas donner d'antibiotique.

3 En utilisant des données extraites uniquement du *document 2*, justifier le choix du médecin.

Doc. 3 L'efficacité des antibiotiques

Les médecins expliquent que les antibiotiques ne sont efficaces que sur les bactéries en bloquant leur croissance.

Des études scientifiques ont montré qu'une prescription inutile et abusive des antibiotiques a des conséquences sur leur efficacité. En voici un exemple :

Évolution de l'efficacité d'un antibiotique (céphalosporines de 3ᵉ génération)

Cet antibiotique a été utilisé sur deux types de bactéries (*Escherichia coli* et *Klebsiella pneumoniae*) à l'origine respectivement de maladies intestinales et pulmonaires.

Années / Bactéries	2002	2004	2006	2008	2010	2012
Escherichia coli	> 99 %	> 99 %	98 %	96,2 %	92,8 %	90 %
Klebsiella pneumoniae	100 %	100 %	93,9 %	84,8 %	82,2 %	77,4 %

Les pourcentages indiquent la quantité de bactéries tuées par le traitement antibiotique.

D'après la source : http://invs.santepubliquefrance.fr

4 À l'aide de l'ensemble des documents, reconstituer le raisonnement suivi par le médecin permettant d'expliquer pourquoi, dans le cas de l'angine de Léa, il a choisi de ne pas prescrire d'antibiotique.

Sujet 8 Corrigé

Les clés pour réussir

L'essentiel à connaître

- Les **micro-organismes** sont des êtres vivants uniquement **visibles au microscope**. Ils peuplent **tous les milieux de vie**, y compris le tube digestif, les voies respiratoires et les voies génitales.
- Les **bactéries** sont des micro-organismes, mais pas les **virus**.
- La plupart des bactéries ne provoquent **pas de maladies** chez l'Homme.
- Un **antibiotique** est une substance chimique qui provoque l'arrêt de la multiplication et/ou la mort des **bactéries**.

Analyser l'énoncé et les documents

- Lisez attentivement l'introduction et soulignez les mots importants.
- Cherchez les définitions de ces mots dans les documents eux-mêmes ou dans vos connaissances.
- Comparez les résultats possibles sur les bandelettes test (*document 1*). Cette analyse doit vous permettre de repérer la différence entre un test positif et un test négatif, et de comprendre leur signification.
- Repérez le nom des grandeurs et les unités utilisées dans les graphiques (*document 2*).
- Déterminez l'évolution des pourcentages dans le tableau du *document 3* et identifiez à quoi correspondent ces pourcentages.

Bien comprendre les questions

Question 1

- Lisez attentivement chaque proposition et rappelez-vous que vous ne devez en cocher qu'une seule.

Question 2

- Décrivez d'abord le résultat du test de Léa. Puis comparez-le aux résultats possibles pour l'interpréter.

Question 3

- Comparez l'évolution de la quantité de virus infectant les cellules sans <u>et</u> avec antibiotique en vous appuyant sur les valeurs des graphiques. Déduisez-en l'effet des antibiotiques sur les virus.

SVT

Question 4

- Rédigez la succession des étapes suivies par le médecin pour prendre sa décision en y intégrant les données du *document 4*.

1 Les propositions exactes sont les suivantes :
a. Les bactéries sont des **êtres vivants observables au microscope**.
b. Les bactéries **ne rendent pas forcément malade**.
c. On rencontre des micro-organismes **dans tous les milieux**.
d. La contamination est la **pénétration des micro-organismes dans l'organisme**.

Vocabulaire

Pathogène signifie : « qui provoque une maladie ».

2 On constate que la bandelette portant le résultat du test chez Léa ne comporte qu'une bande qui correspond à la zone de contrôle. Par ailleurs, on constate également qu'**un résultat positif de test doit comporter deux bandes.**
Par conséquent, on en déduit que le test réalisé par Léa est négatif. Or, on sait qu'un résultat négatif indique une angine d'origine virale.
Donc, Léa est atteinte d'une **angine virale**.

L'astuce du prof

Commencez par décrire le résultat du test, puis interprétez-le, et finalement concluez.

3 On observe que la quantité de virus infectant les cellules est multipliée par 10 000 en quelques heures dans un milieu **sans antibiotique**. On remarque aussi que la quantité de virus infectant les cellules est aussi multipliée par 10 000 en quelques heures dans un milieu **contenant un antibiotique**. Par conséquent, **un antibiotique n'a aucun effet sur la multiplication des virus** qui infectent les cellules. Or, Léa a une angine d'origine virale. Donc, c'est la raison pour laquelle le médecin a décidé de ne pas donner d'antibiotique à Léa.

De la méthode

Pour comparer des résultats présentés en graphique, il faut citer des valeurs.

4 Le médecin réalise d'abord un **test** pour déterminer si l'angine de Léa est causée par des bactéries ou des virus. Grâce au résultat de ce test, il détermine que l'angine de Léa est d'**origine virale.**
Or, le médecin sait que les **antibiotiques** sont sans effet sur les virus, car **ils n'agissent que sur les bactéries** en bloquant leur croissance. Par ailleurs, il sait que l'efficacité des antibiotiques à tuer les bactéries a diminué au fil des années : presque – 25 % d'efficacité pour une céphalosporine destinée à tuer *Klebsiella pneumoniae*, une bactérie des voies pulmonaires.
Il a donc choisi de ne pas prescrire d'antibiotique à Léa pour deux raisons :
– ils sont inefficaces contre les virus ;
– ils perdent de leur efficacité contre les bactéries à force d'être prescrits de **manière abusive**.

L'astuce du prof

Reconstituer le raisonnement du médecin, c'est récapituler les étapes qui ont conduit aux raisons de sa décision.

Sujet 9 Protocole de protection contre le tétanos

25 pts 30 min

France métropolitaine, juin 2018

Dans ce sujet, on s'intéressera à une maladie, le tétanos.

Un médecin reçoit aux urgences hospitalières un patient qui s'est sérieusement blessé avec un outil de jardinage. Dans un premier temps, la plaie est nettoyée et désinfectée. Le médecin décide de prévenir rapidement le risque de tétanos.
Le tétanos est une maladie provoquée par une toxine, produite par une bactérie : *Clostridium tetani*. La vaccination contre le tétanos protège de cette maladie.

Doc. 1 Calendrier simplifié permettant de se tenir à jour* dans ses vaccinations

Vaccins \ Âge approprié	1 mois	2 mois	4 mois	5 mois	11 mois	12 mois	16-18 mois	6 ans	11-13 ans	25 ans	45 ans	65 ans	Tous les 10 ans : 75 ans, 85 ans…
BCG	X												
Diphtérie – Tétanos – Poliomyélite		X	X		X			X	X	X	X	X	X
Rougeole – Oreillons – Rubéole						X	X						

X : injection d'un vaccin

* Être à jour dans ses vaccinations, signifie avoir reçu les vaccins recommandés selon son âge et avec le bon nombre d'injections pour être protégé.

D'après le site http://inpes.santepubliquefrance.fr, 2017

1 Le carnet de santé du patient indique qu'il a été vacciné contre le tétanos à 2 mois, 4 mois, 11 mois, 6 ans et 13 ans. À partir du *document 1*, justifier

que le patient, actuellement âgé de 33 ans, n'est plus à jour dans sa vaccination contre le tétanos.
Dans le cas d'un patient qui n'est plus à jour dans sa vaccination contre le tétanos, le médecin prescrit un test de dosage sanguin des anticorps spécifiques anti-toxine tétanique**. Le résultat du dosage permet de déterminer le traitement à lui appliquer sans tarder.

** Anticorps spécifiques anti-toxine tétanique : molécules produites par les lymphocytes (cellules impliquées dans les défenses immunitaires) suite à une vaccination contre le tétanos. Ces anticorps neutralisent la toxine tétanique, l'empêchant d'exercer son action.

Doc. 2 Protocole du dosage rapide des anticorps spécifiques anti-toxine tétanique dans le sang d'un patient

- Une goutte de sang prélevée au niveau du doigt est déposée sur une plaquette-test, puis quelques gouttes d'un diluant sont ajoutées.
- Dix minutes plus tard, une ou deux bandes colorées apparaissent dans la zone de lecture.
  - si une seule bande se colore, le patient n'est pas ou est insuffisamment protégé contre le tétanos, le test est dit négatif ;
  - si deux bandes se colorent, la personne est immunisée contre le tétanos, le test est dit positif.

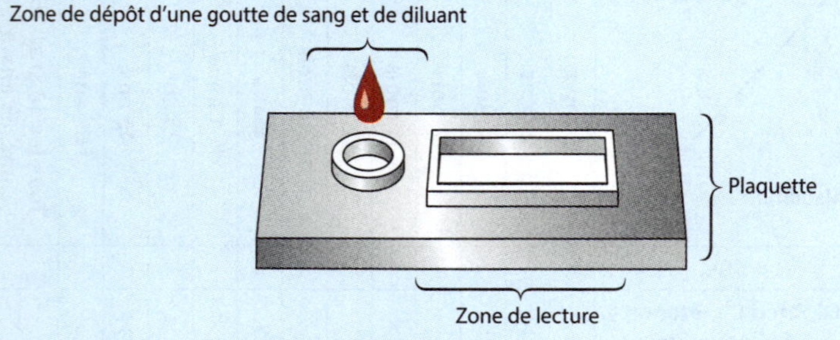

Plaquette utilisée pour le dosage rapide des anticorps anti-toxine tétanique

2 À partir du *document 2*, réaliser le schéma légendé d'une plaquette-test correspondant à un résultat négatif de dosage des anticorps, obtenu pour un patient qui n'est plus immunisé contre le tétanos.

Doc. 3 Arbre décisionnel des étapes à suivre pour un patient blessé par un outil de jardinage

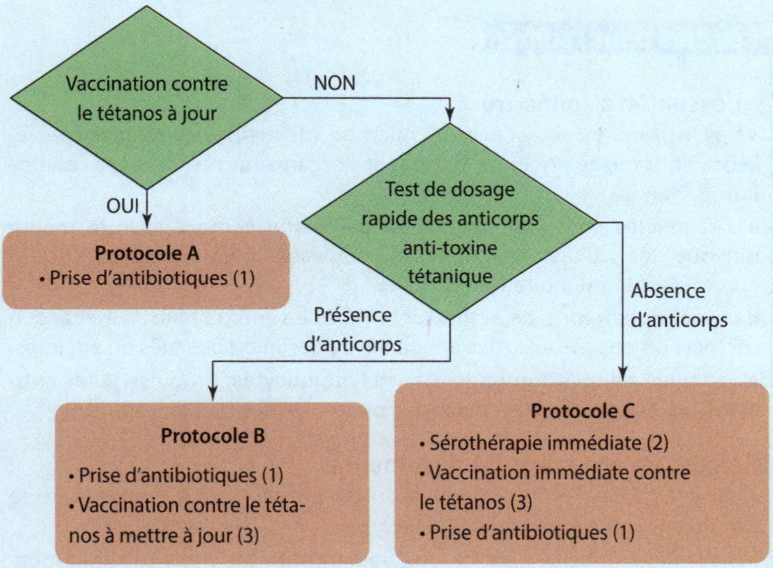

(1) Les antibiotiques stoppent l'infection due aux nombreuses bactéries présentes sur l'outil de jardinage.

(2) La sérothérapie est une injection d'anticorps anti-toxine tétanique, la protection est quasi immédiate et ne dure que quelques jours.

(3) Seule la vaccination contre le tétanos assure une immunisation supérieure à 10 ans contre la toxine tétanique.

D'après E. Pilly, Maladies infectieuses et tropicales, CMIT, 2016, 648 pages

3 a. À partir du *document 3*, citer les étapes de l'arbre décisionnel qui amènent le médecin à appliquer le protocole C.

b. Les trois éléments du protocole C sont : la sérothérapie immédiate, la vaccination immédiate et la prise d'antibiotiques. À partir du *document 3*, justifier la nécessité des trois éléments du protocole C à appliquer à ce patient qui s'est blessé avec un outil de jardinage.

Sujet 9 Corrigé

Les clés pour réussir

L'essentiel à connaître

- Dès le premier contact avec un microbe infectieux, **des cellules spécialisées** sont mises en jeu et protègent l'organisme : ce sont les **cellules immunitaires**.
- Lorsqu'elles sont soumises à un **deuxième contact avec le même microbe**, les cellules immunitaires réagissent plus vite et plus fortement : c'est la **mémoire immunitaire**.
- La **vaccination** consiste à **stimuler** la mémoire immunitaire en mettant en contact l'organisme avec des antigènes ou des microbes tués ou atténués.
- Certaines cellules immunitaires, les **lymphocytes**, produisent des **anticorps** qui neutralisent les microbes ou les toxines qu'ils produisent.

Analyser l'énoncé et les documents

- Utilisez toutes les informations du *document 1* pour comprendre la signification des croix dans le tableau.
- Déterminez précisément ce que veulent dire les deux résultats possibles du test présenté dans le *document 2*.
- Utilisez l'arbre décisionnel du *document 3* pour envisager les trois protocoles possibles et comprendre les gestes médicaux.

Bien comprendre les questions

Question 1

- Comparez les âges de vaccination et de rappels du patient avec le tableau de vaccination du *document 1*.

Question 2

- Utilisez les informations du *document 2* pour recopier la plaquette-test présentée et complétez-la avec une ou deux bandes.

Question 3

- Utilisez les informations numérotées du *document 3* pour justifier les gestes médicaux du protocole C appliqués au patient.

1 Le carnet de santé du patient, actuellement âgé de 33 ans, indique qu'il a été vacciné contre le tétanos à 2 mois, 4 mois, 11 mois, 6 ans et 13 ans. Or, d'après le *document 1*, il n'a **pas** eu **de rappel de vaccination à 25 ans** comme préconisé. Il n'est donc plus immunisé contre le tétanos.

2 Le schéma de la plaquette-test est le suivant :

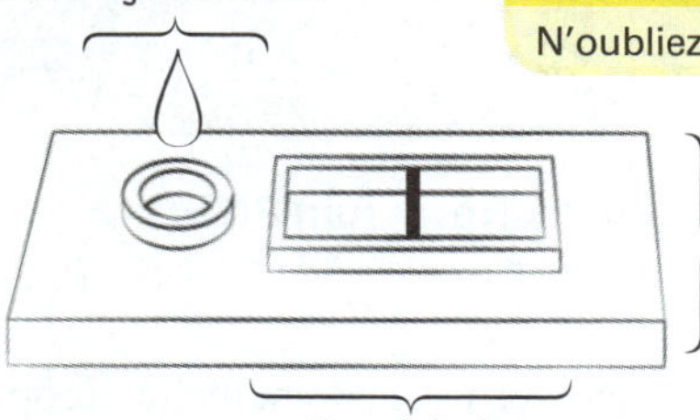

L'astuce du prof
N'oubliez pas les légendes !

3 **a.** Les étapes de l'arbre décisionnel qui conduisent le médecin à mettre en œuvre le protocole C sont :

– le **contrôle du carnet de vaccination** contre le tétanos : le carnet n'est **pas à jour ;**
– le **test de recherche des anticorps** anti-toxine tétanique : le résultat est **négatif**.

b. Le protocole C comprend trois gestes médicaux qui **protégeront immédiatement et durablement** le patient. Les antibiotiques **détruiront les microbes tétaniques** qui ont infecté le patient et stopperont ainsi la production de nouvelles toxines tétaniques. La sérothérapie permettra de **neutraliser les toxines tétaniques** grâce aux anticorps. Enfin, la vaccination immédiate déclenchera une réaction des cellules immunitaires qui **produiront des anticorps anti-toxine tétanique**. Cette production d'anticorps sera suffisante pour protéger le patient **pendant 10 ans.**

Gagnez des points !
Reformulez les éléments tirés des documents.

SVT

Sujet 10 Le syndrome de Klinefelter

25 pts 30 min

Amérique du Nord, juin 2017

Le syndrome de Klinefelter est une anomalie chromosomique caractérisée par un caryotype comprenant 47 chromosomes, dont 3 chromosomes sexuels XXY.

Doc. 1 Le syndrome de Klinefelter

Ce syndrome affecte en particulier le développement physique d'individus de sexe masculin. Les individus atteints ont généralement des petits testicules qui ne produisent pas autant de testostérone que la normale [...] La testostérone est l'hormone qui est impliquée dans le développement sexuel masculin avant la naissance. Pendant la puberté, elle intervient également en moyenne entre 10 et 18 ans chez les garçons. Le manque de testostérone chez les individus atteints va conduire à une puberté tardive et anormale. Chez eux, le développement des seins, la réduction des poils du visage et du corps seront associés à une incapacité à avoir des enfants (infertilité) [...].

D'après https://www.nlm.nih.gov/U.S. National Library of Medicine.

1 À partir du *document 1*, cocher pour chaque phrase **la** proposition exacte.

a. Le syndrome de Klinefelter :

☐ trouve son origine dans une infection bactérienne.
☐ est dû à la présence d'un chromosome sexuel supplémentaire.
☐ est dû à l'absence totale de testicules.

b. La puberté :

☐ est anormale chez le garçon atteint du syndrome de Klinefelter.
☐ intervient avant 6 ans chez l'enfant atteint du syndrome de Klinefelter.
☐ ne s'accompagne pas de modification physique.

c. Un manque de testostérone peut conduire à :

☐ un développement des poils chez une fille.
☐ l'apparition de seins chez le garçon.
☐ une puberté avant l'âge de 5 ans.

Doc. 2 **Évolution du taux de testostérone dans le sang en fonction de l'âge chez le garçon et l'adolescent (entre 5 et 18 ans)**

Âge en années	Taux moyen de testostérone plasmatique en ng*/dL Individu non atteint du syndrome de Klinefelter	Taux moyen de testostérone plasmatique en ng*/dL Individu atteint du syndrome de Klinefelter
5 ans	Traces	Traces
10 ans	Traces	Traces
12 ans	10	3
13 ans	120	3
18 ans	520	4

Sources : http://acces. ens-lyon.fr/biotic/procreat/determin /html/puberHorm.htm et International Journal of Endocrinology : Clinical presentation of Klinefelter's syndrome.

* ng : nanogrammes (10^{-9} grammes).

2 En s'appuyant sur des données chiffrées du *document 2*, comparer l'évolution du taux de testostérone dans le sang, chez un individu atteint du syndrome de Klinefelter et chez un individu non atteint, au cours de la puberté.

Doc. 3 **Un traitement pour compenser le manque de testostérone**

Il n'existe pas de traitement qui guérisse complètement les manifestations de ce syndrome. [...] Dans la plupart des cas, le traitement consiste en une hormonothérapie* à base de testostérone qui devrait, de l'avis de certains médecins, être entreprise dès la puberté. [...]
Ce traitement administré régulièrement contribue au développement des caractéristiques masculines secondaires (pilosité, voix grave, développement de la musculature) et peut éviter le développement des seins. [...]

D'après http://klinefelter.valentin-apac.org/articles.php?lng=fr&pg=6, lu et validé par le Dr Nicole Morichon-Delvallez (Hôpital Necker), Article écrit le 22 janvier 2007.

* Hormonothérapie : traitement par injection d'hormones.

3 Des parents consultent un médecin spécialiste pour leur fils atteint du syndrome de Klinefelter qui prescrit le traitement décrit dans le *document 3*. Préciser les éléments qui ont permis d'élaborer le diagnostic et justifier le traitement prescrit par le médecin. Un texte construit est attendu, il devra s'appuyer sur des arguments tirés des **trois** documents.

Sujet 10 Corrigé

Les clés pour réussir

L'essentiel à connaître

- Les chromosomes portent les **gènes** qui interviennent dans **l'expression des caractères** détectables ou observables.
- Les **caractères sexuels primaires** (l'organisation des appareils sexuels) se mettent en place **pendant la vie embryonnaire**.
- Les **caractères sexuels secondaires** (pilosité, développement des testicules...) se mettent en place **au cours de la puberté**, entre 12 et 18 ans.
- La **testostérone**, hormone produite par les testicules, est responsable du fonctionnement de l'appareil génital chez l'homme et de l'apparition des caractères sexuels secondaires chez les garçons. Le **taux plasmatique** d'une hormone est la quantité de cette hormone dans un volume donné de plasma (partie liquide du sang).
- Un **syndrome** désigne l'ensemble des symptômes qui caractérise une maladie.

Analyser l'énoncé et les documents

- Lisez attentivement le *document 1* pour repérer le vocabulaire spécifique aux SVT. Cherchez les définitions des termes dans le document lui-même ou faites appel à vos connaissances.
- Analysez le titre du tableau et les titres de ses colonnes (*document 2*). Cette analyse doit vous permettre de comprendre le but du tableau.
- Soulignez ou surlignez les sujets et les verbes du texte du *document 3*. Lisez le texte en associant chaque sujet avec son verbe pour bien comprendre la signification du texte.

Bien comprendre les questions

Question 1

- Lisez attentivement chaque proposition. Chaque mot compte pour déterminer la proposition exacte (par exemple, « absence **totale** de testicules »).

Question 2

- Citez, pour les deux cas, des valeurs des taux moyens de testostérone à 12 ans et à 18 ans pour bien montrer l'évolution au cours de la puberté (pensez à donner l'unité).
- Indiquez si l'évolution est une baisse, une stagnation ou une augmentation.
- Précisez si les variations sont fortes ou faibles.

Question 3

● Cherchez les éléments de diagnostic du syndrome de Klinefelter dans les deux premiers documents en dressant une liste des symptômes présents chez le patient. Justifiez le traitement prescrit par le médecin en montrant ce qu'il permet de corriger chez le patient.

1 Les propositions exactes sont les suivantes :

a. Le syndrome de Klinefelter est dû à la présence d'un **chromosome sexuel supplémentaire.**

b. La puberté est **anormale** chez le garçon atteint du syndrome de Klinefelter.

c. Un manque de testostérone peut conduire à l'**apparition de seins** chez le garçon.

Attention

Il n'y a qu'une seule proposition exacte par phrase.

2 Au cours de la puberté, le taux moyen de **testostérone** chez l'individu non atteint **augmente fortement**, passant de 10 à 520 ng/dL, alors que ce taux **reste presque stable** (autour de 3-4 ng/dL) chez l'individu atteint par le syndrome de Klinefelter.

L'astuce du prof

Commencez la comparaison en décrivant l'évolution chez l'individu non atteint par le syndrome, car il sert de référence.

3 Le diagnostic du syndrome a été fait en **constatant** :

– la présence de seins, de **petits testicules**, la quasi-absence de poils sur le visage ;

– le **taux** de testostérone **très faible** ;

– la présence de **trois chromosomes sexuels** XXY (visibles dans un caryotype).

Le traitement par injection de testostérone permet de **compenser la faible production de testostérone** par les testicules trop petits. Ces injections vont permettre d'éviter le développement des seins et **contribuer au développement des caractères sexuels masculins** (musculature, voix...).

SVT

Sujet 11 Aide au stationnement

25 pts — 30 min

Centres étrangers, juin 2021

Le radar de recul est un système utilisé à l'arrière de certains véhicules pour faciliter la manœuvre de stationnement.
Il est constitué de 4 capteurs à ultrasons positionnés sur le pare-chocs du véhicule. Lorsqu'un obstacle est détecté (mur, véhicule, arbre, personne…) (*document 1*), le système émet des bips sonores et affiche la position de l'obstacle sur un écran au tableau de bord (*document 2*).
Chaque capteur est capable d'émettre et de recevoir des ultrasons. Lorsqu'un obstacle est présent face au capteur, le délai entre l'émission et la réception de l'onde permet de connaître la distance qui le sépare de l'obstacle (*document 1*). Les informations sont ensuite traitées par l'ordinateur de bord.

Doc. 1 Principe du radar de recul

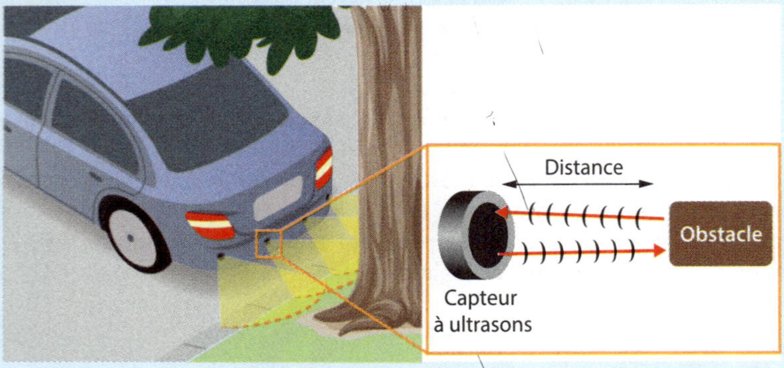

L'affichage au tableau de bord s'active lorsque la distance avec l'obstacle est inférieure ou égale à 2 m. Des voyants verts apparaissent puis oranges, puis rouges au fur et à mesure que le véhicule se rapproche de l'obstacle (*document 2*). Ils sont accompagnés d'un signal sonore émis par un buzzer dont le rythme s'accélère lorsque la distance diminue.

Doc. 2 **Affichage du tableau de bord**

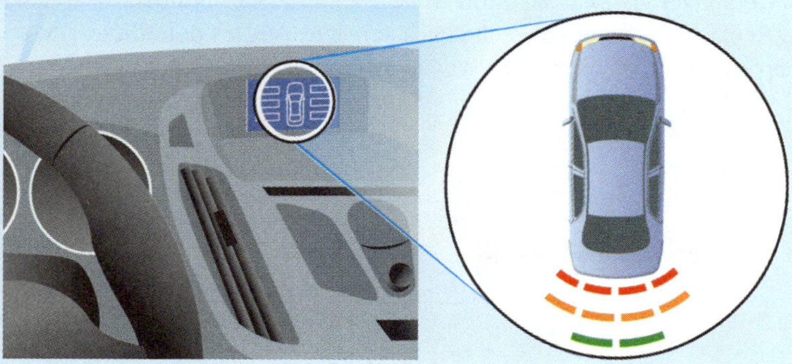

Doc. 3 **Signaux visuels et sonores pour le conducteur**

Distance de l'obstacle (en mètre)	Couleur du voyant	Rythme du signal sonore
À partir de 2 m et jusqu'à 1 m	Vert	Signal toutes les 0,5 s
Inférieure à 1 m et jusqu'à 0,50 m	Orange	Signal toutes les 0,25 s
Inférieure à 0,50 m	Rouge	Signal continu

1 Donner la fonction d'usage du radar de recul (rédiger la réponse).

2 Choisir la réponse correcte. Un capteur est :
a. un élément permettant d'avertir par un signal sonore.
b. un élément capable de prélever une information.
c. un élément pouvant transformer un mouvement.
d. un élément permettant d'alimenter en énergie.

3 **a.** Compléter les deux affirmations ci-dessous concernant le capteur ultrason en utilisant les mots : court et long.
– Plus la distance entre le radar de recul et l'obstacle est petite, plus le délai émission / réception de l'onde est ……………..
– Plus la distance entre le radar de recul et l'obstacle est grande, plus le délai émission / réception de l'onde est …………
b. Quel paramètre permet de déterminer la distance entre le véhicule et l'obstacle ?
☐ Le délai entre l'émission et la réception de l'onde.
☐ La vitesse du véhicule.
☐ Le nombre de capteurs.

4 Compléter la chaîne d'information du système d'aide au stationnement.

a. Compléter les 2 cases par une fonction (verbe à l'infinitif).

b. Replacer les solutions techniques suivantes sur les pointillés : Buzzer / Capteur ultrason / Ecran avec voyants / Ordinateur de bord

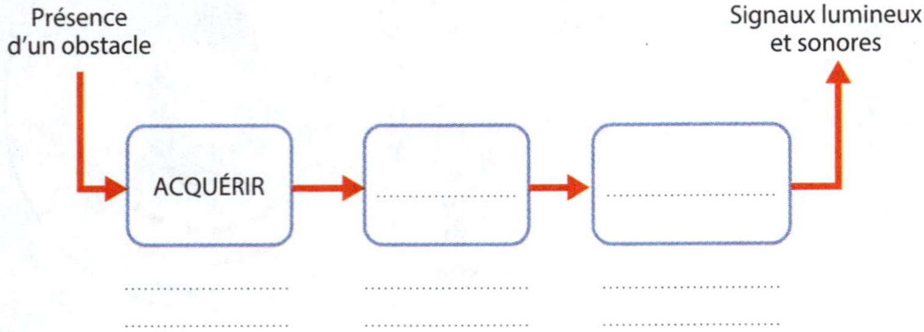

5 Pour le bon fonctionnement du système, le capteur à ultrasons doit avoir un temps de réponse inférieur à 500 ms et doit capter un obstacle à partir de 2 m de distance.

À partir du *document 4*, choisir le capteur le plus approprié. Justifier le choix.

Doc. 4 Différents modèles de capteurs à ultrasons

	Modèle A	Modèle B	Modèle C
Détection entre	8 m et 0,1 m	0,6 m et 0,065 m	2 m et 0,2 m
Temps de réponse	240 ms	64 ms	530 ms
Diamètre	35 mm	65 mm	30 mm

6 À partir du *document 3* et du *document 5*, compléter les huit cases blanches du programme ci-dessous lié au fonctionnement du radar de recul (les distances sont en mètres).

Doc. 5 **Système de codage informatique des couleurs**

Les couleurs sont notées « RVB » pour le système de codage informatique.

- Code couleur RVB pour le **Vert** : (rouge 0 ; vert 255 ; bleu 0).
- Code couleur RVB pour le **Rouge** : (rouge 255 ; vert 0 ; bleu 0)
- Code couleur RVB pour le **Orange** : (rouge 255 ; vert 150 ; bleu 20)

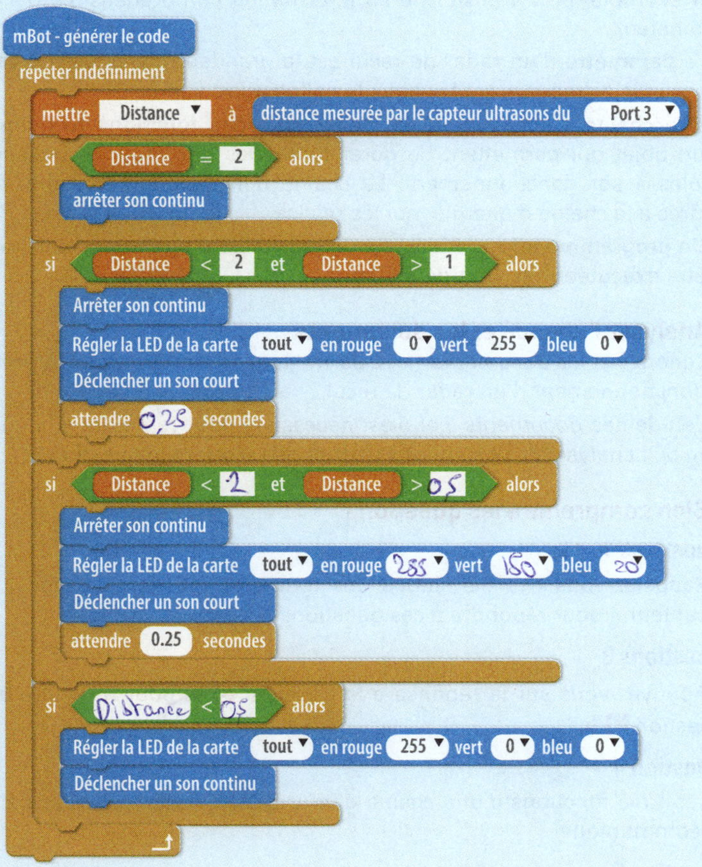

TECHNOLOGIE

Sujet 11 Corrigé

Les clés pour réussir

L'essentiel à connaître

- La **fonction d'usage** d'un objet correspond au **service qu'il rend**. Par exemple, la fonction d'usage d'une voiture est de transporter des personnes.
- Un **capteur acquiert une grandeur physique**, comme une température par exemple, et la transforme en information compréhensible par un ordinateur.
- Le **paramètre** d'un radar de recul est la grandeur physique qui **varie** lorsque la distance entre le véhicule et l'obstacle varie.
- Une **chaîne d'information** est l'**ensemble des fonctions techniques** d'un objet qui permettent de gérer toutes les informations indispensables à son fonctionnement. La chaîne d'information transmet des ordres à la chaîne d'énergie, qui les réalise.
- Un **programme** informatique est un **ensemble d'opérations** destinées à être exécutées par un ordinateur.

Analyser l'énoncé et les documents

- L'énoncé et les *documents 1* et *2* permettent de comprendre l'intérêt et le fonctionnement d'un radar de recul.
- L'étude des *documents 3* et *5* est nécessaire pour répondre à la question 6 ; l'analyse du *document 4* permet de résoudre la question 5.

Bien comprendre les questions

Questions 1 et 2

- Rappelez-vous des définitions des termes « fonction d'usage » et « capteur » pour répondre à ces questions.

Questions 3

- Appuyez-vous sur la réponse à la question **3 a.** pour répondre à la question **3 b.**

Question 4

- Les trois fonctions d'une chaîne d'information sont : acquérir, traiter et communiquer.

Question 5

- Tenez compte du temps de réponse, mais aussi de la portée du capteur à ultrasons pour choisir le modèle approprié.

Question 6

- Dans un programme, le nombre « 0,5 » s'écrit : 0.5.

1 La fonction d'usage d'un radar de recul est d'**avertir de la présence d'un obstacle**.

2 Un capteur est un **élément capable de prélever une information**.

3 a. Plus la distance entre le radar de recul et l'obstacle est petite, plus le délai émission / réception de l'onde est **court**.

Plus la distance entre le radar de recul et l'obstacle est grande, plus le délai émission / réception de l'onde est **long**.

b. Le paramètre qui permet de déterminer la distance entre le véhicule et l'obstacle est **le délai entre l'émission et la réception de l'onde**. En effet, d'après la réponse à la question précédente, le délai émission / réception de l'onde varie lorsque la distance entre le radar de recul et l'obstacle varie.

L'astuce du prof

Une fonction d'usage est toujours exprimée de la même façon : un verbe à l'infinitif suivi éventuellement d'un groupe nominal.

Pour aller plus loin

La distance d entre le radar de recul et l'obstacle est égale à $d = \frac{v \times t}{2}$, avec v la vitesse de propagation de l'onde et t le délai entre l'émission et la réception de l'onde.

4 La chaîne d'information du système d'aide au stationnement est la suivante.

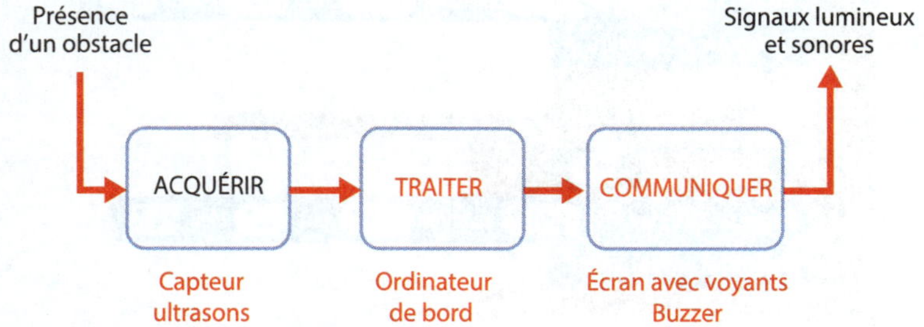

5 Pour le bon fonctionnement du système, le capteur à ultrasons doit avoir un temps de réponse inférieur à 500 ms, ce qui est le cas des modèles de capteurs à ultrasons A et B.

De plus, le capteur à ultrasons doit capter un obstacle à partir de 2 m de distance, ce qui est le cas du modèle A, mais pas du modèle B.

Ainsi, le capteur le plus approprié est le **modèle A**.

Gagnez des points !

N'oubliez pas de justifier votre réponse.

6 Le programme lié au fonctionnement du radar de recul est le suivant.

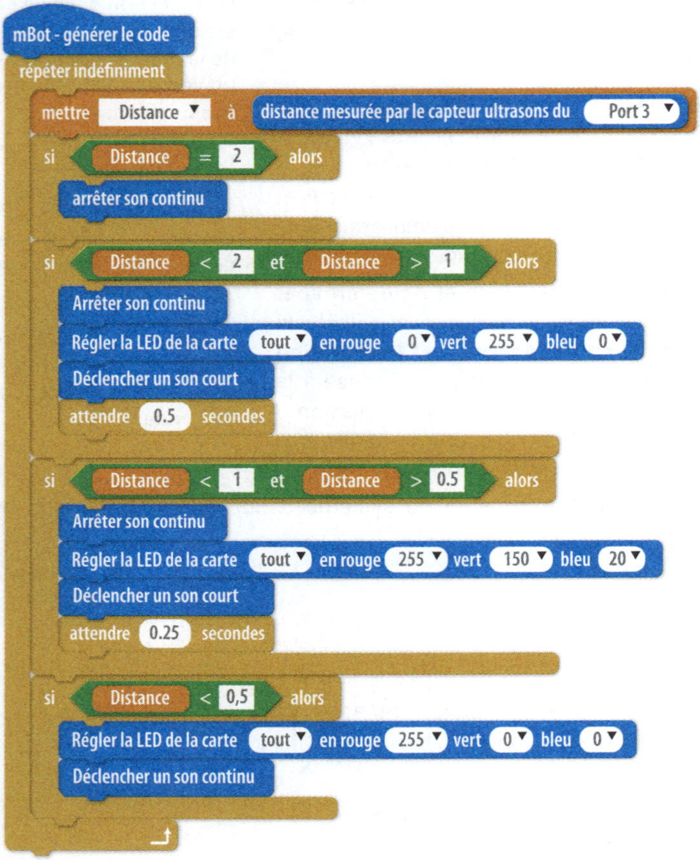

Sujet 12 Mur végétal

25 pts 30 min

France métropolitaine, septembre 2020

Afin de répondre aux engagements sur le réchauffement climatique, des solutions naturelles et/ou techniques existent pour capter le dioxyde de carbone (CO_2) et dépolluer l'air.
L'étude propose d'analyser et d'améliorer le prototype d'un mur végétal prévu à cet effet. Ce type de système vise à être installé là où l'implantation d'une solution naturelle n'est pas envisageable.
Ce système est équipé de deux panneaux verticaux de mousse internes du mur végétal. Il est autonome en eau et en énergie électrique.

Mur végétal

1 Sur le diagramme simplifié ci-dessous, à l'aide du *document 1* de la page suivante, compléter les blocs internes du mur végétal. Utiliser les termes suivants : Ventilateurs **(1)**, Motopompe **(5)**, Panneau solaire **(6)**, Batterie **(7)**.

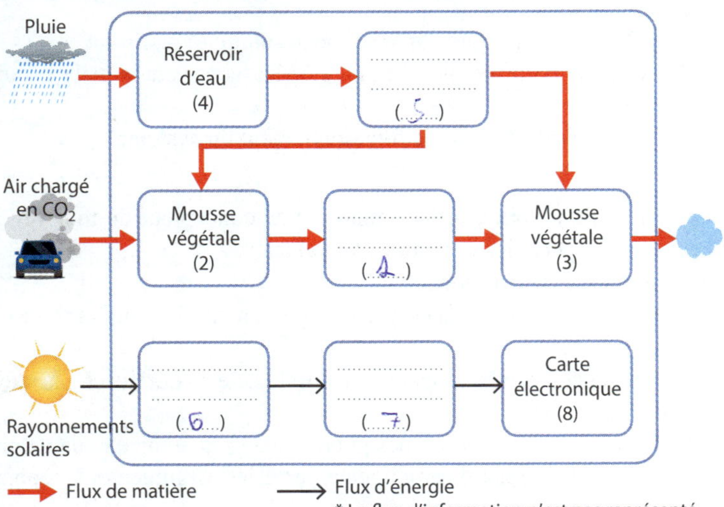

Doc. 1 Schéma de principe du mur végétal

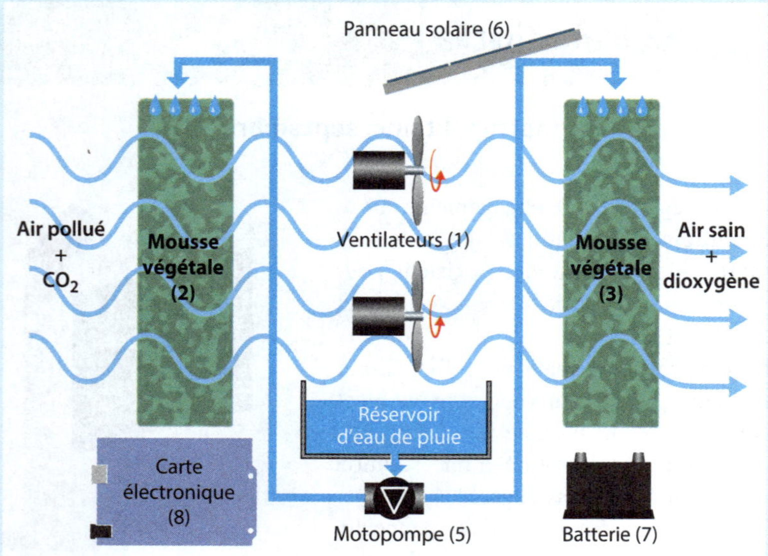

L'air est aspiré à l'aide des ventilateurs **(1)** à travers la mousse végétale **(2)** qui filtre les particules et absorbe le CO_2. L'air est ensuite propulsé à travers la mousse végétale **(3)** afin de subir un nouveau filtrage.
L'eau de pluie est stockée au sein du réservoir **(4)**, elle permet l'arrosage de la mousse à l'aide du système constitué d'un groupe motopompe **(5)** et de canalisations.
L'énergie électrique produite par le panneau solaire **(6)** est stockée au sein de la batterie **(7)**. Elle permet d'alimenter les ventilateurs et le groupe motopompe.
La carte électronique **(8)** gère le fonctionnement du système.

2 Les normes du mobilier urbain imposent au concepteur du mur végétal que le châssis respecte les conditions suivantes :
– résister au feu, être incombustible ;
– ne pas produire de fumée ou de gaz toxiques en cas d'incendie ;
– résister aux chocs.
Pour des exigences de développement durable, le matériau choisi devra être recyclable.
À l'aide du *document 2* ci-après, désigner le matériau le mieux adapté pour fabriquer le châssis au regard des exigences arrêtées. Argumenter la réponse.

Doc. 2 **Caractéristiques des matériaux**

CARACTÉRISTIQUES	MATÉRIAUX		
	Bois : pin douglas non traité	Matière plastique : PVC	Alliage d'aluminium : duralumin
Résister aux ultra-violets	Non	Non	Oui
Résister au feu	Dégagement de fumée et de gaz toxique à partir de 250 °C	Dégagement de gaz toxique à partir de 180 °C	Incombustible
Recyclable	Recyclable par valorisation	Difficilement recyclable	Recyclable par valorisation
Nécessite un entretien	Oui	Non	Non
Résister aux chocs*	Non conforme	Non conforme	Conforme
Isolant thermique	Isolant	Isolant	Conducteur

* Résultats issus de tests effectués en laboratoire par l'entreprise

3 Afin de limiter la consommation en eau et éviter de remplir le réservoir entre deux périodes de pluie, le constructeur souhaite optimiser la gestion de l'arrosage de la mousse.
À l'aide du *document 3*, compléter sur le diagramme d'activité (page suivante) permettant une gestion optimisée de l'arrosage automatique du mur végétal. Utiliser les termes suivants :

– envoyer SMS ;
– jour ;
– arrêter motopompe.
– point de rosée non atteint ;
– réservoir vide ;
– démarrer motopompe ;
– mousse desséchée ;
– attendre 120 s.

Doc. 3 **Description du fonctionnement recherché**

- Ne pas arroser en journée pour limiter l'évaporation.
- Arroser si la mousse est desséchée.
- Arroser lorsque la température de l'air atteint le point de rosée.
- Arroser si le réservoir n'est pas vide.
- Arroser pendant 120 s.
- Envoyer un SMS au technicien si le réservoir est vide.

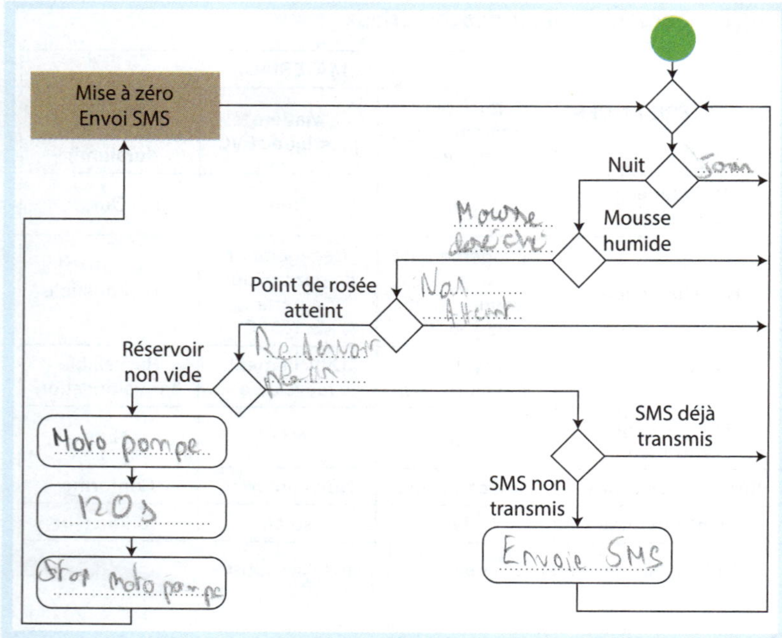

4 Afin d'assurer le suivi à distance du mur végétal, le constructeur a intégré un système de communication permettant d'envoyer un SMS au technicien de maintenance.

Pour permettre au technicien d'identifier le mur végétal concerné, le SMS doit respecter le protocole de communication suivant :

- ALERTE MUR VÉGÉTAL : localisation – types d'alerte – date de l'alerte

La localisation est définie par le numéro de département suivi du numéro du mur, exemple :

- 69-04 pour le mur n° 4 du département du Rhône.

La date est donnée sous la forme : JJ/MM (jour/mois)

Les types d'alertes sont codés sur cinq lettres :

- RENIB = réservoir d'eau niveau bas
- HUMTF = humidité de mousse trop faible
- VENHS = ventilateur hors service
- POMHS = pompe hors service

Les différents départements sont repérés par les numéros suivants :

- Seine = 75, Bouches du Rhône = 13, Ain = 01, Gironde = 33, Isère = 38, Nord = 59.

Dans le cas d'un défaut – réservoir d'eau niveau bas – survenu le 12 janvier sur le mur n° 15 situé en Gironde, compléter ci-dessous le SMS à envoyer.

ALERTE MUR VÉGÉTAL : Gironde – RENIB – 12/01

Sujet 12 Corrigé

Les clés pour réussir

L'essentiel à connaître

- Le dioxyde de carbone est un **gaz à effet de serre**, dont l'émission est responsable du réchauffement climatique. Des solutions naturelles et/ou techniques, comme des murs végétaux, peuvent permettre de **réduire cette émission de gaz à effet de serre** en captant du dioxyde de carbone par exemple.
- Un **prototype** est un objet qui va subir des tests.
- Le **choix d'un matériau** s'effectue suivant des critères, appelés ici exigences arrêtées, comme l'aptitude au recyclage, la résistance au feu, etc.
- La **source d'énergie** choisie pour alimenter un système va modifier son impact environnemental (et son coût d'utilisation). Par exemple, un système qui intègre un panneau solaire permet de répondre à des exigences de développement durable.
- Un **algorithme** est une succession d'opérations et d'instructions permettant la réalisation d'une tâche ou la résolution d'un problème.

Analyser l'énoncé et les documents

- L'énoncé présente les avantages d'un mur végétal.
- Le *document 1* présente le schéma de principe d'un mur végétal.
- Le *document 2* donne les caractéristiques de certains matériaux.
- Avec le *document 3*, comprenez le fonctionnement d'un mur végétal.

Bien comprendre les questions

Question 1

- L'analyse du *document 1* permet de répondre à cette première question.

Question 2

- Seule l'étude de certaines caractéristiques du *document 2* est nécessaire pour répondre à la question 2.

Question 3

- Le diagramme d'activité du mur végétal à compléter est un algorithme à remplir.

Question 4

- Lisez bien les différentes instructions avant de répondre.

TECHNOLOGIE

1 Les blocs internes du mur végétal sont les suivants.

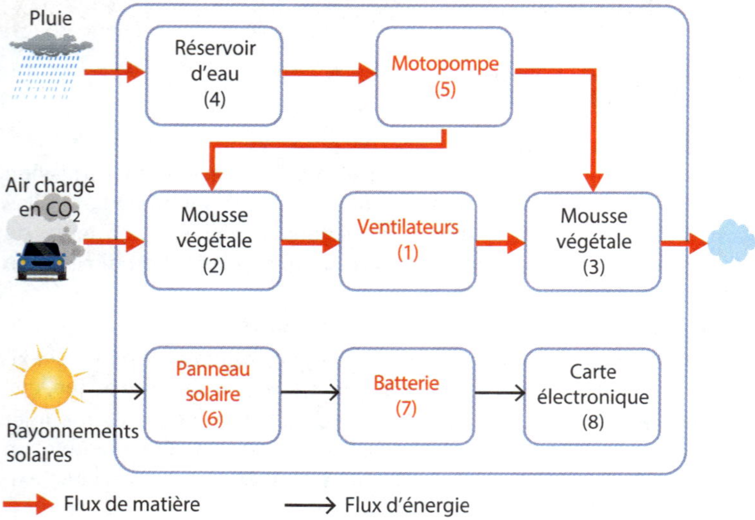

En effet, il est noté dans le *document 1* que :
– l'air est aspiré à l'aide des ventilateurs (1) à travers la mousse végétale (2) ;
– l'eau de pluie, stockée au sein du réservoir (4), permet l'arrosage de la mousse à l'aide du système constitué d'un groupe motopompe (5) et de canalisations ;
– l'énergie électrique produite par le panneau solaire (6) est stockée au sein de la batterie (7).

L'astuce du prof

Ne perdez pas de temps à écrire les justifications ci-contre car il n'est pas demandé d'argumenter les réponses à cette première question.

2 Les normes du mobilier urbain imposent au concepteur du mur végétal que le châssis respecte les conditions suivantes :
– résister au feu, être incombustible ;
– ne pas produire de fumée ou de gaz toxiques en cas d'incendie ;
– résister aux chocs.

De plus, pour des exigences de développement durable, le matériau choisi devra être recyclable.

Le matériau retenu pour la fabrication du châssis est le **duralumin**. En effet, ce matériau est **incombustible, ne dégage pas de gaz ou de fumée toxique** et a **une bonne résistance aux chocs**, contrairement au pin douglas non traité ou au PVC. De plus, il a **une bonne aptitude au recyclage**, contrairement au PVC.

Vocabulaire

Le duralumin est un alliage à base d'aluminium.

3 Le constructeur souhaite optimiser la gestion de l'arrosage de la mousse afin de limiter la consommation en eau et afin d'éviter de devoir remplir le réservoir entre deux périodes de pluie,. Pour permettre une gestion optimisée de l'arrosage automatique, le diagramme d'activité du mur végétal doit donc être le suivant.

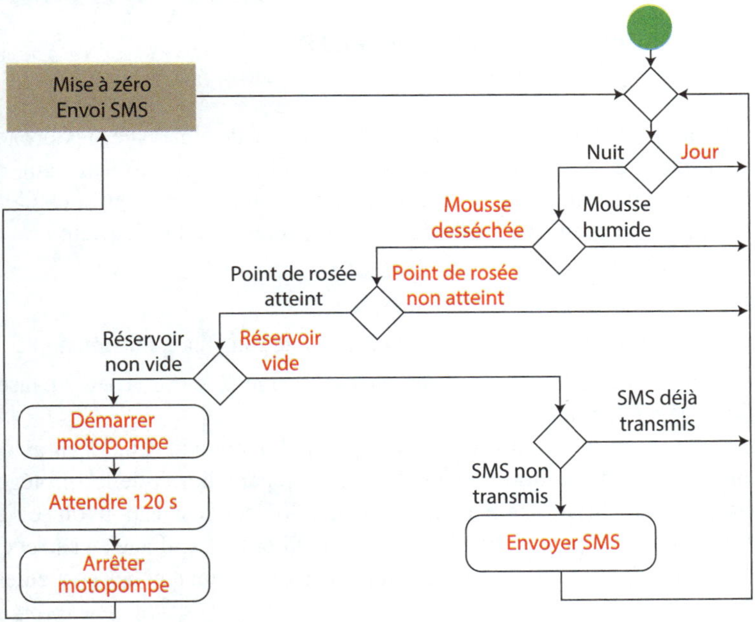

4 Afin d'assurer le suivi à distance du mur végétal, le constructeur a intégré un système de communication permettant d'envoyer un SMS au technicien de maintenance.

Dans le cas d'un défaut – réservoir d'eau niveau bas – survenu le 12 janvier sur le mur N° 15 situé en Gironde, le SMS à envoyer est :

« ALERTE MUR VÉGÉTAL : 33-15 : RENIB : 12/01 » :

- « 33 » correspond au département de la Gironde ;
- « 15 » correspond au numéro du mur ;
- « RENIB » signifie « réservoir d'eau niveau bas » ;
- « 12/01 » donne le jour de l'incident.

Gagnez des points !

Écrivez le SMS dans le bon ordre : localisation – type(s) d'alerte – date de l'alerte.

Sujet 13 Drones et agriculture de précision

25 pts 30 min

Polynésie, septembre 2019

Au Mondial des fournisseurs de l'agriculture et de l'élevage, les drones ont une place de choix dans les allées du pôle innovation. Ces petits engins volants vont devenir des alliés précieux pour les agriculteurs qui souhaitent surveiller leurs champs à l'aide de caméras. En effet, pour l'agriculture, le drone permet :

- de repérer et reconnaître les plantes ;
- d'établir avec précision les besoins des plantations (eau, nutriments) ;
- de connaître rapidement les dommages sur une parcelle et leurs causes (gibier, dégât des eaux, sécheresse…).

Ces survols rapides, moins chers et moins polluants que ceux d'un avion vont permettre d'améliorer les rendements des parcelles et de les protéger contre les aléas environnementaux. À terme, l'objectif est de pouvoir semer et traiter avec une précision qui permettra d'éviter le gaspillage en eau et en nutriment et également de réduire l'impact environnemental des pesticides.

Source : dronedecole.fr

Doc. 1 Diagramme du contexte environnemental de AR Drone

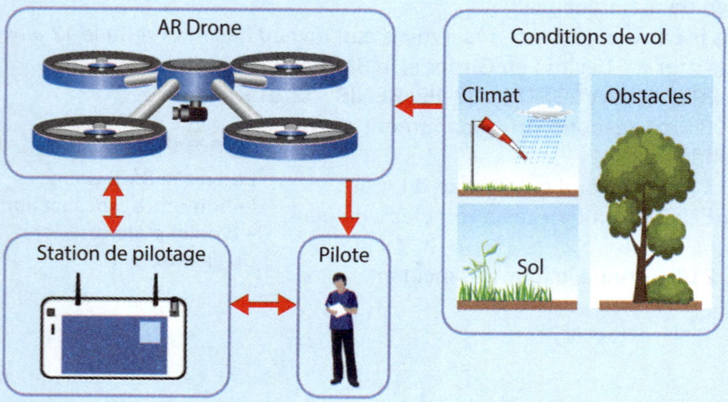

Source : DMS- AR Drone de Parot

1 Expliquer pourquoi l'emploi des drones est un progrès pour l'agriculture.

Doc. 2 Caractéristiques du réseau W-fi et d'une batterie LiPo

• **Communication.**
Le Réseau **Wi-fi** permet la communication sans fil du drone avec la Station-Sol.

Composant Wi-fi	• Chipset Atheros AR6102
Vitesse des données	• 1~54 Mbits/s
Distances de fonctionnement	• jusqu'à 40 m à l'intérieur d'un bâtiment, • jusqu'à 180 m en extérieur.

• **Batterie LiPo.**
Batterie embarquée sur l'AR Drone fournissant l'énergie nécessaire au fonctionnement des moteurs, l'intelligence et les communications avec la station de pilotage.

Type	• Lithium polymère
Tension	• 11,1V
Réserve de charge électrique	• 1 000 mAh
Temps de charge	• 0 minutes

2 À l'aide du *document 2* et des caractéristiques liées à la batterie.
Pour l'inspection du champ particulier (voir schéma 1 ci- après), la durée nécessaire du vol a été estimée à 1 h 30. Sachant que la consommation moyenne en vol de l'appareil est de 500 mA/h, est-il possible de survoler la totalité du champ sans recharger la batterie ?
Justifier la réponse.

3 À l'aide du *document 2* et des caractéristiques liées au mode de communication entre l'appareil en vol et le pilote.
Le pilote du drone doit se positionner sur un point fixe du champ. Sur le schéma 1 ci- dessous, quatre positions possibles du pilote sont repérées par (A, B, C, D).

Indiquer la (ou les) position(s) du pilote qui permet(ent) de respecter la distance de fonctionnement pour la communication avec le drone. Justifier la réponse.

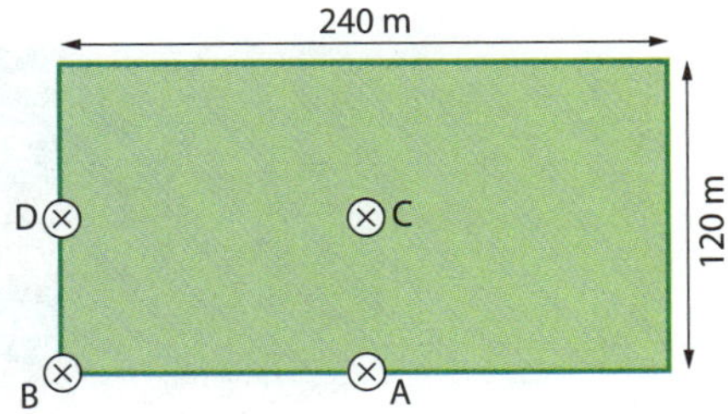

4 Pour l'acquisition optimale des données utiles à l'activité agricole, l'altitude de l'appareil doit être comprise entre 15 et 20 mètres.

Compléter les rectangles de la chaîne d'information relative à l'altitude avec les verbes suivants : traiter, acquérir, communiquer.

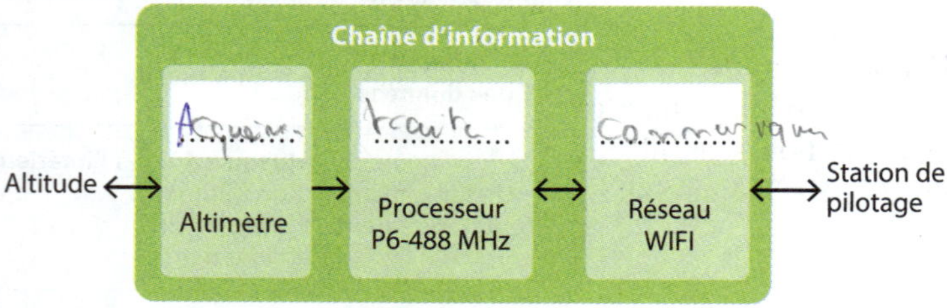

5 Pour l'acquisition optimale des données utiles à l'activité agricole, l'altitude de l'appareil doit être comprise entre 15 et 20 mètres.

À l'aide de l'algorigramme permettant le contrôle de l'altitude du drone, compléter le sous- programme ci-dessous.

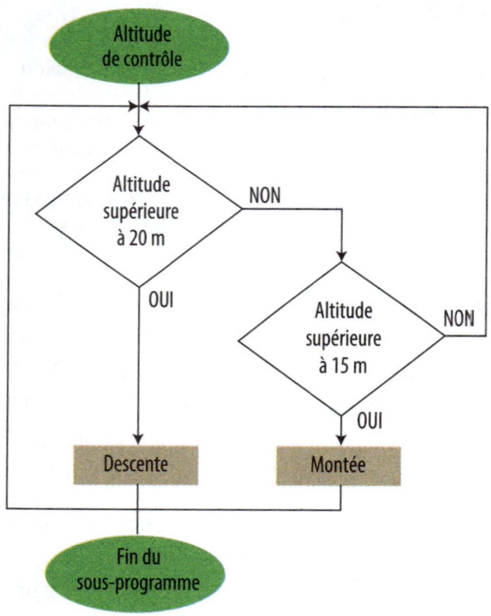

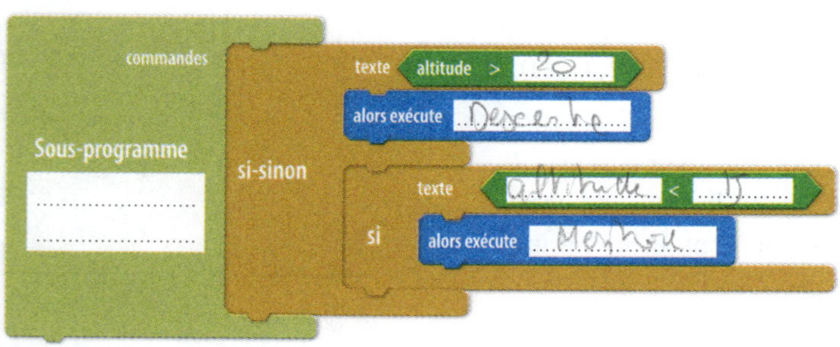

Sujet 13 Corrigé

Les clés pour réussir

L'essentiel à connaître

- Un **capteur** est un composant d'un système qui **acquiert** une grandeur physique (vent, température, altitude, humidité, luminosité...) et la transforme en une grandeur ou un message électrique utilisable par le système.
- Un **processeur** est un composant d'un système informatique capable de **traiter** des données et d'exécuter des opérations selon un programme qui lui est transmis.
- Les réseaux sans fils de type **wifi sont limités à une certaine distance**.
- La **capacité d'une batterie** s'exprime souvent en Ampère-heure (Ah). Pour les batteries de faible capacité, le milliampère-heure est utilisé : 1 Ah = 1 000 mAh.
- Un **algorithme** est une succession d'opérations et d'instructions permettant la réalisation d'une tâche ou la résolution d'un problème.
- Un **algorigramme** permet de **représenter et d'écrire les algorithmes**. On y retrouve généralement des boucles (Faire...tant que...), des conditions (Si...Alors...) et des instructions (Monter, Descendre...).

Analyser l'énoncé et les documents

- L'énoncé présente les avantages apportés par l'utilisation des drones dans l'agriculture.
- Le *document 1* est un diagramme de contexte environnemental, il présente les différents acteurs et éléments agissant sur le système présenté. Ici, il s'agit d'un drone piloté à l'aide d'une station de pilotage.
- Le *document 2* est un extrait de la documentation technique du drone. Il présente les performances de la communication wifi et de la batterie.

Bien comprendre les questions

Question 1

- Il faut extraire les informations utiles de l'énoncé « Développer l'agriculture de précision ».
- Il n'y a rien à inventer dans cette question, il suffit de reprendre les arguments cités dans l'énoncé.

Question 2

- Faites un calcul de l'autonomie en vol du drone à partir des informations extraites du *document 2*.
- La réponse doit être justifiée, cela signifie que vous devez écrire votre calcul et expliquer la conclusion que vous tirez de vos calculs.

TECHNOLOGIE

Question 3

- Indiquez et justifiez à quel(s) endroit(s) du champ (A, B, C ou D) le pilote doit se positionner pour bénéficier d'une portée wifi suffisante et ne pas perdre le contrôle du drone.
- Utilisez les informations du *document 2* et les dimensions indiquées sur le schéma du champ.
- L'échelle indiquée sur le schéma du champ vous permet de mesurer les distances.

Question 4

- Positionnez les mots « Traiter », « Acquérir » et « Communiquer » dans les bonnes cases de la chaîne d'information.
- Les noms des composants assurant les fonctions doivent vous aider à trouver la solution.

Question 5

- Complétez le sous-programme de contrôle de l'altitude afin qu'il respecte l'algorigramme fourni.
- Cinq cases blanches sont à compléter dans le sous-programme : le nom du sous-programme, les valeurs d'altitudes limites (deux cases) et les actions à exécuter (deux cases).

1 L'emploi des drones est un progrès pour l'agriculture car ils permettent de **reconnaître les plantes, d'établir les besoins des plantations et de repérer les dégâts sur une parcelle**. Les survols en drones sont **moins polluants et coûteux** que les survols en avion. Ils permettent également **d'optimiser les semences, l'arrosage et les traitements**.

Gagnez des points !
N'hésitez pas à citer un maximum d'avantages relevés dans l'énoncé.

2 La capacité de la batterie du drone est de 1 000 mAh ; si le drone consomme 500 mA par heure, **il peut donc théoriquement voler $\frac{1\,000}{500} = 2$ h.**
Il est donc possible pour le drone de survoler l'intégralité du champ si ce survol dure 1 h 30 car 1 h 30 < 2 h.

3 La distance de fonctionnement du wifi en extérieur étant de 180 m, le pilote peut se placer au **point C ou au point A car depuis ces 2 points tous les bords du champ sont à moins de 180 m de distance,** ce qui n'est pas le cas pour les points B et D (à l'aide du théorème de Pythagore, on peut calculer la distance A – Angle supérieur du champ qui est de 170 m).

4 **L'altimètre réalise l'acquisition de l'altitude, le processeur traite les données** en provenance de l'altimètre et le réseau **wifi permet de communiquer** ces informations à la station de pilotage.

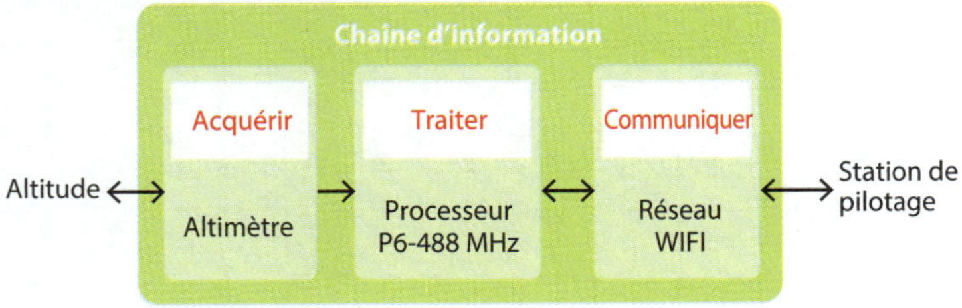

5 Si l'on suit les indications données par l'algorithme, pour qu'il reste à une altitude comprise entre **15 et 20 m**, le drone doit descendre si son altitude est supérieure à 20 m et remonter si celle-ci descend en dessous de 15 m. Cela donne la solution suivante.

L'astuce du prof

Vous avez certainement déjà vu ce type de schéma en classe : l'ordre des actions « Acquérir », « Traiter », puis « Communiquer » est celui que l'on retrouve le plus souvent.

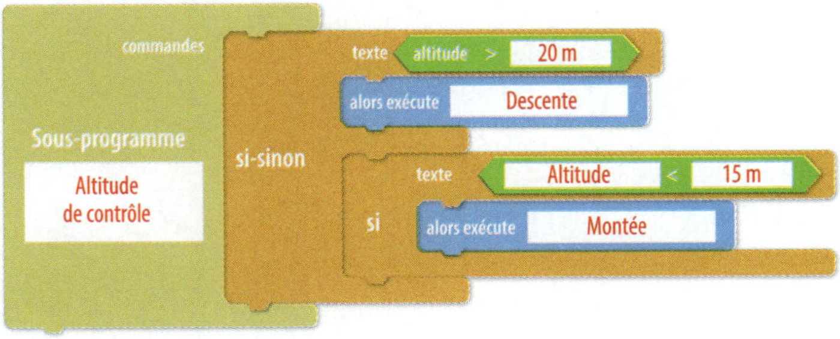

TECHNOLOGIE

HISTOIRE - GÉOGRAPHIE - ENSEIGNEMENT MORAL ET CIVIQUE

SOMMAIRE

INFOS-BREVET

SUJETS D'HISTOIRE

SUJETS DE GÉOGRAPHIE

SUJETS D'EMC

L'épreuve d'Histoire - Géographie - EMC expliquée

- **Durée** : 2 heures
- **Notation** : une note globale sur 50 points est attribuée au candidat (20 points pour l'histoire, 20 points pour la géographie et 10 points pour l'enseignement moral et civique).
- **L'épreuve comporte trois parties obligatoires.**

Exercice 1	Exercice 2	Exercice 3
• Histoire ou géographie • Analyser et comprendre des documents	• Histoire ou géographie • Maîtriser différents langages pour raisonner et se repérer	• Enseignement moral et civique • Questions sur des documents

Top chrono !

Pour vous organiser efficacement, prévoyez environ :
- **45 minutes pour** l'exercice 1
- **45 minutes pour** l'exercice 2
- **30 minutes pour** l'exercice 3

Quels sont les critères d'évaluation de ma copie de Brevet ?

On attend de vous que vous soyez capable de :
- **maîtriser les connaissances** du programme de 3e.
- **savoir lire et comprendre** un document.
- **lire, comprendre et utiliser différents langages** (textuel, iconographique, cartographique, graphique).
- **répondre aux questions posées** ou aux consignes.
- **rédiger un développement construit** en réponse à l'une des questions d'histoire ou de géographie.

La méthode pour le Brevet

Bien s'organiser pour réviser

- **Révisez régulièrement votre cours**, n'attendez pas le dernier mois avant l'épreuve.
- **Les Brevets blancs** préparés dans votre collège tout au long de l'année vont vous aider à connaître les caractéristiques de l'épreuve finale.
- Fabriquez-vous des **fiches de révisions** comprenant le vocabulaire, les dates, les localisations, ainsi que les grandes questions possibles.
- **Entraînez-vous à répondre à des questions** ; vous pouvez vous interroger mutuellement avec des camarades de classe.
- **Entraînez-vous à lire des documents** et à vous demander quel est le sens général du document.

Exercice 1 : Analyser et comprendre des documents

Histoire ou Géographie

- **Un travail sur un ou plusieurs document(s)** vous est proposé dans une des deux matières. Vous devrez répondre à des questions ou des consignes permettant d'**identifier** le ou les document(s) proposé(s), d'en dégager le **sens**, de prélever des informations et éventuellement, de porter un regard **critique** sur ce ou ces document(s) en soulignant son intérêt ou ses limites.
- **Pensez à présenter le ou les document(s)**, même si on ne vous le demande pas spécifiquement. Pour cela, identifiez la nature du ou des document(s), l'auteur, la date...
- **Vous devez également rattacher le ou les document(s) proposé(s) à un chapitre du programme** : ainsi vous comprendrez rapidement pourquoi on vous propose ce ou ces document(s).

L'astuce du prof

Quand vous le pouvez, utilisez des connaissances personnelles qui permettent de comprendre le ou les document(s), sans réciter votre cours. L'objet d'analyse reste le ou les document(s).

- **Lisez attentivement** les intitulés des questions, des consignes et les documents, y compris les graphiques et les images, les photographies et les légendes des cartes. Analysez les **chiffres**, relevez les **détails** d'une photographie ou d'un dessin.
- Certaines questions vous demandent de **prélever des informations** sur le ou les document(s), d'autres de **vous servir de vos connaissances** pour répondre à la question, d'autres encore **d'analyser les informations** données par le ou les document(s).

- **En Histoire** : repérez à quel type de document vous êtes confronté. Est-ce un témoignage fait par quelqu'un ayant assisté à un événement historique, est-ce l'analyse d'un historien ? etc.
- **En Géographie** : il faut identifier clairement l'espace étudié en s'interrogeant sur l'échelle à laquelle il est considéré : le document concerne-t-il un phénomène mondial, une situation nationale, régionale ou locale ?

Exercice 2 : Maitriser différents langages

Histoire ou géographie

- **Un paragraphe argumenté** vous est demandé dans chacune des deux matières, sur un thème donné dans les consignes et d'une longueur correspondant aux attentes des correcteurs. Mettez en œuvre toutes vos connaissances et sélectionnez-les bien pour répondre le plus précisément possible au sujet donné.
- Vous devez tout d'abord **introduire votre développement** en expliquant de quoi il s'agit et en le situant dans le temps et dans l'espace.
- Vous devez ensuite **organiser vos idées** en deux ou trois parties qui correspondent à deux ou trois idées différentes. Là encore, utilisez un vocabulaire précis appris en cours. Quand vous avez fini d'exposer l'une de vos idées, **allez à la ligne** ou **sautez une ligne** pour montrer au correcteur que vous passez à une autre idée.

> **Conseil**
> Pour introduire un développement construit, posez-vous à chaque fois les questions suivantes : Où ? Quand ? Qui ?

- **Un second exercice** faisant appel à un **autre langage** peut être prévu. Il s'agit de remplir une frise, un croquis ou un schéma, en respectant les consignes données : colorier une carte ou compléter un croquis en y ajoutant des flèches, des points ou des couleurs. Le but sera toujours de voir si vous avez compris **l'organisation** et le **fonctionnement** de l'espace représenté.
- **Pensez à toujours vous munir de crayons de couleur** car vous pouvez en avoir besoin.
- **Pensez à relire les croquis étudiés en classe** (en particulier le titre et la légende) et éventuellement, à les reproduire en guise d'entraînement.

Exercice 3 : Enseignement moral et civique

EMC

- **Vous devrez identifier** les documents proposés, en dégager le sens, prélever des informations et éventuellement, porter un regard critique sur ces documents en indiquant son intérêt ou ses limites.

- **Vous devez rendre compte** du problème politique ou social mis en avant par les documents. Prenez des exemples qui montrent que vous suivez l'actualité et que vous vous intéressez au monde qui vous entoure. Ne vous limitez pas aux connaissances tirées de votre cours.
- Certaines questions vous demandent de **prélever des informations** sur les documents, d'autres de **vous servir de vos connaissances** pour répondre à la question, d'autres encore **d'analyser les informations données** par les documents.
- **Une situation pratique** vous sera proposée ainsi qu'un ensemble de questions en relation avec la situation. Vous devrez comprendre le cas décrit mais aussi mettre à profit toutes les connaissances acquises tout au long de l'année pour répondre correctement.

Le jour J

- **N'oubliez pas d'apporter une trousse complète** avec des stylos bleu, rouge et vert, une règle, un crayon à papier, une gomme et des crayons de couleur.
- **Commencez par la matière que vous maîtrisez le mieux,** cela vous mettra en confiance pour la suite.
- **Ne perdez pas de temps** en détaillant trop votre brouillon ; si vous en faites un, limitez-vous aux questions longues, en particulier celles qui demandent un développement construit.

La maîtrise de la langue

Comment bien présenter votre copie ?

- Dans la maîtrise de la langue, sont prises en compte la **rédaction**, la **grammaire**, l'**orthographe** et la **lisibilité** de votre copie.
- **Soignez votre écriture** et aérez votre copie.
- **Écrivez bien sur les lignes** et n'écrivez pas trop petit, même si vous devez respecter le nombre de lignes imposé par les cadres.
- **Toutes vos réponses doivent être rédigées** : évitez les tirets, le style télégraphique ou les abréviations.
- **Évitez le « je »** dans la rédaction.
- Le **nombre de lignes** laissé pour chaque question est à respecter. Il vous donne une indication sur la longueur maximale attendue par le correcteur (toutes les lignes ne seront pas nécessairement remplies).
- Gardez un peu de temps pour **vous relire** à la fin de l'épreuve.
- **Prenez impérativement du temps pour vous relire,** surtout si vous n'avez pas fait de brouillon.

Sujet 1 Civils et militaires pendant la Première Guerre mondiale

20 pts — 45 min

France métropolitaine, septembre 2020

Exercice 2 Maîtriser différents langages

1 Rédigez un développement construit d'une vingtaine de lignes montrant que les civils et les militaires subissent des violences extrêmes pendant la Première Guerre mondiale.

2 a. Dans chaque cadre, indiquez les dates des repères historiques sur les pointillés.

b. Reliez chaque repère à l'axe chronologique en représentant différemment les périodes et les événements.

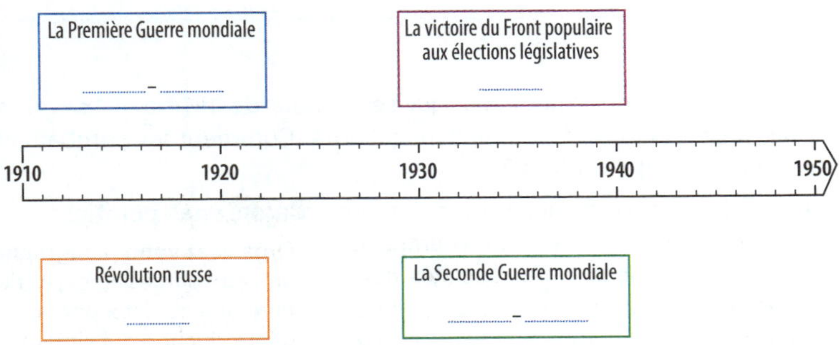

Sujet 1 Corrigé

Les clés pour réussir

Bien comprendre les questions

Question 1

- La question vous demande de décrire les violences subies par les combattants et les civils dans un développement construit d'une vingtaine de lignes. Il vous faut être méthodique et réussir à **organiser vos connaissances pour les présenter de manière structurée et cohérente.** Faites un brouillon avant de vous mettre à rédiger votre copie.

- Le sujet vous invite à commencer votre description par les **violences subies par les combattants**, puis à détailler **celles subies par les civils**. Il faut donc organiser votre paragraphe en deux parties distinctes.
- N'oubliez pas de toujours **dater et localiser** votre description et de vous appuyer sur le **vocabulaire historique** propre au chapitre. → Fiche 3

Question 2

- Lisez bien l'énoncé qui vous demande de **distinguer les « périodes » et les « événements »**. Sur les 4 cadres, il y a 2 périodes et 2 événements.
- Une **période** implique une **durée**. Elle ne se place donc pas de la même manière sur une frise chronologique qu'un événement.
- N'oubliez pas non plus de **relier chaque cadre à la frise** comme le demande l'énoncé.

Les mots-clés

Armement industriel • Obus • Gaz toxiques • Mobilisation • Tranchées • Guerre d'usure • Mutilés • Poilus • Bombardements • Pénuries • Génocide • Guerre totale • Veuves et orphelins

1 La Première Guerre mondiale, qui se déroule de 1914 à 1918, voit se dérouler des violences inconnues jusqu'alors. Comment les combattants et les civils les ont-ils subies ?

Ce sont d'abord les combattants qui subissent des violences extrêmes sur les champs de bataille. L'industrialisation des sociétés européennes en 1914 permet la mise au point de nouvelles armes meurtrières : les gaz toxiques, les mitrailleuses et les obus. Pour s'en protéger, les combattants, tous les citoyens mobilisés dans les pays en guerre, creusent des abris et des tranchées. C'est une guerre d'usure où il s'agit d'empêcher l'ennemi d'avancer. Dans ces tranchées, les violences subies sont extrêmes, car les soldats sont sommés de lancer quotidiennement des assauts lors desquels ils reçoivent des pluies d'obus qui les tuent ou les mutilent en masse. C'est le cas lors des grandes batailles comme celle de Verdun en 1916, qui fait environ un million de victimes françaises et allemandes. De plus, les conditions de vie des soldats dans les tranchées sont très difficiles. Ils souffrent de la faim, du froid, de la fatigue et d'un grand manque d'hygiène. C'est pourquoi, en France, la population surnomme ses combattants les « Poilus ». Les soldats survivants reviennent traumatisés physiquement et moralement de la « Grande guerre ».

Gagnez des points !

Organisez votre paragraphe en deux parties. Essayez de faire une ou deux phrases d'introduction qui situent rapidement le contexte et qui posent le sujet sous forme de question.

Les civils sont aussi la cible de violences extrêmes. Quand ils sont proches de la ligne de front, ils subissent, comme les soldats, des bombardements massifs qui n'épargnent rien : villes, hôpitaux et villages sont touchés, parfois complètement rasés, surtout dans le nord-est de la France. Dans les zones occupées, les violences touchent aussi les populations civiles, victimes de confiscations, de viols et de déplacements forcés. Sur tous les territoires en guerre, les pénuries alimentaires rendent la vie des civils très pénible. Dans l'Empire ottoman, dans un contexte de guerre totale, une forme de violence extrême touche la population arménienne à partir de 1915. Le gouvernement ottoman subit de lourdes défaites contre l'Empire russe. Il accuse alors les Arméniens de trahison, ce qui lui fournit un prétexte pour éliminer cette population et commettre un génocide : les soldats sont fusillés et les autres sont déportés dans le désert où la plupart meurent de soif et de fatigue. Plus d'un million d'Arméniens sont victimes de ce génocide.

Gagnez des points !
Les conditions de vie des soldats témoignent aussi de la violence de la guerre. N'oubliez pas de les décrire.

Les violences extrêmes de la Première Guerre mondiale ont provoqué la mort d'environ dix millions de personnes, combattants et civils. Des millions de soldats sont mutilés et traumatisés. La guerre laisse des millions de veuves et d'orphelins dans une Europe meurtrie.

Gagnez des points !
N'oubliez pas le génocide arménien qui est l'acte de violence le plus extrême subi par des civils pendant cette guerre.

2 a. et **b.**

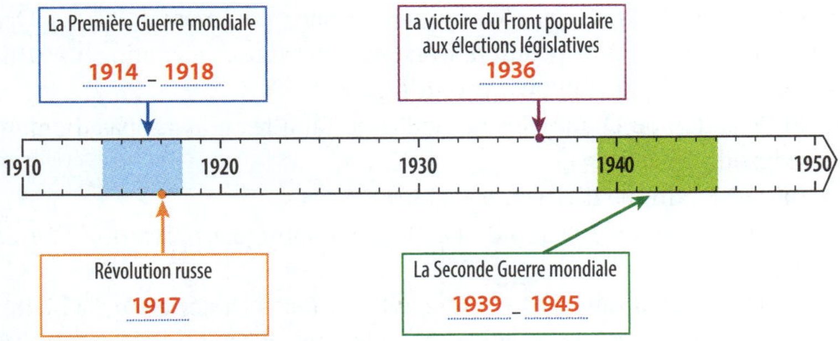

Gagnez des points !
Utilisez des couleurs différentes pour distinguer les deux périodes concernées.

HISTOIRE

Sujet 2 — Le génocide des Juifs et des Tziganes pendant la Seconde Guerre mondiale

20 pts — 45 min

France métropolitaine, juillet 2019

Exercice 1 Analyser et comprendre des documents

Document 1 Circulaire de la préfecture de police de Paris ordonnant la rafle du « Vel d'Hiv » des 16 et 17 juillet 1942

« À messieurs les commissaires [...].

Paris, le 13 juillet 1942.
Les autorités occupantes ont décidé l'arrestation et le rassemblement d'un certain nombre de Juifs étrangers. [...] [La mesure] concerne tous les Juifs étrangers, quel que soit leur sexe, pourvu qu'ils soient âgés de 16 à 60 ans. Les enfants de moins de 16 ans seront emmenés en même temps que les parents.* [...]
Vous constituerez des équipes d'arrestation. Chaque équipe sera composée d'un gardien en tenue et d'un gardien en civil ou d'un inspecteur des Renseignements Généraux ou de la Police Judiciaire. [...]
Les équipes chargées des arrestations devront procéder avec le plus de rapidité possible, sans paroles inutiles et sans commentaire. [...] Des autobus seront mis à disposition. Lorsque vous aurez un contingent suffisant pour remplir un autobus, vous dirigerez :
a) Sur le Camp de Drancy les individus ou familles n'ayant pas d'enfant de moins de 16 ans.
b) Sur le Vélodrome d'Hiver, les autres.
En ce qui concerne le Camp de Drancy, le contingent prévu doit être de 6 000. [...]
La garde du Vélodrome d'Hiver sera assurée, tant à l'intérieur qu'à l'extérieur, par la gendarmerie de la région parisienne et sous sa responsabilité.
Le directeur de la police municipale, Hennequin. »

Archives de la police, sorties à l'occasion d'une exposition organisée par la mairie du IIIe arrondissement de Paris en 2012.

*En réalité, la rafle s'est portée sur tous les Juifs, français comme étrangers et de tout âge.

Document 2 **Principaux itinéraires des convois de déportation à destination d'Auschwitz durant la Seconde Guerre mondiale**

Mémorial de la Shoah.

Questions

1 À l'aide de l'expression soulignée dans le document 1, présentez la situation de la France en 1942.

2 Identifiez les personnes visées par cette circulaire.

3 Décrivez ce qu'est une rafle à l'aide du document 1.

4 Montrez, grâce au document 1, comment les services de l'État français collaborent avec l'occupant.

5 À l'aide du document 2, expliquez pourquoi la rafle du « Vel d'Hiv » n'est qu'une étape dans la politique nazie mise en place en Europe durant la Seconde Guerre mondiale.

Sujet 2 Corrigé

Les clés pour réussir

Bien lire le document

Identifier leur nature

- **Le document 1** est un texte tiré des archives de la police de Paris, sorties à l'occasion d'une exposition organisée par la mairie du IIIe arrondissement de Paris en 2012. Ces archives regroupent les documents administratifs de la police et donnent donc un aperçu précis de la manière dont les ordres ont été donnés sous l'occupation allemande pendant la Seconde Guerre mondiale en France. Ici, cet extrait est écrit par le directeur de la police municipale, donc un policier français qui obéit aux ordres donnés par les Allemands et qui collabore avec eux.
- **Le document 2** est une carte de l'Europe occupée par les Allemands pendant la Seconde Guerre mondiale qui montre les principaux itinéraires des convois de déportation à destination du principal camp d'extermination durant la Seconde Guerre mondiale : Auschwitz-Birkenau. Cette carte a été faite par le Mémorial de la Shoah français, un lieu de mémoire du génocide des Juifs situé à Paris.

Repérer les éléments importants

- **Dans le document 1**, la personne qui signe la circulaire (lettre interne à la police) : Hennequin, le directeur de la police municipale de Paris.
- La date et le lieu en début de circulaire.
- L'en-tête du texte : « À messieurs les commissaires » qui montre que le directeur de la police s'adresse à tous les commissaires de police parisiens.
- Le début de phrase souligné qui permet de comprendre la situation de la France en 1942.
- Le premier paragraphe qui explique quelle population est concernée par cette mesure.
- Les deux lieux d'internement indiqués en a) et b) de la circulaire.
- La mention du « Vélodrome d'Hiver » qui permet d'expliquer le nom de cette rafle (« Vel d'Hiv »).
- **Dans le document 2,** la première colonne de la légende qui identifie trois types de pays et leurs relations avec l'Allemagne nazie.
- La deuxième colonne qui distingue trois types de camps.
- La troisième colonne qui liste les différents convois de prisonniers juifs vers Drancy et vers Auschwitz.

Bien comprendre les questions

Question 1

- Pour cette première question, vous devez expliquer la situation de la France en 1942. Même si le groupe nominal souligné dans le texte (« Les autorités occupantes ») vous donne une indication, vous avez besoin de connaissances personnelles pour expliquer le contexte de l'occupation en France.
- Ne racontez pas tout ce que vous savez sur la France pendant la guerre, mais expliquez en quoi consiste l'occupation de la France par l'Allemagne.

Question 2

- Vous devez « identifier » les personnes visées par cette circulaire. C'est dans le premier paragraphe que vous pouvez trouver ces personnes.
- N'oubliez pas la note en bas de texte qui élargit la population concernée !

Question 3

Pour cette question, il s'agit de définir ce qu'est une rafle à l'aide du texte. C'est encore une fois la première phrase de la circulaire (après l'indication de lieu et la date) qui permet de trouver les deux mots importants de cette définition. Vous pouvez ensuite préciser votre réponse à l'aide des paragraphes suivants.

Question 4

- Vous devez d'abord identifier les deux services de l'État cités dans le texte.
- Une fois cela fait, montrez que ces différents services ont aidé les Allemands à mener leur politique raciste en France. Pour cela, dites concrètement ce qu'ils ont fait.

Question 5

- La dernière question porte sur la carte du document 2. Il vous faut montrer que la rafle n'est qu'une étape dans la politique nazie mise en place en Europe durant la Seconde Guerre mondiale. Pour cela, vous devez faire appel à vos connaissances sur la politique raciale des nazis, notamment à l'égard des Juifs.
- Lisez attentivement la légende de la carte, surtout la deuxième colonne qui indique les lieux d'internement des prisonniers, et la troisième colonne qui montre les étapes dans la déportation des Juifs habitant en France.

Les mots-clés

- **Rafle** : voir la question 3.
- **Occupation allemande** : après la défaite de la France en 1940 et la signature de l'armistice par le maréchal Pétain, l'armée allemande occupe le territoire français, d'abord en partie (jusqu'en 1942), puis en entier pour contrôler ses frontières, sa population et piller ses ressources.
- **Juifs étrangers** : Juifs réfugiés en France avant et au début de la guerre, souvent venus d'Allemagne et d'Europe de l'Est. Ce sont les premiers à être arrêtés et déportés par les nazis avec l'aide de l'État français.
- **Camp de Drancy** : camps d'internement français, en région parisienne. La majorité des Juifs habitant en France ont transité par Drancy avant d'être déportés dans les camps de la mort en Allemagne et surtout en Pologne.
- **Vélodrome d'Hiver** : stade destiné aux courses de vélo, il était situé dans le XVe arrondissement de Paris. Familièrement appelé le « Vel d'Hiv », il est devenu tristement célèbre après la rafle des 16 et 17 juillet 1942 qui porte son nom. Plus de 13 000 personnes juives y ont été internées à cette occasion (dont un tiers d'enfants) ; moins d'une centaine en reviendront.
- **Pays annexés par l'Allemagne** : pays qui ont été intégrés à l'Allemagne après leur invasion.
- **Pays alliés de l'Allemagne** : pays ayant combattu aux côtés de l'Allemagne nazie pendant la Seconde Guerre mondiale.
- **Camps d'internement** : camps destinés à regrouper les populations juives et tziganes avant leur déportation vers les camps de la mort.
- **Camps de concentration** : camps de travail forcé, situés principalement en Allemagne, où les conditions de vie menèrent la plupart du temps à la mort.
- **Camps ou centres d'extermination** : camps dont le but est d'exterminer le plus grand nombre de prisonniers dans un minimum de temps. Cette extermination industrielle s'est faite au moyen des chambres à gaz ; les corps étaient ensuite brûlés dans d'immenses fours crématoires.
- **Auschwitz** : principal ensemble concentrationnaire nazi. C'est à la fois un camp de concentration et un camp d'extermination. À lui seul, Auschwitz a fait plus d'un million de victimes.
- **Convois de déportés** : trains emmenant des prisonniers juifs vers les camps de la mort. Environ 79 convois sont partis de France vers l'Est, et notamment Auschwitz.

1 En 1942, la France, battue par l'Allemagne en 1940, est occupée par les nazis. Dans la zone nord, l'Allemagne occupe directement le territoire, tandis que la zone sud est administrée par le gouvernement de Vichy, un régime autoritaire dirigé par le maréchal Pétain et qui collabore avec les Allemands.

> **Gagnez des points !**
> Ne vous contentez pas d'une présentation générale de la situation de la France, mais essayez d'être le plus précis possible, par exemple en citant le gouvernement de Vichy ou la ligne de démarcation séparant la zone libre et la zone occupée jusqu'en novembre 1942.

2 Cette circulaire vise avant tout les Juifs étrangers réfugiés en France, hommes et femmes âgés de 16 à 60 ans. Pourtant, le texte précise que « les enfants de moins de 16 ans seront emmenés en même temps que les parents ». En réalité, comme l'indique la note en bas de texte, cette rafle « s'est portée sur tous les Juifs, français comme étrangers et de tout âge ».

> **L'astuce du prof**
> Attention, les personnes « visées » par cette circulaire sont celles qui seront les victimes des mesures annoncées !

3 Une rafle est l'arrestation massive, agressive et rapide d'une population, et son rassemblement dans un lieu de détention. Lors de la rafle du « Vel d'Hiv », des équipes de policiers ont été constituées avec « un gardien en tenue et [...] un gardien en civil » à qui on demande d'arrêter les familles juives « avec le plus de rapidité possible ». Ensuite, des autobus sont mis à disposition pour emmener les prisonniers dans le camp de Drancy ou au Vélodrome d'Hiver où ils sont gardés par la gendarmerie.

> **Gagnez des points !**
> Indiquez chaque étape de la rafle depuis l'arrestation jusqu'à l'internement.

4 Lors de la rafle du Vel d'Hiv, les autorités françaises collaborent avec l'occupant allemand. En effet, selon Hennequin, le directeur de la police municipale, ce sont « les autorités occupantes », donc les Allemands, qui ont décidé de la rafle. Ce sont pourtant les policiers et les gendarmes français qui procèdent aux arrestations et au rassemblement des Juifs à Drancy et au Vélodrome d'Hiver. Les autorités françaises ont obéi aux ordres donnés par les Allemands, allant même plus loin que ce qu'on leur demandait, puisque la mesure ne devait porter que sur les personnes âgées de 16 à 60 ans. L'État français a donc activement participé à l'internement et à la déportation des Juifs habitant en France.

> **Gagnez des points !**
> Montrez que l'État français a non seulement obéi aux ordres donnés par l'occupant allemand, mais est même allé plus loin que ce qu'on lui demandait.

5 La rafle du Vel d'Hiv n'est qu'une étape dans la politique nazie mise en place en Europe durant la Seconde Guerre mondiale. En effet, les Juifs internés dans des camps d'internement en France ou dans les autres pays européens occupés sont ensuite déportés dans des camps de concentration en Allemagne ou des centres d'extermination en Pologne. Dans les camps de concentration, les prisonniers juifs, tziganes ou résistants étaient forcés à travailler dans des conditions telles qu'elles conduisaient la plupart du temps à la mort. Dans les camps d'extermination comme Auschwitz ou Sobibor, les déportés étaient dans la plupart des cas mis à mort dès leur arrivée. À Auschwitz, environ un million de personnes ont été tuées pendant la guerre. Au total, entre 1941 et 1945, le génocide des Juifs, la « Shoah », a fait entre 5 et 6 millions de victimes, et celui des Tziganes environ 300 000.

Gagnez des points !

Citez des chiffres appris en cours pour appuyer votre propos. Utilisez également le vocabulaire historique spécifique appris.

Sujet 3 La guerre froide, un monde bipolaire

20 pts 45 min

France métropolitaine, juin 2021

Exercice 2 Maîtriser différents langages et utiliser les repères historiques

1 Développement construit

Rédigez un développement construit d'une vingtaine de lignes pour montrer comment les deux blocs s'affrontent durant la guerre froide. Vous pouvez prendre appui sur des exemples étudiés en classe.

2 a. Indiquez dans chaque cadre l'année où se déroule l'événement. Puis, reliez chaque cadre à l'année correspondante sur la frise.

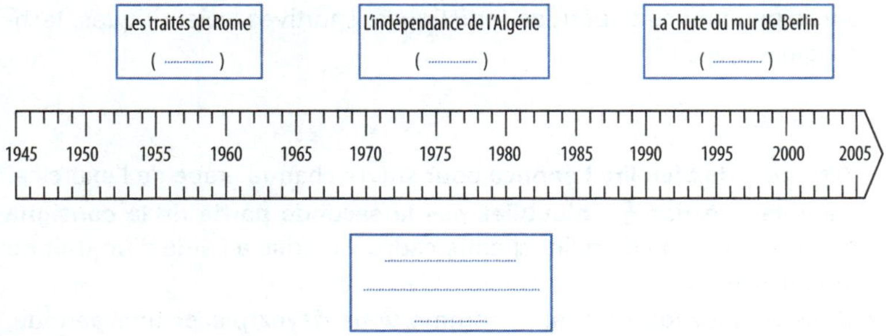

b. Placez sur la frise la guerre froide, en indiquant bien la date de début et la date de fin de cette période.

c. Indiquez, dans le cadre prévu à cet effet, un événement important de la seconde moitié du XXe siècle étudié en classe. Puis, reliez cet événement à l'année correspondante sur la frise.

Sujet 3 Corrigé

Les clés pour réussir

Bien comprendre les consignes

Consigne 1

- Vous devez **montrer**, c'est-à-dire **expliquer**, comment les deux blocs s'affrontent pendant la guerre froide.
- Vous pouvez montrer dans une première partie **comment et pourquoi le monde se divise en deux blocs opposés**; puis dans une seconde partie qu'**il existe des moments de crises fortes** pendant cette période; enfin, montrez aussi que les deux puissances s'affrontent de différentes façons.
- Quand on parle d'affrontements, il ne s'agit pas seulement des conflits armés ou des crises entre les deux blocs. Vous devez **insister sur toutes les formes de compétition et de rivalités** entre les deux grandes puissances pendant cette période (artistiques, sportives, scientifiques, technologiques, etc.).

Consigne 2

- Attention de **bien lire l'énoncé** pour suivre chaque étape de l'exercice.
- Dans la question **1**, **n'oubliez pas la seconde partie de la consigne** qui vous demande de relier chaque cadre à la frise à l'aide d'un trait ou d'une flèche.
- Dans la question **2** **a.** et **b.** comme vous devez placer une période, nous vous conseillons de **colorier l'intérieur de la frise** avec la couleur de votre choix depuis l'année de début de la guerre froide jusqu'à celle de fin. N'oubliez pas d'indiquer clairement ces dates.
- Pour la question **2** **c.**, **vous pouvez choisir l'événement** important que vous voulez dans la seconde moitié du xxe siècle. Attention donc à ne pas aborder les guerres mondiales et les régimes totalitaires. N'oubliez pas non plus de relier la case où vous avez inscrit cet événement à la frise chronologique.

1 Dès la fin de la Seconde Guerre mondiale, des tensions apparaissent entre les États-Unis et l'URSS: la guerre froide commence et dure jusqu'en 1991. Comment les deux blocs s'affrontent-ils durant la guerre froide?

Gagnez des points !

Présentez le sujet en donnant ses bornes chronologiques (début et fin de la guerre froide).

À partir de 1947, le monde est véritablement coupé en deux blocs. On parle alors d'un monde bipolaire. L'idéologie des États-Unis et celle de l'URSS, les deux grands vainqueurs de la Seconde Guerre mondiale, sont en effet opposées : démocratie et libre-échange pour les États-Unis et leurs alliés comme le définit la doctrine Truman ; dictature du prolétariat et communisme pour l'URSS de Staline et les pays d'Europe de l'Est, selon la doctrine Jdanov. L'Europe est donc divisée par un « rideau de fer », une frontière infranchissable. Chacun des deux Grands cherche en fait à étendre sa zone d'influence en tentant de limiter celle du camp opposé. Deux blocs d'alliance militaire opposés se mettent en place à l'échelle mondiale : l'OTAN pour le bloc de l'Ouest et le Pacte de Varsovie pour le bloc de l'Est. En 1949, la victoire des communistes de Mao en Chine semble renforcer encore le bloc communiste.

L'astuce du prof

Utilisez bien le vocabulaire précis appris en classe

Malgré ces tensions très fortes, les États-Unis et l'URSS ne s'affrontent jamais directement. C'est une guerre « froide ». À partir de 1949, l'URSS se dote à son tour de l'arme atomique. Un « équilibre la terreur » se met en place grâce à la dissuasion nucléaire : aucun des deux Grands n'ose déclencher un conflit qui risquerait de les détruire en même temps que leur ennemi. Parfois cependant, on est proche de l'affrontement : c'est le cas à Berlin lors de la construction du mur en 1961 ou lors de la crise de Cuba en 1963. Au moment de cette crise, les navires soviétiques et américains se retrouvent face à face ; pendant quelques heures, le monde entier pense que la Troisième Guerre mondiale va se déclencher, mais le conflit est évité de justesse.

En dehors de ces crises, le conflit prend d'autres formes. Par exemple, des affrontements indirects lors de conflits locaux comme la guerre de Corée de 1950 à 1953 ou la guerre du Vietnam dans les années 1960. Mais les États-Unis et l'URSS rivalisent dans tous les domaines. Ils mènent une guerre idéologique et culturelle à travers les arts qui deviennent des outils de propagande. Ils mènent aussi une guerre technologique, notamment avec la conquête spatiale. Ainsi en 1961, l'URSS envoie le premier homme dans l'espace, mais ce sont les États-Unis qui marchent les premiers sur la Lune en 1969.

L'astuce du prof

Décrivez bien toutes les formes d'affrontement entre les deux grandes puissances.

Pendant la guerre froide, le monde bipolaire voit donc s'affronter deux grands blocs d'alliance menés par les États-Unis et l'URSS. Après la chute du mur de Berlin en 1989, le bloc de l'Est se disloque peu à peu jusqu'à l'éclatement de l'URSS en 1991.

Gagnez des points !

En conclusion, expliquez rapidement comment s'est terminée la guerre froide.

2 **a. b.** et **c.**

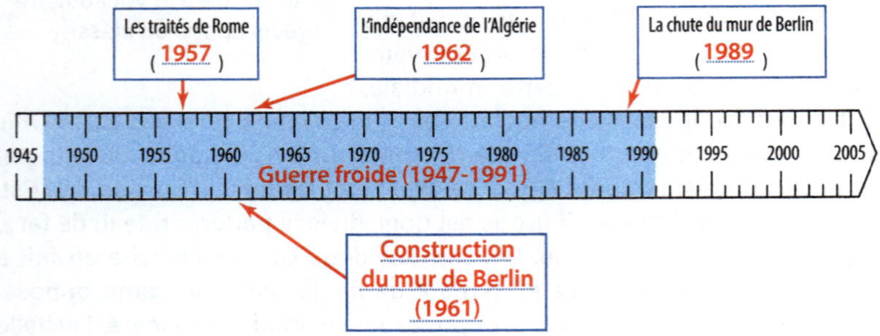
Les traités de Rome
(1957)
L'indépendance de l'Algérie
(1962)
La chute du mur de Berlin
(1989)
1945
1950
1955
1960
1965
1970
1975
1980
1985
1990
1995
2000
2005
Guerre froide (1947-1991)
Construction
du mur de Berlin
(1961)

Sujet 4 L'Allemagne au temps de la guerre froide

20 pts — 45 min

Centres étrangers, juin 2019

Exercice 1 Analyser et comprendre des documents

Document 1 Berlin, Checkpoint Charlie (1961)

Checkpoint Charlie est un point de passage entre Berlin-Ouest et Berlin-Est. Le 25 octobre 1961, les gardes-frontières de Berlin-Est refusent le passage d'un ambassadeur américain. Des chars américains et soviétiques se retrouvent face à face. Après plusieurs heures, ils se retirent sans qu'aucun coup de feu n'ait été tiré.

HISTOIRE

Document 2 L'Allemagne au temps de la guerre froide

Au cours de la guerre froide, la famille Berdau (composée de quatre sœurs – Käthe, mariée à Heinz, Traute, Rose-Marie et Anneliese – ainsi que leurs parents) est séparée par les événements.

En 1959, en RDA, Heinz et Käthe Krause sont arrêtés, accusés d'avoir voulu fuir à l'Ouest. Le jeune géologue est condamné à douze mois de prison, elle [Käthe, sa femme] est détenue vingt-quatre heures et perd son travail.
[...] Heinz et Käthe sont décidés. Ils vivent « avec une valise sous le lit ». Le jeune couple demande l'autorisation de partir en vacances sur la presqu'île de Hela, en Pologne. En réalité ils vont à Berlin. En 1960, le mur n'a pas encore été construit et un train régional circule entre deux destinations de l'Est, avec quelques arrêts très surveillés dans Berlin-Ouest. « Mon mari était très courageux, il a pris l'initiative », raconte Käthe, les yeux brillants. Au premier arrêt dans le district ouest, il dit à sa femme : « On sort ! ». Ils descendent sans rien dire, attendant qu'on les arrête, mais on ne les remarque pas. [...]
Quand le Mur est construit en 1961, Traute vit à Hambourg (RFA), Rose-Marie en Autriche, Käthe à Waiblingen (RFA), seule Anneliese est restée à Greifswald (RDA) avec leur mère. « On était séparés, peut-être pour toujours ». Anneliese et Käthe restent très proches. « On échangeait des photos, mais les lettres étaient contrôlées. On ne pouvait pas parler de nos vies. Les paquets étaient fouillés. En trente ans, les visites se comptent sur les doigts d'une main. [...] En 1989, on n'avait pas idée que le Mur pouvait tomber. On ne se rendait pas compte que c'était proche. »

N. Lacube, « En Allemagne, les sœurs Berdau ont vécu au rythme de l'histoire », *La Croix*, 15 janvier 2011.

Questions

1 D'après le document 1, quelles sont les deux principales puissances rivales au cours de la guerre froide ?

2 D'après le document 2, qu'ont décidé Heinz et Käthe ? En quoi cela permet-il d'expliquer la construction du mur de Berlin ?

3 Montrez que la guerre froide a rendu difficile la vie quotidienne des Allemands (au moins deux éléments attendus).

4 Relevez dans le document 2, en indiquant sa date, l'événement qui correspond à la fin de la guerre froide.

5 Montrez, à l'aide des deux documents, que la situation à Berlin et en Allemagne illustre les tensions entre l'Est et l'Ouest pendant la guerre froide.

Sujet 4 Corrigé

Les clés pour réussir

Bien lire les documents

Identifier les documents

- Le document 1 est une photographie de Checkpoint Charlie à Berlin, accompagnée d'un petit texte qui explique la situation particulière de la journée du 25 octobre 1961.
- Le document 2 est un témoignage recueilli par une journaliste du journal *La Croix* en 2011 sur la vie de quatre sœurs en Allemagne pendant la guerre froide.

Repérer les éléments importants

- La **présentation de la photographie**, qui permet ensuite de comprendre la scène et notamment le face-à-face des chars américains et russes en plein cœur de Berlin.
- La **présentation du document 2**, qui permet d'identifier les personnages mentionnés dans le texte.
- Le **premier paragraphe du texte**, qui contient l'information essentielle pour comprendre le document 2.
- Le **deuxième paragraphe**, qui explique comment on pouvait passer de Berlin-Est à Berlin-Ouest avant la construction du Mur.
- Le **dernier paragraphe**, qui rappelle les difficultés rencontrées par cette famille pour rester unie et en contact, malgré la guerre froide et ses conséquences pour l'Allemagne.

Bien comprendre les questions

Question 1

Ces deux grandes puissances sont mentionnées dans la présentation du document 1, car elles s'affrontent et se menacent au moyen de leurs chars d'assaut. Vos connaissances doivent par ailleurs vous permettre de répondre à cette question très facile.

Question 2

La décision de Heinz et Käthe est expliquée dans le premier paragraphe. Vous devez ici montrer votre capacité à faire le lien entre vos connaissances et l'exemple du document, en mettant en relation les raisons de la construction du Mur et le témoignage de Heinz et Käthe.

Question 3

Vous devez ici vous appuyer essentiellement sur le document 2 pour répondre à cette question. Attention toutefois de ne pas paraphraser le document en vous contentant d'en recopier des extraits : vous devez rédiger vous-même la réponse ou citer le texte en utilisant des guillemets.

Question 4

Vous devez ici relever la date qui vous est donnée dans le texte, et faire le lien avec un événement que vous devez trouver dans vos connaissances personnelles.

Question 5

Il s'agit ici de rédiger une réponse assez développée, car elle est notée sur 8 points. Vous devez exposer vos connaissances de manière détaillée en respectant le sujet donné. En effet, la consigne vous demande de montrer que Berlin et l'Allemagne ont été des lieux de tensions pendant la guerre froide entre les deux grandes puissances rivales de ce conflit. Il ne faut donc pas raconter la guerre froide, ce qui serait hors sujet, mais centrer votre développement sur Berlin et l'Allemagne. Exposez d'abord leur situation, héritée de la Seconde Guerre mondiale, puis décrivez les principales tensions ou crises qui s'y sont déroulées.

Les mots-clés

- **Checkpoint** : point de passage militarisé entre Berlin-Est et Berlin-Ouest avant la construction du Mur. Checkpoint, Charlie était le plus important et le plus célèbre d'entre eux.
- **Monde bipolaire** : désigne la situation géopolitique du monde pendant la guerre froide, divisé en deux blocs par la rivalité entre deux grandes puissances : les États-Unis et l'URSS.
- **Ouest** : désigne l'Allemagne de l'Ouest et, plus généralement, les pays qui appartiennent au bloc allié derrière les États-Unis.
- **RDA** : République démocratique d'Allemagne (Allemagne de l'Est), république communiste sous contrôle de l'URSS.
- **RFA** : République fédérale d'Allemagne (Allemagne de l'Ouest), république libérale sous l'influence des États-Unis.

1 Les deux puissances rivales au temps de la guerre froide sont l'URSS et les États-Unis.

2 Heinz et Käthe ont décidé de quitter la RDA pour passer à l'Ouest, c'est-à-dire en RFA. Pour cela, ils décident de passer par Berlin. Ils prennent un train à Berlin-Est et descendent, malgré la surveillance, au premier arrêt dans Berlin-Ouest. Ce témoignage permet d'expliquer la construction du mur de Berlin en 1961. En effet, il nous montre que comme la frontière, « le rideau de fer », entre la RDA et la RFA était infranchissable, environ 3 millions d'Allemands de l'Est, comme Heinz et Käthe, avaient choisi Berlin pour passer à l'Ouest entre 1949 et 1961.

Gagnez des points !
Utilisez vos connaissances pour développer votre réponse et montrer la portée historique de ce témoignage.

3 La guerre froide a rendu la vie quotidienne des Allemands difficile pour plusieurs raisons. Tout d'abord, les Allemands n'étaient pas libres de se déplacer et de circuler comme ils le voulaient. En RDA, ils étaient surveillés et pouvaient, comme Käthe et Heinz, être emprisonnés ou perdre leur travail s'ils voulaient se rendre à l'Ouest. Ensuite, les liens de famille étaient rendus compliqués en raison de la situation politique de la région. Les familles ne pouvaient plus se voir, ou difficilement, quand elles étaient dispersées entre l'Est et l'Ouest, comme c'est expliqué dans le témoignage. Enfin, les familles ne pouvaient pas même correspondre ou communiquer comme elles le voulaient, car elles savaient que leurs courriers seraient lus et fouillés, notamment en RDA.

L'astuce du prof
Montrez votre bonne compréhension des documents en donnant plus de deux exemples de difficultés quotidiennes rencontrées par les Allemands.

4 L'événement qui correspond à la fin de la guerre froide dans le texte est la chute du mur de Berlin en novembre 1989.

Gagnez des points !
Préciser le mois de la chute du mur de Berlin pour valoriser vos connaissances personnelles.

5 La situation à Berlin et en Allemagne illustre les tensions entre l'Est et l'Ouest pendant la guerre froide. En effet, en 1945, l'Allemagne et la ville de Berlin sont coupées en deux : les deux grands vainqueurs de la Seconde Guerre mondiale, l'URSS et les États-Unis, se les partagent. En 1949, la partie occupée par l'URSS devient la RDA et adopte le communisme sur le modèle soviétique, tandis que la partie occupée par les États-Unis devient la RFA et adopte la démocratie libérale sur le modèle américain, reflétant la rivalité idéologique entre les deux grandes puissances de la guerre froide.

Gagnez des points !
Utilisez vos connaissances pour rédiger une réponse développée sur la situation de Berlin et les différentes crises qu'elle a connues, sans oublier de faire référence aux documents proposés.

Dès lors, la ville de Berlin, qui se trouve au milieu du territoire de la RDA, devient une source régulière de tensions entre les deux puissances rivales qui s'y font face. En 1948, l'URSS tente un blocus de Berlin-Ouest ; les États-Unis démontrent leur force et leur détermination en organisant un pont aérien pour le contourner. En 1961, l'URSS construit un mur en quelques jours, pour isoler Berlin-Est et stopper une émigration massive. Kennedy, président des États-Unis, en fait le « mur de la honte », transformant le coup de force de l'URSS en victoire idéologique pour les États-Unis.

Enfin, c'est la chute du mur de Berlin en novembre 1989 qui marque la fin de la guerre froide. Celui-ci tombe sans aucune réaction de l'URSS, au grand étonnement des Allemands, comme nous le montre le document 2. Il symbolise l'écroulement du bloc de l'Est et la victoire incontestée des États-Unis dans ce long conflit larvé.

Sujet 5 Mouvement démocratique féminin

20 pts — 45 min

Amérique du Nord, juin 2017

Exercice 1 Analyser et comprendre des documents

Document **Tract du Mouvement démocratique féminin, diffusé à Paris en juin 1968**

Depuis le début du mois de mai 1968, les étudiants manifestent contre le gouvernement du président de Gaulle.

Étudiante,
Tu as été sur les barricades, la police t'a chargée et matraquée comme les étudiants, tes camarades.
Tu participes aux discussions, aux travaux des commissions, aux grandes manifestations populaires. Des lycées de filles, des instituts féminins ont parfois entraîné les autres établissements et, parmi les dix millions de grévistes, les travailleuses tiennent aussi leur place.
Or, au cours de ces journées décisives, soit dans les grands rassemblements, soit à la radio ou à la télévision, aucune femme n'est apparue comme porte-parole. Dans les pourparlers entre syndicats, patronat et gouvernement, nul n'a réclamé formellement l'égalité de rémunération entre travailleuses et travailleurs, nul n'a envisagé la création de services collectifs et de crèches pour soulager les femmes de leur double journée de travail.
Dans l'immense débat qui s'est instauré à travers tout le pays, dans la grande remise en cause des structures et des valeurs, aucune voix ne s'élève pour déclarer que le changement des rapports entre les hommes implique aussi le changement des rapports entre les hommes et les femmes. Les étudiants et les jeunes veulent une morale identique pour les filles et les garçons. C'est un aspect du changement. Ce n'est qu'un aspect. […] Il faut que la société qui va se construire soit l'œuvre des femmes aussi bien que des hommes, qu'elle donne à toutes les femmes des chances égales à celles des hommes.
Si tu es d'accord là-dessus qu'es-tu disposée à faire ? Viens en discuter avec nous.

Christine Fauré, *Mai 68 jour et nuit*, 2008.

HISTOIRE

Questions

1 Quelle est la nature de ce document ? À qui est-il destiné ?

2 Relevez au moins deux inégalités hommes-femmes mentionnées dans le document.

3 Quels éléments du texte montrent l'engagement politique et syndical des femmes au moment des événements de Mai 1968 ?

4 Quel droit politique a été acquis par les femmes avant 1968 et n'est pas mentionné dans le texte ?

5 En vous appuyant sur vos connaissances, proposez trois exemples d'évolutions qui ont changé la situation des femmes depuis 1968.

Sujet 5 Corrigé

Les clés pour réussir

Bien lire le document

Identifier sa nature

- Un tract est un papier que l'on distribue pour **informer** ou **mobiliser** la population. Ici, il s'agit d'un tract du mouvement démocratique féminin, c'est-à-dire un tract **féministe**. Le féminisme est un mouvement social qui se développe à la fin des années 1960 et qui réclame une **égalité entre les femmes et les hommes** dans tous les domaines.

Repérer les éléments importants

- La **présentation** du tract qui situe le **contexte historique** dans lequel il a été écrit.
- Le **début** du tract qui montre **à qui il s'adresse**, ainsi que le **tutoiement**, qui expliquent pourquoi tout est accordé au féminin.
- Les **trois parties** qui correspondent à **l'engagement des femmes** pendant Mai 68, leurs critiques et leurs revendications.

Bien comprendre les questions

Question 1

- Quand on demande la nature d'un document, il faut dire de quel **type** de document il s'agit (une carte, un tableau, une image, un texte...), en étant le plus précis possible (quel type de carte ? quel type de texte ?). Pour savoir à qui il est destiné, il faut repérer à qui il s'adresse.

Question 2

- On vous demande ici de « relever » deux inégalités hommes-femmes. Vous devez donc prélever dans le texte des **extraits** qui montrent des inégalités. N'oubliez pas de mettre des guillemets en les citant. Les informations répondant à cette question se trouvent principalement dans le paragraphe commençant par « Or ».

Question 3

- Là encore il s'agit de prélever des informations dans le texte qui montrent **l'engagement** des femmes pendant les événements de Mai 68. Cette fois-ci, c'est le début du texte qui contient les éléments pour répondre à cette question.

Question 4

- Pour cette question, il vous faut faire le **lien** avec le chapitre du programme intitulé : **« 1944-1947 : refonder la République, redéfinir la démocratie »**. Le document ne vous permet pas de répondre à cette question. Il vous faut donc utiliser vos connaissances.

Question 5

- La dernière question vous demande de vous appuyer sur des **connaissances personnelles** issues du dernier chapitre d'Histoire du programme : **« Femmes et hommes dans la société des années 1950 aux années 1980 : nouveaux enjeux sociaux et culturels, réponses politiques »**.
- Il s'agit de décrire trois évolutions, c'est-à-dire **trois changements dans la situation des femmes** depuis 1968. Ces changements peuvent être des lois, mais pas nécessairement. La consigne est très large. Vous pouvez aussi vous appuyer sur vos connaissances d'EMC pour décrire une réduction des inégalités entre les femmes et les hommes en France dans les domaines professionnel, familial, social, scolaire…

Les mots-clés

- **Barricades** : entassement de matériaux (pavés, poutres…) destinés à bloquer les rues et à se protéger lors d'insurrections ou de révoltes populaires.
- **Féminisme** : mouvement cherchant à défendre les droits et la cause des femmes dans la société.
- **Syndicat** : association de personnes qui défend les droits des travailleurs.
- **Pourparlers** : négociations, discussions.
- **Rémunération** : salaire.
- **Double journée de travail** : expression qui met l'accent sur le fait que ce sont les femmes qui prennent en charge l'immense majorité des tâches ménagères en plus de leur journée de travail.

1 Ce document est un tract du Mouvement démocratique féminin diffusé à Paris en juin 1968. Il est destiné aux étudiantes qui participent aux manifestations contre le gouvernement du général de Gaulle depuis le début du mois de mai 1968.

> **Gagnez des points !**
> Citez la date et le lieu de diffusion de ce tract, ce qui permet de mieux situer le contexte.

2 Plusieurs inégalités hommes-femmes apparaissent dans ce document :
– « Au cours de ces journées décisives [...], aucune femme n'est apparue comme porte-parole. »
– « Nul n'a réclamé formellement l'égalité de rémunération entre travailleuses et travailleurs. »
– « Nul n'a envisagé la création de services collectifs et de crèches pour soulager les femmes de leur double journée de travail. »

3 Pendant les événements de Mai 68, les femmes se sont engagées politiquement et syndicalement. Le texte cite plusieurs exemples de cet engagement :
– « Tu as été sur les barricades. »
– « Tu participes aux discussions, aux travaux des commissions, aux grandes manifestations populaires. »
– « Des lycées de filles, des instituts féminins ont parfois entraîné les autres établissements. »
– « Parmi les dix millions de grévistes, les femmes tiennent aussi leur place. »

> **L'astuce du prof**
> Comme pour la question 2, il s'agit en fait de relever des éléments du texte.

4 Le droit politique acquis par les femmes avant 1968 est le droit de vote, obtenu en 1944 lors de la refondation républicaine qui suit la Libération de la France.

> **Gagnez des points !**
> Précisez dans quel contexte les femmes ont obtenu le droit de vote pour exposer vos connaissances sur ce sujet.

5 Depuis 1968, la situation des femmes a beaucoup changé dans la société française :
– La mixité, qui se généralise dans les établissements scolaires au cours des années 1970, permet aux jeunes femmes de bénéficier du même enseignement que les jeunes garçons et donc d'avoir « des chances égales à celles des hommes ».
– La légalisation de la contraception, puis de l'avortement en 1975 permet enfin aux femmes de disposer librement de leurs corps et donc d'obtenir « une morale identique pour les filles et les garçons ».
– La loi Roudy en 1983 tente d'établir une parité et une égalité entre les femmes et les hommes dans le domaine professionnel, afin de réduire les écarts de salaires et de changer les « rapports entre les hommes et les femmes ».

> **L'astuce du prof**
> Essayez de lier les exemples que vous donnez à des citations du texte.

Sujet 6 La Ve République à l'épreuve de l'alternance

20 pts — 45 min

Sujet inédit

Exercice 2 Maîtriser différents langages

1 Sous la forme d'un développement construit d'une vingtaine de lignes, en vous appuyant sur des exemples précis, décrivez les principales caractéristiques de la Ve République puis la politique menée par son fondateur, le général de Gaulle.

2 Complétez la frise ci-dessous :

a. Placez les années de la présidence du général de Gaulle.

b. Placez ces présidents de la Ve République en inscrivant leurs noms au bon endroit dans la frise : François Mitterrand, Jacques Chirac et François Hollande.

c. Coloriez en rouge une présidence qui illustre l'alternance pendant la Ve République.

d. Placez une période de cohabitation dans la frise en indiquant les années de début et de fin et le nom du Premier ministre.

Document La Ve République à l'épreuve de l'alternance

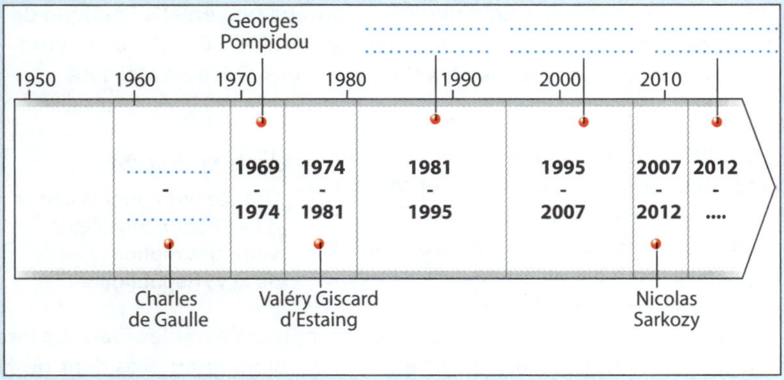

Sujet 6 Corrigé

Les clés pour réussir

Bien comprendre les consignes

Consigne 1

- La consigne vous demande de connaître les caractéristiques d'une description en histoire pour rédiger un développement d'une vingtaine de lignes. Il faut donc être méthodique et réussir à organiser vos connaissances pour les présenter de manière structurée et cohérente.
- La description de la Vᵉ République doit commencer par sa mise en place par le général de Gaulle.
- Vous devez décrire la politique de grandeur de ce dernier permise par les institutions de la Vᵉ République.

Consigne 2

- Il faut compléter la frise chronologique avec les différentes présidences que vous devez savoir replacer dans le bon ordre, quelques présidents devant être pour vous des repères historiques à connaître précisément.
- Vous devez maîtriser les notions de la leçon, alternance et cohabitation pour pouvoir les placer sur la frise. Il y a eu trois cohabitations sous la Vᵉ République ; placez celle dont vous connaissez le mieux les dates.

Les mots-clés

Régime présidentiel • Régime parlementaire • Référendum • Accords d'Évian • Coup d'État • Constitution • Suffrage universel • Politique de grandeur • Force de dissuasion nucléaire • OTAN • Construction européenne • Influence américaine • Conservateur • Crise de Mai 1968

L'astuce du prof

Utilisez vos connaissances d'EMC pour compléter votre description de la Vᵉ République.

1 En 1958, après une tentative de coup d'État menée par les généraux en Algérie, de Gaulle apparaît comme le seul homme capable de redresser la situation. Il est rappelé au pouvoir et fonde une nouvelle République : la Vᵉ République.

La constitution proposée par de Gaulle est approuvée par les Français lors d'un référendum. Elle donne l'essentiel des pouvoirs au président de la république. La Vᵉ République est donc un régime présidentiel. Le rôle du président est encore renforcé à partir de 1962 quand de Gaulle met en place l'élection du président au suffrage universel direct.

Le rôle du président selon de Gaulle est de redonner sa grandeur et sa puissance à la France. Critiquée et affaiblie par la guerre d'Algérie, celle-ci doit mettre fin rapidement à ce conflit. De Gaulle signe donc les Accords d'Évian avec le FLN. Il entame aussi une politique d'indépendance vis-à-vis des États-Unis en se retirant du commandement militaire de l'OTAN et en se dotant d'une force de dissuasion nucléaire propre. Il se rapproche au contraire des autres pays européens notamment de l'Allemagne dans le cadre de la construction européenne.

Gagnez des points !

Placez ici des connaissances sur le contexte de la guerre d'Algérie ou de la guerre froide sans toutefois tomber dans le hors-sujet.

Réélu en 1965, de Gaulle doit affronter trois ans plus tard la révolte des étudiants qui le jugent trop conservateur et surtout trop autoritaire. Lorsque les ouvriers rejoignent les étudiants en mai 1968, de Gaulle doit faire face pour la première fois à une grave crise sociale qui remet en cause son gouvernement. Affaibli, il décide de quitter le pouvoir en 1969.

2

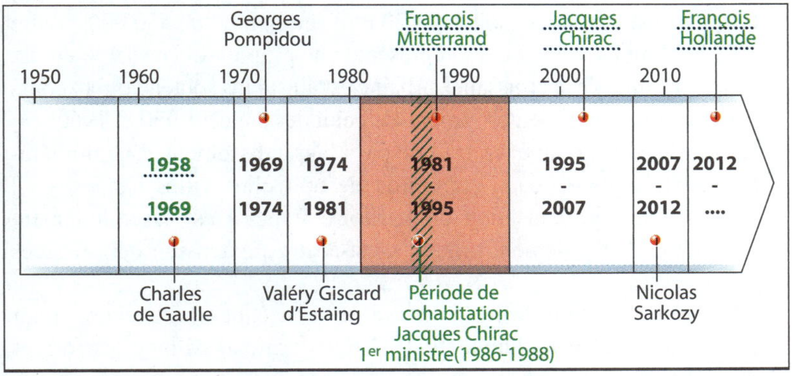

HISTOIRE

Sujet 7 Organisation et dynamique d'une aire urbaine en France

20 pts — 45 min

France métropolitaine, juillet 2019

Exercice 1 Analyser et comprendre des documents

Document 1 Évolution de la France urbaine

L'un des éléments majeurs qui transforme le territoire national et la société française est la généralisation du fait urbain. Le seuil des 50 % de population urbaine, atteint au niveau mondial en 2007, a été franchi en France dès 1931. […] Les villes occupent aujourd'hui près de 22 % du territoire métropolitain, soit 119 000 km² sur un total de 550 000, contre 100 000 km² en 1999, ce qui représente une progression de 19 % en dix ans. Le rythme de la croissance urbaine est ainsi plus soutenu qu'au cours des décennies précédentes, proche de celui des années 1950 et 1960.
La croissance urbaine se traduit par l'agrandissement d'agglomérations existantes ou par l'apparition de nouvelles villes isolées. […] Aujourd'hui, l'urbanisation du territoire français est essentiellement le produit de l'étalement urbain, c'est-à-dire l'extension des surfaces urbanisées. […]
Cette généralisation du fait urbain a des conséquences majeures pour les territoires et leurs habitants. Elle transforme aussi bien les formes que les paysages. Lyon est un bon exemple de la diversité des espaces urbains à l'intérieur d'une même aire urbaine. L'étalement urbain brouille en effet les frontières traditionnelles de la ville. L'apparition de l'adjectif « périurbain » souligne l'émergence d'un espace mélangeant ville et campagne.

D'après Magali Reghezza-Zitt, « La France, une géographie en mouvement », *La Documentation photographique*, n° 8096, 2013.

Questions

1 Recopiez deux informations du texte montrant que la population habitant dans les villes augmente.

2 Citez une information du texte qui montre que l'étalement urbain concerne l'ensemble du territoire national.

3 Indiquez une conséquence de l'étalement urbain.

4 Expliquez la phrase soulignée.

5 Réalisez un schéma et sa légende des différents types d'espaces qui composent une aire urbaine.

Sujet 7 Corrigé

Les clés pour réussir

Bien lire le document

Identifier sa nature

Ce document est un **texte rédigé par une géographe,** Magali Reghezza-Zitt, en 2013. C'est donc un texte avec un vocabulaire difficile, spécifique à la géographie mais qui décrit des **évolutions de la France urbaine** que vous avez **étudiées en classe** tout au long de l'année. → Fiche 10

Repérer les éléments importants

- **Chaque paragraphe du texte,** qui développe **une évolution** importante des aires urbaines : prenez le temps de résumer cette évolution au brouillon pour bien comprendre l'ensemble du document.
- **Les chiffres** cités par le texte, sur lesquels vous pouvez vous appuyer.

Bien comprendre les questions

Question 1

Cette question est difficile car les informations prélevées doivent porter sur la **croissance** de la population urbaine **et non pas sur ses conséquences** : la croissance et l'extension des villes. Attention donc de bien recopier des éléments du texte qui correspondent à la consigne.

Question 2

Plusieurs informations dans le texte nous montrent que l'étalement urbain concerne l'ensemble du territoire national. Vous pouvez en trouver **une dans chaque paragraphe** du texte.

Question 3

Le dernier paragraphe indique plusieurs conséquences de l'étalement urbain, il faut en **sélectionner une et la citer ou utiliser votre propre vocabulaire** en vous appuyant sur vos connaissances sans paraphraser le texte.

Question 4

Il ne faut pas se contenter de répéter les explications déjà données par le texte ; il faut **décrire à l'aide de connaissances précises** cet espace périurbain qui se développe à la périphérie des aires urbaines. C'est le point essentiel du chapitre sur les aires urbaines et vous devez montrer que vous avez compris pourquoi et comment cet espace périurbain ne cesse de se développer.

Question 5

- Le schéma doit porter uniquement sur les **différents types d'espaces qui composent une aire urbaine** : les **déplacements de population** ne sont pas nécessairement attendus, mais ils **seront valorisés**. Vous pouvez aussi montrer le **processus d'étalement urbain**.
- Faites un **travail soigné** à l'aide d'un compas si possible, **en choisissant bien les couleurs** car dans une carte ou dans un schéma en géographie, elles ont un sens. N'oubliez pas la **légende** dans laquelle les couleurs doivent correspondre à celle du schéma.

Les mots-clés

- **Aire urbaine** : ensemble formé par une ville, ses banlieues et ses communes périurbaines, dont au moins 40 % des habitants travaillent dans la ville-centre et ses banlieues.
- **Population urbaine** : population qui vit en ville.
- **Croissance urbaine** : augmentation de la taille et de la population des villes.
- **Agglomération** : pôle urbain (ville-centre + banlieues).
- **Étalement urbain** : extension de la ville sur l'espace rural.
- **Périurbanisation** : urbanisation de la périphérie des agglomérations.

1 Les deux informations qui nous montrent que la population habitant dans les villes augmente sont : « le seuil des 50 % de population urbaine, atteint au niveau mondial en 2007, a été franchi en France dès 1931 » et « le rythme de la croissance urbaine est ainsi plus soutenu qu'au cours des décennies précédentes, proche de celui des années 1950 et 1960 ».

2 Une information qui nous montre que l'étalement urbain concerne l'ensemble du territoire national est par exemple : « Aujourd'hui, l'urbanisation du territoire français est essentiellement le produit de l'étalement urbain. »

3 Une conséquence de l'étalement urbain mentionnée dans le texte est par exemple : « L'étalement urbain brouille les frontières traditionnelles de la ville. »

L'astuce du prof

Sélectionnez des informations qui concernent la population ou la société mais pas la superficie des villes.

L'astuce du prof

« Territoire national » est synonyme de « territoire français » ou de « territoire métropolitain ».

L'astuce du prof

« Indiquez » signifie « citez une information prélevée dans le texte ».

4 La phrase soulignée décrit l'apparition d'un nouvel espace dans les aires urbaines : la couronne périurbaine, où la ville rencontre la campagne, et donc « un espace mélangeant ville et campagne ». En effet, de plus en plus d'urbains cherchent à habiter dans un espace qui peut leur offrir une maison individuelle, avec un jardin, du calme et la proximité avec la nature tout en continuant à travailler dans la ville centre ou dans les banlieues des aires urbaines. Ils s'installent donc dans l'espace rural qui entoure le pôle urbain. Les zones pavillonnaires, les centres commerciaux et le réseau routier se développent, urbanisant peu à peu l'espace rural qui devient ainsi « périurbain ».

Gagnez des points !
Utilisez vos connaissances pour expliquer la phrase soulignée sans faire de paraphrase.

5 Schéma d'une aire urbaine

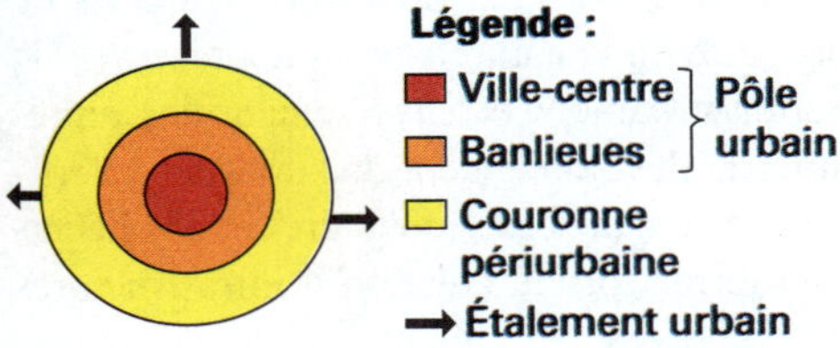

Gagnez des points !
N'oubliez pas le titre, un schéma porte toujours un titre. Vous pouvez aussi indiquer l'étalement urbain.

Sujet 8 Les espaces de faible densité et leurs atouts

20 pts 45 min

France métropolitaine, juin 2021

Exercice 1 Analyser et comprendre des documents

Document 1 Le renouveau des territoires ruraux en France

« Les territoires ruraux sont désormais considérés comme « espaces de nature et d'authentique », c'est-à-dire où la nature aurait été préservée de l'artificialisation[1] de la civilisation urbaine. Ce renversement des représentations[2] entraîne en particulier le développement du « tourisme vert » et se traduit par la multiplication des résidences secondaires et des hébergements en gîtes ruraux ou à la ferme, par la création d'infrastructures légères (sentiers de randonnée, écomusées, etc.). La mise en tourisme permet aussi le maintien ou le développement d'autres activités : artisanat, productions agricoles, etc.

Si les territoires situés à proximité des grandes villes ou des villes moyennes bénéficient d'un accès convenable aux services élémentaires, en particulier aux services publics, les territoires les plus isolés souffrent d'un déficit de services de plus en plus préoccupant, notamment lorsque les populations sont âgées et ou en situation de précarité économique et sociale. L'accès aux soins, qui s'exprime à travers l'expression de « désert médical », à l'éducation, à la culture, à l'administration et même aux services du quotidien (alimentation, bureau de poste, etc.) est de plus en plus difficile dans certains territoires peu ou très peu denses situés à l'écart des aires urbaines et des liaisons rapides. Autre enjeu majeur, la « fracture numérique », qui désigne les disparités d'accès aux technologies numériques (Internet, téléphonie mobile, etc.) et aux services qui leur sont associés, renforce l'isolement et donc la fragilité de certains territoires. »

Source : Magali Reghezza-Zitt, géographe, *La France dans ses territoires*, 2017

1. Artificialisation : fait de transformer l'espace en le rendant moins naturel et plus artificiel.
2. Renversement des représentations : changement d'opinion sur les espaces ruraux.

Document 2 Extrait du guide touristique «Pass'malin du Haut-Jura»

Haut-Jura

entre 700 et 1 495 m d'altitude

Vous allez aimer :

- Les **villages de montagne authentiques,** les **stations familiales et conviviales,** les **activités nordiques** et **de pleine nature**
- Des panoramas à couper le souffle : **Belvédère des 4 Lacs, Pic de l'Aigle, la Dôle avec vue sur les Alpes et le Mont Blanc**
- Les balades dans le **Parc naturel régional du Haut-Jura**
- Les **savoir-faire d'excellence Made in Jura** artisanaux et industriels (Lunette, jouet, bois,…)
- La **Station des Rousses** labellisée flocon vert, **frontalière avec la Suisse**
- Les sites incontournables : **Saint-Claude** (capitale de la pipe et du diamant), **les Hautes-Combes** et ses grands espaces, **La Haute Vallée de la Saine (site naturel protégé), la cité médiévale de Nozeroy**…
- **Les caves d'affinage du Fort des Rousses** et les nombreuses fruitières à Comté, Morbier et Bleu de Gex (les 3 AOP fromages du Jura).

Questions

Document 1

1 Relevez deux difficultés que rencontrent les espaces de faible densité en France.

2 Relevez dans le texte un passage qui montre que l'accessibilité est un enjeu majeur pour les espaces de faible densité.

3 En vous appuyant sur le document, expliquez comment l'activité touristique dynamise ces territoires ruraux.

Document 2

4 Quel est l'objectif des auteurs du document ? Justifiez votre réponse.

Documents 1 et 2

5 En vous appuyant sur les documents, montrez que les espaces de faible densité disposent de nombreux atouts qui les rendent aujourd'hui attractifs.

GÉOGRAPHIE

Sujet 8 Corrigé

Les clés pour réussir

Bien lire les documents

Identifier leur nature

- Le **document 1** est un extrait d'un livre écrit par une géographe, Magali Reghezza-Zitt, en 2017, intitulé *La France dans ses territoires*. Il s'agit donc de l'analyse d'une spécialiste qui s'intéresse aux différents territoires de la France, ici aux territoires ruraux, c'est-à-dire situés à la campagne.
- Le **document 2** est une plaquette publicitaire des offices de Tourisme du Haut-Jura, un territoire situé dans l'Est de la France, dans la région Bourgogne-Franche-Comté. Elle est extraite du guide touristique « Pass'malin du Haut-Jura ». Elle est donc destinée aux potentiels touristes, susceptibles de visiter ce territoire.

Repérer les éléments importants

- **Dans le document 1** :

– le premier paragraphe, qui insiste sur les principaux atouts des territoires ruraux en France ;

– la première phrase du 2e paragraphe, qui montre l'importance de l'accessibilité pour ces territoires ;

– le reste du 2e paragraphe, qui explique que certains territoires ruraux sont en difficulté.

- **Dans le document 2** : la liste mise en avant, qui propose un certain nombre d'atouts susceptibles d'attirer des touristes dans le Haut-Jura.

Bien comprendre les questions

Question 1

La question vous demande de **« relever »** dans le texte du document 1 deux difficultés que rencontrent les espaces de faible densité. Il s'agit donc de **citer le texte**, avec des guillemets. Attention de ne pas faire des citations trop longues qui ne seraient pas significatives. Vous pouvez trouver ces deux difficultés dans le 2e paragraphe du document 1.

Question 2

Là encore on vous demande de **« relever »** dans le texte du document 1, mais ici il s'agit d'un « passage du texte ». La citation peut donc être plus longue et il s'agit plutôt de **trouver quelle partie du texte aborde l'enjeu de l'accessibilité pour un espace rural.** Vous devez donc trouver le passage du texte qui montre que le dynamisme d'un espace rural est lié au fait qu'il soit ou non bien relié aux grands centres urbains, c'est-à-dire aux métropoles.

Question 3

On attend de vous que vous **« expliquiez »** comment l'activité touristique dynamise ces territoires ruraux. Pour cela, vous devez **vous appuyer sur le document 1**. Attention toutefois de ne pas vous contenter de faire de la paraphrase. **Expliquez** quel type de tourisme on trouve dans les espaces ruraux et ce que recherchent les touristes qui viennent dans ces espaces. **Justifiez** votre réponse à l'aide des exemples donnés dans le texte.

Question 4

Cette question porte uniquement sur le **document 2**. Pensez **à bien lire le titre** du document, ainsi que la **légende** de la plaquette. Pour justifier votre réponse, **appuyez-vous sur quelques exemples précis** tirés du document, mais ne recopiez pas l'intégralité du texte. Chaque exemple cité doit montrer un atout du Haut-Jura mis en avant par le document.

Question 5

- La question **5** est la **question de synthèse** de cette étude de documents. Il s'agit **d'argumenter** à partir de vos connaissances, des documents et des réponses aux questions précédentes. N'hésitez donc pas à réutiliser vos réponses aux questions **2** à **4** pour expliquer les atouts qui rendent les espaces de faible densité attractifs. Il vous faut montrer que les espaces de faible densité attirent différentes populations. Attention de ne pas vous limiter aux touristes sur lesquels les documents 1 et 2 insistent.
- D'autres populations sont attirées plus définitivement par les espaces ruraux. N'oubliez pas également de montrer comment certains espaces ruraux font la promotion de leur territoire.
- Attention également de ne pas faire un paragraphe sur les difficultés que rencontrent les espaces ruraux (l'objet de la question **1**), car ce n'est pas dans le sujet.

Les mots-clés

Espaces de faible densité : espaces où vivent moins de 30 habitants au km² • **Territoires ruraux** : ensemble des territoires situés en dehors des territoires de l'espace urbain, à la campagne. Ils représentent les 2/3 de la superficie totale du pays • **Atouts** : points forts, avantages qui permettent à un territoire de se développer • **Tourisme vert** : tourisme en zone rurale, à la campagne • **Résidence secondaire** : deuxième habitation de citadins, réservée aux vacances • **Gîte rural** : hébergement touristique à la campagne • **Infrastructures** : aménagements • **Services publics** : services qui dépendent de l'État, comme La Poste, les impôts, l'école, la justice, etc. • **Précarité économique et sociale** : pauvreté • **Désert médical** : territoire dans lequel on trouve difficilement des médecins et des hôpitaux • **Parc naturel** : territoire où l'activité humaine est contrôlée pour y préserver l'environnement • **Caves d'affinage** : lieu où vieillissent les fromages • **Fruitières** : fromageries traditionnelles de montagne dans les Alpes et le Jura.

Gagnez des points !
Expliquez rapidement les phrases que vous avez relevées.

1 Les espaces de faible densité en France rencontrent des difficultés. « Les territoires les plus isolés souffrent d'un déficit de services de plus en plus préoccupant ». Ainsi, l'accès aux soins est parfois difficile dans certains territoires, faute de médecins et à cause de l'éloignement par rapport aux hôpitaux.
De même « la fracture numérique [...] renforce l'isolement et donc la fragilité de certains territoires ». Dans certaines zones rurales, il est difficile de capter le réseau de téléphone mobile et il n'est pas possible d'être relié au haut débit.

2 L'accessibilité est un enjeu majeur pour les espaces de faible densité : « Si les territoires situés à proximité des grandes villes ou des villes moyennes bénéficient d'un accès convenable aux services élémentaires, en particulier aux services publics, les territoires les plus isolés souffrent d'un déficit de services ».

Gagnez des points !
Expliquez rapidement ce qu'est le « tourisme vert ».

3 L'activité touristique dynamise ces espaces ruraux. En effet, ces espaces sont considérés comme « espaces de nature et d'authentique ». Les citadins recherchent le calme et l'authenticité de la nature dans des espaces complémentaires de la ville. C'est pourquoi on assiste au développement du « tourisme vert », le tourisme à la campagne, à la « multiplication des résidences secondaires et des hébergements en gîtes ruraux ou à la ferme » où les vacanciers viennent chercher des activités simples, comme la randonnée ou la vie à la ferme. « Des infrastructures légères » sont ainsi créées pour les attirer. De plus, le tourisme « permet aussi le maintien ou le développement d'autres activités : artisanat, productions agricoles... ».

4 Les auteurs de ce document cherchent à promouvoir le territoire du Haut-Jura, à en faire la publicité pour y attirer des touristes. Ainsi, grâce à des photos et à une liste d'atouts, ils mettent en avant les activités de sport d'hiver avec la station des Rousses, les activités de pleine nature dans le Parc naturel régional du Haut-Jura et les activités artisanales locales (« Made in Jura ») susceptibles d'intéresser les visiteurs, comme l'affinage du comté ou la fabrication de jouets ou de lunettes

L'astuce du prof

Appuyez-vous sur des exemples concrets cités dans le document.

5 Les espaces de faible densité disposent aujourd'hui de nombreux atouts. En effet, ils apparaissent comme des espaces complémentaires des espaces urbains. Les citadins viennent y chercher le calme et l'authenticité des grands espaces, qu'ils n'ont pas dans leur vie quotidienne. Dans les parcs naturels, comme celui du Haut-Jura, les touristes font du tourisme vert.

Ces espaces sont aménagés pour mettre en valeur des activités de pleine nature, comme la randonnée ou le canyoning. Les visiteurs sont accueillis dans des gîtes ruraux et à la ferme ; certains achètent même des résidences secondaires, loin de la foule des littoraux.

Les territoires ruraux isolés mettent en avant leurs nombreux atouts à travers des campagnes de publicité vantant l'authenticité de leurs territoires, avec leurs sites touristiques remarquables et leurs activités artisanales locales. Ainsi, le Haut-Jura fait la promotion du Comté, produit local labellisé, en proposant aux touristes de visiter les caves d'affinage de ce fromage typiquement local. Cela permet de maintenir ou de développer des activités agricoles et artisanales traditionnelles.

Avec le développement du télétravail, on assiste même, dans les espaces de faible densité les plus accessibles depuis les centres urbains, à l'installation de néoruraux. Ceux-ci sont d'anciens citadins, attirés par la vie à la campagne, qui décident de quitter la ville, tout en conservant leur travail, effectué en grande partie à distance. La crise sanitaire actuelle semble développer encore plus ce mouvement.

Gagnez des points !

Faites le lien avec l'actualité liée à la crise sanitaire.

Sujet 9 Les espaces agricoles

20 pts — 45 min

Amérique du Nord, juin 2017

Exercice 2 Maîtriser différents langages

1 Rédigez un texte structuré d'une vingtaine de lignes décrivant les transformations d'un espace productif français pour s'adapter à la mondialisation (cet espace peut être un espace productif agricole OU un espace productif industriel OU un espace productif touristique OU un espace productif d'affaires). Vous pourrez vous appuyer éventuellement sur un exemple étudié en classe.

Sujet 9 Corrigé

Les clés pour réussir

Bien comprendre les consignes

Consigne 1

- La consigne vous demande de décrire les **transformations d'un espace productif pour s'adapter à la mondialisation.**
- Vous devez rédiger un texte structuré, c'est-à-dire un **développement construit**. Votre texte doit donc comporter une introduction, plusieurs parties et une conclusion. Au brouillon, organisez vos connaissances et vos exemples, sans nécessairement rédiger.
- Attention de bien **lire le sujet** : on vous demande de choisir **un seul type d'espace productif** : SOIT un espace industriel, SOIT un espace agricole, SOIT un espace touristique, SOIT un espace d'affaires. Vous avez donc le choix, mais vous ne devez pas mélanger ces différents types d'espaces productifs. Nous avons choisi de traiter des espaces agricoles, car ils ont dû profondément se transformer pour s'adapter à la mondialisation.
- Appuyez-vous sur un exemple traité en cours. On attend de vous que vous citiez au moins un espace précis, lié à une activité économique que vous devez décrire.

Les mots-clés

● Espace productif ● Mondialisation ● Innovation ● Productivité ● Mécanisation ● Spécialisation ● Réseaux de transports ● Métropole ● Industrie agroalimentaire ● Agriculture productiviste ● Agriculture biologique ● Agriculture raisonnée

1 En France, les espaces productifs, des espaces aménagés pour produire de la richesse, ont dû se transformer pour s'adapter à la mondialisation. Quelles sont ces transformations dans un espace productif agricole ?

> **L'astuce du prof**
> Prenez le temps de définir les termes du sujet (espace productif et mondialisation), au moins sur votre brouillon.

Pour s'adapter à la mondialisation, les espaces productifs agricoles ont augmenté leur productivité en s'appuyant d'abord sur des innovations technologiques. Les agriculteurs utilisent de plus en plus de machines : c'est la mécanisation. Dans les exploitations laitières du Grand Ouest, les trayeuses mécaniques permettent aux exploitants agricoles de posséder d'immenses troupeaux de vaches laitières. De la même manière, ils utilisent de plus en plus de produits chimiques et de médicaments pour augmenter leur production et leur productivité. La mondialisation pousse également les espaces productifs agricoles à se spécialiser toujours davantage. Ainsi, le Grand Ouest se tourne aujourd'hui presqu'exclusivement vers l'élevage intensif de vaches laitières, sélectionnées pour leur productivité.

> **Gagnez des points !**
> Pensez à bien citer un espace précis, ici le Grand Ouest laitier.

Pour être compétitifs dans la mondialisation, les espaces agricoles doivent être bien reliés aux grands réseaux de transport et de communication. Ainsi, ceux qui sont proches des grandes métropoles, des grands axes routiers, des voies ferrées et des aéroports sont favorisés par rapport aux espaces de montagne ou du centre de la France, plus isolés. Cette bonne insertion dans les réseaux de transports permet à ces espaces productifs d'accueillir des usines agroalimentaires qui transforment les produits agricoles en produits industriels avant de les exporter partout en Europe et dans le monde. Dans le Grand Ouest, une véritable filière agroalimentaire s'est mise en place avec l'implantation de grandes FTN comme Danone qui transforment le lait en produits laitiers, par exemple des yaourts ou du lait en poudre, destinés au marché mondial.

D'autres espaces agricoles répondent à la concurrence mondiale par des choix radicalement opposés à l'agriculture productiviste. C'est le cas des espaces se spécialisant dans l'agriculture biologique ou

> **L'astuce du prof**
> Pensez à parler des espaces agricoles se spécialisant dans l'agriculture biologique, car c'est aussi une forme d'adaptation à la mondialisation.

GÉOGRAPHIE

raisonnée. Ces espaces agricoles fonctionnent avec des circuits courts, c'est-à-dire que les agriculteurs limitent les transports entre lieux de production et lieux de consommation. Ainsi, la culture maraîchère se développe autour des grandes métropoles. De même, l'agriculture bio tente de s'appuyer davantage sur la qualité que sur la quantité, en renonçant à utiliser les produits chimiques.

Grâce à ses espaces agricoles productifs, la France est bien intégrée aux marchés internationaux et reste la première puissance agricole européenne.

Gagnez des points !

Dites que la France est la première puissance agricole européenne.

Sujet 10 Les territoires ultra-marins

20 pts 45 min

France métropolitaine, juin 2018

Exercice 2 Maîtriser différents langages

1 Rédigez un développement construit d'environ vingt lignes pour montrer les problèmes spécifiques rencontrés par les territoires ultra-marins français et les aménagements réalisés pour tenter d'y remédier. Vous pouvez prendre appui sur un exemple étudié en classe.

2 L'organisation du territoire français :

a. Complétez la légende des figurés A, B, C et D en choisissant des couleurs adaptées pour montrer les inégalités de dynamisme des quatre espaces.

b. Coloriez la carte à l'aide de la légende.

c. Complétez la légende en indiquant l'information qui correspond au figuré hachuré.

d. Localisez et nommez quatre aires urbaines de votre choix.

e. Expliquez le choix du figuré pour les façades maritimes.

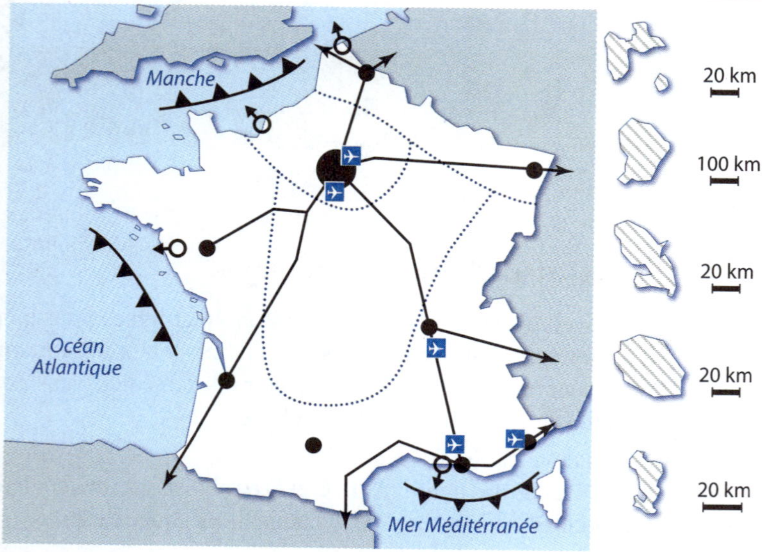

L'organisation du territoire français

1. Des territoires dynamiques

- A — Le cœur économique du pays
- B — Espaces périphériques dynamiques
- ● Métropole mondiale
- • Principales aires urbaines
- → Ouverture vers les pays voisins
- ▲▲ Principales façades maritimes

2. Des espaces en difficultés

- C — Régions industrielles anciennes
- D — Espaces ruraux peu reliés au monde
- (hachures) ....

3. Des infrastructures de transport inégalement réparties

- — Principaux axes terrestres
- O→ Principaux ports
- ✈ Principaux aéroport

Sujet 10 Corrigé

Les clés pour réussir

Bien comprendre les consignes

Consigne 1

- Le développement demandé doit se construire autour des « problèmes spécifiques à ces territoires » et des « aménagements » correspondants.
- Vous devez rédiger un texte structuré. Votre paragraphe doit donc comporter une introduction qui reprend les termes du sujet, plusieurs parties et une conclusion. Au brouillon, organisez vos connaissances et vos exemples, sans nécessairement rédiger.
- Dans la première partie, vous devez montrer que les DROM-COM sont des territoires particuliers, différents des territoires métropolitains et qui, à cause de leur situation géographique, connaissent des problèmes spécifiques.
- Dans la seconde partie, vous devez expliquer comment les aménagements réalisés permettent de surmonter en partie ces contraintes. N'oubliez pas d'expliquer comment ces territoires sont rendus accessibles par ces aménagements.
- Vous devez impérativement citer les acteurs qui interviennent dans ces aménagements, ainsi que des exemples précis étudiés en cours.

Consigne 2

- Pour cette consigne, vous devez suivre chacune des étapes qui vous demandent de compléter la carte et sa légende.
- Pour le **a.**, choisissez des couleurs adaptées. Plus la couleur choisie est chaude, plus le territoire est dynamique. De la même manière, choisissez une couleur adaptée pour les espaces ruraux.
- Dans le **b.**, vous devez colorier la carte à l'aide des couleurs choisies dans le **a.**
- La consigne **c.** vous demande de compléter la légende en indiquant l'information qui correspond au figuré hachuré. Regardez bien sur la carte sur quels territoires apparaît ce figuré.
- Pour la consigne **d.**, vous avez le choix entre neuf aires urbaines indiquées sur la carte. Choisissez celles dont vous êtes sûrs.
- Dans la consigne **e.**, on attend de vous que vous expliquiez le choix du figuré pour les façades maritimes. Observez bien ce figuré qui pointe vers l'extérieur du territoire.

GÉOGRAPHIE

Les mots-clés

Territoires ultramarins • DROM-COM • Contraintes • Aménagements • Territoire métropolitain • Insularité • Collectivités territoriales

1 Les territoires ultramarins français, les DROM-COM, sont des territoires éloignés du continent européen qui rencontrent donc des problèmes spécifiques. Quels sont ces problèmes et quels sont les aménagements réalisés pour tenter d'y remédier ?

La plupart des territoires ultramarins, à l'exception de la Guyane, sont des îles très éloignées du territoire métropolitain, dans la zone intertropicale ou dans les régions polaires. Elles subissent donc l'isolement lié à leur insularité. La Guyane, bordée par l'océan Atlantique et la forêt amazonienne, est également difficile d'accès et reste très isolée du reste du continent américain. De plus, l'économie des DROM-COM est très fragile, les taux de chômage y sont très élevés, et dépendante de la métropole et des aides de l'UE. De même, l'essentiel des produits de première nécessité est importé. Ces territoires, notamment les départements et régions d'outre-mer (DROM), sont situés dans la zone intertropicale et connaissent donc un climat tropical chaud et humide toute l'année. C'est ce climat qui explique la forte présence de la forêt tropicale, difficile à pénétrer. C'est également lui qui amène le passage régulier de tempêtes et de cyclones causant d'importants dégâts. Les séismes, tsunamis et éruptions volcaniques, qui touchent régulièrement ces espaces et peuvent avoir des conséquences catastrophiques, sont aussi des problèmes spécifiques aux DROM-COM. Le changement climatique qui provoque la montée du niveau des océans rend ces régions encore plus fragiles.

Pour lutter contre ces contraintes, ces territoires sont aménagés par l'État et les collectivités territoriales. Le but de ces aménagements est de réduire leurs inégalités en les intégrant mieux à la métropole et aux pays qui les entourent. Par exemple, l'État français, les collectivités territoriales et l'UE ont construit des aéroports et des ports modernes qui permettent de mieux relier les DROM entre eux ainsi qu'à la métropole, notamment à Paris. Grâce à leurs hôtels, leurs clubs de vacances, leurs centres de plongée, les littoraux de la Martinique et de la Guadeloupe accueillent de nombreux touristes venus de métropole tout au long de l'année, notamment pendant l'hiver européen. De même, des infrastructures routières ont été aménagées pour améliorer la circulation dans ces territoires où les espaces montagneux et forestiers sont nombreux. Ainsi, la nouvelle route du littoral, sur l'île de La Réunion, est un projet colossal qui nécessite la construction de

> **L'astuce du prof**
>
> L'énoncé du sujet vous invite à organiser votre développement construit autour de deux parties, l'une sur les problèmes spécifiques aux DROM-COM, l'autre sur leurs aménagements.

digues et d'un viaduc, mais qui permettra de relier plus facilement la capitale régionale, Saint-Denis, avec les villes de La Possession et du Port, où se situent les principales infrastructures portuaires de l'île. Enfin des aménagements sont également réalisés pour réduire les inégalités entre les côtes, où se situe la majorité de la population et des activités, et l'intérieur des terres souvent plus sauvage. Ces aménagements permettent le développement d'un nouveau type de tourisme, plus durable et proche de la nature.

Gagnez des points !

Citez un aménagement précis que vous avez étudié en cours, comme celui de la route du littoral à La Réunion.

Les DROM-COM connaissent donc de nombreux problèmes spécifiques liés à leurs contraintes naturelles. Les différents aménagements tentent d'y remédier et de mettre en valeur leurs atouts.

2 Ce figuré des façades maritimes a été choisi car il montre que les façades maritimes sont des espaces d'échanges dynamiques tournés vers l'extérieur.

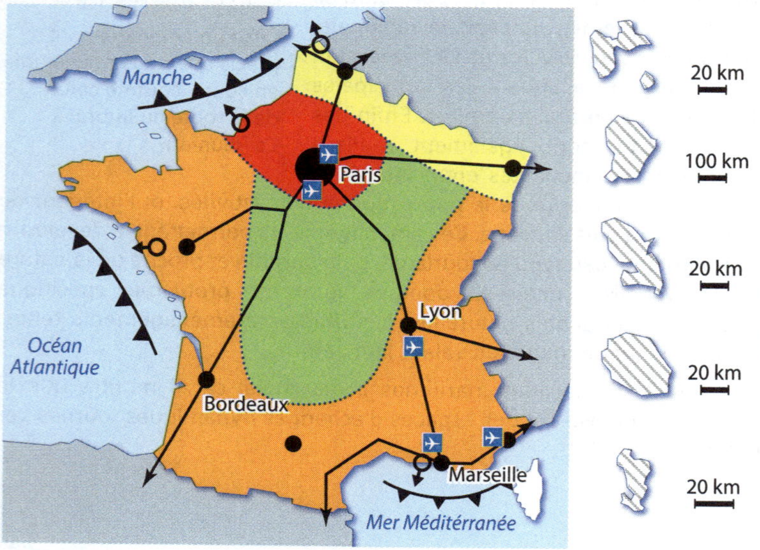

L'organisation du territoire français

1. Des territoires dynamiques

- A Le cœur économique du pays
- B Espaces périphériques dynamiques
- Métropole mondiale
- Principales aires urbaines
- Ouverture vers les pays voisins
- Principales façades maritimes

2. Des espaces en difficultés

- C Régions industrielles anciennes
- D Espaces ruraux peu reliés au monde
- DROM

3. Des infrastructures de transport inégalement réparties

- Principaux axes terrestres
- Principaux ports
- Principaux aéroport

Sujet 11 La France, une influence mondiale

20 pts — 45 min

Polynésie, juin 2017

Exercice 2 Maîtriser différents langages

1 Sous la forme d'un développement construit d'une vingtaine de lignes, expliquez l'influence culturelle, géopolitique et économique de la France dans le monde. **15 pts**

2 Sur le planisphère ci-dessous : **5 pts**
- hachurez la Polynésie française ;
- nommez l'océan Pacifique ;
- nommez la France métropolitaine ;
- nommez un État voisin de la France métropolitaine ;
- nommez l'Asie.

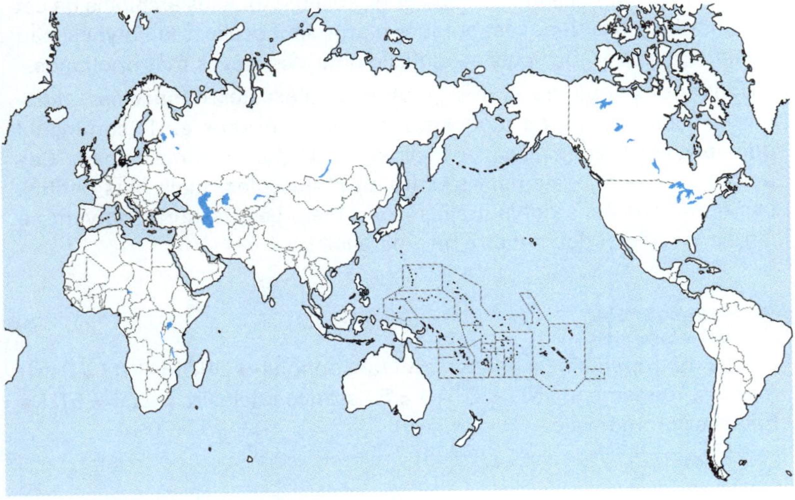

Sujet 11 Corrigé

Les clés pour réussir

Bien comprendre les consignes

Consigne 1

- Ce sujet de développement construit est assez classique, car il reprend la partie du programme sur l'**influence mondiale de la France**. Il vous demande de décrire cette influence dans **trois domaines différents**, ce qui vous indique comment organiser votre développement. Cette influence n'est pas d'égale importance selon les domaines. Essayez de mobiliser vos connaissances sur le sujet, notamment pour donner un ou deux chiffres significatifs de l'influence de la France, par exemple sa place dans le tourisme mondial ou dans un autre domaine.
- N'oubliez pas de faire une ou deux phrases d'introduction et une phrase de conclusion. Sautez des lignes entre chaque partie pour bien montrer que vous organisez votre réponse.

Consigne 2

- Ce sujet s'adresse aux collégiens de **Polynésie**. Le planisphère est donc centré sur l'océan Pacifique et représente tous les archipels de cet océan. Chaque archipel est entouré d'un trait. Localiser la Polynésie au milieu des autres archipels est difficile pour des élèves métropolitains.
- Utilisez des **couleurs et des graphies (majuscules/minuscules) différentes** selon le type de réponse. Les noms d'océans et de continents doivent s'écrire en majuscules et plus grands que les noms de pays. Ces derniers doivent également s'écrire en majuscules, mais plus petites. Les noms d'océans doivent s'écrire en bleu. Les hachures doivent se faire à la règle et doivent être bien parallèles.

Les mots-clés

France métropolitaine • Influence • Francophonie • DROM-COM • Patrimoine • Tourisme • ONU • OTAN • Puissance nucléaire • ZEE • FTN • Balance commerciale

1 La France est un petit pays de plus de 65 millions d'habitants, mais qui a une réelle influence mondiale. Comment s'exerce cette influence dans les domaines culturel, géopolitique et économique ?

Gagnez des points !

Rédigez votre introduction en présentant la France et en posant le sujet sous la forme d'une question.

La France a d'abord une forte influence culturelle dans le monde. La langue française est parlée dans de nombreux pays qui se regroupent au sein de la Francophonie. Elle est ainsi la cinquième langue la plus parlée au monde, relayée par les centres culturels (Alliance française) et plus de 490 écoles et lycées français dans 130 pays. Grâce à ses DROM-COM, elle est présente sur tous les continents. Riche d'un patrimoine littéraire, artistique, architectural et gastronomique exceptionnel, elle est au premier rang des destinations touristiques internationales.

L'influence de la France est également importante dans le domaine géopolitique. Elle est présente dans toutes les grandes organisations internationales, notamment au Conseil de sécurité de l'ONU où elle dispose d'un siège de membre permanent. Puissance nucléaire et militaire, elle participe à de nombreuses missions internationales dans le cadre de l'ONU ou de sa principale alliance militaire, l'OTAN. Membre fondateur de la construction européenne, elle est un des moteurs, avec l'Allemagne, de l'Union européenne. Enfin elle dispose d'un réseau très important d'ambassades à l'étranger ce qui lui permet d'entretenir des relations diplomatiques avec presque tous les pays du monde.

L'astuce du prof

Utilisez vos connaissances d'Histoire et d'EMC pour développer le rôle de la France à l'ONU et dans l'OTAN.

Enfin la France a une influence économique non négligeable. C'est la sixième puissance économique au monde et elle est au troisième rang européen derrière l'Allemagne et le Royaume-Uni. Son économie est largement ouverte sur le monde. De nombreuses entreprises étrangères y sont installées, notamment dans l'aire urbaine parisienne. Elle possède de grandes FTN présentes dans le monde entier. Ses DROM-COM lui permettent de posséder la deuxième ZEE au monde. Pourtant cette influence économique reste limitée. La France est surtout une puissance économique régionale en Europe. Sa balance commerciale est très déficitaire, notamment parce qu'elle importe énormément de matières premières (pétrole, gaz, etc.).

La France a donc une influence culturelle et géopolitique importante dans le monde, mais son influence économique est plus limitée.

2

Gagnez des points !

Respectez bien les consignes données par le sujet : des hachures pour la Polynésie, un seul État voisin de la France (limitez-vous aux États ayant une frontière avec la France).

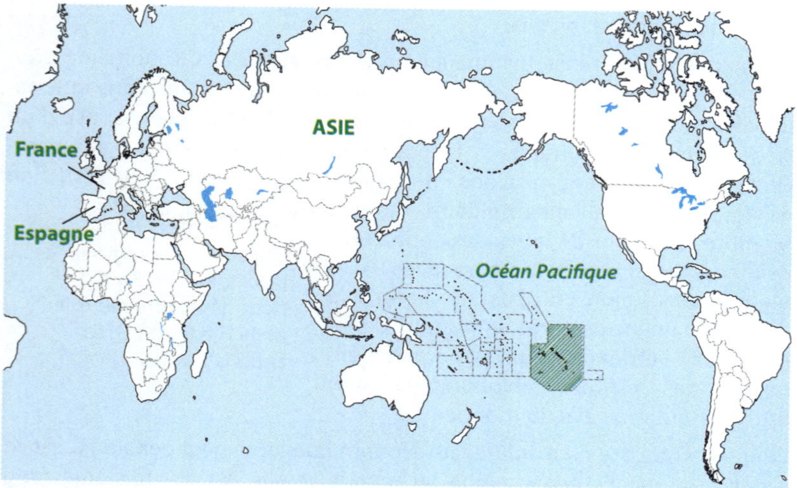

Sujet 12 L'engagement des citoyens dans la vie de leur commune

10 pts — 30 min

France métropolitaine, juillet 2019

Exercice 3 Mobiliser des compétences relevant de l'Enseignement moral et civique

Document Dépliant de présentation des budgets participatifs de la ville de Floirac

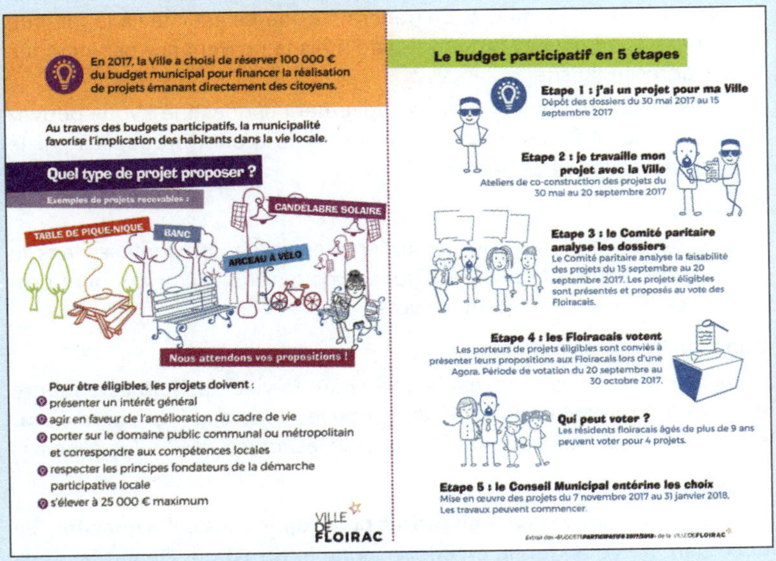
En 2017, la Ville a choisi de réserver 100 000 € du budget municipal pour financer la réalisation de projets émanant directement des citoyens.

Au travers des budgets participatifs, la municipalité favorise l'implication des habitants dans la vie locale.

Quel type de projet proposer ?

Exemples de projets recevables :

TABLE DE PIQUE-NIQUE – BANC – CANDÉLABRE SOLAIRE – ARCEAU À VÉLO

Nous attendons vos propositions !

Pour être éligibles, les projets doivent :

- présenter un intérêt général
- agir en faveur de l'amélioration du cadre de vie
- porter sur le domaine public communal ou métropolitain et correspondre aux compétences locales
- respecter les principes fondateurs de la démarche participative locale
- s'élever à 25 000 € maximum

VILLE DE FLOIRAC

Le budget participatif en 5 étapes

Etape 1 : j'ai un projet pour ma Ville
Dépôt des dossiers du 30 mai 2017 au 15 septembre 2017

Etape 2 : je travaille mon projet avec la Ville
Ateliers de co-construction des projets du 30 mai au 20 septembre 2017

Etape 3 : le Comité paritaire analyse les dossiers
Le Comité paritaire analyse la faisabilité des projets du 15 septembre au 20 septembre 2017. Les projets éligibles sont présentés et proposés au vote des Floiracais.

Etape 4 : les Floiracais votent
Les porteurs de projets éligibles sont conviés à présenter leurs propositions aux Floiracais lors d'une Agora. Période de votation du 20 septembre au 30 octobre 2017.

Qui peut voter ?
Les résidents floiracais âgés de plus de 9 ans peuvent voter pour 4 projets.

Etape 5 : le Conseil Municipal entérine les choix
Mise en œuvre des projets du 7 novembre 2017 au 31 janvier 2018. Les travaux peuvent commencer.

http://www.ville-floirac33.fr/la-democratie-participative.

Questions

1. Identifiez la source et les destinataires de ce dépliant.
2. Qui peut proposer des projets ? Qui peut voter ?
3. Expliquez quel est l'objectif recherché par la ville de Floirac.
4. Citez deux autres formes d'engagement des citoyens dans la vie démocratique.

5 Vous allez à la rencontre des habitants de votre quartier pour qu'ils s'engagent dans la vie de la commune. Rédigez un texte pour les convaincre.

Votre réponse ne comportera aucune information d'identité ou de signature, ni le nom de votre commune.

Sujet 12 Corrigé

Les clés pour réussir

Bien comprendre les questions

Question 1

- Identifier la source signifie qu'il vous faut trouver d'où vient le document et quelle est sa nature. En général, la source est citée à la fin d'un document. Ici, il n'y a ni auteur ni date mais la provenance est indiquée dans l'adresse du site.
- N'oubliez pas d'indiquer à qui ce document est destiné ! Vous pouvez le déduire des différentes étapes (colonne de droite) proposées par le site où est reproduit ce dépliant.

Question 2

Pour cette question, ce sont les différentes étapes présentées dans la colonne de droite du document qui permettent de savoir qui peut proposer des projets et qui peut les voter.

Question 3

Vous devez expliquer quel est l'intérêt pour la ville de Floirac de mettre en place un budget participatif. Vous pouvez vous appuyer sur le document, mais aussi expliquer avec vos propres mots.

Question 4

Appuyez-vous sur vos connaissances pour répondre à cette question. Le document ne vous donne en effet aucune information. Quand la question évoque l'« engagement des citoyens dans la vie démocratique », cela peut être un engagement politique, mais cela peut aussi faire référence à toutes les formes d'engagement citoyen.

Question 5

- Votre réponse doit prendre la forme d'un texte destiné aux habitants de votre quartier. Attention, ce n'est donc pas un dialogue ni un discours oral !
- Vous devez trouver tous les arguments pour convaincre les habitants de votre quartier de s'engager d'une manière ou d'une autre. Appuyez-vous sur le document, mais aussi sur les différentes formes d'engagement citoyen abordées en cours.

Les mots-clés

Engagement • Citoyen • Commune • Budget participatif • Intérêt général • Association • Vote • Conseil municipal

1 Ce dépliant a été rédigé par la ville de Floirac et est présenté sur son site internet officiel (*www.ville-floirac33.fr*). Les destinataires sont donc les habitants de la ville de Floirac, les Floiracais.

L'astuce du prof

Ne vous contentez pas de citer le nom du site internet, mais expliquez qui est à l'origine de cette affiche.

2 Ce sont les habitants de Floirac, les Floiracais, qui peuvent proposer des projets pour leur ville. Ils les présentent aux autres habitants lors d'une *agora*, c'est-à-dire une réunion publique. Tous les résidents floiracais âgés de plus de 9 ans peuvent ensuite voter pour les quatre projets qui leur semblent les plus intéressants.

Gagnez des points !

Montrez que vous avez compris les différentes étapes d'un budget participatif.

3 L'objectif recherché par la ville de Floirac est de favoriser « l'implication des habitants dans la vie locale ». En rendant possible des projets « émanant directement des citoyens », cette municipalité cherche à faire participer les habitants à la vie de la cité. Ainsi, ils n'ont pas l'impression que toutes les décisions sont prises par les élus sans les consulter.

L'astuce du prof

Ne citez pas seulement le document, mais expliquez ce que ce type d'action change pour les citoyens.

4 Pour s'engager dans la vie démocratique, les citoyens peuvent militer dans un parti politique et même se présenter aux élections, notamment aux élections municipales, dès l'âge de 18 ans. Ils peuvent aussi s'engager dans différents types d'associations : associations de quartier, associations sportives ou d'aide à la personne. Tout citoyen peut ainsi participer, avec « Les Restos du cœur », à la distribution de repas aux personnes dans le besoin de son quartier.

Gagnez des points !

Ne vous contentez pas d'exemples d'engagement politique. Vous pouvez vous appuyer sur des exemples précis d'associations que vous connaissez.

5 Chers amis,
Je vous écris aujourd'hui car j'ai remarqué que beaucoup d'entre nous ont des idées très intéressantes pour améliorer la vie de notre quartier, mais ne savent pas comment les mettre en œuvre.
Il existe plusieurs façons de s'engager dans la vie de notre commune. Tout d'abord, je rappellerais l'importance d'aller voter, notamment aux élections municipales. Certains d'entre nous peuvent même se présenter pour être élus au conseil municipal et y porter les idées des habitants de notre quartier.

Ensuite, de nombreuses associations d'habitants agissent pour améliorer la vie quotidienne dans notre commune : des associations sportives, d'aide aux devoirs, aux personnes âgées ou aux personnes isolées. Ils sont toujours en demande de nouveaux adhérents et de bénévoles pour les aider. L'action de ces associations permet à notre communauté de mieux vivre ensemble.

Enfin, notre municipalité a pris l'initiative de mettre en place un budget participatif. Chacun d'entre nous, à tout âge, peut proposer des idées destinées à améliorer notre cadre de vie, que ce soit dans le domaine des aménagements urbains ou dans l'organisation de moments conviviaux. Ces projets doivent bien sûr présenter un intérêt général et ne pas coûter trop cher. Les projets qui auront recueilli le plus de voix seront financés et réalisés par la mairie. L'année dernière par exemple, l'aire de jeu du parc a été entièrement refaite en s'inspirant des idées proposées par les enfants de l'école X.

Alors n'attendez plus, je compte sur vous pour profiter de toutes ces opportunités pour rendre notre commune et notre quartier plus agréables et plus beaux !

Gagnez des points !

Citez au moins un exemple concret et réaliste d'aménagement urbain ou d'action solidaire à l'échelle locale.

Sujet 13 L'exercice des valeurs et des principes de la République dans la commune

10 pts 30 min

France métropolitaine, juin 2021

Exercice 3 Mobiliser des compétences relevant de l'Enseignement moral et civique

Document 1 Des politiques publiques au quotidien

• Le Conseil municipal des enfants a été créé en 1993 par le Conseil municipal de la ville pour l'aider en proposant des idées et des projets qui pourront être réalisés avec l'aide des services compétents de la mairie. Des écoles réparties dans des quartiers de la commune sont choisies afin de participer au Conseil municipal des enfants. Ce sont les enfants des CM2 qui participent à ces conseils. Ils élisent tous les ans les Conseillers municipaux enfants qui les représentent auprès de la commune.

• Le Centre communal d'action sociale propose un ensemble de prestations pour remédier aux situations de précarité ou de grande difficulté sociale. Selon les cas, le public y est conseillé, orienté vers les services concernés ou directement pris en charge pour bénéficier immédiatement de ses droits. Pour les personnes âgées, il permet d'accéder aux soins en résidences ou à domicile mais également à un programme de loisirs grâce aux animations qu'il organise. Pour les personnes en situation précaire, il instruit les demandes de RSA[1], se charge de leur accompagnement social.

D'après le site de la ville concernée

1. Le Revenu de Solidarité Active (RSA) assure aux personnes sans ressources un niveau minimum de revenu qui varie selon la composition du foyer.

Document 2 La Constitution de la Ve République (extrait)

Article premier. La France est une République indivisible, laïque, démocratique et sociale. Elle assure l'égalité devant la loi de tous les citoyens sans distinction d'origine, de race ou de religion. Elle respecte toutes les croyances.

Questions

Document 1

1 Quel est l'objectif de la création du conseil municipal des enfants ?

2 Citez une action mise en place par le centre communal d'action sociale de la ville.

Documents 1 et 2

3 Expliquez quelle(s) valeur(s) et quel principe de la République les missions du centre communal d'action sociale de la ville permettent de mettre en application. Justifiez votre réponse.

4 Vous êtes membre du conseil municipal des jeunes de votre commune, choisissez une valeur ou un principe de la République et présentez des actions qui pourraient permettre de les faire vivre dans votre vie quotidienne.

Sujet 13 Corrigé

Les clés pour réussir

Bien comprendre les questions

Question 1

Le début **du premier paragraphe du document** 1 indique pourquoi le Conseil municipal des enfants a été créé.

Question 2

Dans le **second paragraphe du document 1**, vous avez le choix entre plusieurs actions mises en place par le centre communal d'action sociale de la ville. Deux touchent les personnes âgées et un autre les personnes précaires, c'est-à-dire les pauvres.

Question 3

Pour répondre à cette question, vous devez savoir **distinguer les valeurs de la République**, présentes dans la devise « Liberté, Égalité, Fraternité », **des principes de cette même République** qui est « indivisible, laïque, démocratique et sociale ». Deux valeurs et un principe sont liés aux missions du centre communal d'action sociale.

Question 4

- L'exercice propose une **situation pratique** dans laquelle **vous êtes membre d'un Conseil municipal des jeunes.** Les Conseils municipaux des Jeunes existent dans certaines communes pour développer le sens de la démocratie chez les jeunes et pour faire remonter leurs idées auprès des Conseils municipaux officiels, qui sont les seuls à pouvoir prendre des décisions.

- Nous vous conseillons d'**utiliser la première personne** dans votre rédaction pour bien montrer au correcteur votre engagement personnel dans la défense d'une valeur ou d'un principe républicain.
- N'oubliez pas de **nommer ce principe ou cette valeur républicaine**. Mais il faut aussi présenter des actions concrètes liées à ce principe ou cette valeur. Appuyez-vous sur des projets qui vous semblent importants pour les jeunes dans leur vie quotidienne.

1 Le Conseil municipal des enfants a été créé par le Conseil municipal d'une commune pour « l'aider en proposant des idées et des projets qui pourront être réalisés avec l'aide des services compétents de la mairie ». Cela peut permettre de sensibiliser les enfants, dès le CM2, à la pratique de la démocratie en votant et en débattant.

2 Le centre communal d'action social de la ville permet, par exemple, aux personnes âgées « d'accéder aux soins en résidences ou à domicile, mais également à un programme de loisirs grâce aux animations qu'il organise ».

L'astuce du prof

Vous pouvez également citer la gestion des demandes de RSA pour les personnes précaires.

3 En aidant les personnes âgées et les personnes précaires, le centre communal d'action sociale met en application les valeurs d'égalité entre les différents milieux sociaux et de fraternité entre les jeunes et les personnes âgées. Le principe mis en œuvre ici est le caractère social de la République française qui se doit d'organiser la solidarité nationale en aidant les plus fragiles.

L'astuce du prof

Utilisez vos connaissances sur les valeurs et les principes de la République française. Le document 2 vous en rappelle les principes.

4 Depuis peu, je suis membre du Conseil municipal des jeunes. J'ai été élu pour 2 ans par les jeunes de ma ville.

Si je me suis présenté, c'est parce que j'ai de nombreuses idées pour améliorer la vie dans ma ville. Et surtout pour les jeunes ! Je trouve que nous n'avons pas assez de lieux pour nous réunir et nous amuser. C'est une question d'égalité qui est quand même une des valeurs fondamentales de notre République !

C'est pourquoi nous, les membres du Conseil municipal de la jeunesse, avons voté pour qu'un Skate-Park et des pistes cyclables soient aménagés dans notre commune. Il n'y a pas de raison pour que les adultes aient des cafés et des restaurants, les enfants, des aires de jeux, et nous, les « ados », rien.

Mais on pense aussi aux autres. Nous avons eu l'idée d'exercer notre fraternité envers les personnes âgées en organisant un concert de notre chorale dans la maison de retraite du quartier. Je pense que ça va leur plaire.

SOMMAIRE

INFOS-BREVET

EPI – SCIENCES, TECHNOLOGIE ET SOCIÉTÉ

EPI – CULTURE ET CRÉATION ARTISTIQUE

PARCOURS AVENIR

PARCOURS CITOYEN

PARCOURS D'ÉDUCATION ARTISTIQUE ET CULTURELLE

L'épreuve orale expliquée

Caractéristiques de l'épreuve

• **L'épreuve orale** de soutenance d'un projet est l'une des trois épreuves obligatoires de l'examen terminal du Brevet. Elle prend appui sur un travail engagé dans le cadre de **l'Histoire des arts**, d'un **Enseignement Pratique Interdisciplinaire (EPI)** ou d'un **parcours éducatif (Avenir, Citoyen ou Éducation artistique et culturelle)**.

• Vous pouvez choisir de présenter l'épreuve individuellement ou en groupe, dans la limite de trois élèves par groupe. Dans tous les cas, **la notation est individuelle.**

• Cette épreuve peut vous inquiéter car vous avez rarement passé un oral devant un jury. Cependant, si le sujet est bien préparé, il n'y a aucune de raison d'échouer. Les examinateurs sont là pour **valoriser votre travail** et pour **orienter l'entretien.**

• L'épreuve orale évalue votre capacité à :
– **maîtriser votre expression orale** (50 points) ;
– **maîtriser le sujet présenté** (50 points).

Déroulement de l'épreuve

À savoir
Les examinateurs seront des professeurs de votre collège, que vous connaissez sûrement déjà.

• L'épreuve orale se présente sous la forme d'un entretien oral de 15 minutes avec un **jury constitué de deux enseignants.**

• L'oral se déroule en deux temps :
– un **exposé** ;
– un **entretien avec le jury**.

• Dans le cas d'une épreuve individuelle, l'oral prend la forme d'un exposé d'environ cinq minutes par l'élève suivi d'un entretien d'une dizaine de minutes avec le jury, la durée totale de l'épreuve ne pouvant dépasser quinze minutes.

• Si l'épreuve est collective, elle consiste en un exposé de dix minutes pendant lesquelles chaque élève intervient ; l'exposé est suivi d'un entretien d'environ quinze minutes avec l'ensemble du groupe. Le **temps de parole** doit être **réparti de manière équilibrée entre chaque élève**.

	Durée de l'exposé	**Durée de l'entretien**
Un **élève**	5 minutes	10 minutes
Deux ou trois **élèves**	10 minutes	15 minutes

• Les examinateurs veillent à ce que leur questionnement relie constamment les acquis disciplinaires et culturels à la **vision globale, interdisciplinaire, du projet**.

Compétences évaluées

- L'objectif de cette épreuve est d'évaluer votre **capacité à vous exprimer à l'oral** et à **appréhender un projet.**
- L'évaluation de l'expression orale prend en compte la **capacité à s'exprimer clairement et correctement**, la richesse et la précision du vocabulaire employé, l'aptitude à développer un propos, à **présenter une argumentation solide**, à échanger et à donner son avis.
- La maîtrise du sujet est évaluée en considérant votre capacité à présenter le projet, à en **dresser un bilan critique** et à expliquer ce qu'il vous a apporté en termes de **compétences** et de **connaissances**.

Piège à éviter

Ce qui est évalué n'est pas le projet lui-même mais ce qu'il vous a permis d'apprendre, ainsi que votre capacité à le présenter convenablement.

Astuce

Renseignez-vous pour savoir si vous aurez à votre disposition un vidéoprojecteur et un ordinateur le jour de l'oral. Si c'est le cas, vous pourrez vous appuyer sur un diaporama.

La méthode pour le Brevet

La préparation

- La préparation d'un diaporama et d'éventuelles fiches pour accompagner votre exposé **prend du temps**. Ne travaillez surtout pas à la dernière minute.
- **Relisez plusieurs fois** les documents que vous allez présenter afin de vérifier qu'il ne reste **pas de fautes d'orthographe** et que tout est bien clair.

À savoir
Réaliser un diaporama de qualité d'une dizaine de diapositives vous prendra au moins quatre ou cinq heures.

- La veille de l'épreuve orale, **couchez-vous tôt** et prévoyez d'arriver en avance en programmant votre réveil plus tôt que d'habitude.
- Le jour de l'épreuve, n'oubliez pas la **clé USB** contenant le diaporama accompagnant votre exposé, votre **carte d'identité** et votre **convocation** ! Pensez également à soigner votre tenue.
- Juste avant l'épreuve, **restez zen** et **détendez-vous**. Jetez votre chewing-gum si vous en mâchez un.

L'exposé

- Soyez attentif à votre posture : **tenez-vous droit**, n'ayez pas l'air trop tendu et n'hésitez pas à **sourire**. Regardez le jury dans les yeux.
- Parlez **distinctement et clairement**, assez fort pour être entendu, et adoptez un débit ni trop rapide ni trop lent. Prenez le temps de formuler vos phrases et veillez à **bien vous faire comprendre**.

Gagnez des points
Évitez d'utiliser des termes complexes que vous ne sauriez pas expliquer ensuite !

- Utilisez un **vocabulaire clair et précis**, avec un lexique adapté à votre sujet.
- Veillez à adopter un registre courant ou soutenu, tout en restant naturel. Pour cela, faites des **phrases simples et courtes** : votre exposé gagnera en fluidité et en clarté, et le jury aura plus de facilité à vous suivre.
- Gardez à l'esprit que vous avez 10 minutes au maximum pour présenter votre projet : **gérez correctement votre temps** et synthétisez.
- Si un professeur vous indique qu'il vous reste peu de temps, ne paniquez pas et **allez à l'essentiel**. Vous aurez le temps de compléter votre présentation au cours de l'entretien.

L'entretien

- Ne vous précipitez pas pour répondre aux questions qui vous seront posées : **prenez le temps de bien réfléchir au sens de chaque question**. N'hésitez pas à demander aux enseignants de reformuler une question si elle ne vous semble pas claire.
- **Donnez des réponses précises et détaillées** : ne vous contentez pas de répondre par « oui » ou par « non ». Appuyez-vous toujours sur des éléments précis pour expliquer et **justifier votre réponse**.

> **Astuce**
> Il vaut mieux répondre « Je ne sais pas » plutôt que d'inventer une réponse au hasard.

- **Répondez avec des éléments dont vous êtes absolument sûr**. Evitez les approximations.
- Si le jury vous le demande, n'ayez pas peur de **donner votre avis**. Peu importe que vous ayez apprécié le projet ou non, le jury cherche à déterminer votre capacité à argumenter et à justifier votre avis et vos choix.
- Rappelez-vous que le but du jury n'est pas de vous piéger, mais simplement d'évaluer vos connaissances, votre travail et votre capacité à vous exprimer : **gardez la tête froide** et **répondez clairement et calmement**.

Sujet 1 L'accès à l'eau potable

15-25 min

Sujet inédit

Exposé

Seul : 5 min En groupe : 10 min

Projet

Parmi les parcours et les EPI que nous avons étudiés tout au long du cycle 4, nous avons choisi de vous expliquer pourquoi l'accès à l'eau potable est une nécessité pour les êtres humains. Puis nous avons étudié ce qui pourrait être fait pour améliorer l'accès à l'eau potable dans les camps pour réfugiés ou migrants.

EPI Sciences, technologie et société
Discipline Physique-Chimie et SVT
Titre du projet L'accès à l'eau potable
Objectif du projet Rechercher et exploiter des documents scientifiques liés à une problématique sociétale

Doc. 1 Les camps pour réfugiés ou migrants dans le monde

Traquées par la guerre, la misère ou les tragédies humanitaires, douze millions de personnes vivent regroupées dans des camps pour réfugiés ou migrants partout dans le monde […] « De la bâche plastique à l'ingénierie urbaine, en passant par les villages consolidés ou les quartiers pérennisés, les camps sont l'enjeu d'une architecture spécifique et variée », estime l'anthropologue Michel Agier. Contre toute attente, l'urgence humanitaire ne rime pas nécessairement avec anarchie et désordre. Ainsi, agissant en véritable maître d'œuvre, le Haut-Commissariat des Nations Unies pour les réfugiés (HCR) requiert désormais l'intervention de spécialistes dès la fondation d'un camp, afin de rationaliser au mieux les installations.

D'après « Recherches : Camps et réfugiés : un monde de transformations, décembre 2014- janvier 2015 », *Sciences au Sud*, n° 77.

Doc. 2 Les actions des associations humanitaires

En Somalie comme dans d'autres pays, l'eau potable manque dans les camps pour réfugiés ou migrants. Des actions sont alors mises en œuvre par des associations humanitaires :

– travaux et actions permettant aux populations d'avoir accès à de l'eau potable (construction et réhabilitation de puits, distribution de filtres en céramique, distribution d'eau par camion, création et maintenance d'un stock de plaquettes de chlore distribuées en cas d'urgence) ;

– travaux assurant aux populations une meilleure situation sanitaire (construction de latrines[1], organisation de séances de promotion à l'hygiène, distribution de kits de première nécessité non alimentaires).

1. Latrines : W.-C.

D'après www.solidarites.org/missions/Somalie/action-humanitaires.html

Doc. 3 Les maladies liées à l'eau

Dans la nature, l'eau n'est pas toujours source de vie, loin s'en faut. Elle véhicule en particulier nombre de micro-organismes, bactéries et virus en tout genre, qui y vivent et s'y développent, ainsi que nombre de parasites qui ont besoin d'eau pour vivre ou se reproduire. Or de tels organismes peuvent engendrer des maladies parfois graves lorsqu'ils pénètrent dans le corps humain. L'eau est ainsi le vecteur de transmission privilégié de ces maladies que l'on dit hydriques.

Les micro-organismes abondent dans les eaux souillées par les déjections animales et humaines, et leur transmission à l'Homme se fait par simple ingestion d'eau infectée. Ils se propagent donc rapidement dans les pays qui ne disposent pas de bonnes conditions d'hygiène. Certaines bactéries

déclenchent de fortes diarrhées. Aujourd'hui, ces épidémies sont surtout le drame des pays chauds qui ne disposent pas de latrines septiques, ni de traitements des eaux. Dans ces conditions en effet, les matières fécales des personnes malades contaminent rapidement les eaux de boisson consommées par les personnes saines [...].
Ces maladies hydriques sont à l'origine de la mortalité très élevée des populations des pays en voie de développement. Dans le monde, environ 6 millions d'enfants meurent chaque année des suites de gastro-entérites et 100 millions de personnes souffrent en permanence de gastro-entérites hydriques. La raison principale de cette situation catastrophique est la pauvreté. Nombre de populations ne disposent pas d'eau potable, les aménagements indispensables aux traitements des eaux usées et à la fabrication d'eau potable étant trop coûteux, ni même des soins que ces affections nécessitent, les infrastructures médicales n'étant pas suffisantes.

D'après http://www.cnrs.fr, CNRS : Centre national de recherches scientifiques

Doc. 4 **Dispositifs de traitement de l'eau**

Les filtres céramiques pour le traitement des eaux sont en usage depuis plusieurs siècles [...] Ils ont souvent la forme d'un pot de fleur ou d'un bol et sont imprégnés de fines particules colloïdales[1] en argent servant de désinfectant et empêchant la prolifération des bactéries dans le filtre. [...] Les tests en laboratoire ont montré que ces dispositifs, s'ils sont bien conçus et bien fabriqués, peuvent éliminer ou désactiver presque toutes les bactéries et parasites protozoaires. Leur efficacité contre les virus est inconnue.
Le nettoyage et la maintenance du filtre sont critiques : [...] il est recommandé d'y joindre un programme éducatif sur un stockage salubre, le nettoyage du filtre et d'autres actions recommandées.
Les avantages des filtres céramiques sont leur facilité d'emploi, leur longue durée de vie (s'ils ne se cassent pas) et leur coût relativement bas. Les inconvénients comprennent une possible recontamination de l'eau conservée sans chlore résiduel et un débit faible, en général un à deux litres par heure.

1. Colloïdale : solution liquide contenant un corps dispersé sous forme de particules minuscules en suspension.

D'après http://drinking-water.org, site Internet de l'Académie nationale des sciences, Washington, USA

ORAL

Doc. 5 Quelques paramètres de potabilité d'une eau

Pour être consommée, l'eau doit répondre à des critères de qualité très stricts :

Paramètres	Critères de qualité	Normes
Micro-biologiques	– Parasites – Virus – Bactéries	Présence non tolérée
Chimiques	– Sels minéraux – Substances chimiques toxiques	– Présence possible – Normes très sévères (quantités très limitées)
Physiques et gustatifs	– Aspects – Saveur, odeur	– Limpide – Non désagréables

D'après http://www.lesagencesdeleau.fr

Entretien avec les examinateurs

Voici des questions que pourrait vous poser le jury :

1 Où y a-t-il des camps pour réfugiés ou migrants ?

2 Pourquoi ne doit-il pas y avoir de parasites dans une eau potable ?

3 Pourquoi les filtres céramiques ne permettent-ils pas d'éliminer les virus ?

Sujet 1 Corrigé

Les clés pour réussir

L'essentiel à savoir

- Les **critères de potabilité** d'une eau portent sur les **paramètres micro-biologiques, chimiques, physiques et gustatifs** de cette eau.
- Les **micro-organismes** sont des organismes microscopiques, généralement unicellulaires, tels que les bactéries et les levures.
- Certains micro-organismes sont **pathogènes** et peuvent provoquer des maladies.
- Les **virus** sont de taille beaucoup plus petite que les micro-organismes.
- Un **parasite** vit aux dépens d'un individu chez lequel il provoque des troubles plus ou moins importants en consommant ses tissus et ses molécules.
- La **contamination** est l'envahissement d'un organisme vivant ou d'un milieu par des micro-organismes.

- Des **filtres céramiques** peuvent être employés pour traiter l'eau dans les pays en voie de développement. Ils permettent d'éliminer la plupart des parasites et des bactéries, mais leur efficacité sur la destruction des virus présents dans l'eau n'est pas démontrée.
- Des **pastilles de chlore** permettent d'éviter une **contamination** trop rapide de l'eau traitée.

Exploiter les documents

Doc. 1 : sa lecture permet de se rendre compte du nombre de réfugiés ou de migrants en 2015. Ce nombre a malheureusement augmenté aujourd'hui.

Doc. 2 : il précise quelques actions menées par des associations humanitaires dans des camps pour réfugiés ou migrants.

Doc. 3 : il décrit les maladies dues à l'eau polluée et donne des informations sur les modes de contamination de cette eau.

Doc. 4 : plusieurs dispositifs de traitement de l'eau adaptés aux pays en voie de développement sont détaillés dans ce document.

Doc. 5 : plusieurs paramètres de potabilité d'une eau sont donnés dans ce document.

Préparer un exposé

Exposer la problématique et la méthodologie suivie

Expliquez pourquoi vous avez choisi d'étudier l'accès à l'eau potable dans les camps pour réfugiés ou migrants, puis comment vous avez travaillé pour rechercher et analyser les documents présentés précédemment.

Répondre à la problématique

Le jury attend un exposé en deux parties :

I. Pourquoi l'accès à l'eau potable est-il une nécessité pour les êtres humains ?

II. Comment améliorer l'accès à l'eau potable dans les camps pour réfugiés ou migrants ?

Exposé

Comme vous le savez, **plus de douze millions de personnes**, traquées par la guerre, la misère ou les tragédies humanitaires, **doivent vivre dans des camps pour réfugiés ou migrants**. La **situation** de ces populations est **souvent préoccupante en matière d'accès à l'eau potable.** Nous avons donc décidé d'étudier l'importance de l'accès à l'eau potable pour les êtres humains avant de nous intéresser à

L'astuce du prof

Prenez le temps de bien expliquer pourquoi vous avez choisi de présenter cet EPI.

ORAL

son acheminement dans les camps pour réfugiés ou migrants de certains pays du Sud notamment. Pour cela, nous avons recherché des documents portant sur ce sujet avant de les analyser et d'en faire une synthèse que nous vous présentons aujourd'hui.

La consommation d'eau non potable entraîne de très **nombreuses maladies graves** comme des gastro-entérites et des diarrhées qui **tuent** énormément de **personnes**, déjà affaiblies par la dénutrition. D'après un document du CNRS traitant des maladies liées à l'eau, environ **6 millions d'enfants meurent chaque année dans le monde suite à ces maladies hydriques**. En effet, les habitants de certains pays disposent de très peu de latrines septiques et ne sont pas en mesure de traiter l'eau, ce qui explique les micro-organismes, les parasites et les virus retrouvés dans l'eau consommée, en raison notamment de la présence dans l'eau de matières fécales de personnes malades.

Gagnez des points !

Reprenez dès que possible les données chiffrées des documents.

Malheureusement, dans les pays du Sud, comme la Somalie, l'eau potable manque souvent dans les camps pour réfugiés et migrants, et l'eau utilisée par les populations pour boire ou se laver peut être souillée. Les normes de potabilité ne sont pas respectées et des parasites, des virus et des bactéries sont présents dans l'eau. Il est donc indispensable de traiter cette eau souillée qui est un vecteur très important de maladies. Pour cela, **des filtres céramiques** peu coûteux et relativement simples d'utilisation permettent d'éliminer la plupart des parasites et des bactéries dans l'eau. Leur efficacité sur la destruction des virus présents dans l'eau n'est toutefois pas démontrée, et des intervenants doivent être formés pour éduquer la population à l'utilisation correcte de ce matériel. De plus, l'envoi de ce matériel doit être accompagné de **plaquettes de chlore** qui permettent de **mieux conserver l'eau déjà filtrée** et qui peuvent peut-être mieux traiter l'eau en éliminant éventuellement les virus (des tests devront être mis en place pour le vérifier). Cependant, si l'envoi de ce matériel pour traiter les eaux polluées est indispensable pour pallier les situations d'urgence, ce traitement des eaux avec des filtres à céramiques et du chlore n'est pas satisfaisant à long terme. En effet, l'eau traitée contient encore des virus et peut-être d'autres substances chimiques toxiques. Pour améliorer cette situation à plus long terme et pour éviter au maximum la pollution des eaux, il est alors nécessaire :

- de **construire des latrines** afin d'éviter que les déjections polluent l'eau et de limiter la propagation de germes d'origine fécale ;
- de **construire** ou de **réhabiliter des puits** pour augmenter le nombre d'accès directs à l'eau potable. Cela permettrait aussi de mieux irriguer les cultures afin d'améliorer

L'astuce du prof

Ne mélangez pas les différentes parties de votre argumentation : parlez d'abord des mesures d'urgence avant de développer les solutions plus pérennes.

le rendement des surfaces agricoles ;
– de **distribuer des notices d'éducation** à l'hygiène pour que les habitants comprennent mieux le lien entre les déjections dans l'environnement, la pollution des eaux et les maladies hydriques ;
– d'**augmenter le nombre de personnels** soignants et non soignants dans les camps pour réfugiés et migrants afin d'accompagner, de soigner et de former les populations.

En espérant vous avoir convaincu de l'urgence de la situation, nous vous remercions pour votre écoute attentive.

Entretien avec les examinateurs

Les réponses aux questions posées par les examinateurs peuvent être les suivantes :

1 Il y a malheureusement des camps de réfugiés ou migrants **partout dans le monde** : en Afrique, en Europe, en Asie, en Amérique...

2 Il ne doit pas y avoir de parasites dans une eau potable, car ils occasionnent des **troubles plus ou moins importants** dans les organismes des êtres vivants en consommant leurs tissus et leurs molécules.

3 Les filtres céramiques ne permettent pas d'éliminer les virus, car ces derniers sont **beaucoup plus petits** que les micro-organismes.

Sujet 2 Eras, *Rappeur entouré de crânes*

15-25 min

Sujet inédit

Exposé

Seul : 5 min En groupe : 10 min

Projet

Parmi les choix de parcours et les EPI que nous avons étudiés tout au long du cycle 4, nous avons choisi de vous présenter l'œuvre d'art *Rappeur entouré de crânes* d'Eras.

EPI Culture et création artistique
Discipline Français – Histoire des arts
Titre du projet Eras, *Rappeur entouré de crânes*
Objectif du projet Analyser une peinture murale éphémère

Document Eras, *Rappeur entouré de crânes*, 2008. Peinture murale éphémère, rue Ordener, Paris, XVIIIe arrondissement

Entretien avec les examinateurs

Voici des questions que pourrait vous poser le jury :

1 Pourquoi avez-vous choisi de nous présenter cette œuvre ?

2 Dans quelle tradition de l'histoire de l'art peut-on inscrire cette œuvre ?

Sujet 2 Corrigé

Les clés pour réussir

Replacer l'œuvre dans son contexte

- **Le lieu d'exposition de l'œuvre** est important ici car il est indissociable de l'œuvre. Cette peinture murale a été réalisée dans le XVIIIe arrondissement de Paris sur un mur de la rue Ordener.
- Depuis 2003, c'est un mur d'expression libre qui accueille des fresques monumentales et éphémères, les œuvres étant vite recouvertes par de nouveaux graffitis.

Décrire la scène

- Demandez-vous ce que l'artiste a voulu représenter à travers sa peinture. Commencez par identifier qui est le personnage au centre de l'œuvre.
- Il peut également être utile de vous interroger sur **la mise en scène des relations entre les personnages** : ici, le pantin et la main du marionnettiste.
- Dans cette œuvre, **le décor fait partie intégrante de la scène**. Observez attentivement les crânes et décrivez les différents éléments qui les caractérisent.

Expliquer la signification de l'œuvre

- Pour expliquer une œuvre, il vous faut **identifier les symboles** présents dans l'œuvre et les interpréter. Par exemple ici, les crânes, les billets, la fumée ou encore le bijou autour du cou du pantin.
- Pensez à faire des liens entre les thèmes traités dans l'œuvre présentée et d'autres œuvres que vous connaissez.

Exposé

Cette œuvre intitulée ***Rappeur entouré de crânes*** est une **peinture murale réalisée par le graffeur Eras en 2008**. Elle se trouve sur le mur de la rue Ordener, dans le XVIIIe arrondissement de Paris.

L'auteur est un « graffeur » qui signe « Eras » et participe au street art ou art urbain, mouvement artistique contemporain qui existe depuis les années 1960. Le street art regroupe toutes les formes d'art réalisées dans la rue ou dans des endroits publics, et comprend diverses techniques telles que le graffiti, le pochoir ou les stickers. C'est un art éphémère vu par un très large public.

Sur la peinture, la main d'un **marionnettiste** aux doigts violets fait danser un **rappeur-pantin** de bois à la tête baissée, coiffé d'une casquette et tenant dans une main un micro et dans l'autre des **billets** de 500 euros. Son cou est orné d'un **lourd collier en or** et d'une médaille en forme d'euro.

À gauche, des **crânes** sont entassés et portent les marques de morts violentes : l'un est poignardé, l'autre présente un impact de balle en plein front, un troisième est transpercé par un os, et du dernier, ouvert en son sommet, sortent des billets de 500 euros. À droite, on voit d'autres crânes aux **allures menaçantes**, tous sont brisés et laissent s'échapper une fumée blanchâtre.

Pièges à éviter

La partie « décrire » ne doit pas être trop longue : ne faites pas une liste sans fin de chaque détail de l'œuvre, mais relevez les éléments les plus importants et que vous pourrez ensuite expliquer.

Le rappeur est manipulé par un marionnettiste dont les doigts ont tellement touché l'argent qu'ils ont la couleur des billets de 500 euros. Le chanteur en récupère quelques-uns pour se donner une **illusion de réussite** : celle-ci est symbolisée par un bijou *bling-bling,* signe extérieur de richesse ostentatoire et éloigné des véritables valeurs artistiques. On peut donc voir dans ce graff une **œuvre de contestation**, dénonçant les dérives du show-business qui oublie trop souvent le spectacle au profit du « business ».

Cependant, le rappeur devient vite **esclave de cette richesse qui l'enchaîne** et l'attire inexorablement vers le sol... et vers **la mort qui sera la véritable gagnante**, puisque c'est finalement dans le crâne que s'entassent les billets violets.

Cette peinture murale reprend ainsi tous les thèmes des tableaux baroques appelés **vanités**, qui suggèrent par de nombreux symboles que l'existence humaine est « vaine », c'est-à-dire vide, fragile et soumise aux apparences. Selon la devise latine *memento mori* (« souviens-toi que tu vas mourir »), l'homme ne doit pas oublier qu'il est mortel pour ne pas perdre son temps à de vaines activités. Les symboles usuels des vanités sont bien présents ici :

– l'argent et les bijoux : **vanité des richesses**,
– les crânes, la fumée, les armes : **fragilité de la vie humaine**,
– le micro (la musique) : **vanité des plaisirs**,
– enfin, le street art, par essence éphémère, puisque destiné à être bientôt recouvert, est une sorte de **mise en abyme du caractère transitoire de la vie humaine**, thème majeur des vanités.

Entretien avec les examinateurs

1 J'ai choisi cette œuvre parce que je suis sensible à toutes les formes d'art urbain (graffitis, slam, rap...) qui s'adressent de façon explicite à tout le monde. Ce sont des œuvres éphémères, mais qui auront un très large écho. J'aime aussi l'idée que l'art vienne à notre rencontre sans que l'on ait soi-même décidé du moment (à la différence de la visite d'un musée par exemple).

2 Cette œuvre s'inscrit dans un parcours culturel qui montre la permanence de certaines grandes questions humaines que l'on retrouve à travers différentes formes d'expression artistique. La tradition des vanités questionne sur le rapport de l'homme au temps et sur la meilleure façon d'en profiter. Cette œuvre invite à se recentrer sur l'essentiel, qui doit primer sur une certaine « tyrannie » des apparences. On retrouve d'ailleurs ce thème dans la poésie dès l'antiquité avec le *Carpe Diem* d'Horace, plus tard avec les sonnets de Ronsard et au XXe siècle sous la plume de R. Queneau dans sa chanson « Si tu t'imagines ».

15-25 min

Sujet 3 Les métiers de l'informatique

Sujet inédit

Exposé

Seul : 5 min En groupe : 10 min

Projet

Parmi les parcours et les EPI que nous avons étudiés tout au long du cycle 4, nous avons choisi de reprendre le travail que nous avons effectué dans le cadre des parcours Avenir en vous présentant différents métiers dans le domaine de l'informatique, ainsi que les compétences à acquérir au collège pour les exercer.

Parcours Avenir

Titre du projet Les métiers de l'informatique

Objectif du projet Connaître les compétences à acquérir pour travailler dans l'informatique

Doc. 1 Technicien(ne) de maintenance en informatique

Une carte son à changer ? Un ordinateur à installer ? Un écran noir ? Polyvalent, le technicien de maintenance en informatique est capable de faire face à de nombreux problèmes. Et ce, avec le plus de rapidité et d'efficacité possible.

Pour devenir technicien de maintenance en informatique, un métier qui ne connaît pas la crise, les formations se situent à deux niveaux : bac professionnel et bac + 2. Actuellement, ce dernier a souvent la préférence des recruteurs. La maîtrise de l'anglais technique est requise.

Après la 3e : Bac pro SEN (systèmes électroniques numériques), spécialité télécommunications et réseaux.

Après le baccalauréat :
– BTS systèmes numériques ou services informatiques aux organisations ;
– DUT informatique, réseaux et télécommunications ou génie électrique et informatique industrielle ;
– DEUST maintenance et installation de réseaux ;
– Licence professionnelle, mention métiers de l'informatique.

D'après http://www.onisep.fr/Ressources/Univers-Metier/Metiers/technicien-technicienne-de-maintenance-en-informatique

Doc. 2 **Entretien avec un ingénieur informatique dans le domaine du traitement d'images**

Dans le domaine du traitement d'images, Pierre, ingénieur informatique en recherche et développement, est amené à développer des algorithmes, des applications et à concevoir des systèmes d'acquisition (éclairage, caméra). Les applications sont variées : réalité augmentée, robotique, biométrie, imagerie médicale, etc.

Quelles sont les compétences requises pour exercer le métier d'ingénieur informatique ?

L'informaticien résout des problèmes techniques et scientifiques tout en utilisant le travail réalisé par des millions d'autres informaticiens à travers le monde. L'évolution constante et l'émergence de nouvelles technologies imposent de se former en continu et d'acquérir de nouvelles compétences : nouveau langage informatique, nouveau système d'exploitation, etc.

Dans ce métier, il est également très important de savoir chercher de l'information sur Internet et de maîtriser l'anglais scientifique, qui est la langue d'échange dans ce milieu.

Quelle formation avez-vous suivie ?

Après un baccalauréat scientifique, j'ai continué mes études à l'université. J'y ai obtenu un Master en « Systèmes Intelligents et Communicants » recouvrant des domaines tels que l'informatique embarquée et le traitement du signal et de l'image.

En quoi vos connaissances scientifiques sont-elles utiles dans votre pratique quotidienne ?

Je travaille dans le secteur de la biométrie et plus particulièrement dans celui de la reconnaissance d'iris de l'œil. Le système d'acquisition utilisé pour la reconnaissance d'iris est constitué d'une caméra et d'un éclairage spécifique, ce qui permet de distinguer la texture de l'iris, même pour les gens ayant les yeux sombres. S'en suit une étape de détection de l'iris dans l'image, basée sur des algorithmes de traitement d'images. D'autres algorithmes permettent de comparer cet iris à un ou plusieurs millions d'autres iris sur un *smartphone*, un ordinateur ou un supercalculateur.

Qu'aimez-vous dans votre métier ?

La diversité : je peux travailler sur des sujets très variés, dans différents domaines d'application et pour différents supports (téléphones, robots, caméras, etc.). Au quotidien, je développe de nouvelles applications qui seront utilisées par des centaines de personnes.

Entretien avec les examinateurs

Voici des questions que pourrait vous poser le jury :

1 Faut-il forcément suivre des études scientifiques pour travailler dans l'informatique ?

2 Les métiers de l'informatique sont-ils réservés aux garçons ?

3 Qu'est-ce que la biométrie ?

Sujet 3 Corrigé

Les clés pour réussir

L'essentiel à savoir

- Une **carte son** est une carte d'extension d'un ordinateur. La principale fonction de cette carte est de gérer tous les sons reçus ou émis par l'ordinateur, pour les envoyer vers les haut-parleurs. Cette carte se présente sous la forme d'un périphérique que l'on peut connecter à l'ordinateur.
- Un **algorithme** est une suite d'opérations ou d'instructions qui permettent de résoudre un problème.
- Un **système d'exploitation** est un ensemble de programmes qui dirige l'utilisation des capacités d'un ordinateur. C'est l'intermédiaire entre le système informatique et les logiciels utilisés par les êtres humains.
- Un **œil** est constitué notamment d'un **iris**, qui limite la lumière pénétrant dans l'œil par la pupille.

Exploiter les documents

Doc. 1 : ce document de l'Onisep précise les différentes formations que l'on peut suivre pour devenir technicien(ne) de maintenance informatique.

Doc. 2 : l'entretien avec Pierre, ingénieur informatique, permet de mieux comprendre la réalité de son métier.

Préparer un exposé

Exposer la problématique et la méthodologie suivie

Expliquez pourquoi vous avez choisi d'étudier les métiers de l'informatique, puis comment vous avez travaillé dans votre parcours Avenir pour rechercher des documents et pour réaliser l'entretien avec Pierre, ingénieur informatique.

Répondre à la problématique

Pour cet exposé, le jury attend un exposé en deux parties :

I. Les différents métiers de l'informatique

II. Les compétences à acquérir au collège pour pouvoir travailler plus tard dans l'informatique

Exposé

L'informatique recrute ! Nous nous sommes donc intéressé(e)s à ce **secteur porté par des innovations constantes** : robots programmés en médecine, logiciels de commande d'avion, système de commerce électronique... Pour cela, nous avons recherché des documents au CDI avec le professeur documentaliste sur les métiers de l'informatique et nous avons également rencontré Pierre, un ingénieur informatique dans le domaine du traitement d'images.

Gagnez des points !

N'hésitez pas à insister sur les initiatives que vous avez prises en dehors du collège, par exemple la rencontre avec un ingénieur informatique.

Présent dans tous les domaines et porté par les innovations technologiques, le secteur informatique **génère de nombreux débouchés. Du niveau baccalauréat au niveau bac + 5**, les informaticiens sont recherchés pour leurs connaissances pointues dans un domaine en **perpétuelle évolution**. En effet, des bureaux d'étude aux services administratifs, en passant par les usines et les hôpitaux, les entreprises ne fonctionneraient plus sans l'informatique. Les logiciels interviennent pendant la conception et la fabrication des produits et gèrent également des flux d'information à travers le monde (achats de matières, stocks, ventes, congés, paies, etc.). Internet a également permis le développement du commerce électronique, du multimédia et des jeux vidéo. Ainsi, de nombreuses embauches sont attendues dans les années à venir, notamment dans le Web et le e-commerce. Aujourd'hui, près de la moitié des informaticiens travaillent pour des éditeurs de logiciels ou des sociétés de services. Les autres exercent pour des entreprises qui mettent l'informatique au service de leurs métiers, notamment le secteur public avec l'e-administration (déclaration sur Internet, dossier médical informatisé dans les hôpitaux...), la bancassurance, les transports, l'énergie... **Derrière le terme « informaticien » se cache donc aujourd'hui une multitude de métiers, au niveau technicien ou ingénieur**.

L'astuce du prof

Ne cherchez pas à être exhaustif. Le but n'est pas de faire la liste de tous les métiers existants liés à l'informatique.

Si l'on souhaite s'orienter vers les métiers de l'informatique, il faut **acquérir dès le collège de nombreuses compétences**. Par exemple, **en mathématiques et en technologie**, il est indispensable de comprendre toutes les parties du programme sur la **programmation informatique**. Il est nécessaire de **savoir écrire, mettre au point et exécuter un programme,** mais aussi de **comprendre le fonctionnement d'un réseau informatique**, c'est-à-dire d'être capable :

– d'analyser les composants et l'architecture d'un réseau ;

– d'**étudier les notions de protocole, d'organisation de protocoles en couche, d'algorithme de routage ;**

– de comprendre le fonctionnement d'Internet...

De plus, si l'acquisition de ces compétences scientifiques est indispensable, cela n'est pas suffisant. Il faut absolument **travailler le français mais aussi l'anglais** pour être **capable de communiquer** convenablement avec l'ensemble de ses interlocuteurs. Enfin, de façon générale, il est important de travailler l'ensemble des disciplines enseignées au collège, car il est nécessaire aujourd'hui d'avoir au minimum le baccalauréat ou un bac + 2 pour travailler dans le secteur informatique.

En conclusion, ce travail sur les métiers de l'informatique a conforté notre idée de travailler dans ce secteur plus tard, ce qui nous a motivé(e)s encore davantage pour obtenir de bons résultats au collège !

Entretien avec les examinateurs

Les réponses aux questions posées par les examinateurs peuvent être les suivantes :

1 Pour travailler dans l'informatique, il faut **suivre des études scientifiques** pour être ingénieur, technicien ou développeur informatique. Cependant, il existe des **exceptions** : une personne ayant fait des études artistiques peut travailler dans le domaine informatique pour rédiger un scénario ou pour créer les personnages d'un jeu vidéo par exemple.

2 Comme quasiment tous les métiers aujourd'hui, l'informatique n'est **pas réservée aux garçons.** Les filles peuvent réussir aussi bien que les garçons dans ce milieu.

3 La biométrie signifie « **mesure du vivant** » ; elle désigne dans un sens très large l'étude quantitative des êtres vivants. L'usage de ce terme se rapporte aujourd'hui de plus en plus à l'usage de techniques informatisées à des fins de **reconnaissance, d'authentification et d'identification**, comme par exemple la reconnaissance de l'iris d'un œil, tel que cela est expliqué par Pierre, l'ingénieur informatique.

Sujet 4 Aménagement des territoires français et engagement citoyen

15-25 min

Sujet inédit

Exposé

Seul : 5 min En groupe : 10 min

Projet

Dans le cadre du « Parcours citoyen » que nous avons suivi au collège, nous avons choisi de nous intéresser à la place et au rôle des citoyens dans la mise en œuvre des mesures prises en matière d'aménagement des territoires français.

Parcours Citoyen

Titre du projet Aménagement des territoires français et engagement citoyen

Objectif du projet Comprendre le rôle des citoyens dans l'aménagement des territoires

Document Manifestation contre le projet d'aéroport de Notre-Dame-des-Landes à Nantes en janvier 2016

Entretien avec les examinateurs

Voici des questions que pourrait vous poser le jury :

1 Quel est le principal mode d'expression de la citoyenneté dans la démocratie ?

2 À quelle liberté fondamentale peut-on associer le droit de manifester ?

Sujet 4 Corrigé

Les clés pour réussir

Présenter le sujet

- Le parcours Citoyen a pour double objectif de vous faire connaître les valeurs de la République et de vous conduire à devenir des citoyens responsables et libres : il faut donc montrer d'emblée aux examinateurs que votre sujet répond à ces deux exigences.
- Compte tenu de l'ampleur du sujet et du temps imparti, il convient de préciser au jury que vous ne pourrez pas multiplier les exemples dans le cadre de l'exposé (en prévoyant d'en citer d'autres au moment de l'entretien…).

Croiser les différentes approches disciplinaires

- La dimension géographique du sujet est essentielle. Elle relève principalement du Thème 2 du programme « Pourquoi et comment aménager le territoire ? ».
- Pour autant, n'oubliez pas que l'exposé et l'entretien doivent également mobiliser les connaissances et les compétences que vous avez construites dans d'autres champs disciplinaires (en histoire et en EMC notamment) tout au long de votre scolarité dans le cycle 4. Il s'agit donc d'employer certaines expressions-clés telles que « modèle social républicain », « liberté », « démocratie », « conquête des droits politiques »…

Exposé

Les inégalités sociales et économiques s'observent à toutes les échelles du territoire français. Ces disparités ont tendance à s'accentuer depuis quelques décennies sous l'effet de la métropolisation, de l'intégration européenne et de la mondialisation. Pour en atténuer la portée, l'État et les collectivités territoriales mettent en œuvre des **politiques d'aménagement du territoire**. Les mesures correspondantes ne sont pas toujours acceptées par les citoyens. Certains

Gagnez des points !
Inscrivez votre réflexion dans une perspective suffisamment large pour vous permettre d'apporter de nouvelles informations pendant l'entretien ; n'oubliez pas de « problématiser » l'exposé en terminant l'introduction par une question.

d'entre eux s'engagent alors dans une démarche de contestation parfois virulente... **Comment s'exerce la citoyenneté des Français en matière d'aménagement du territoire ?**

Envisageons l'exemple du projet de construction d'un nouvel aéroport international dans l'ouest de la France, à Notre-Dame-des-Landes. Le projet a été envisagé dès les années 1960 pour remplacer l'actuel aéroport de Nantes. Il a été relancé dans les années 2010 afin de répondre à la croissance attendue des flux aériens.

Depuis, ses détracteurs multiplient les initiatives pour que les autorités publiques renoncent à sa construction. Ils dénoncent en particulier les conséquences économiques et environnementales du projet. Privés de leurs terres et de leurs exploitations, les agriculteurs n'auraient en effet d'autre choix que de partir ; les paysages ruraux du territoire concerné en seraient profondément bouleversés.

Dans cette lutte, de simples citoyens unissent leurs efforts à ceux des militants de mouvements écologistes, de partis politiques ou d'organisations syndicales. Ils utilisent des moyens variés pour arriver à leurs fins : occupation de la ZAD (zone d'aménagement différé), pétitions, manifestations, blocages des voies de communication... En niant l'intérêt général et en refusant les nuisances subies par les riverains, les opposants sont accusés d'avoir un comportement de type « Nimby » ou « Banana ».

Gagnez des points !

Pour montrer l'étendue de vos connaissances et prendre appui sur l'actualité, vous pouvez établir des parallèles entre cette manifestation et d'autres mouvements d'opposition à des projets d'aménagement du territoire : installation de lignes à haute tension, construction du centre d'enfouissement des déchets nucléaires dans la Meuse...

Gagnez des points !

« Banana » (de l'anglais *build absolutely nothing anywhere near anyone*, soit « ne rien construire nulle part ni près de personne ») et « Nimby » (*not in my backyard*, soit « pas dans mon arrière-cour ») sont des acronymes qui désignent la résistance de la population locale face à des décisions d'aménagement de l'État.

L'expression de cette opposition est pourtant un signe de bonne santé de la démocratie en France : elle montre qu'un dialogue est possible entre citoyens et pouvoirs publics. L'exercice du débat contradictoire entre citoyens d'une part, et avec ceux qui les représentent d'autre part, garantit le respect des libertés fondamentales des Français.

Cette forme d'exercice de la citoyenneté se heurte à certaines limites comme en témoignent des actes de violence et de sabotage commis à l'occasion de manifestations récentes. C'est alors à la justice d'appliquer les règles de droit ; c'est également à elle de rendre un jugement quand les négociations entre l'État et ses opposants n'ont pas permis de trouver un compromis.

Entretien avec les examinateurs

1 Le vote au suffrage universel est un élément fondamental de la citoyenneté : c'est le fondement de la République française.

2 Manifester relève de la liberté d'expression, droit fondamental de tout citoyen français.

3 Cette question est l'occasion de démontrer que vous vous intéressez à la vie de votre commune, de votre département ou de votre région et que vous en serez bientôt un citoyen actif et éclairé. Vous pouvez en outre préciser de quelle manière les médias locaux ont rendu compte des arguments en présence pour aborder le rôle joué par la presse dans la vie sociale et politique du territoire concerné.

Sujet 5 Otto Dix, *Les Joueurs de skat*

15-25 min

Sujet inédit

Exposé

Seul : 5 min En groupe : 10 min

Projet

Dans le musée virtuel que nous avons élaboré dans notre Parcours Éducation culturelle et artistique, nous avons choisi *Les Joueurs de skat* d'Otto Dix. Nous vous présentons cette œuvre.

Parcours Éducation culturelle et artistique

Titre du projet Otto Dix, *Les Joueurs de skat*

Objectif du projet Savoir analyser une œuvre d'art

Document Otto Dix, *Les Joueurs de skat*, 1920.
Huile sur toile, 110 x 87 cm, Neue Nationalgalerie, Berlin

Entretien avec les examinateurs

Voici des questions que pourrait vous poser le jury :

1 Pourquoi avez-vous choisi de nous présenter cette œuvre ?

2 Pouvez-vous développer un peu plus la biographie d'Otto Dix et nous dire ce qui lui est arrivé quand Hitler est arrivé au pouvoir en Allemagne ?

3 Connaissez-vous d'autres tableaux qui ont le même thème que celui d'Otto Dix ?

4 Connaissez-vous d'autres tableaux qui concernent la Première Guerre mondiale ?

Sujet 5 Corrigé

Les clés pour réussir

Présenter le document

- Pour présenter un tableau, il vous faut relever le nom du peintre, le titre de l'œuvre, la date de sa création, ses dimensions, la technique utilisée et le type de support (ici, une peinture à l'huile sur une toile).
- Le lieu d'exposition de l'œuvre, indiqué ici, est moins indispensable.

Décrire les personnages et le décor

- Pour décrire les personnages, demandez-vous qui ils sont, ce qu'ils font et comment ils sont représentés.
- Il vous faut également vous demander comment le peintre place ses personnages dans le tableau, ce qu'il met dans la lumière et ce qu'il laisse dans l'ombre. Il faut donc s'interroger sur la « mise en scène », c'est-à-dire la composition du tableau choisie par le peintre.
- Vous pouvez essayer de repérer les lignes directrices du tableau, sa perspective, etc. Ici, il faut remarquer que l'espace est déformé.

Expliquer le tableau

- Pour expliquer un tableau, il faut se demander pourquoi le peintre a représenté cette scène et éventuellement si son tableau porte un message critique sur la société dans laquelle il vit.
- Pour *Les Joueurs de skat,* il existe un décalage entre le titre de l'œuvre qui semble nous présenter une scène conviviale de la vie quotidienne et son sens réel.
- Demandez-vous pourquoi Otto Dix a peint ce tableau et faites le lien entre vos observations et vos connaissances personnelles tirées du cours.

Exposé

Ce tableau intitulé ***Les Joueurs de skat*** est **une peinture d'Otto Dix datant de 1920**. C'est une **huile sur toile**, dont les dimensions sont de **1 m 10 sur 87 cm** ; c'est donc une peinture relativement petite. Otto Dix est lui-même un ancien combattant allemand de la Première Guerre mondiale. On l'a rattaché au mouvement expressionniste allemand qui cherchait à provoquer l'émotion du spectateur en déformant la réalité.

> **Gagnez des points !**
> Mobilisez vos connaissances d'histoire des arts pour mieux présenter le tableau et son auteur. Si vous connaissez le courant artistique auquel il se rattache, n'hésitez pas à l'insérer dans votre réponse.

Les personnages présents ici ont tout le **corps mutilé et déformé**. Ce sont **d'anciens combattants, des « gueules cassées »** qui jouent aux cartes (au skat). Par exemple, le personnage de gauche n'a plus d'œil ; un conduit auditif posé sur la table lui sert d'oreille ; il a une main mécanique et tient ses cartes avec son pied. **Les autres personnages sont tout aussi déformés** ; celui de droite est juste posé sur sa chaise, dépourvu de jambes. **La déformation des corps est accentuée par la déformation de l'espace** : les chaises s'entremêlent à la table et aux jambes artificielles ; **des journaux rappelant des événements de la guerre** semblent être affichés au-dessus des têtes. **La lumière d'une ampoule électrique éclaire fortement la scène et souligne encore davantage la déformation des corps.**

> **Pièges à éviter**
> La partie « décrire » ne doit pas être trop longue : ne faites pas une liste sans fin de chaque détail du tableau, mais relevez les éléments les plus importants et que vous pourrez ensuite expliquer.

À travers cette scène, Otto Dix dénonce **la violence des combats et le traumatisme subi par les anciens combattants**. Les mutilations sont là pour rappeler l'horreur des combats et **la brutalisation qu'a entraînée l'armement moderne**. Ces « gueules cassées » sont exclus de la société : ils ne peuvent plus que jouer aux cartes. **Otto Dix dénonce donc la guerre, mais aussi ses conséquences sur la société d'après-guerre**. Le traumatisme est physique, mais aussi psychologique et ne s'effacera jamais.

> **Gagnez des points !**
> Pensez à utiliser un vocabulaire précis appris en cours : « mutilés », « gueules cassées », « traumatisme », « brutalisation », etc.

Dépôt légal : août 2021 - N° de projet : 10269608
Imprimé en France par Maury-Imprimeur
45330 Malesherbes
N° d'imprimeur : 255088

MIXTE
Papier issu de sources responsables
FSC® C022030

Nathan est un éditeur qui s'engage pour la préservation de son environnement et qui utilise du papier fabriqué à partir de bois provenant de forêts gérées de manière responsable et contrôlée.